d

Jessica Durlacher
Das Gewissen

*Roman
Aus dem Niederländischen
von Hanni Ehlers*

Diogenes

Titel der 1997 im Verlag De Bezige Bij, Amsterdam,
erschienenen Originalausgabe:
›Het Geweten‹
Copyright © 1997 by Jessica Durlacher
Der Verlag dankt dem Nederlands
Literair Produktie- en Vertalingenfonds
für die Übersetzungsförderung
Umschlagillustration: Jean-Baptiste Dupraz,
›Les Trois Grâces‹, 1988
(Ausschnitt)

Für meinen Vater

Alle deutschen Rechte vorbehalten
Copyright © 1999
Diogenes Verlag AG Zürich
80/99/44/1
ISBN 3 257 06201 X

I

An einem Montagmorgen um Viertel nach neun vor jetzt elfeinhalb Jahren sah ich ihn zum erstenmal. Inmitten von fünfzehn Kommilitonen saß er im hellen Neonlicht der Fakultät, und ich wußte es sofort.

Es hatte mit Wissen zu tun, das war das Verrückte. Als ich ihn zum erstenmal sprechen hörte, nach etwa einer Viertelstunde, überkam es mich wieder wie etwas, das ich *wußte*: Er gehörte zu mir.

Eine leicht schleppende, ein ganz klein wenig brüchige Stimme hatte er, mit der er knapp und präzise formulierte. Weil sich jeder oder jede durch seinen Sitznachbarn vorstellen lassen sollte, war dieses erste Mal, da ich seine Stimme hörte, zugleich eine Tortur. Ironisch und geistreich skizzierte er das Porträt irgendeiner älteren Weibsperson neben ihm, die ihn in dieser ersten Viertelstunde meines Studiums ganz in Beschlag genommen hatte.

Mir fiel sofort auf, wie bewußt er seine eigene Sprache sprach, keine abgedroschenen Wörter verwendete, sondern frische, konzentriert zusammengestellte Exemplare in wohlüberlegten, abgerundeten Sätzen. Es war ein Genuß, dem zu lauschen – schade nur, daß es ihm dabei um diese Wichtigtuerin ging. Daß jeder seiner Sätze anders war als die von anderen, daß er anscheinend bei allem, was er sagte,

Unwahrheiten vermeiden wollte – bloß keine unzutreffenden, schwammigen Wörter! –, war für mich wie ein Vorgeschmack auf ein ganz neues, anspruchsvolleres Leben.

Wenn ich nur hin und wieder in seiner Nähe sein konnte. Während die Spätstudentin ihre Version von *seinem* Leben zum besten gab, blickte Samuel undurchdringlich und reglos vor sich hin, als wolle er sich gegen den Eindruck abschotten, er wäre womöglich stolz auf das, was sie über ihn behauptete. Mit Freunden zusammen war er im Lastwagen quer durch Europa gezogen und hatte sich mit Gelegenheitsarbeiten bei Bauern und in Fabriken seinen Unterhalt verdient.

Das war bei weitem der beeindruckendste Lebenslauf in unserer Gruppe, und mit seinem kräftigen dunklen Haar und den fast schwarzen Augen sah Samuel noch dazu unheimlich gut aus. Dabei hatte seine Attraktivität nicht das makellos Glatte eines Filmstars oder die Markigkeit eines Popidols, sondern sie setzte sich aus einer Reihe von Attributen zusammen, die insgesamt den Eindruck von Kultur und Intelligenz weckten. Daß man seine Gesichtszüge aufgrund der markanten Kinnpartie und ebensolcher Wangenknochen überdies als »edel« und »schön« umschreiben konnte, fiel erst bei näherer Betrachtung auf. Aber es stimmte.

Er brachte mich auch deshalb um den Verstand, weil er mich vage an Vertreter meiner eigenen Familie erinnerte. Er hatte nämlich so etwas Verletzliches im Bereich Nase-Oberlippe; der Abstand dazwischen war genauso klein wie bei ihnen. Das legte noch eine weiter reichende Verwandtschaft nahe, eine, die über familiäre Bande hinausging. Es vermittelte mir ein seltsames Gefühl von Geborgenheit, daß ich ihn hier gefunden hatte. Einen Verwandten. Und er trug eine kleine Nickelbrille. Natürlich. Von allen Brillenträgern, die ich bis dahin begehrt hatte, war er die absolute Krönung.

Im Verlauf dieser ersten Seminarstunde besah ich ihn mir heimlicher, als ich je irgendwen beäugt hatte, denn auch meine Ehre stand hier auf dem Spiel. Wenn ich jetzt bei einer Peinlichkeit wie etwa schafsköpfigem Gestarre, einer schwammigen, unsicheren Bemerkung oder einem kindischen Kicheranfall ertappt wurde, wäre die Jungfräulichkeit dieses neuen Lebens auf einen Schlag dahin und das Bild der Überlegenheit, das ich jetzt noch erwecken konnte, zerstört.

Wie zufrieden ich zu dem Zeitpunkt noch mit mir als Traumvorstellung war! Amorph und vielseitig sah ich mich in tausend kleinen Spiegeln reflektiert, seine Augen machten mich zu einer tausendfältigen Frau, obwohl ich mir nicht einmal sicher war, ob diese Augen tatsächlich auf mir ruhten.

Alles war noch offen. Ich würde schweigen, bis der richtige Augenblick gekommen war. Bis dahin konnte ich jede Beliebige sein, aber ich wußte, daß ich mich dann für eine Persönlichkeit, eine Lebenseinstellung, eine Sprache und eine Stimme würde entscheiden müssen. Ein schrecklich ausschlaggebender Moment. Die Rolle meines Lebens.

2

Was war sonst noch Besonderes an Samuel?

Etwas Königliches hatte er. Stil, zweifellos. Er hielt in jeder Hinsicht Distanz zu anderen Leuten, obwohl er mit einigen Auserwählten überaus ansteckend herumlachen konnte. Das sah ich gleich, schon in diesen allerersten Tagen an der Universität. Es versetzte mir jedesmal einen Stich von Einsamkeit und Unvollkommenheit. Krank vor Elend war ich, aber er konnte ja noch nicht wissen, daß ich zu ihnen gehören mußte, zu diesen Auserwählten.

Als ich schließlich zum erstenmal mit Samuel Finken sprach, verlief das viel weniger schön, als ich es mir ausgemalt hatte. Eine Woche nach dem Eröffnungsseminar stand ich zufällig mit ihm zusammen am Kaffeeautomaten, und ich verlor sofort die Gewalt über meine Stimme. Krächzend fragte ich ihn, worüber er das erste Referat schreiben werde, als wäre das etwas, was mich schon seit Jahren intensivst beschäftigte, und während ich spürte, wie mir die Hitze in zentrale Punkte – Hals, Wangen, Achseln – stieg und der Schweiß plötzlich feine, kitzelnde Tröpfchen bildete, die in aufreizender Weise herabzurinnen begannen, versuchte ich seiner Antwort zu lauschen, ohne dabei nach Luft zu schnappen.

Das war schwierig, denn ich war so darauf erpicht, mit ihm zu reden, daß ich mich sehr zusammenreißen mußte, um die Heftigkeit dieses Verlangens in den Schwachstrom einer beiläufig klingenden Frage umlenken zu können.

Er zuckte die Achseln, der König. Er habe noch kein Thema, sagte er, und fuhr sich mit der Hand durch das dicke, glatte Haar, das auf beneidenswerte und hinreißende Art vom Kopf abstand. Er höhnte über die zur Auswahl stehenden Möglichkeiten und machte sich über seine eigene Faulheit lustig. Er war nicht nur der ultimative Kassengestellträger mit Familienoberlippe, mit dem mich eine uralte Seelenverwandtschaft und ein wahrscheinlich vergleichbarer Hintergrund verbanden, er war noch dazu außergewöhnlich sympathisch, stellte ich in einem Orkan von Empfindungen fest. Sein Blick hatte etwas Streichelndes und sein Tonfall etwas Mannhaftes; er war allem Anschein nach eitler und schüchterner, als ich erwartet hatte.

Ehe ich entspannt lachend etwas Lockeres hatte erwidern können, fuhr er fort, daß er »natürlich« schon einige Literaturrecherchen angestellt habe, und ich erkannte, daß ich drauf und dran gewesen war, die Zügel allzuschnell schleifen zu lassen.

Literaturrecherchen. Ich war noch nicht einmal in der Bibliothek gewesen! Ich nickte kurz und professionell. Ich auch, natürlich.

So viel gespielte Gleichgültigkeit, das konnte einfach nicht gutgehen.

Prompt schlug er die Augen nieder und wandte das Gesicht ab. Unser Gespräch war offenkundig eine Belanglosigkeit am Rande gewesen, denn er richtete das Wort bereits an jemand anderen. Sah er die Lüge in meinem Gesicht? Stieß meine Unsicherheit ihn ab?

Ich merkte, daß meine Hände zitterten und mir die Knie auf unangenehme Weise den Dienst versagten. Und mein Mund fühlte sich eigenartig und wie aus Gummi an, als führte er ein Eigenleben.

Im nachhinein, noch in derselben Pause, als ich mich an ein Mensatischchen voller Kaffeeflecken und Kippen hatte sinken lassen, überkam mich dennoch das wunderbare Gefühl, gut aufgehoben zu sein. Viel mehr brauchte ich für heute nicht. Ich war mir endlich einmal einer Sache vollkommen sicher, und außerdem hatte nun ein Ereignis stattgefunden, das ich in aller Ruhe endlos zurückspulen und Revue passieren lassen konnte, bis ich herausgeholt hatte, was darin steckte, bis diese erste Begegnung ihre Geheimnisse preisgegeben hätte – und ich für die nächste Konfrontation mit der Liebe meines Lebens bereit wäre.

3

Zehn Jahre später sah ich ihn zum letztenmal.

Vielleicht hätte ich diese vage, unbestimmte Traurigkeit, die über allem hing, als drohendes Unheil, als Vorbotin eines Kummers erkennen können, der mir nun in seinem ganzen Umfang bewußt geworden ist. Nun, da die Wirklichkeit so definitiv über die Phantasie gesiegt hat, wie nur die Wirklichkeit das kann. *Unfaßbar.* Das ist es, so heuchlerisch es aus meinem Mund auch klingen mag.

Wenn ich nicht nach Nizza gefahren wäre, wäre es dann auch passiert? War es *meine Schuld*? Das muß ich wissen, darauf will ich eine Antwort – auch wenn ich die Antwort, die parat liegt, die ich mir selbst längst gegeben habe, stets wieder von mir zu schieben versuche. Ich kann sie nicht ertragen, ich will, ich kann sie nicht hören. Trotzdem, ein Ja wäre zu groß, und ein Nein spräche mich zu Unrecht frei.

Meine Strafe währt jedenfalls schon ein ganzes Jahr: die Wiederholung, die endlos wiederkehrende Wiederholung dieses einen Abends vor meiner Abreise nach Nizza. Und meiner Rückkehr natürlich, aber die kam zu spät, da hätte ich ohnehin nichts mehr ausrichten können.

Ich würde nach Nizza fahren, auf in einen himmlisch abenteuerlichen Nervenkitzel. Ich war eine Rakete, von einer Unbekannten abgefeuert, die irgendwo in meinem Innern Lenkung und Timing regulierte. So kam es mir jedenfalls vor, wirklich. Es fragt sich, ob man so etwas noch »Willen« nennen kann. Klingt das nach einer Ausrede?

Schlafen tue ich so gut wie gar nicht, bis heute nicht. Wenn ich beinahe eingedöst bin, sehe ich ihn immer wieder vor mir. So, wie er an jenem Morgen geschaut hat, jenem allerletzten Morgen. Ob er mich nach Schiphol bringen solle, fragte er. Daß er den Laden ruhig ein bißchen später aufmachen könne. Er beharrte nicht darauf, als ich sagte, daß das nicht nötig sei. So furchtbar treu schaute er und so betrübt, daß mir das jedesmal wieder das Herz bricht. Ich sah, nein, ich *fühlte,* zum erstenmal *fühlte* ich, wie sehr er mich liebte. Und nun wußte ich nicht mehr, wohin damit, mit so viel Liebe.

Gleichzeitig erinnere ich mich verschwommen an noch etwas anderes, etwas Schuldiges in seinem Blick – als bereue er irgend etwas, was er getan hatte, und wolle die Folgen verhindern. Die Zeit zurückdrehen, um noch einmal anders anzufangen. Aber das kann natürlich auch nachträglich hineininterpretiert sein. Ich kann es ihn nicht mehr fragen, und ich kann ihm nichts mehr erklären.

Ich konnte doch auch nicht *wissen,* daß es das allerletzte

Mal sein würde, dieser seltsame Abschied – der wirklich nur peripher dramatisch war. Ich kann es immer noch nicht glauben. Daß er tot ist. Umgekommen.

Wie ein Held, glaube ich.

4

In diesen allerersten Monaten empfand ich meine Verliebtheit in Samuel als eine Erniedrigung, eine Schwäche, etwas Jämmerliches, das ich tunlichst zu verbergen versuchte.

Ich hatte angefangen zu studieren, ich mußte jetzt *one of the guys* sein, eine tough und rational agierende Person, lässig und klar im Kopf. Aber ich war nichts von alledem. Ich war die schwächlichste und empfindlichste kleine Memme der ganzen Universität. Zum Glück war ich auch die Jüngste, so daß meine Schwäche vorerst noch zu entschuldigen war.

Schon nach wenigen Wochen war den meisten klar, daß ich in Samuel Finken verliebt war, obwohl ich doch kaum mehr als drei Leute eingeweiht hatte. Ich hatte in meinem ganzen Leben noch nicht soviel getrunken wie in diesen Tagen. Erbarmungslos jagte eine Erstsemesterfete die andere. Dazwischen blieb kaum Gelegenheit, sich vom Alkohol zu erholen, und so kam es, daß ich mich bei meinen Kommilitonen in den Halbkaterwirren dieser Wochen im Gegenzug zu deren häufig weitaus extremeren Geständnissen meinerseits zu vertraulichen Mitteilungen hinreißen ließ. Seltsamerweise blieben ihre Bekenntnisse bedeutungslos in der Schwebe, während sich mein Seelenleben, diese schwere, quälende Last, in jedermanns Hirn einzubrennen schien und sich als tragische, aber schmackhafte Neuigkeit unter dem Rest meiner Mitstudenten verbreitete.

Ich war verdammt. Ein Opfer, für immer in vergeblicher Anbetung erstarrt. Das mußte ich zumindest konstatieren, als ich merkte, wie vertraut alle mit meinem Geheimnis waren – das sich damit zu einem unmöglichen, kindischen Schmachten verhärtete, einem öffentlichen und daher ein wenig läppischen Problem. Mein Anliegen sei mit jemandem wie Samuel unvereinbar, dachte ich verzweifelt. Wenn auch er davon wüßte, hätte ich nichts mehr zu verlieren, weil ich es bereits verloren hätte.

5

So lebendig und freundlich die zentralen Straßen des Jordaan-Viertels sein mochten, je weiter man sich davon entfernte, in die langen, schmalen Gassen des Wohnbereichs hinein, Richtung Lijnbaansgracht, desto bedrückender und dunkler und enger wurde alles, und die Fassaden verrieten, daß hier in der Vergangenheit allerlei Reparaturwerkstätten und Schmieden beheimatet gewesen waren. Wahre Freigeister hatten im Niemandsland dieses Stadtteils, in den eigentümlichen Räumlichkeiten, die irgendwann einmal für solche Schmutzarbeiten vorgesehen gewesen waren, Wohnmöglichkeiten für sich ausgemacht.

Natürlich wohnte auch Samuel in einer dieser vergessenen, spannenden Gassen. Als eigenwilliger, überlegener Unberührbarer hatte er eine eigene Wohnung, während die meisten von uns sich mit winzigen Zimmerchen und mit unzähligen anderen geteilten Küchen und Duschen zufriedengeben mußten.

Ich wußte genau, in welcher Straße und in welchem Haus er wohnte, und ich wußte auch, daß er einen Kaminsims hatte, mit Büchern zu beiden Seiten. Das alles konnte man im ersten Stock von draußen sehen. Jeden Tag radelte ich mindestens zweimal durch diese entlegene, abseits von jeder möglichen Fahrradroute befindliche Straße. Wenn sein Fahrrad nicht dastand, blieb ich zehn Minuten stehen und wartete, während mein Herz wie ein Blasebalg pumpte. Ich stellte mir dann vor, wie er jeden Morgen aus dem Haus trat, um zur Universität oder wer weiß welchen anderen glorreichen Destinationen zu radeln. Es gelang mir nie so ganz, das *Unheimliche,* das die Straße und das Haus ausstrahlten, abzuschütteln, auch nach zwei Monaten fand ich es dort noch geheimnisvoll und gefährlich: das Haus, ein kleines schwarzes Fort in diesem engen Ausläufer des Jordaan, des »Gartens« von Amsterdam.

Auch Samuel betrachtete ich als ein Fort.

Das mußte ich bestürmen und sprengen, einnehmen und erobern. Nein, ich wollte ihn dahinschmelzen lassen wie ein Gebäude Dalís. Im Geiste legte ich ellenlange Erklärungen ab, so nackt und ehrlich, wie ich noch nie mit einem menschlichen Wesen gesprochen hatte, in vollkommenen, leidenschaftlichen Sätzen. Lautlos sprach ich Wahrheiten über mich und über ihn aus, in Dialogen, in denen wir so innig miteinander verbunden waren wie Romanfiguren. Eine Verbundenheit, wie ich sie bei allen Leuten, die ich nicht kannte, vermutete und die ich bei meinen Freunden fürchtete.

Eine tiefe Kluft. Es schien, als wüßte die ganze Welt außer mir stets, wie der nächste Tag aussehen würde. Und als ließen sich alle spielerisch und ungezwungen immer nur hübsche Ausflüge dafür einfallen. Unbeschwert zum Spaß. Nur ich bewegte mich nicht in diesem entspannten Rhythmus; für mich war alles Schock. Allein schon die allmorgendliche Entdeckung, daß es Zeit zum Aufstehen war. Der Anblick meines Spiegelbildes. Daß ich Kaffee trinken und etwas Bestimmtes essen mußte. Nichts war bei mir selbstverständlich. Nichts war in meinem Leben Gewohnheit. Alles, was ich tat, geschah in der Panik des Neuen und Anderen, immer in dem Zweifel, ob es wohl richtig war, es jetzt, in diesem Moment, zu tun. Und wenn ich es dann tat (ein Einkauf im Laden um die Ecke, das Lesen der Zeitung, die Durchsicht eines Textes), hatte ich Angst, daß es womöglich zu lange dauerte und ich etwas vergaß, das viel wichtiger war, wenn ich auch nie wußte, was.

Mehr als alles andere wünschte ich mir die Erlösung von diesem Krampf, den ich meinen Lebenskrampf nannte. Die langen imaginären Tiraden gegenüber Samuel spielten auf dieses Gefühl der Erlösung an, auf ein Leben voll Sinn, Freiheit und Glück, dessen ich mich in Wahrheit nicht einmal für wert hielt.

Im nachhinein betrachtet war es auch reichlich unrealistisch, zu denken, daß die Erlösung dadurch zustande käme, daß ich in Samuels Nähe gelangte und Anspruch auf seine ungeteilte Aufmerksamkeit erheben würde – wenn ich von Vorbestimmung und Unvermeidlichkeit sprach. Doch so weit dachte ich wohlweislich nicht voraus. In meinen Gedanken gab es nur einen einzigen Weg, einen rabiaten Weg:

den des Überfalls. Samuel mußte brüsk und ohne großes Wenn und Aber *eingenommen* werden. Und damit meinte ich nur zum Teil: für mich eingenommen werden. Darum ging es mir nicht einmal. Das erwog ich nicht einmal ernsthaft. Er würde gar nicht über seine Gefühle für mich nachdenken müssen, sondern sich plötzlich mit einem Schmunzeln geschlagen geben, weil er – jawohl, auch er – es längst wußte: er für mich, ich für ihn.

Daß diese Vereinfachung vielleicht eher den totalen *blackout* widerspiegelte, der mich überkam, wenn ich an unsere anstehende Begegnung dachte, war mir damals glücklicherweise noch nicht aufgegangen. Heute erst wird mir bewußt, daß meine Vorstellung von diesem Ereignis verdächtig vage war. Ich sah mich mit einer Art weinerlichem Aufschrei in seine Arme fallen. Er würde das mit Zustimmung und Freude begrüßen, ebenfalls mit einem Aufschrei. Zu erklären gäbe es da nichts, dieses Fallen genügte. Dann würde es schwarz und warm, und es würden freudige Ausrufe des Erkennens und der Erleichterung erschallen.

Demzufolge hatte ich nur einen Gedanken: Wenn ich nur erst bei ihm zu Hause wäre, mit ihm allein. Dann würden wir schon weitersehen.

6

Ich kannte nur wenige Leute in der Stadt so gut, daß ich sie ohne weiteres zu besuchen wagte. Andere in meinem Semester schienen damit keine Probleme zu haben. Weil alle und alles so neu waren, brauchte man es auch als keine große Schande zu betrachten, wenn man einsam und auf der Suche nach Bekanntschaften war. Wenn man andere unangekündigt mit seiner Gegenwart beehrte, eingeleitet durch: »Hallo, ich dachte, ich schau mal kurz rein, hast du 'n Kaffee?«, machte man sich also nicht gleich *total* lächerlich. Manche fanden sogar, daß man etwas Toughes und Unabhängiges ausstrahlte, wenn man sich nichts aus solchen Kleinigkeiten machte wie Verlegenheit, Angst und Scham ob der Tatsache, daß man in seiner Verzweiflung urplötzlich bei jemandem auf der Matte stand, mit dem man höchstens ein paarmal im Fahrstuhl des Instituts geredet hatte oder mit dem man bei einer Fete zusammen auf dem Sofa gesessen hatte, nur durch das Widerstreben verbunden, sich zu erheben und *unheimlich entspannt* mit den anderen mitzutanzen. Bei solchen Halbunbekannten konnte man in diesen ersten Monaten einfach hereinschneien, um sich einen Reader auszuleihen oder unter Gott weiß was für einem anderen Vorwand, denn jeder suchte nach einem Vorwand, um Freunde zu gewinnen.

Ich hatte das noch nie gewagt, obwohl meine endlosen Radtouren durch die Stadt so gut wie immer der Sehnsucht nach Gesellschaft entsprangen, angefangen natürlich bei der großen Samuelsuche, die in die zehn Keuchminuten vor seiner Tür mündete, um anschließend nach jemandem auf die Suche zu gehen, dem man sich leichter nähern konnte; ein Kinderspiel nach der Tortur, der ich mich soeben ausgesetzt hatte.

Wenn es dann soweit war, überlegte ich es mir doch wieder anders. Ich konnte besser ein Buch lesen, mich auf die morgigen Vorlesungen vorbereiten und kurz zu Hause anrufen, als mich zeitraubendem Geschwätz mit einem wildfremden Menschen hinzugeben. Und mit einem äußerst unzufriedenen Gefühl begann dann ein leerer Abend reiner Selbstbespiegelung. Ich war ja zu nichts mehr gezwungen, jetzt, da ich allein wohnte.

Manchmal ging ich allein ins Kino, weil ich gemerkt hatte, daß eine große Geschichte mit Musik und die unkomplizierten Empfindungen anderer Leute mich aus der Entschlußlosigkeit herausreißen konnten, mit der ich ständig zu kämpfen hatte. So führte ich mir *Die Spitzenklöpplerin* ganz allein zu Gemüte und stieg danach mit tränenerstickter Kehle und mehr oder weniger selbstmordgefährdet auf mein Rad.

So wie sie durfte ich nicht enden. Alles, was sie war und tat, war eine unausgesprochene Anklage, aber in dieser Welt kam man mit Unausgesprochenem offenbar nicht ans Ziel. Ich wußte jetzt, daß ich sprechen mußte. Und zwar sofort. Ich hatte das Bedürfnis, Samuel, meinen nur in Maßen sprechenden Seelenverwandten, auf der Stelle über diese Erkenntnis zu informieren. Zu *sprechen*.

Die Tiraden sangen in meinem Kopf. Wiedererkennen, Erkennen. Die Einsamkeit war endlich einmal greifbar und offen, und ich fühlte mich auch endlich einmal nicht dadurch gelähmt, sondern war voller Hoffnung. Ich konnte ihm etwas erzählen, das ich hier und jetzt parat hatte. Diese Geschichte von einem Mädchen, das so still und verschlossen ist, daß es wie stumm wirkt, machte ein für allemal einen Strich durch die verlockende Option, selbst auch ein stilles Mädchen zu sein, das mit seinen Geheimnissen allseits die Phantasie anregt. Ich brodelte plötzlich geradezu vor energischer Extravertiertheit.

In einem Affentempo radelte ich durch die Stadt, entlang der besagten Route, in den schummrigen Garten Amsterdams hinein.

Binnen fünf Minuten stand ich vor seiner Tür, meinen Fahrradschlüssel im Anschlag, falls er keine Zeit haben sollte, damit ich mit entspanntem Lachen etwas Gleichgültiges und Fröhliches rufen könnte. Energie, Tempo, Beiläufigkeit: das sollte mein Äußeres ausstrahlen. Eine, die eine Menge Dinge um die Ohren hatte und zufällig in der Gegend war und dachte: »Ach, wohnt hier nicht dieser Samuel, bei dem könnt ich ja mal kurz anklingeln.« Nicht die von Kopfschmerzen geplagte, von ihm besessene bange Gestörte, als die ich mich in Wirklichkeit fühlte. *Die Spitzenklöpplerin.* Meine Augen quollen förmlich aus den Höhlen, mein Finger, der auf den Klingelknopf drückte, zitterte so sehr, daß er zweimal danebentraf, aber dann hörte ich ein leichtes Schrillen und unmittelbar darauf, beängstigend nah, wüstes Getrampel auf einer Treppe.

Das war viel zu wirklich, dachte ich noch.

7

Trotz meiner Ängste fühlte ich mich seltsamerweise auch glücklich mit meiner Verliebtheit in Samuel. Es war die Entdeckung, daß ich dieses wundervolle Gefühl haben konnte. Das adelte mich. Liebe mußte eine Form von Kunst sein, von Wahrheit und Schönheit, von Phantasie.

Allerdings war es schon ein bißchen ernüchternd, in den Zeitungen diese umfangreichen Anzeigenteile zu sehen, in denen die Leute so furchtbar platt, aber auch so hübsch abstrakt und mit so großer Intensität ihrer Sehnsucht nach etwas, nach jemandem Ausdruck verliehen. Nach einer Erfüllung, die wohl kaum mit diesem außergewöhnlichen Computerverkäufer, Bankangestellten, Texter oder dieser Sekretärin zu tun haben konnte, sondern ausschließlich mit diesem abstrakten *So Ungeheuer Begehrten Anderen.* Das Thema Liebe schien alle zu bewegen, lauschte man den geflüsterten Gesprächen, die über dem Austausch von Fußballergebnissen oder gemeinem Klatsch laut wurden. Als wäre das das einzige, womit die Leute über sich hinauswachsen konnten, das sie größer und schöner machte. Auch noch die oberflächlichste Seele schien an Raum und Tiefe zu gewinnen, wenn Liebe oder Verliebtheit im Spiel war. Aber vielleicht war es für viele Leute ja die einzige Form von Kreativität, zu der sie imstande waren.

Schade, daß die Erwartungen und Utopien oft nur zu Unglück und Stillstand führten, sinnierte ich düster. Oder zu gar nichts. Wodurch die Sehnsucht nach Erfüllung, nach etwas, nach jemandem, bestehenblieb.

Erlösung.

8

Zwischen unerfüllter und erfüllter Liebe bestand ein großer Unterschied, und das nicht nur unter körperlichen Aspekten. Meine allererste Verliebtheit, noch in der Grundschule, in Frans, ein kleines, schlaues, bebrilltes Jüngelchen, das für einen so erzkonservativen Politiker wie Hans Wiegel schwärmte, hatte nichts mit meiner ganz großen, wahren Liebe zu einem verlorenen Tennisball zu tun. Wohl aber etwas mit meinem Verlangen nach Henk, dem Unbezwingbaren Indianer.

Henk und ich hatten eine gemeinsame Vergangenheit, die seit unserer Wiederbegegnung auf der höheren Schule immer mythischere Dimensionen annahm. Es konnte kein Zufall sein, daß das Schicksal uns wieder zusammengeführt hatte.

Ruhig, mit einem Federschmuck auf dem Kopf (und hatte er nicht auch eine Pfeife im Mund?), hatte Henk in einer zutiefst magischen Vergangenheit oft undurchdringlich vor sich hin gestarrt, die schwarzen Indianeraugen in Fernen gerichtet, die ich nicht sehen konnte, und von Gedanken erfüllt, die weniger platt sein mußten als die meinen. Sonst hätte er mich bestimmt häufiger und bereitwilliger gerettet, wenn ich wieder einmal in Ohnmacht gefallen war.

In all den Jahren, in denen wir uns auf der höheren Schule sahen, von der Orientierungsstufe bis zur neunten Klasse, wurde nie darüber gesprochen. Wir starrten einander nur an, voller Indianergedanken. Henk starrte zu mir hinüber, in der Klasse, während des Unterrichts, in der Pause. Ich spürte seinen Blick, doch wenn ich aufschaute oder mich umsah, war der verschwunden. Ich sah höchstens noch das Imprint seiner Augen, mit einer so supersonisch schnellen Bewegung wandte er das Gesicht in vorgeschützter Konzentration der Tafel oder dem Blatt Papier vor sich zu. Ich starrte ebenfalls, aber ich sorgte immer dafür, daß unsere Blicke sich, wenn auch nur für eine Sekunde, begegneten.

Als er und ich noch fünfjährige Kinder gewesen waren, hatten wir mindestens einmal die Woche in einem Zelt im Wohnzimmer von Henks Eltern Indianer gespielt. Ich erinnere mich vor allem an dieses herrliche In-Ohnmacht-Fallen.

Henk war ein großer Indianer, und ich fiel vor dem Zelt in Ohnmacht. Manchmal ließ er mich einfach liegen, bis ich mich leicht beschämt wieder hochrappelte, doch wenn es gerade paßte, griff Henk rettend ein, legte mich vorsichtig ins Zelt und hielt Wache. Ich sei die *Squaw,* sagte Henk. Ich fühlte mich geschmeichelt und fand das alles sehr gewagt, aber auch ein bißchen unheimlich, vor allem weil ich nicht genau wußte, was eine Squaw war. Sicherheitshalber war ich still, wenn er das wieder einmal gesagt hatte, um die Squaw-Illusion nicht zu zerstören. Henk entlieh dem Wort eine Autorität, die ihn für mich unerreichbar machte. Aber ich wäre lieber gestorben, als ihn danach zu fragen.

Mehr geschah übrigens nicht. Der Ohnmachtsteil war für mich der unumstrittene Höhepunkt jener Nachmittage. Als ich Henk auf der höheren Schule wiedertraf, beide waren wir inzwischen erwachsene Leute von zwölf Jahren, bewegte sich das im Rahmen einer nebulösen, lustvollen Erinnerung, die uns glühend zusammenschmiedete. Zumindest mich an ihn.

Leider wäre eine Anspielung auf diesen peinlichen Kinderkram in jeder Hinsicht ein Zeichen unverzeihlicher Schwäche gewesen. Derjenige, der als erster davon anfing, würde das Risiko eingehen, Ereignissen eine Wichtigkeit beizumessen, die vom andern vielleicht in keinster Weise geteilt wurde.

Wenn wir nach Hause radelten, beide in dieselbe Richtung, fuhr er hinter mir. Nur selten, extrem selten, schloß er zu mir auf, um sich mit mir zu unterhalten.

Die Erschütterung, die ich Liebe nannte, war schlicht und einfach nicht *in Sprache zu übersetzen*. Ich wußte, daß die Kluft im Prinzip kleiner werden müßte, wenn man redete, aber ich kannte die Worte nicht. Die Worte, die wir wohl aussprachen, machten die Kluft nur noch größer. Ich bemühte mich, sie so tief in meinem Innern zu suchen, daß meine Stimme klang, als käme sie aus den Eingeweiden, einer finsteren Höhle voller Spinnweben und -fäden, rauh und dumpf. Sie sollten so vollkommen, so wahr, echt und erlesen sein, diese Worte, mich so in meiner Ganzheit darstellen, daß ich nur aus dem Teil meiner Seele schöpfen zu können meinte, von dem ich wußte, daß er durch und durch echt war, durch und durch zu mir gehörte, und das war zugleich der allertrübsinnigste, pessimistischste Teil von mir. Kein Wunder, daß unsere Unterhaltung nie so recht in Schwung kam.

Mit Henk schwieg ich lieber, um die Illusion von Kontakt aufrechtzuerhalten, so daß ich mir mich zumindest noch als eine ausmalen konnte, die verliebt und notfalls eine tragische Gestalt war.

Trotzdem ließ ich mir jeden Tag wieder irgendeinen komplizierten Dreh einfallen, wie ich, ohne daß es allzu auffällig würde, direkt vor ihm den Fahrradkeller verlassen und auf der Straße vor ihm herfahren konnte. Ich war süchtig nach der Spannung dieser Minuten nach dem Läuten der

Schulglocke. Scheinbar entspannt strampelte ich vor mich hin und fühlte mein Herz klopfen, wenn ich den Fisch an der Angel hatte.

Ganz gelegentlich einmal, wenn er Mut hatte, schoß er an mir vorbei. Laut sagte er dann: »Na, denn tschüssing!«, mit einem Akzent, der eigens für diesen Anlaß sehr breit ausfiel, um seiner heiseren, verlegenen Stimme durch Ironie mehr Halt zu geben.

Verdattert blieb ich zurück, irgendwie enttäuscht, aber auch geschmeichelt. Das war mehr als nichts, und ich meinte daraus ablesen zu können, wie groß seine Angst und Verlegenheit sein mußten, sich mir wirklich zu nähern. Direkt proportional zu seiner Verliebtheit, hoffte ich. Das ließ die Spannung noch weiter ansteigen.

Sie hielt jahrelang an, die Verliebtheit in Henk. Bis ich ein wenig vergessen hatte, wieso ich sie eigentlich noch aufrechterhielt, und selbst dann noch blieb ich dieser Verliebtheit ohne Inhalt, ohne Grundlage, ohne Zukunft treu. Die weniger tiefen, ebenfalls nie ausgesprochenen Lieben, die ich mir daneben erlaubte, schienen die eine wahre Liebe nur noch zu unterstreichen, ihr Stärke und Form zu verleihen, sie zu erhöhen und mit einem Schutzmantel zu umgeben, als wäre sie das einzige heilige Zentrum von Tiefe und Wahrheit. So blieb sie zwar gut konserviert, aber zugleich völlig leblos.

Wie es statistisch möglich war, daß es Menschen gab, die in haargenau demselben Moment ihre Ängste und Vorbehalte fallenließen und so dahinterkamen, daß sie ineinander verliebt waren – ich faßte es nicht. Die Wahrscheinlichkeit mußte, so nahm ich an, ungefähr so groß sein wie die, daß ein Meteorit auf unser Haus stürzte: nie ganz ausgeschlossen, aber doch ziemlich unwahrscheinlich.

9

Erfüllt und unerfüllt. Meine erste Liebe galt nicht Henk und auch nicht dem kleinen Frans.

Meine erste erfüllte Liebe galt einem Pferd.

Tanja war hellbraun, groß, schlank und jung, und als ich in dem Reitstall, wo ich Reitstunden hatte, aufgesessen war, spürte ich sofort, daß wir füreinander geschaffen waren. Ihre Flanken reagierten auf jeden Druck, den ich ausübte, und in ihrem Galopp, der vorsichtig war und doch schnell, lag so etwas wie Freude. Auf ihrem Rücken überkam mich eine nie zuvor empfundene Rührung.

Die weichen Nüstern, die großen, blitzenden Augen, die zerbrechlichen Beine, mit denen sie so perfekt auf das reagierte, was ich ihr zuflüsterte – ich hätte einen ganzen Monat hintereinander auf ihr dahinreiten können. Sie hatte eine vollkommen reine Persönlichkeit, und mit ihr war auch ich gleich rundherum in Ordnung. Ich konnte alles sagen, was ich wollte, und sie würde es verstehen.

Harmonie. Vergessen. Sublimation. Bei Tanja, dem Pferd, bedurfte es keiner Sprache, und das war mal was anderes, als nicht sprechen zu können. Da war überhaupt keine Distanz, und jedes Wort, das ich sagte, deckte sich vollkommen mit dem, was ich fühlte und was ich sagen wollte. Die Sprache des Herzens ließ sich ohne Scham zu den banalsten Ausdrücken verbiegen.

»Komm, Tanjalein, wie schön du das machst! Braaaaav!«
Damit konnte nicht ein einziges sorgfältig geplantes Wort an Henk mithalten.

Aber bei Tanja: ein Schleier des Glücks. Die ganze Welt umnebelt. Das war Verliebtheit, erkannte ich nach dieser einen Reitstunde, tragischerweise der letzten vor einem Umzug, der eine zweite Begegnung ausschloß. Dies mußte sie sein, die wahre.

Es war vielleicht das *Unbedachte* meiner Liebe zu Tanja, woraus das Gefühl von Erfüllung, von Verwirklichung, von Echtheit hervorging. Dadurch fühlte sich diese Liebe wahrer und verstörender an als die schmerzliche, kalte, rationale Verliebtheit in Henk, den Unbezwingbaren Indianer, der ein genauso zögerlicher, schwieriger, gehemmter Mensch war wie ich. Mit Tanja konnte man wortlos kommunizieren, ein Blick genügte, um eine ganze Palette süßer, froher Gefühle zu erzeugen.

Die Liebe zu Pferd Tanja sorgte für Vergessen, ein ätherisches Gefühl von Nichtbestehen, das alles andere war als diese überbewußte, supernüchterne Unsicherheit, wer ich bei Henk oder Frans war oder zu sein hatte. In dieser Art von Liebe konnte ich nur schwelgen, wenn sie nicht dabei waren.

Als ich in eine andere Stadt zog, verdichtete sich die Illusion der Henk-Verliebtheit in höchst befreiender Weise zu dem Traum, der sie eigentlich immer gewesen war. Nach Tanja hatte ich Heimweh.

10

Nur wenige Gespräche mit einem von fern Angebeteten dürften ganz entspannt verlaufen, aber der panische Ernst, in dem ich mich an jenem Abend mit Samuel unterhielt, läßt sich nur mit dem Zustand eines Menschen vergleichen, der etwa vier Stunden lang versucht, die Luft anzuhalten.

Samuel öffnete mit einem unvorstellbar netten, warmen Lächeln die Tür: »He, hallo, komm rein!« Er sah mich natürlich nicht an, na ja, für eine Sekunde vielleicht. Sobald ich zurückschaute, wandte er den Blick geübt einem anderen Gegenstand zu. Der Tür nämlich, die hinter mir geschlossen werden mußte, wo ich doch noch nicht einmal gefragt hatte, was ich geprobt hatte: »Störe ich? Ich dachte: ich schau mal eben rein, denn ich war gerade in der Gegend, eine Schulfreundin von mir« (o lässiger Reichtum!) »wohnt hier um die Ecke, aber sie war nicht zu Hause...« Nicht nötig. Er wußte zweifellos von dem einen oder anderen, wie es um mich bestellt war, oder er fand es tatsächlich ganz normal, daß jemand aus seinem Semester abends einfach mal hereinschneite. Ich vermutete, daß er meine Verlegenheit zu ignorieren versuchte, um nicht die eigene Angst und Unbeholfenheit zu wecken. Das beruhigte mich keineswegs, im Gegenteil, ich war um so mehr auf der Hut. Er sollte bloß nicht glauben, daß ich aus sprachloser Verliebtheit hier war, ein vor Angst bibberndes Praliné auf einem Samtkissen. Voilà, sprechen kann ich nicht, ich bin. Hier bin ich. Vernasch mich.

Ich hoffte, daß die Verlegenheit nicht auch bei ihm einschlagen würde, denn wenn das geschah – das hatte ich einmal bei einer Vorlesung miterlebt –, wurde er beängstigend still und verstockt, und dann würde ich vollends in Panik geraten.

Mein Alibi war gut. Ich wußte, daß Tara-aus-der-Sechsten hier irgendwo wohnte. Ich kannte sie zwar kaum, und es wäre mir bestimmt nie eingefallen, sie zu besuchen, aber wer wußte das schon? Es stellte sich als angenehm heraus, die Wirklichkeit den eigenen Wünschen und Nöten entsprechend manipulieren zu können. Jetzt mußte ich nur noch die passende Gelegenheit finden, die lässigen Sätze zu produzieren, mit denen ich mein Kommen zu rechtfertigen gedachte.

Er fragte nicht nach Warum oder Wie, dort in der Türöffnung. Er fragte nur, ob ich Wein mitgebracht hätte. Das klang sehr spannend. Das klang nach einem erwachsenen ganzen Abend. Als ich den Kopf schüttelte wie ein blödes Schaf, »nein, tut mir leid« stammelnd, lief er rückwärts die Treppe wieder hinunter zur Tür und sagte: »Kurz zum Imbiß.«

Hatte er die Situation nun im Griff oder nicht? Steif vor Ergriffenheit blieb ich an die Wand des Treppenhauses geklebt stehen und wartete, bis er weg war. Und als er die Tür hinter sich zugezogen hatte, rührte ich mich immer noch nicht. Ich war plötzlich allein in seinem Haus. Ehe er zurück war, mußte ich zusehen, daß ich das Bewußtsein der Absurdität dieser Tatsache, der idiotisch unverhofften Intimität, die dieses Vertrauen schuf, unter Kontrolle bekam. Aber es schlug mir wie ein Windstoß ins Gesicht, und schon begann auch der Anfall auf mein Herz, meinen Brustkasten.

Binnen zwei Minuten war er wieder da, genau in dem

Moment, als ich meine steif gewordenen Glieder von der Wand hatte lösen können und nach oben ging. Ich war mit ihm gleichzeitig im Zimmer, er einigermaßen gehetzt und von seinem schnellen Sprint keuchend (vielleicht hatte er unterwegs doch Bedenken bekommen, daß er mich so einfach in seinem Haus zurückgelassen hatte), ich tölpelhaft zögerlich.

Ich hatte noch nie ein so vollkommenes Zimmer gesehen, so einfach, würdig und allen anderen Zimmern von männlichen Wesen überlegen, die ich sonst noch so kannte. Bis in den kleinsten Winkel herrschte erwachsene Ordnung. Die Bücher in den Regalen neben dem Kaminsims, das ich so gut von draußen hatte sehen können, waren alphabetisch aufgereiht, und es waren allesamt prachtvoll gebundene Ausgaben. Es waren in erster Linie antiquarische Bücher, aber ich sah auch eine Sammlung von Bildbänden, die sehr beeindruckend wirkte. Vor den Regalen standen zwei schlichte Lehnstühle und vor dem Fenster ein Tisch mit zwei Küchenstühlen. Damit war dieser Teil des Zimmers voll, ohne daß eine einzige Konzession an Eitelkeiten wie Poster von Gemälden, die man möglicherweise irgendwann einmal in echt gesehen hatte, oder demonstrativ aufgestellte Schallplatten, die Fremden zeigen sollten, was der Bewohner besonders mochte oder zu mögen vorgab, gemacht worden wäre. Hier gab es nur diese schönen Bücher, die bei gewissen Leuten Schau gewesen wären, die hier aber feierlich und anrührend für sich standen und nur den Stolz und die Liebe des Besitzers aufgrund der Bedeutung, die sie für ihn hatten, zu bekunden schienen. Ich versuche es so wiederzugeben, wie ich es damals sah, nur damit das deutlich ist.

So klein das Ganze insgesamt auch war, es handelte sich doch um zwei ineinander übergehende Räume, und in dem angrenzenden Teil standen ein schmales Bett sowie weiter rechts eine kleine Küchenzeile mit Herd und Kühlschrank. Das war seine ganze Wohnung, ein etwas dunkler, aber souveräner kleiner Bunker der Rechtschaffenheit, fand ich.

Ich selbst war die nicht sonderlich stolze Bewohnerin eines Untermieterzimmerchens von zwei mal zwei Metern, das von dem Typ, der auch die restliche Etage, bestehend aus einem einzigen großen Raum, gemietet hatte, zuvor als Lager für Betäubungsmittel benutzt worden war. Surinamer war er und ziemlich *shady,* und ich mußte Küche und Klo mit ihm teilen. Eine Dusche war nicht vorhanden, und so seifte ich mich morgens, falls der Surinamer die Wohnung zu irgendeiner seiner obskuren Machenschaften verlassen hatte, in der Küche von Kopf bis Fuß ein. Jeder Tag, an dem ich sauber war und etwas im Magen hatte, fühlte sich daher an, als hätte ich wieder einmal eine große Leistung vollbracht.

»Mensch, du hast ja eine richtige Wohnung!« jubelte ich. »Daß du Platz für Tisch und Stühle hast! Und Lehnstühle und Bücherregale und dann auch noch eine Küche!«

Ich beschrieb den Schrank, in dem ich wohnte, und wie ich morgens mit einem Schritt vom Bett aus im Flur stand. »Sehr praktisch. Was soll man auch mit dem ganzen Raum um sich herum?« Ich schraubte meine Stimme höher und höher, und sie wurde immer verzweifelter vor lauter Übertreibung.

»Wie bist du an das Zimmer gekommen?« fragte Samuel mit aufrichtiger Neugier.

»Über die Zeitung.« Großspurig, weil reines Glück. »Die erstbeste Anzeige. Nein, nicht die beste, das Zimmer war schon weg. Die erste. Es war ein schwerer Schritt, denn meine Eltern wollten gar nicht, daß ich aus dem Haus gehe. Ich bin nämlich gerade erst achtzehn.«

»Mein Gott, wie jung«, sagte Samuel mit einem erstaunten, leicht perversen Auflachen. War es schön, daß er das sagte, oder nicht? Wegen meines Alters – ich war bis jetzt immer jünger gewesen als die andern – lief ich immer ein wenig außer Konkurrenz. Durch geflissentliches Aufpassen in der Schule und einen sogenannten günstigen Geburtstag hatte ich den meisten gegenüber einen kleinen Zeitvorsprung.

»Ja, sehr jung. Aber geistig bin ich steinalt. Mein Vater dachte, ich könnte ruhig noch ein paar Jahre zu Hause wohnen und immer hübsch zwischen Leiden und Amsterdam pendeln. Aber wenn ich das gemacht hätte, wäre als nächste Lösung wahrscheinlich nur noch die Psychiatrie in Frage gekommen.«

»Wieso?«

Samuel kam in Stimmung. Jetzt, da seine abwartende, stolze Haltung ein wenig von ihm abfiel, in den eigenen vier Wänden und bei einer Flasche Wein, kam bei ihm eine große kindliche Neugier und Unschuld zutage. Vor allem Neugier, und das heißt Lust auf genüßlichen Klatsch, Interesse an wissenswerten persönlichen Dingen. Das beruhigte und enttäuschte mich gleichermaßen. Beruhigt war ich, weil ihn das so unverhofft menschlich machte, enttäuscht aus genau demselben Grund. Fragen zu stellen und Antworten zu erhalten, das gab einem in gewissem Sinne Macht, und es half zweifellos, eigene Ängste zu bannen. Zugleich gab es dem anderen, mir, die Chance zu brillieren.

Ich wollte ihm gern vor Augen führen, wie sehr ich ihm ähnelte und wie wenig beängstigend ich war. Ich fühlte mich durch sein Interesse dazu veranlaßt, meine gesamte persönliche Geschichte so detailliert wie möglich zu erläutern. Es war, als erhielte sie, mit seinen Augen betrachtet, von seinen Ohren gehört, eine völlig neue Bedeutung, mit anderen Akzenten und Zusammenhängen, als gewänne mein Leben erst an Wert, wenn er es sich angehört hätte.

Ich hielt es nicht für ratsam, auch nur einen Hauch von Stille eintreten zu lassen. Also durfte er auch dies ruhig erfahren:

»Ach, weil ich nichts gegessen hab. Ich konnte einfach nicht mehr essen. Essen war bei uns zu Hause nämlich ziemlich mit Emotionen befrachtet. Mein Vater...«

Nein, darüber konnte ich doch nicht so mir nichts, dir nichts reden.

Stille. Das hast du nun von deinem Geplapper. Samuel machte eine finstere Miene, es schien fast, als sei er verärgert. Er schämte sich, weiß ich heute. Weil er zuwenig Feingefühl gehabt hatte, unachtsam gewesen war. Er verfiel in tiefe Niedergeschlagenheit über seine eigene Unzulänglichkeit, seine Grobheit. Und ich dachte, ich langweilte ihn.

Ich mußte unbedingt ein neues Thema finden, sofort.

»Meinen Vater machte es wahnsinnig, daß ich nicht aß, der ist völlig ausgerastet. Es gab Szenen bei Tisch, gräßlich. Ich erinnerte ihn an jemand aus dem Lager.«

»Er ist also...? Hat dein Vater...? Mein Gott...«

Mußte ich sein Interesse denn unbedingt mit diesen platten Mitteln zu wecken versuchen? Ich fand mich zum Kotzen – und insgeheim war ich froh, daß er das zumindest schon über mich wußte. Vielleicht würde er jetzt sagen, daß auch er...

Ich nickte. Zwar nur kurz, aber es war schon geschehen, ich hatte mich auf Kosten meines Vaters interessant gemacht.

»Und deine Familie?«

Er stellte sich taub.

Die Spitzenklöpplerin! Total vergessen!

Ich erzählte von Isabelle Huppert, die, ach, was für ein wunderbarer Zufall, in diesem Film auch nicht mehr essen wollte, nach allem, was ihr zugestoßen war. Selten hatte ich mich so mit einer Figur identifiziert.

»Aber schon ein deprimierender Schinken, ziemlich französisch und mit viel Geschweige«, log ich also.

Der Hang, alles, was ich erzählte, durch einen verächtlichen Unterton zu relativieren, wurde immer zwanghafter. Wie weit konnte ich mich über mein Leben stellen, um zu überleben?

Es war wieder einen Augenblick still.

Dann wollte er plötzlich alles mögliche über Riëtte wissen, mit der ich in der Uni immer zusammen war, weil ich sie noch von der Oberschule her kannte.

Er sagte: »Alle denken, daß ihr was miteinander habt, wußtest du das?«

Ich ließ beinahe mein Weinglas fallen.

»Was?«

»Ihr seid immer zusammen. Sie ist viel älter als du, und sie tut immer so beschützend.«

»Das heißt doch noch lange nicht, daß wir ein Verhältnis miteinander haben! Mein Gott.«

Ich war schockiert, versuchte das aber zu verbergen. *Ich* etwas mit einer Frau...

Wieder dieses perverse Auflachen, irgendwie auch ein bißchen unbeholfen.

»Na ja, ein paar Leute denken das, und ich konnte es mir eigentlich auch sehr gut vorstellen.«

Es schien fast, als wollte er mir etwas (ein Geständnis?) entlocken. Nicht, was Riëtte betraf. Nein, was ihn betraf. Dessen war ich mir auf einmal ganz sicher.

Jetzt stellte ich mich taub.

11

Mir schwindelte der Kopf, als ich nach Hause radelte, so voller Gespräch war er. Ganz allmählich legte sich der Taumel der Anspannung, und ich begann zu genießen, daß ich nun Zeit hatte, alles, was gesagt worden war, in Ruhe noch einmal durchzukauen, zu analysieren und als Erinnerung beizusetzen. Ich krümmte mich bei der Vergegenwärtigung der vielen völlig deplazierten Bemerkungen meinerseits, ich glühte bei den gelungenen und auch bei der Erinnerung an geheimnisvolle Bemerkungen seinerseits, die auf vielerlei Weise ausgelegt werden konnten. So hatte er gesagt, daß wir demnächst mal zusammen essen sollten. Er hatte das ganz ohne Nachdruck gesagt, absolut nicht schlüpfrig oder verheißungsvoll, sondern einfach weil nun mal jeder essen muß und es gemütlicher ist, wenn man das gemeinsam tut.

Als richte er diese Dinge immer so ein. Ich war vor lauter Entzücken und Angst derart erstarrt, daß ich gleichgültig darauf reagiert hatte.

Das war das eine. Ich hatte von Vestdijk gesprochen, den ich zweckmäßigerweise bürgerlich und sexistisch nannte, und er wußte viel über einen Schriftsteller, der mir nichts sagte: van Oudshoorn. Wir hatten ein bißchen angegeben, überheblich unsere Meinungen verkündet und uns dann auch noch blasiert und spöttisch über gewisse Dozenten ausgelassen. Und dann hatten wir uns, immer noch nicht betrunken, obwohl wir bestimmt zweieinhalb Flaschen Wein intus hatten, förmlich und *cool* voneinander verabschiedet.

Ich war total groggy.

Aber nach Hause konnte ich noch nicht, dazu war ich viel zu aufgekratzt.

Ich fuhr zu der Kneipe gegenüber von dem Haus, in dem viele Studenten wohnten, die mal auf dieselbe Schule gegangen waren wie ich. Eigentlich waren sie ja ein wenig unter meinem Niveau, denn ich war selbständig und alleinstehend und nicht irgend so ein Herdentier.

Vor der Tür stand ein leicht wankender Zack, betrunken, aber quietschfidel. Zack war nett, vor allem weil er sehr lange in mich verliebt gewesen war; er war auch ein Windhund, zu gutaussehend, ein bißchen oberflächlich und meiner nicht ganz wert – oder vielleicht fürchtete ich mich auch vor diesem Windhund.

Er rief meinen Namen und zeigte sich hocherfreut, mich zu sehen. Da war also noch etwas. Das war gut so.

Reichlich schwankend setzte er sich auf mein Vorderrad und legte seine Hände auf die meinen.

»He, Ednalein, wo willst du denn hin?«

Ich hatte keine Angst mehr, ich hatte anderes im Sinn.

Sie fühlten sich sehr angenehm an, diese Hände. Mir wurde warm.

Ich schaute zu ihm hoch und sagte: »Heeee, Zack.«

Mein Tonfall leitete alles weitere ein.

Wortlos, aber wie blöde kichernd, gingen Zack und ich in seine schmuddlige Studentenbude.

Samuel gab ich ein Plätzchen in einem Schmucktresor. Behutsam schloß ich ihn weg, sicher und geheim. Durch ein Löchlein schaute er zu, ich winkte ihm; hinter dem Stahl, oder vielmehr davor, war ich allmächtig und unberührbar, mir seines Blickes nur scheinbar nicht bewußt. Während ich mich für Zack auszog, machte ich mich für Samuel unverletzlich.

Ich war stolz. Ich hatte Samuel ein Schnippchen geschlagen, dachte ich, ein klein wenig hatte ich sogar über ihn gesiegt.

12

Je weiter das erste Jahr seinem Ende entgegenging, desto überzeugter war ich von meiner Verliebtheit in Samuel, ohne daß übrigens von sonderlich aufsehenerregenden Entwicklungen die Rede hätte sein können. Daß Samuel ein *schwieriger Typ* reinster Machart war, bestärkte mich darin. Je schwieriger, desto besser eigentlich. Zum Glück war er auch schon bald allgemein als solcher bekannt.

Wenn ihn jemand zu einem Essen, einer Fete oder einem

stinknormalen studentischen Kaffeeklatsch mitzulotsen versuchte, lehnte er immer ab. Sein Gesichtsausdruck deutete auf eine zwar nicht gerade nachvollziehbare, aber doch zumindest Eindruck machende Aversion gegen eine derartige Zeitverschwendung hin. Womit er sich natürlich implizit gegen alles aussprach, was nicht unbedingt notwendig war. Wenn er sich dennoch einmal zu etwas nutzlos Sozialem herabließ, konnte er, nachdem er alle höchstens zwanzig Minuten lang mit seiner illustren Gesellschaft beehrt hatte, plötzlich aufstehen und grußlos von dannen ziehen. Das sah unwillkürlich wie Kritik aus. Auch ein wenig wie Arroganz, doch da er die ansonsten nie offen zeigte – er strahlte in der Öffentlichkeit eher etwas aus, das sich irgendwo zwischen Belesenheit, Autorität und Empfindsamkeit bewegte, eine seltene sympathische und bewundernswerte Kombination! –, führte sein Benehmen nie dazu, daß er irgendwen verärgerte oder gegen sich aufbrachte. Nach und nach gewöhnte man sich daran.

Ich stellte mir vor, daß er in einer Integrität und Reinheit lebte, von der ich noch meilenweit entfernt war. Er schien nie einfach irgend etwas zu sagen. Sobald er merkte, daß jemand das tat – witzeln, ohne wirklich witzig zu sein, offenkundig unreflektiert etwas von sich geben, was mit Leichtigkeit zu widerlegen ist –, dann zog er dieses Gesicht: undurchdringlich, als müsse er sich mit aller Macht gegen seine eigene, allzu überlegene Irritation immun machen, stoisch. Er bekannte sich zu einer Form von Toleranz, die ein scharfer Beobachter auch als eine Form von Hochmut deuten konnte. Dieser scharfe Beobachter war ich, doch sogar Hochmut gehörte in diesem Fall zu einer der wünschenswerteren Charaktereigenschaften, weil sie womöglich Samuel zu eigen war. Meine Beobachtungen waren genauso scharf wie versöhnlich. Also waren sie, im nachhinein betrachtet, vielleicht doch nicht so scharf.

Samuel hatte dessenungeachtet allerhand Freunde, mit denen er die Abende verbrachte. Freunde, die seinen strengen Ansprüchen genügen und sich auf demselben hohen Level bewegen mußten wie er. Vieles von diesem Niveau schien mir mit dem Umstand verknüpft zu sein, daß Samuel aus der Stadt kam. Ich hatte in Erfahrung gebracht, daß seine Familie noch immer dort wohnte, was mir als geradezu mythische Qualität erschien. Samuel verkehrte, wie ich mit lächerlicher Ehrfurcht annahm, offenbar am liebsten mit Städtern, die dank ihres Hintergrunds und ihres Wissens in Sachen menschliche Beziehungen nun einmal weit über die verworrenen Provinzler, die wir, seine Kommilitonen, allesamt waren, hinausragten.

So baute ich, manchmal selig in meinem sehnsuchtsvollen Traum dahintreibend, meist jedoch hilflos durch meine immer gigantischer werdenden Unsicherheiten und Minderwertigkeitsgefühle rudernd, das Gebäude Samuel Finken auf, Stein für Stein, und driftete, ohne mir dessen bewußt zu werden, immer weiter von ihm weg.

Erst nach einigen Monaten entstand so etwas wie ein – anfangs auch nur förmlicher – Kontakt zwischen Samuel und mir. Komische Monate, in denen ich Zack immer öfter sah, und danach auch noch den Verbindungsmacker Jim, den ich auf einer Fete kennenlernte. Ich sah mich als eine Art Vamp durchs Leben spazieren, ohne daß ich mir darüber allzuviele Gedanken machte. Was mir gar nicht ähnlich sah. Ich machte mir sonst über alles geradezu krankhaft viele Gedanken.

Meine nächtlichen Eskapaden hielten mich übrigens nicht davon ab, Samuel während der Vorlesungen und in den kostbaren Pausen zu fixieren, gelähmt und still, überzeugt davon, daß er nicht das geringste Interesse an mir haben konnte, mich masochistisch in Leid, Angst und einem merkwürdigen Heimweh suhlend.

In den Wochen nach unserem weinseligen ersten Abend war zu meiner Entgeisterung praktisch keine Rede von irgendeinem Einvernehmen zwischen uns, als wären wir beide außerstande, die Uniwirklichkeit mit der so völlig anderen Atmosphäre jenes Abends zu vereinbaren. Wir grüßten einander schüchtern wie Fremde, die irgendwann einmal auf einem Transatlantikflug miteinander ins Gespräch gekommen sind, und eilten dann schnell weiter, als berge eine Unterhaltung große Gefahren.

Diese Unterhaltung blieb daher stets eine unwirkliche Verheißung, als Das Große Gespräch schwebte sie zwischen uns wie ein Geist. Jedenfalls sah ich ihn schweben, diesen Geist. Ich bereitete mich kontinuierlich darauf vor. Aber vorerst war keine Sprache dazu geeignet, und meine Stimme schon überhaupt nicht. Also blieb es totenstill.

Ich hatte keine andere Wahl, als mich genauso immun und stoisch zu geben wie er. Das war im Endeffekt auch am leichtesten.

Ganz gelegentlich einmal sagte er von sich aus etwas Geistreiches oder schmeichelhaft Neckendes zu mir. Vor lauter Ehrgeiz, daraufhin dann das Netteste und *Coolste* aus meinem Hirn zu klauben, was irgend denkbar war, konnte ich ihn nur verzweifelt anstarren. Fiel mir dann endlich etwas ein, war der geeignete Moment, es auch zu sagen, längst vorbei. Ich schwieg daher meistens, mit vielsagend munterem Kichern. Und mit feuerrotem Kopf – über den er höflich hinwegsah.

Hatte ich einmal Mut, von mir aus das Wort an ihn zu richten, verriet mich mein Tonfall. Gerade die entscheidende Spur zu betont beiläufig, zu betont obenhin. Er antwortete mir zwar, doch mit unwirsch niedergeschlagenen Augen – verärgert, so schien es, über meine Unechtheit, meine Überbewußtheit. Die führten dazu, daß er sich ebenso unbehaglich und seiner selbst übermäßig bewußt fühlte wie ich, weiß ich heute. Darin waren wir uns tatsächlich verblüffend ähnlich.

13

Einige Monate waren vergangen, als an einem frühen Abend – ich saß gerade in meinem enganliegenden Zimmerchen und nahm mein Abendessen in Form von Äpfeln ein – das Telefon klingelte.

»Samuel«, hörte ich.

Ich verschluckte mich sofort ganz fürchterlich.

Irgend so ein Firlefanz wie »hi« oder »hallo« kam für Samuel nicht in Frage. Sein Name genügte, wie ein Befehl. Geduldig wartete er, bis ich ausgebellt hatte.

»Soll ich lieber wieder auflegen? Ich könnte es mir nicht verzeihen, wenn du meinetwegen erstickst. Oder sollte ich dir etwa gerade das Leben retten?« spottete er.

»Edna«, tat ich es ihm kühl nach, »warte mal.« Ich hustete weiter.

Seine Stimme klang sachlich, als er seine Frage losließ, mein röchelndes Ringen um Fassung höflicherweise ignorierend: »Ich hab mich gefragt, ob du nicht vielleicht Lust hättest, mit zum Segeln zu kommen.«

Die Einladung schlug ein wie eine Bombe. Mit wem? wollte ich fragen, und: Du und ich zusammen? Oder kommen womöglich DEINE FREUNDE mit?

Aber mit dieser Art von Neugier durfte man Samuel nicht kommen, und ich hatte eine Heidenangst, ihm die Gönnerlaune zu verderben.

Beim ersten Wort, das ich herausbrachte, klang ich eine Oktave höher als sonst.

»Hast...«, piepste ich.

Gewaltsam zwang ich meine Stimme, sich zu senken.

»Hast du denn ein Boot?« blaffte ich daraufhin weiter.

»Ja, mein Vater hat ein Boot. Wir fahren nach Edam, vielleicht auch weiter, aufs IJsselmeer hinaus. Picknicken am Kai. Bist du schon mal gesegelt?«

»Klar«, log ich. Dann ging mir auf, daß mich das in Schwierigkeiten bringen könnte. Daher: »Aber ich kann es nicht besonders gut.«

»Es ist nicht schwer. Denk dran, Turnschuhe mitzunehmen und etwas, was du auf den Kopf setzen kannst. Und Kleidung zum Wechseln. Jeder bringt was zu essen mit. Kannst du für Brot und Aufstrich sorgen?«

Ich war so aufgeregt, daß ich kaum noch sprechen konnte. Mit dicker Zunge fragte ich, nach ein paar falschen Räusperern, um mich zu korrigieren, wann es denn losgehen solle.

»Morgen früh um zehn Uhr ab Monnickendam. Du kannst mit uns dorthin fahren.«

14

Samuel hatte eine kurze weiße Hose an und cremefarbene Tennisschuhe, und seine Augen strahlten vor Vergnügen. Unschuld. Mit einem großen dunkelhaarigen Typ namens Vincent zusammen stopfte er allerhand Zeug in einen orangenen Opel. Ich war geschockt über diese sportliche Ausführung von Samuel, der in der Uni meist in Schwarz gekleidet war, häufig mit zerknittertem weißen Oberhemd dazu.

»Hallo«, sagte Samuel freundlich, »das ist Vincent. Möchtest du nach vorn oder nach hinten? Was hast du da Schönes?«

»Käse und Pastete«, sagte ich.

Und Tomaten. Und zwei Vollkornbrote. Andere aßen so was, hatte ich mir gedacht. Ich selbst war wie immer auf Diät.

»Gut«, meinte Samuel nickend.

Er wurde von Vincent gerufen: »Sam, komm mal!«

Sam. Mein Gott.

Sam. Edna und Sam. Sam und Edna. Es klang edel und nach Vorkriegszeit.

Ein weiterer Unbekannter kam hinzu, mit hoher Stirn und wildem Lockenschopf. Jaap. Ein unglaublicher Wichtigtuer, der Samuel andauernd vors Brustbein stieß, um ihn bei seinen Witzchen ins Taumeln zu bringen.

»Mann, laß mich doch mal in Ruhe«, sagte Samuel. Und als wäre er genauso ein junger Hund wie dieser Jaap, ballte er die Fäuste, um ihn spielerisch zu attackieren. Ärgern tat er sich offenkundig nicht. Er kannte Jaap, der Medizin studierte, schon zwanzig Jahre, bekam ich dann mit, wenn nicht sogar schon vom Kindergarten her. Ich kannte kaum noch jemanden von der Oberschule, geschweige denn von der Grundschule oder gar vom *Kinder*garten. Ich hatte überhaupt keine Vergangenheit. Ich existierte nicht. Ich fing jeden Tag ganz neu an.

Danach hörte ich lautes Gejohle vom Anfang der Straße her. Es kam von einer großen, dunkelhaarigen, ein wenig bäurischen Frau, die auf Naturmenschenart schön war.

Sie küßte Samuel blitzschnell auf beide Wangen und sagte mit Augen, die nicht minder strahlten als die seinen: »Was für ein unglaublich schöner Tag. Fahren wir auch gleich los? Ich habe soooo wahnsinnige Lust!«

Und als alle überrascht lachten, ein bißchen peinlich berührt wohl über soviel ironielose Freude, schüttelte diese Flippa jedem die Hand, lachte mich und die Typen einen nach dem anderen bezaubernd und neugierig an und hüpfte eins, zwei, drei in ein Auto.

Man sah ihr nach, für einen kurzen Moment verstummt, ehe man schnell damit weitermachte, Sachen aus dem Haus zu tragen und in einen der Kofferräume zu packen.

»Das gibt's doch nicht!!!« rief sie spöttisch. »Seid ihr denn immer noch nicht fertig?« Prustendes Gelächter.

Was für eine Urgewalt an Extravertiertheit. Aber Samuel sah nicht verstört aus. Unergründlich, das schon, natürlich. Er hatte sie eingeladen.

Wir mußten noch ein Weilchen warten. Flippa also wieder mit einem wilden Sprung aus dem Auto heraus. Es sollten noch drei Leute kommen, zwei Frauen und ein Typ, die eine geheimnisvolle Beziehung zueinander hatten, eine Art Dreiecksverhältnis, schien es, flippige, lockere Leute, die ich von der Uni her kannte. Ich hatte sie oft mit Samuel zusammen gesehen.

Ich kam mir mittlerweile sehr klein vor, die Spannung stieg, aber die dunkelhaarige Flippa (so hieß sie wirklich) hatte schon meine Hände ergriffen und gerufen, wie neidisch sie sei, daß mir diese kleinen T-Shirts paßten. Sie habe sie schon oft bewundert. So kleine kämen für sie beim besten Willen nicht in Frage. Nein. Ihr Busen war in der Tat gigantisch. Meiner nicht. Danke, Flippa. Fein, daß du darauf kurz aufmerksam gemacht hast.

Sie erschrak: »Oh, aber ich finde dich toll! Wirklich! Ich war schon immer neidisch auf so zerbrechliche kleine Schultern, so einen kleinen Busen!«

Sie habe sich schon oft nach mir umgedreht, sagte Flippa – das schmeichelte mir irgendwie. Was konnte ich tun? Ich war wehrlos. Und ich hätte besser aufpassen sollen. Ihr Ausschnitt erzählte etwas ganz anderes, ihre Haltung auch. Sich der sexy Gewichte vollkommen bewußt, die da geschleppt werden mußten, trug sie keinen BH, und im weiten Ausschnitt ihres T-Shirts wurde hin und wieder ein Stück nackte Schulter sichtbar. Der Rest war straff, und ihre Taille hatte sie mit einem Gürtel eingeschnürt, entgehen konnten sie also niemandem.

Flippa sprang und rannte herum, bis sie sich schließlich in eine strahlend vorgetragene Vorlesung über die Geschichte Edams stürzte. Und die Typen, nicht daran gewöhnt, an einem Samstagvormittag und gerade im Begriff, einen Segeltörn zu ebendieser Sehenswürdigkeit zu machen, unaufgefordert so viel Information vorgesetzt zu bekommen, noch dazu von einer Frau mit einem solchen Busen, lachten schon wieder überrascht, und alle waren aufgeregt und wollten gern alles dafür tun, in die Gunst dieses äußerst interessanten und so lebendigen schönen Wesens namens *Flippa* zu kommen, das mir meinen Segeltörn – soviel stand nun jedenfalls fest – gründlich verderben würde.

15

Auf dem IJsselmeer ging ein gehöriger Wind. Das merkten wir schon auf dem Steg. Mir war kalt in meinen kurzen Hosen und dem besagten T-Shirt. Ich hatte zwar Kleider zum Wechseln mit, wie Samuel gesagt hatte, aber die waren ziemlich bescheiden und nur im Katastrophenfall zu gebrauchen.

Bibbernd sah ich zu, wie die anderen eifrig die Sachen im Boot ordneten und umräumten. Ich mußte etwas tun, aber was?

Flippa verstaute energisch die Lebensmittel in Schränken, und danach sah ich sie geschäftig mit Schwimmwesten und Tauen und allerlei unbekanntem Gerät an Deck laufen. In ihrer Miene lag ein autoritärer Ausdruck, der mir eine Heidenangst einjagte. Ihr wollte ich nicht helfen, ich mußte mir etwas Eigenes einfallen lassen. Vincent und Samuel schleppten ernsthaft und schweigend Taue hin und her und Stoffplanen voller Spangen und mit Eisen umrandeten Löchern.

Was dauerte das bloß alles schrecklich lange. Ich fragte schüchtern, ob ich etwas tun könne.

»Du kannst mit Jaap das Segel anbringen«, sagte Samuel kurz angebunden.

Ich sah, daß Jaap angestrengt mit etwas beschäftigt war. Und ich hatte gedacht, Segeln wäre etwas, das man zum Spaß macht!

Jaap erklärte mir, was zu tun war. Es klang nach einem Haufen Arbeit. Und mir war so kalt. Der Wind pfiff mir um die Ohren und drang mir bis auf die Knochen. Alles Blut war mir aus dem Gesicht gewichen. Meine Augen tränten. Die anderen trugen inzwischen Pullover und Jacken. Wie hatte ich das wissen können? In der Stadt war es schwülwarm gewesen. Jaap schien ganz nett zu sein. Ihm konnte ich ruhig sagen, daß ich fror. Er riet mir, eine Schwimmweste anzuziehen.

Ich begab mich vorn unter Deck, wohin ich Flippa Schwimmwesten hatte schleppen sehen. Wie ein Michelinmännchen erschien ich wieder auf der Bildfläche. Attraktiver hatte es mich sicher nicht gemacht. Wärmer war mir allerdings schon. Nur kostete es mich jetzt größere Mühe, mich zu bewegen, und vor allem das Anbringen des Segels, meine neue Lebensaufgabe, wurde dadurch nicht gerade erleichtert.

Als Samuel und Vincent erschienen, waren wir beinahe fertig. Mich hatte eine große Mutlosigkeit überkommen. Angesichts dieser Vorzeichen war die Chance, daß das Ganze noch schön werden würde, auf ein Minimum geschrumpft. Müde, dick und formlos in meiner blöden Schwimmweste hoffte ich nur noch, daß wir nun endlich losfahren würden. Und tatsächlich schien gleich etwas zu passieren.

»Okay!« rief Samuel. Er war der Kapitän, natürlich.

»Jaap und Edna: Ihr sitzt vorläufig mal hier an Steuerbord! Vince ist Steuermann, ich übernehme das Segel! Flippa, du bleibst an Land, machst die Vorleine los und hälts sie fest!«

Rätselhafte Anweisungen.

Das Dreieck brauchte nichts zu tun, denn die waren – genau wie ich – noch nie gesegelt. Trotzdem machten sie einen fröhlichen und lernwilligen Eindruck und schienen gut im Befolgen von Ordern zu sein. Ich dagegen empfand eine furchtbare Auflehnung und war vor lauter Elend und Friererei dem Weinen nahe. Dann zog Samuel an der Strippe des Motors, und wir fuhren aus dem kleinen Hafen hinaus, nachdem Flippa noch, die Leine in der Hand, wie ein Reh vom Kai an Deck gesprungen war. An Land bleiben, die Vorleine festhalten? Sie machte doch was ganz anderes!

Aber niemand fluchte.

Sie hüpfte zu dem Teil des Decks, wo Samuel saß, und ließ sich fröhlich ihm gegenüber nieder. Immer in den Mittelpunkt hinein, diese Flippa.

Samuel stellte sich hin und machte etwas mit den Leinen des Segels, so daß alles gewaltig zu flattern begann. Alles wehte und peitschte und schlug, und mir wurde immer bänger und kälter. Wir würden umschlagen, das wußte ich, und niemand würde mich dann retten. Da zog Samuel mit einem Ruck das Segel nach links, brüllte laut »Wende!«, und ich spürte einen gewaltigen Schlag.

Es wurde sehr still.

»Mein Gott, wenn er Wende sagt, mußt du dich schon ducken, du Dummchen!«

Jaap, der angehende Arzt, beugte sich über mich. Im Hintergrund sah ich Samuel. Er machte ein erschrockenes, aber auch ungeduldiges Gesicht. Wir würden nicht umkehren, das war mir schon klar.

Jaap hatte mir einen nassen Lappen auf den Kopf gelegt, aber das half alles überhaupt nichts, ich wollte nur noch weinen.

»Kann ich etwas für dich tun?«

»Sollen wir zurückfahren, willst du zurück zum Kai?«

»Oder geht es?«

Letzteres kam von Samuel. Es klang einigermaßen befehlend. Ich bemühte mich, die Tränen hinunterzuschlucken.

»Ja, ja, es geht schon«, sagte ich. Ich wollte ihn nicht ansehen. Ich haßte meinen Kopf mit den Tränen und die weißen Wangen mit den Flecken von Kälte und Verzweiflung. Ich programmierte ein nettes, ironisches Lächeln. In meinem Kopf hämmerte ein erbarmungsloser Rhythmus.

»Natürlich will ich nicht zurück. Jetzt kann ich endlich einmal segeln lernen... Ich hatte dir doch gesagt, daß ich es nicht besonders gut kann, oder?«

Keep up the spirits! Don't lose it! Wo kamen plötzlich diese amerikanischen Aufmunterungsrufe in meinem Kopf her?

»Das war ein kleiner Euphemismus, glaube ich.«

Er wirkte erschrocken. Mir ging es sofort viel, viel besser.

»Vielleicht hätte ich mich den Anfängern gegenüber etwas deutlicher ausdrücken sollen.«

Auch das klang liebenswürdig, aber trotzdem war das Ganze ziemlich demütigend, denn ich sah, daß er es eilig hatte, zum Segel zurückzukommen.

Das Boot drehte sich so ein bißchen um die eigene Achse, und der Krach und das Gerucke und Geziehe dieses elenden Segels war kaum noch zu ertragen. Offenbar konnte Flippa auch nicht so besonders gut damit umgehen. Energisch, wie sie war, hatte sie gleich das Segel übernommen. Aber jetzt wurde es ruhig. Vincent war ihr zu Hilfe geeilt, groß und breit lachend, und Flippa und er hielten den großen weißen Lappen nun gemeinsam im Zaum. Sie folgten ihm mit fanatischem Blick, Erwachsene mit erwachsenem Segelspaß, die Haare im arktischen Wind, Natur pur.

Nicht ein einziges Mal hatte Flippa zu mir hergesehen. Es handelte sich wahrscheinlich um ein nur allzu bekanntes dummes Problem, wenn sich einer nicht rechtzeitig vor dem Baum duckte. Damit konnte sie sich natürlich nicht abgeben.

Samuel lief zu ihnen hinüber. Ich hörte, daß sie lachten und redeten. Jaap hatte sich ein Bier geholt und eine Zigarette gedreht und starrte trinkend und rauchend vor sich hin. Der Arme. Auf der anderen Seite war es bestimmt netter als hier bei mir.

16

Aber ich hatte wieder einmal alles ganz falsch gesehen. Denn da kam Flippa. Sie hatte Tee gemacht und brachte mir eine Tasse. Sie sagte: »Spannend, was, so zum erstenmal zu segeln.« Überrumpelnd nett war sie. Das mit dem ersten Mal ließ ich so stehen. Ich nickte begeistert, ich alte Selbstverräterin.

Neugierig fragte sie, welche Hauptfächer ich hätte – und sie erzählte mir, welche sie gewählt habe. Andere als ich. Und Literaturwissenschaft, genau wie Samuel. Sie kannten sich also von der Uni.

Ich hatte noch nie jemanden erlebt, der derart lebhaft und ausgelassen war. Jemand, der sich dauernd mit anderen beschäftigte, ihnen Fragen stellte und in einem fort Geschichten erzählte, um sie milde zu stimmen und für sich zu gewinnen. Sie spielte die Natürliche, den Naturmenschen, stark und patent, nie kindisch, und es fiel ihr nicht schwer, sich jeden, den sie bezaubern wollte, zu grapschen, ihm um den Hals zu fallen, ihn zu umarmen und dauernd anzufassen. Sie gab so viel, genau wie eine leidenschaftliche Schauspielerin, daß sie wohl auch viel von Menschen verlangte. Sie glaubte wohl an die Spiegelfunktion ihrer ganzen Agiererei – warum hätte sie sich denn sonst bloß so verausgaben sollen? Mein exakter Gegenpol, das war sie. Grübeln, über sich selbst brüten – das würde sie nicht tun.

Dabei kicherte sie bei allem, was sie sagte, auch bei den ernsteren Dingen, jedoch ohne sich selbst dadurch zu relativieren, wie ich das immer zu tun pflege. Bewundernswert und nicht greifbar wollte sie durch dieses Gekicher sein, was im Kontrast zu dem nur allzu fundierten Inhalt ihrer ausdrücklichen Meinungen zu allerlei Themen stand – mit dem sie das möglicherweise entstehende Bild, sie sei zwar sexy, aber dumm, stets wieder auszulöschen wußte. Alles, alles, um andere in die Schranken zu verweisen und zu überrumpeln.

Aber das Muster durchschaute ich damals noch nicht. Ich war zwar auf der Hut, das schon, jetzt aber auch entwaffnet, was nach der Provokation mit den T-Shirts und den Brüsten schon bemerkenswert war. Mit ihrer kontinuierlichen neugierigen Fragerei, noch dazu in einem Tonfall, als wäre alles, was man sagte, für sie von größter Wichtigkeit, verstand Flippa es ausgezeichnet, jemanden redselig zu machen. Ihre Fragerei hatte nichts mit Angst und alles mit Macht zu tun, fürchtete ich. Die ich ihr nicht zugestand, aber was sollte ich dagegen tun?

Sie zog mich ein bißchen auf.

»Ist es immer noch so?« fragte sie. Von einem aus dem Dreieck habe sie vor einiger Zeit gehört, daß ich auf Samuel stünde.

Ich hatte mich gerade von einem tüchtigen Schlag auf den Kopf erholt, ich war durch eine Tasse Tee entwaffnet, die genau das richtige für mich gewesen war, ich fühlte mich geschmeichelt durch die Aufmerksamkeit, die zu einem Zeitpunkt kam, da ich mit meinem sich drehenden Magen und meinem unbeholfenen Stets-im-Weg-Körper praktisch ein Nichts war. Daher lachte ich ein bißchen. *Sofort* zugeben tat ich es nicht.

Flippa wollte mehr: »Jetzt sag doch. Bist du verknallt? Das ist doch nicht so schlimm!«

Sie lachte auf. Ich lachte ebenfalls. Ich sträubte mich noch. Dann sagte ich:

»Doch, es ist schlimm. Es ist ganz schlimm.«

Ihr Lachen wurde vage. Zu vage. Ich witterte die Gefahr sofort und zu spät.

Und dann wurde sie durch Jaap abgelenkt, der fragte, ob sie ein Bier wolle, danach durch Vincent, der fragte, ob sie jetzt ans Ruder wolle, denn es sei ruhig, und weg war sie, quecksilbrig, vom Meistbietenden, Schnellstbietenden mit Beschlag belegt. Sie ließ mich mit einem unguten Gefühl zurück, als wäre sie mit etwas abgezogen, das mir gehörte. Nun war ich allerdings wieder ganz bei der Sache. Ich würde mich dem Segeln widmen.

Doch wenn ich gehofft hatte, daß ich mir mit kameradschaftlicher, ruhiger Anwesenheit über die Runden helfen konnte, ganz im Sinne der Seeleute, die ihre Konzentration in erster Linie dem Segeln zuwandten und höchstens zehn Worte in fünf Minuten wechselten, sah ich mich nun in dem befürchteten Gegenteil bestätigt. Flippa erweckte mit unermüdlichem Gerede und Gelache jeden zum Leben, lief hin und her – um sich schließlich neben Samuel niederzulassen und scheinbar völlig entspannt und laut kichernd in ein Gespräch mit ihm zu verfallen.

Mit Samuel! Kichern! Erinnerungen an Segeltörns mit ihren jeweiligen Familien! Austausch von Orten, Gewässern, Winden! Es wurde schallend gelacht! Er lebte! Oder: Sie wußte, wie sie ihn zu bedienen hatte. Sie neckte ihn, reizte ihn, kabbelte sich mit ihm. Sie wußte alles besser. Sein Wetteifer wurde angestachelt, und er gab nicht so ohne weiteres auf. Er war ein Spieler, begriff ich jetzt. Sie auch. Ich war kein Spieler, ich haßte Spiele. Zeitvergeudung, hatte ich immer gefunden. Jetzt war ich mir da nicht mehr so sicher.

Sie durfte ans Ruder, und damit wußte sie ganz gut umzugehen, jedenfalls lernte sie schnell und verärgerte niemanden. Mich ausgenommen, natürlich, aber das war Eifersucht. Dabei stieß sie mädchenhafte Schreie aus, die alle rührten. Mich brachten sie aus der Fassung. Es war mir unersichtlich, woher sie die Energie und die Lust nahm, andere permanent rühren, schockieren oder verblüffen zu wollen, kurzum: andauernd den Gemütszustand zu verändern und auf die Wichtigkeit ihrer Existenz hinzuweisen. Ich fühlte mich im Vergleich zu ihr lahm und faul, wie eine sirupartige, kondensierte Substanz; ich kam mir vor, als säße ich am Boden einer glatten Konservendose, über der sich das tosende Leben und das Licht befanden. Ich bemühte mich durchaus, nach oben zu klettern, aber ich rutschte immer wieder zurück und mußte daher notgedrungen durch das Blech der Dose hindurch kommunizieren. Manchmal schrie ich etwas nach oben oder gab Klopfzeichen gegen die Dosenwand ab, welche aber niemand so richtig verstand.

17

Nach einem eiskalten, windigen Törn, der Stunden dauerte, Stunden, in denen ich einmal Steuermann hatte sein dürfen, wodurch das Schiff in eine Art Tornado gekommen war und ich einen Moment lang gefürchtet hatte, daß es tatsächlich mit Mann und Maus untergehen würde, Stunden, von denen ich geraume Zeit über der Reling gehangen hatte, in der demütigenden Hoffnung und Erwartung, daß mein Frühstück, Mittagessen und alles andere, was ich in der vergangenen Woche gegessen hatte, herauskommen würden, machten wir endlich in Edam fest. Dort würden wir ausruhen, aufs Klo gehen dürfen, uns erholen – und, was mich betraf: den Zug zurück nehmen.

Aber davon war keine Rede, wie sich herausstellte. Und im übrigen fuhr auch gar kein Zug.

Ich war völlig konsterniert über Samuels aufgeräumte Stimmung. Seine Sportlichkeit, seine natürliche Überlegenheit, seinen Sachverstand. Er war zum erstenmal, seit ich ihn kannte, entspannt und ganz in seinem Element, eine Entdeckung bei jemandem, der mir sonst so sehr als Seelenverwandter erschien. Er finde es wundervoll, sagte er, vor allem wegen dieses extremen Windes. Ich konnte kaum noch sprechen, weil die Kälte meine Kiefer gelähmt hatte, was bedauerlich war, denn jetzt hätte ich ein paar gewichtige Fragen an ihn gehabt. Wie sich das so entwickelt habe, zum Beispiel. Und: Wie lange schon? Oder: Von wem er das gelernt habe?

Ich konnte nichts dafür, aber alle diese Fragen entsprangen einer Art Ungläubigkeit in bezug auf etwas, das ich nur als etwas Abartiges, Krankhaftes betrachten konnte. Was ich bei näherer Überlegung sofort als meine eigene Abartigkeit hätte erkennen müssen: meinen Mangel an Erfahrung mit Lebensfreude zum Beispiel. Darin kannten sich andere offensichtlich immer besser aus als ich. Und in puncto Unschuld. Alle waren unschuldiger als ich.

Flippa war da ein gutes Beispiel, aber bei ihr akzeptierte ich es, weil sie so überdeutlich von einem anderen Schlag war. Samuel hatte ich meiner eigenen Kategorie zugeordnet, und dadurch warf seine Aufgedrehtheit meine Einteilung der Menschheit gehörig durcheinander. Ich war überhaupt ziemlich durcheinander. Ich zweifelte in jeder Hinsicht gründlich an mir selbst. Flippa herrschte. Sie war die Prinzessin des Törns. Samuel der Prinz. Und alle anderen merkten nichts davon, die nahmen es, wie es gerade kam.

Ich haßte Flippa nicht. Ich ließ mich sogar von ihrem Enthusiasmus, ihrer Aufmerksamkeit und ihrer Geschäftigkeit mitreißen, die mich von mir selbst ablenkten. Ich verlor sogar Samuel für eine Weile aus dem Auge. So fasziniert war ich. Wenn meine Faszination auch aus etwas bestand, das sich irgendwo zwischen Abscheu, Angst und einem widernatürlichen Hang zur Unterwerfung bewegte. Wenn ich mich nur nicht auf einen Zweikampf mit ihr einlassen mußte – davor hatte ich bei jemandem, der so offen mit anderen rivalisierte, mit allen Persönlichkeiten, die anders waren als sie selbst, am meisten Angst. Ich wollte nicht mit ihr rivalisieren, weil mir wahrscheinlich klar war, daß die Siege, die sie anstrebte, nicht auf den Gebieten lagen, auf denen ich mich zu einem Schlagabtausch zwingen lassen wollte. Ihre Ziele waren nicht die meinen. Ich brauchte nicht unbedingt etwas über Edam und das Segeln zu wissen, ich wollte mich nicht dauernd mit anderen Leuten befassen und darauf achten, ob sie auch guckten, ob sie mich auch bemerkten. Ich brauchte nicht jede Situation sofort zu verändern und nach meinem Willen umzugestalten. So sehr brauchte ich nun auch wieder nicht *one of the guys* zu sein, redete ich mir selbst ein. In ihrer Gegenwart bestand meine Aufgabe also darin, sie zu neutralisieren und mich nicht von ihren Ambitionen anstecken zu lassen. Und damit sich diese ganze Kraft, die sie besaß, nicht gegen mich richtete, legte ich mich ihr zu Füßen, ganz sanft.

Das einzige, womit ich die Gefahr abwehren konnte, war der Knoblauchstrang der Ironie, des Spotts, des Argwohns – Fäulnis und Verwesung, wofür in ihrer strahlenden Welt gar kein Platz war. Samuel, das konnte nicht anders sein, war mit dieser schwarzen Welt sehr wohl vertraut. Aber warum ließ er sich dann von soviel falscher Naivität und Lebensfreude einwickeln?

Denn Einwickeln konnte man es schon nennen. Während der Heimfahrt saßen Samuel und Flippa immer beisammen und schnatterten im Duett. Von entspannt und neckend sah ich ihre Unterhaltung nach und nach in stilles, glutvolles Starren abgleiten. Flippas Augen waren halb geschlossen, und ihre bloßen Schultern mit diesen großen Brüsten darunter waren ein wenig zu ihm hingeneigt. Samuel bedachte sie mit raschen Blicken, und einmal, keiner außer mir sah es, legte er ganz kurz die Hand darauf, auf diese Schultern. Zu dem Zeitpunkt konnte noch alles meine Einbildung sein.

Erst nachdem wir im Hafen angelegt hatten, stellte sich heraus, daß ich mit dem Dreieck zurückfahren sollte. Samuel, Vincent, Jaap und Flippa fuhren zusammen in dem orangenen Opel weg. Sie wollten in der Stadt noch etwas trinken. Wir sollten sie dort treffen. Wenn wir sie fanden, natürlich.

Ich hatte da so meine Zweifel.

Das Dreieck hatte im Auto schon allerhand zu kommentieren: »Na, das wird ja was geben, heute nacht.«

Ich tat, als kapierte ich nichts. Ich kapierte es auch nicht.

»Was?«

»Na, mit Samuel und dieser Flippa natürlich. Mann, waren die scharf aufeinander. Oh, entschuldige, Ed. Bist du immer noch so...? Das ist natürlich nicht gerade schön für dich. Aber so was passiert nun mal. *That's life, baby.*«

Mir war, als zöge man mir den Boden unter den Füßen weg. Aber ich tat gleichgültig und amüsiert.

»Ach, aber das ist inzwischen so gut wie vorbei. Ich finde es ja witzig, daß er jemanden wie Flippa so interessant findet. Wie fandet ihr sie denn?«

»So eine Wichtigtuerin, unglaublich. Ego bis zum Gehtnichtmehr. Da muß man ja verrückt sein, wenn man mit so einer... das ist nicht von Dauer, keine Angst.«

Aber ich hatte Angst. Ich hatte noch nie eine solche Angst gehabt.

Das war die größte Bedrohung meines Lebens.

Das war die Krönung all dessen, wovor ich je Angst gehabt hatte.

Mein Leben endete hier und jetzt.

Ich endete hier und jetzt.

18

Noch Tage nach dem Segeltörn war mir schwindelig. Und der Seegang auf dem IJsselmeer war bestimmt nicht der einzige Grund dafür, daß mir eine mehr oder weniger konstante Verbindung zur Schwerkraft versagt blieb – obwohl ich halsstarrig dem Segeln die Schuld gab. Ich wankte bei jedem Schritt, den ich tat, ich zitterte den ganzen Tag ein bißchen, ich konnte nichts essen. Ich war seekrank, aber jemand, der davon nichts wußte, hätte leicht behaupten können, daß mich alle Symptome als verliebt auswiesen. Und dieser Jemand hätte auch noch recht gehabt. Das Adrenalin schwappte ziellos in mir herum, versickerte in unbekannten Abflüssen. Ich wußte nicht genau, in wen ich verliebt war. Daß es mit Samuel und Flippa zu tun hatte, war sicher.

Sie gingen stets wie im Traum an mir vorüber, überall sah ich sie, laut redend, intim, Flippa immer noch sprunghaft wie ein Reh, mit einer Hand auf seinem Arm (diese Hand! dieser Arm!), aber jetzt war sie ein bewußtes Reh. Flippa trug ihr Rehgehabe mittlerweile wie eine Gabe vor sich her, als hätte sie ihm, nun da sie damit gewonnen hatte, einen selbständigen Platz eingeräumt, einen eigenen stolzen Platz im Flippa-Universum. Sie sahen mich kaum noch, so erfüllt waren sie von ihren eigenen Entdeckungen und Träumen. Sie entstanden neu in den Augen des anderen, in ihren eigenen Augen, ich sah das sehr wohl.

Ich war ein Kind, das sich zwischen sie stellen wollte, um teilhaben zu dürfen an ihren Umarmungen, aber ich kam nicht an sie heran. Ich war zu klein, ich war ein kleiner Rest aus früheren Zeiten, nicht mehr der Mühe wert, zum Mitmachen eingeladen zu werden. Ich war tief unglücklich und euphorisch zugleich, ich hatte das Gefühl, Samuel noch nie so nahe gewesen zu sein. Die kleine Meerjungfrau, das war ich, ich schlürfte ihre Blicke auf, ihre Gebärden, den Klang ihrer Stimmen, ich verfolgte alles.

Weil ich das Gefühl hatte, daß sie mich ohnehin nicht sahen, denn ich war ja die kleine Meerjungfrau, unsichtbar, nur ein Paar Augen, ging ich ihnen auch in Wirklichkeit ständig nach. Heimlich lugte ich in der Buchhandlung hinter einer Wand hervor und schaute zu, wie sie vor einem Regal stehenblieben und sich über ein Buch unterhielten. Als gute Frischverliebte waren sie dabei, ihre geistigen Schränke zu öffnen, um ein glühendes intellektuelles Duett zu singen, wobei sich einer von innen noch reicher zeigte als der andere, ach, wie wunderbar. Es beängstigte mich zu hören, wie ermüdend ihr Gespräch war. Flippa rühmte allerlei Bücher, autoritär, in allem die Herrschende, exaltiert und besessen, inspiriert wie eine Filmschönheit, die im richtigen Moment ihre Lesebrille hervorholt – womit sie sich, wie sie weiß, noch viel schöner und begehrlicher macht. So ließ sie jetzt ihre intellektuellen Kapazitäten und Errungenschaften in ihrer Bezauberungsparade sprühen. Und ich hörte Samuel lachen, beeindruckt.

Als er seinerseits genauso leidenschaftlich zu tun begann wie sie, wußte ich, daß er das nicht durchhalten würde. So begeistert. Nichts für ihn. Wie sehr sie ihn am Wickel hatte. Wie verliebt er war, was für eine Herausforderung das für ihn war. Und er nahm diese Herausforderung auch noch an. Er war einer derartigen Energie nicht gewachsen.

Er tat mir leid, aber genausosehr verachtete ich ihn auch. Haßte ich ihn. Und die gemeine, schmerzliche Liebe flammte wieder auf, als sie die Buchhandlung mit einem Buch von ihr für ihn und einem von ihm für sie verließen. Sie küßte ihn, als sie draußen standen. Samuel. Küßte. Zurück. Er. War. Verlegen.

Ich wartete noch einen Moment. Sprintete dann nach draußen und radelte nach Hause. Mehr konnte ich nicht ertragen. Ich weinte und lachte zugleich.

19

Alles war um so unerträglicher, als Flippa bereits einen Freund hatte, einen älteren Typen, den sie schon aufgetan hatte, als sie noch zur Schule gegangen war, und mit dem sie sogar ein bißchen zusammenwohnte. Sie war jetzt also *in Schwierigkeiten.*

Das erzählte sie mir.

Wir saßen in einem Café gegenüber von der Universität. Zwei Wochen nach dem Segeltörn war sie mit einem herzlichen »Hallo, wie geht's, trinken wir einen Kaffee zusammen?« auf mich zugekommen. Mein Herz hatte kurz ausgesetzt, wie immer, wenn die Wirklichkeit in meine Einbildung hineinsegelte, und ich hatte zugestimmt, weil sie anders aussah als sonst. Ein bißchen verloren, ein bißchen verletzlich. Doch was für einen Moment bruchstückhaft an Selbstvertrauen und Übermut von ihr abgesplittert zu sein schien, flog während unseres Gesprächs mit Leichtigkeit wieder dran, und so hatte ich am Ende eine Flippa vor mir, die lässig von Sam und Izra redete, den beiden Männern, zwischen denen sie jetzt irgendwie die Abende ihrer Woche aufteilen mußte. Der gottverdammte Luxus, die unverschämte Gedankenlosigkeit, mit der sie diesen gottverdammten Luxus handhabte – es raubte mir schier den Atem und die Fassung. »Izra will, daß ich mich entscheide«, sagte sie, auf einer Strähne ihres schwarzen Haars kauend wie ein kleines Kind. »Aber ich kann es einfach noch nicht! Ich liebe alle beide. Ich glaube, daß Sam letztlich eher meinem Niveau entspricht, aber Izra kenne ich schon so schrecklich lange. Warum kann ich sie nicht alle beide haben?«

Sie kicherte: »Gestern hatte ich auf dem Markt Artischocken gekauft, und die mußte ich einfach mit Sam zusammen essen. Also ging ich zu ihm – und er hatte doch tatsächlich Wein und Lammkoteletts gekauft und wollte gerade zu mir!«

Lammkoteletts! Das wäre mir nie eingefallen. So etwas aßen Eltern.

»Aber für heute abend habe ich mich also wieder mit Izra verabredet. Er will reden, hat er gesagt. Natürlich weiß er nichts von gestern abend oder von all den anderen Malen...« (Schuldiges Kichern, mir läuft ein kalter Schauer über den Rücken.) »Aber er weiß, daß Sam und ich so einiges zusammen machen und über das Studium reden und so. Izra ist Anstreicher, der weiß nichts von Literatur. Daß ich mich mit Sam verabrede, verunsichert ihn. Er denkt, daß da was ist. Er ist eifersüchtig, furchtbar eifersüchtig.«

Sie bewahrte an dieser Stelle mit aller Macht eine neutrale Miene, ernst, als wäre sein Wohlergehen ihr Arbeitsgebiet. Probleme bei der Arbeit, schwierig, weißt du, Verantwortungen und so.

Sie fuhr fort, im Stil verwöhntes Kind: »Izra ist nun mal viel weiter als ich, er hat sich richtiggehend für mich entschieden, schon vor langer Zeit. Er weiß, wie sein Leben aussieht, wie ich da hineinpasse. Ich kann das alles einfach noch nicht. Ich möchte noch alle möglichen anderen Leben kennenlernen, andere Möglichkeiten ausprobieren. Und Sam ist neu, anders. Er möchte, daß ich mit Izra Schluß mache, sonst will er mich nicht, sagt er.«

Sie schluchzte kurz auf. Ich ignorierte das. Ich hätte sie am liebsten in die makellosen rosa Arme gekniffen, bei den molligen Schultern gepackt und durchgeschüttelt. Und ich wünschte mir, nur für einen ganz kurzen Moment, ehrlich, daß ich sie wäre.

Während sie über ihre Probleme weiterschwafelte – ich spuckte auf ihre Probleme! –, nahm ich sie einmal genauer unter die Lupe. Sie war attraktiv, ja, wirklich, aber eigentlich nicht unbedingt, weil sie so ein bildschönes Gesicht gehabt hätte. Es war ebenmäßig, das schon, aber mit tiefliegenden braunen Stechaugen, ziemlich großer, gerader Nase und breitem Schmollmund. Sie hatte etwas Hübsches und Natürliches mit ihrem gigantischen Busen und den langen Beinen. Aber ansonsten war sie von den Schultern her ziemlich grob gebaut und einigermaßen bäurisch in der gesamten Motorik, was mir auch gleich bei unserer ersten Begegnung aufgefallen war.

Warum zog sie mich ins Vertrauen? Oder tat sie das gar nicht wirklich? War es wegen des gemeinsamen Segeltörns, bei dem ich Zeugin ihres Verschmelzens gewesen war? Suchte sie eine Komplizin? War sie einsam? Fühlte sie sich schuldig?

Dann war sie eine Sadistin. Ich konnte mir Flippa nicht gut mit Freundinnen vorstellen.

Eigentlich unterhielt sie sich gar nicht mit mir. Sie erzählte eher, wie eine Dozentin, vor einem Publikum, von dem sie wußte, daß es bei ihrer Geschichte die Ohren spitzte. Gepeinigte Ohren, aber dennoch, gerade deswegen: scharfe Ohren. Sie wußte, daß ich als eine von wenigen begreifen würde, was für einen besonderen Fang sie gemacht hatte. Das war es. Sie wollte sich beklagen und zugleich angeben. Sie wollte den Sieg davontragen und sich dennoch meiner Loyalität versichern. Vielleicht wollte sie ja etwas beschwören, weil sie unbewußt Angst vor mir hatte. Vielleicht glaubte sie mich so im Zaum halten zu können. Dieser Gedanke gab mir ein wenig Selbstvertrauen.

Seltsamerweise hatte ich meinerseits die Neigung, ihr meine Freundschaft zu demonstrieren, mich ihr zu Füßen zu legen, ihr meine Neugier zu schenken. Wie irgend so eine Hofdame, verdammt. Aber ich mußte den Feind kennenlernen, um ihn schlagen zu können. Ich wollte wissen, wer sie war, wie sie war, wie sie so sein konnte. Ich wollte sie erobern, Samuels wunden Punkt finden, ihren wunden Punkt finden, sie haben, sie quälen. Ich glaube, daß ich ein bißchen in sie verliebt war, so sehr war ich von ihr erfüllt. Von Samuel und ihr.

Soviel sie auch erzählte, über Samuel selbst rückte sie nur wenig heraus.

Eines allerdings schon, und das war schauderhaft. Sex. Sex mit Samuel. Es war unvorstellbar und doch entsetzlich interessant. Ich wollte nichts davon hören, es kam von ganz allein. Ich hörte still und gespannt zu.

»Was auch so schwierig ist«, sagte sie, »es hat mich bei Izra schon einen Haufen Zeit gekostet, ihm alles beizubringen. Er ist wirklich gut abgerichtet, will ich mal sagen.« Kichern. (Frösteln.) »Und wenn ich mit Samuel zusammenbleiben sollte, müßte ich wieder ganz von vorne anfangen. Eine Heidenarbeit!«

Es war offenbar kompliziert, Flippas erwachsenen rosigen Leib zur Hingabe zu führen! Ich empfand so etwas wie Achtung vor diesem Izra.

Ich wußte, was ich tat, es kam wirklich ganz aus mir

selbst heraus, und ich fühlte mich mächtig, grausam und großartig, als ich es sagte:

»Da bleibt nur eins. Du mußt Schluß machen mit Izra. Es ist vorbei, du liebst ihn nicht mehr. Das ist nun mal der Lauf der Dinge. Sonst wärst du mit Samuel doch niemals so weit gegangen.«

Und für einen Moment wollte ich das wirklich, daß sie zusammenblieben, damit ich weiterschwelgen konnte, mich an ihnen weiden konnte, an ihrem Hunger, ihrem Ehrgeiz, ihren Ängsten und Qualen.

Flippa sah mich erschrocken an. Das war herrlich.

»O nein«, sagte sie, »das kann ich nicht. Iz kennt mich so gut, ich lerne so viel von ihm. Außerdem hatten wir noch einen gemeinsamen Urlaub geplant. Einen Segelurlaub wohlgemerkt.«

Sie machte ein hilfloses Gesicht, Gefangene ihrer eigenen Unwiderstehlichkeit: »Den kann ich nicht mehr absagen.«

Ich sah sie danach wieder zwei Wochen nicht, dann rief sie mich an. Sie hatte mir ein Segelhandbuch versprochen und würde es mir vorbeibringen, wenn sie in der Gegend wäre. Wie es mit Samuel gehe? »Ach, gut, immer noch dasselbe.« Koketter Seufzer. Besonderheiten. Ich schwelgte und haßte.

Samuel sah ich auch nirgendwo. Gesondert könne ich sie jetzt ertragen, dachte ich, so stark und unabhängig, wie ich war, ich hatte keine wunden Punkte wie sie. Ich war unverletzlich, ich konnte sie verspotten und ärgern, jetzt, da ich beeidigte Außenstehende war. Ich konnte träumen. Jetzt, da ich mit Flippa gesprochen hatte, hatte ich auch das Gefühl, größere Macht über Samuel zu haben. Aber das war leicht gesagt, ich sah ihn ja nicht.

20

Er rief an einem Samstagmorgen um zehn Uhr an, ein ungewöhnlicher Tag, eine merkwürdige Zeit. Ob er abends zu mir zum Essen kommen könne. Ich war zu verdutzt, um gleich so empört zu sein, wie es sich bei einer derartigen Arroganz gehört hätte. So gut kannte ich ihn ja nicht. Offiziell. Aber das war typisch Samuel, erfuhr ich später. So bescheiden und gehemmt er sonst meist war, so dreist konnte er sein, wenn er glaubte, sich Freiheiten erlauben zu können. Er wußte offenbar nur zu gut, wieviel er sich herausnehmen konnte. Ich war leicht beleidigt über soviel arrogante Freiheit. Aber ich war dumm genug, mich auch geschmeichelt zu fühlen, und seine Unverfrorenheit gab mir Raum.

»Ach? Eigentlich...«

Ich hielt inne. Warum sollte ich mir das entgehen lassen? Lieber zu verstehen geben, daß seine Unverfrorenheit sehr wohl bemerkt worden war: »Leidest du in letzter Zeit großen Hunger oder wie?«

Meine provozierende Unfreundlichkeit machte mich selbst unsicher, zumal es am anderen Ende der Leitung kurz still blieb.

»Nein, nein, das geht natürlich in Ordnung«, sagte ich daher schnell und lachte. »Find ich nett!«

Jetzt hörte ich mich wirklich ein bißchen zu eilfertig an, beinahe mütterlich auch.

»Dann komme ich um sieben, okay?«

Es gelang mir den ganzen Abend nicht, Samuel auf das eine Thema zu bringen, um das meine Träume und Gedanken im zurückliegenden Monat so heftig gekreist waren. Wohl kamen wir auf den Segeltörn zu sprechen, in einer Kameradschaftlichkeit, wie ich sie während dieses Törns schmerzlich vermißt hatte. Aber in erster Linie ging es um seine früheren Törns. Seine Freunde, Flippa! blieben von Rätseln umgeben.

Samuel fand offenbar nicht, daß die Karten auf den Tisch gelegt werden müßten, auch jetzt nicht, da der Ton im Prinzip gut war.

Die Kunst bestand darin, merkte ich in meiner äußersten Angespanntheit (im Kopf ein schrilles nervöses Pfeifen), Samuel in so einem Ton zu befragen, daß es den Anschein hatte, als wären seine Antworten für mich nur von nebensächlicher Bedeutung. Ich durfte nie zu direkt sein – mußte immer den Umweg wählen, der diese Illusion aufrechterhielt.

Das war ganz schön harte Arbeit. Der Ton mußte stimmen, man mußte sehr genau wissen, was man sagen wollte, damit man nicht mittendrin in dämliches Gebrabbel verfiel, weil die Geschichte keinen Plot hatte, man mußte nichtssagende Allerweltswörter vermeiden (nett, schaurig, absurd), man mußte originell sein, man durfte ihn nicht zu direkt ansehen, sondern ein wenig von der Seite her, als wäre man nur halb bei der Sache, man mußte die richtigen Details erzählen und in der richtigen Reihenfolge – Sonst Machte Er Zu.

Aber während mich seine Striktheit dazu anspornte, nach dem Besten und Klügsten in mir zu suchen, so ehrlich und echt wie möglich zu sein und meine Ausdrucksweise von allen Schnörkeln zu befreien, gelang es mir nur mit gehöriger Distanz, das heißt mit einer ordentlichen Dosis Schauspielerei, tatsächlich ein passables Gespräch mit ihm zu führen, ein Gespräch, das er ertragen konnte und ich somit auch. Sich mit Samuel zu unterhalten hatte etwas mit Theater, mit Schreiben, kurzum mit Kunst zu tun. Wenn ich mich allzu direkt an ihn wandte oder meine Unsicherheit verriet, reagierte er mit einer Kopfscheuheit, die sofort in eine abweisende, kränkende Distanziertheit umgesetzt wurde. Oder ich wurde mit giftig scharfen Fragen verbessert, die mir verdeutlichen sollten, was für ein eseliger Schussel ich war, aber das war weniger schlimm als ersteres. Denn da starrte er dann nur noch mit aufeinandergepreßten Lippen zu Boden, unnahbar, schlechtgelaunt und böse, und nichts konnte ihn da wieder herausholen. Als stieße ich ihn in den dunklen Schacht zurück, aus dem ich ihn gerade für eine kleine Weile herausgelockt hatte. Den dunklen Lebensschacht, der mit einem Mal wirklich alle Kraft aus ihm heraussog.

Aber. Wenn es mir gelang, mehr oder weniger entspannt allen Ansprüchen gerecht zu werden, war meine Belohnung ein überraschend ansteckendes Lachen, Kinderaugen, die mich neugierig und arglos anschauten, und immer eine besondere Bemerkung, mit der er meine Denkweise in wichtigen Fragen im Handumdrehen zerpflückte. Seine Auffassung von gut und böse war reiner als mein Gewissen. Das machte mich schon fast zu seiner Dienerin, seiner Schülerin.

Er durfte das nicht merken, niemals durfte er davon erfahren. Deshalb war Schauspielerei nötig, wo sie für mein Gefühl überhaupt nicht hingehörte, deshalb platzte ich in seiner Gegenwart schier vor lauter Anstrengung, unangestrengt zu wirken. Die Rolle meines Lebens.

Wo sollte ich anfangen?

21

»Und, wie läuft es mit Flippa?«

Einen lässigen Seitenhieb konnte ich mir jetzt erlauben. Drei Flaschen Wein waren inzwischen geleert. Bis zum Stand von zweien waren wirklich noch sehr wenig Worte gewechselt worden, bei der dritten kam allmählich etwas in Gang, bei der vierten hatten wir zeitweise ein richtiges Gespräch.

Er schaute weg: »Och, das ist nichts. Das wird nichts. Was mich betrifft, ist es aus.«

Ich bemühte mich, nichts aus der Hand fallen zu lassen. Flippa hatte mir doch einen schmachtenden Samuel skizziert, der ihr dauernd die Hölle heiß machte!

»Als ich mit Flippa geredet habe, schien mir das nicht so«, sagte ich. »Ich dachte, ihr würdet zusammenbleiben.«

Als ob das meine Welt, mein Leben nicht vollkommen auf den Kopf stellte, als ob ich eine nette Freundin wäre, die vom Spielfeldrand aus Anfeuerungen brüllte.

»Sie sagte, ihr würdet zusammen in Urlaub fahren.«

»Das hätte sie wohl gern. O nein. Sie ist doch mit diesem Izra zusammen!« (So verächtlich, wie er den Namen aussprach, war mir sofort klar, daß er die Problematik rund um diesen Izra im Geiste abgetötet und in etwas ganz Unwertes umgewandelt hatte. Was natürlich nicht bedeutete, daß er damit nicht seine Schwierigkeiten gehabt hätte.) »Den gibt sie ja doch nicht auf. Dazu hat sie viel zuviel Schiß. Es interessiert mich auch nicht mehr.«

Er setzte eine völlig ausdruckslose Miene auf, verschlossen wie ein Tresor. »Es war ohnehin nie das Wahre. Sie interessiert mich nicht, sie ist furchtbar anstrengend, weil sie immer nur gewinnen will, und ich habe nicht die geringste Lust auf dieses ständige gegenseitige Übertrumpfen. Immer weiß sie alles besser, sie ist besessen von diesem ständigen Wettstreit, das macht einen ganz verrückt.«

»Ich dachte, du wärst auch so ehrgeizig.«

»Wenn es um Dinge geht, die ich wichtig finde, ja«, antwortete er grantig.

»Meiner Meinung nach bist du genauso ehrgeizig wie sie. Du kannst nur nicht verlieren.«

»Ich habe gar nicht verloren, ich hatte einfach keine Lust dazu!« (Wütend.) »Jemand wie Flippa macht einen doch verrückt! So oft haben wir uns alles in allem auch gar nicht gesehen.«

»Habt ihr denn wirklich Schluß gemacht?«

Ich spielte meine Rolle der Vertrauten mit Verve, das muß ich schon sagen.

»Was mich betrifft, ja. Ich weiß nicht, wie sie dazu steht, aber ich hab jedenfalls genug.«

»Ach je«, hauchte ich, »wie schade, ihr wart so nett anzusehen, ihr zwei. Schon ein etwas eigenartiges Gespann, aber irgendwie auch außergewöhnlich oder so.«

Samuel äffte mich nach: »Oder so, oder so. Und gar noch nett! Ich bitte dich...«

Aber er hatte zuviel Wein getrunken, um in seinen Schacht zurückzustürzen. Er blieb vergnügt. War dies demnach der echte Samuel? Hierüber sinnierte ich ganz kurz, aber das Thema war zu fesselnd, als daß ich mich davon ablenken lassen wollte.

»He, ich glaub, ich bin ein bißchen betrunken«, sagte er plötzlich, und auf seinem Gesicht zeichnete sich ein Anflug von Liederlichkeit ab.

»Ach, ja?« erwiderte ich ungläubig, denn ich konnte einfach nicht betrunken werden, wenn er dabei war, selbst wenn ich ein Dutzend Flaschen Wein leerte.

»Ich bin betrunken!« Er johlte ein bißchen. Samuel! »Und ich bin müde. Kann ich bei dir schlafen? Ich hab überhaupt keine Lust, jetzt nach Hause zu radeln. Du hast doch bestimmt noch eine zweite Matratze, oder?«

»Ja, natürlich«, sagte ich zögernd. »Wenn du möchtest? Natürlich...«

Mein Gott, ich würde kein Auge zutun, wenn er im selben Zimmer war. Ich wollte das alles im Grunde überhaupt nicht. Aber ich konnte wohl kaum nein sagen. Ich meine, Samuel, in meinem Zimmer, in meinem Bett. Zuviel. Es war zuviel. Ich mußte über so vieles nachdenken. Und in seiner Gegenwart...

Ich war schon dabei, das Gästebett zu beziehen.

Weil er sich nicht einzubilden brauchte, daß ich ihn direkt neben mir liegen haben wollte, legte ich die Matratze so weit wie in meinem Winzlingszimmer irgend möglich von meinem Bett weg und richtete ihm sein Lager.

Schläfrig schaute Samuel zu und sagte: »Die Matratze kann doch ruhig etwas näher bei deinem Bett liegen, oder?«

»Oh! Na schön«, sagte ich patzig. Und ich verrückte sie ein kleines Stückchen. Nun war ich mit einem Mal eine keusche, aber begehrte Frau. Oder nicht?

Ich zog mich in der Küche aus und kehrte in Unterhöschen und T-Shirt zurück. Wir waren Brüderchen und Schwesterchen, Kameraden im Sommerlager, also guckte ich nicht nach rechts und nicht nach links, als ich in mein Bett stieg, in der naiven Erwartung, daß ich selbst ebenfalls unbeäugt bliebe. Das hier war ein völlig neutraler, unspannender Übernachtungsbesuch von einem guten Freund, der noch mitten in der Affäre mit einer anderen steckte, einer Frau, die eigentlich so etwas wie eine Freundin von mir war, wenn ich es recht bedachte.

Steif wie ein Brett legte ich mich ins Bett. Er lag schon und sagte: »Darf ich mich zu dir legen?«

Was ihm denn einfalle? In mein kleines Bett? Warum? Er habe doch sein eigenes Bett?

Er wartete gar nicht ab und war diesem eigenen Bett auch schon entstiegen. Unwiderstehlich, sah ich verwirrt, schöne, glänzende Muskelarme und ein Oberkörper, den man Torso nennen konnte. So etwas hätte ich bei Samuel nie erwartet. Überlegen. Das paßte alles nicht, das konnte nicht sein. Ich wußte nicht, wohin damit. Er roch ein ganz kleines herrliches bißchen nach Schweiß. Was ich angeblich ignorierte und zugleich mit allen Sinnen und bloßliegenden Nerven aufnahm. Die Kakophonie in meinem Kopf war so ohrenbetäubend laut, als hätte ich die Ohren an einen Lautsprecher gepreßt.

Er lag schon auf mir, glatt, ein ganz klein wenig nach Tier riechend und verblüffend männlich. Dafür war ich noch nicht reif. Aber wenn ich die Augen zumachte, war es ganz schön.

Er zerrte mir Hemd und Höschen vom Leib. Subtil oder zärtlich war er nicht. Er war ungeschickt, hölzern und jungenhaft schnell. Und außerordentlich selbstsüchtig. Er kam stöhnend, mit ein paar eckigen Bewegungen. Ich kuschte und blieb ganz steif. Ich fühlte mich mißbraucht, aber großartig und war voll Mitgefühl. Denn ich wußte mehr, ich wußte es besser. (Was, um Himmels willen? Sagen wir mal, daß das Mysterium noch lange nicht vorbei war.)

Als wir später still nebeneinanderlagen, er schon beinahe eingeschlafen, ich wacher denn je an seiner Achsel, sagte ich vorsichtig, mich selbst in die Illusion eines intimen und persönlichen Gesprächs hineingeleitend: »Und Flippa? Fühlst du dich nicht schuldig?«

»Nein, wieso? Mit ihr war doch gar nichts!« Brummig, ungeduldig, aber freundlich. Beinahe entspannt.

Ich wollte wissen, was ich gewonnen hatte, inwiefern ich überhaupt etwas gewonnen hatte.

»Aber sie weiß doch noch gar nicht, daß du dieser Ansicht bist, oder?«

»Weiß nicht. Aber ist das so interessant?« Gähn.

Ich wollte mehr. Mehr.

»Findest du sie denn so schlimm?«

»Für einen Moment sah es zwischen uns nach etwas ganz Besonderem aus, aber dann doch wieder nicht. Schon sehr bald nicht mehr. Es war eigentlich sehr schnell vorbei. Bei mir jedenfalls.«

Es war also doch so, wie ich gedacht hatte. Ich wußte nicht, ob mich das nun erleichterte oder nicht.

»Sie kommt morgen früh hier vorbei«, sagte ich. »Mit diesem Segelbuch.«

»Na, das wird ja 'ne lustige Überraschung!«

Das klang mir viel zu entzückt, als freue er sich, ihr eins auszuwischen. Als liege er immer noch mit ihr im Clinch, also. Das gefiel mir wieder überhaupt nicht, ganz und gar nicht. Aber er war jetzt wirklich eingeschlafen, und ich wagte nicht, weiter in der Materie herumzustochern. Ich fiel in dieser Nacht zweimal beinahe in Schlaf.

Dieses Ereignis, mit Samuel im Bett, ich, im Bett mit Samuel, begann erst ein bißchen zu zählen, als es vorüber war. Im Grunde war auch alles ganz beiläufig gewesen, viel zu plötzlich, viel zu grob, viel zu plastisch. Außerdem paßte es überhaupt nicht zu meiner Kreation namens Samuel, meiner Trutzburg der höfischen Liebe. Meiner Erfindung.

Erst am nächsten Abend (er war nicht zum Frühstück geblieben) förderte ich das Ereignis aus dem Chaos zutage, einen Rohdiamanten. Ich meißelte und scheuerte an ihm herum, bis er rundherum funkelte, und so, mit Wehmut und Liebe herausgeputzt, wanderte er in den Schrank meiner Erinnerung, zu allen anderen wichtigen Schätzen.

22

Die Diamantensammlung wuchs in jenem Jahr langsam, aber stetig.

Es waren seltsame, betrunkene, mythische Begegnungen

ohne Schlußfolgerungen oder Zukunftsversprechen. Die Fragen nach ihrer Bedeutung wurden immer verwirrter und drängender in meinem Kopf, aber stellen konnte ich sie Samuel nicht. Wie Orest oder Lots Frau. Alles wäre auf einen Schlag zerstört, weg, in nichts aufgelöst. So wie ich früher von meiner Familie verlangt hatte, daß sie »T« sagten, wenn das Wort »Tod« anstand, und »Es«, wenn unbedingt über Menstruation gesprochen werden mußte. Benannte man unseren Umgang in irgendeiner Form, dann war er dem Untergang geweiht.

Offiziell unbenannt, gelangte er dennoch gegenüber Dritten zum Vorhandensein, aber wenn ich darüber sprach, machte ich aus meiner Geschichte eine Art Gespinst, in dem der Name Samuels quasi beiläufig von Zeit zu Zeit fiel.

Flippa und ich sprachen kaum über Samuel. Ich erzählte es ihr nicht oder nur sehr nebenbei, wenn ich mich wieder einmal mit ihm getroffen hatte, und das tat unserer neuen Freundschaft nur gut. Sie fuhr mit ihren Geschichten über Izra und seine treffsichere Bedienung ihrer rosa Weichteile fort, als wäre Samuel nur eine mickrige kleine Liebelei gewesen, und ich ließ ihr diesen Stolz – aus meinem eigenen Stolz heraus.

Zwischen den einzelnen Anrufen, die ein Abenteuer mit Samuel einleiteten, vergingen übrigens oft Monate. Aber auch das war mir keine Frage wert. Das Unverbindliche dieser Routine gefiel mir sogar, schon allein weil ich dann genügend Zeit hatte, jedes Detail unserer Begegnungen im nachhinein ausführlich zu analysieren. Ihn, Samuel, zu studieren und zu analysieren und dafür zu sorgen, daß ich seine Stimmungen dann beim nächstenmal wieder etwas besser einzuschätzen und seine Laune besser zu steuern wüßte und mich selbst freier verhalten könnte. Außerdem hatte ich auf diese Weise ausreichend Gelegenheit, andere, viel leichter zu verwirklichende Affären anzufangen und selbst die Rolle der Begehrten kennenzulernen, ehe ich mich meinerseits wieder dem Begehren und Verlangen zu widmen hatte. Ich schien aus einem beängstigenden Sammelsurium von Möglichkeiten zu bestehen.

Auch hatte ich so die Chance, Material zu sammeln, das ich ihm präsentieren konnte. Ich las wie eine Besessene, um ihm dann davon erzählen zu können, ich achtete genau darauf, wie ich mich in der Öffentlichkeit verhielt, um mir dessen, was ich tat und was ich nicht tat (aus Überzeugung natürlich), ganz bewußt zu werden, und legte präzise fest, was ich interessant fand und was nicht mein Fall war.

Vor allem letzteres war ein gefahrloses und daher reizvolles Gebiet. Wie vieles es doch gab, woran ich etwas aussetzen konnte!

Begeisterung für irgend etwas wußte Samuel stets zu demontieren. Seiner Meinung nach fand ich Leute, Ideen oder Bücher oft nur deswegen nett, gut oder schön, weil ich nicht richtig nachgedacht, mich von irgendwelchen kindlichen Impulsen hatte leiten oder von Leuten hatte irreleiten lassen, die es ganz und gar nicht besser wußten als ich.

Samuel konnte sehr scharf zwischen falschem Schein und Echtheit unterscheiden. Vor allem war er auf Originalität geeicht. Wenn er in meinen Geschichten auch nur ein Fitzelchen von etwas wiedererkannte, was irgend jemand anders irgendwann einmal behauptet hatte, wies er mich sofort darauf hin, scharf und genau und mit tödlicher Mißbilligung.

Ich arbeitete also an einer ausgeprägten Version meiner Person, wo zunächst ein unbestimmtes Kind vorhanden gewesen war, voller bruchstückhafter Eindrücke, Gefühle, Ideen und Meinungen, die richtungs- und zusammenhanglos waren. Nicht, daß er mich übrigens je ausdrücklich dazu angehalten hätte, aber mir genügten seine Irritation und unverhohlene Verdrossenheit bei meinen impulsiven Ausrufen und Meinungsäußerungen zu den Fragen, die ich aufgeregt anschnitt – nicht eigens, um ihm zu imponieren, aber doch so beflissen vorgetragen wie von einer Schülerin, die vor lauter Eifer Spaß an ihren Hausaufgaben gefunden hat. Seine Stimme beflügelte mich nun einmal, seine Stimme, die alles in meinem Kopf umformte und regulierte. Alles, was ich las oder erlebte, wanderte durch ein Sieb und wurde aus der neuen, strengen Perspektive, nämlich seiner Stimme, betrachtet!

Dieses zensierte Denken ließe sich noch am besten mit einer Funktionsgleichung darstellen. Die Funktion des Materials, allen Materials, das E. (das war ich) zugeführt wurde, war Samuel.

Das Ergebnis war absolut politisch korrekt: von einer Flickwerk-Edna hin zu einer gescheiten, getrimmten, Samuel-geprüften Persönlichkeit.

Weniger schön war, daß das Ganze eine furchtbar harte Arbeit darstellte. Und daß die Funktionsgleichung nicht so ohne weiteres aufging, weil Samuel so unberechenbar war und über Dinge lachte, bei denen ich mal einen winzigen Moment *nicht* so gut aufgepaßt hatte.

Das war kein Job von neun bis fünf. Das war ein Vierundzwanzigstundenbetrieb. Ich arbeitete auch, wenn ich ihn nicht sah, an seiner Freundschaft, an seiner Bewunderung, an seinem Vertrauen. Mit ihm zu reden war Arbeit, an ihn zu denken ebenso. Aber natürlich war ich von einer Sache überzeugt: daß die Arbeit wertvoll war, weil sie aus Liebe gemacht wurde.

Es ging ja auch nicht nur um ihn. Ich mußte ja schließlich verändert werden, er verkörperte das, was mein Leben zu werden hatte.

Infolgedessen kam in seinem Beisein nicht ein einziger Satz ganz einwandfrei, kein Wort ohne hohen Nebenton heraus. Mit blödem, hilflosem, weil meiner selbst bewußtem Lachen im Gesicht und forciert tiefer Stimme legte ich insgeheim eine Prüfung ab. Daß er das merkte, erkannte ich an der Art, wie er wegsah und zu Boden starrte, verstimmt und irritiert über meine offenkundige Versagensangst, die mich so unattraktiv und unwert für ihn machte wie ein unangenehmer Geruch. Und die dann, ganz im Widerspruch dazu, anscheinend ein süßes und perverses Machtgefühl in ihm weckte, in dem er zu schwelgen schien, wenn er mich im Dunkeln betastete, betrunken und verführerisch, und mich an seinen Körper drückte, der mir so fremd blieb.

Dieser Wildheit konnte ich mich auch nach einem Jahr brüsker, ausufernder Übernachtungsbesuche trotz aller Liebe nie ganz hingeben, dafür sah ich zu gut und zu scharf. Seine Liederlichkeit war mir fremd, und im Grunde auch demjenigen, den ich in ihm sehen wollte, selbst wenn ich sie mir gefallen ließ, ein bißchen steif zwar, aber willig. Viel zu willig.

23

Die Angespanntheit und die tiefgreifende Ekstase, die ich in Samuels Gegenwart empfand und auch, wenn ich an ihn dachte, wurden mit der Zeit zu einer Selbstverständlichkeit in meinem Leben. Aber unsere gemeinsamen Abende kamen zu sporadisch vor, um sie einzuplanen oder irgendwelche Dinge dafür aufzusparen – ohne daß sie dadurch an Bedeutung einbüßten. Ich war mir dieser Bedeutung in bezug auf Samuel so absolut sicher, daß ich unseren heimlichen Umgang hütete wie ein Neandertaler sein Feuer.

Weil ich mich instinktiv gegen den Verlust dieses Feuers wappnen wollte, genehmigte ich mir mehr Lieben als nur Samuel. Es war, als müßte ich für ihn jagen, töten und sammeln, als müßte ich mich für ihn groß machen und viel darstellen, um ihm zu gefallen, ihn erobern und halten zu können. Groß zu sein und viel darzustellen bedeutete Erwachsensein, viele Gesichter und viel Wissen. Und auch viele Männer, vielleicht weil ich Samuel nicht nur als meinen Geliebten sah, sondern vor allem auch als jemanden, nach dessen Anerkennung ich mich sehnte.

Außerdem wollte ich ihm beweisen, was in der Welt eigentlich alles möglich war. Mir war nämlich damals schon klar, daß etwas an Samuels Vorliebe für die abkanzelnde Kritik und die sardonische Verurteilung der falschen Prätentionen anderer getan werden müsse. Ich mußte ihm vor Augen führen, daß es gar nicht so schlimm um die Welt bestellt sein konnte – ohne dabei gleich sein Vertrauen in meine Solidarität zu verspielen. Diesen Kampf hatte ich aufgenommen, ohne es zu merken.

Es gab eines, worüber Samuel nicht mit der Zurückhaltung und Relativierung sprach, mit denen er die Dinge der Welt üblicherweise behandelte – wenn er denn sprach. Seine Familie. Sie war so vollkommen sein Terrain, als vielköpfige Verlängerung seines eigenen unberührbaren Selbst, daß man beinahe meinen konnte, die Zugehörigkeit dazu sei für ihn so etwas wie ein Glaube, so wie für einen strengen Kommunisten das extreme Festhalten an den Überzeugungen der Gruppe. Ich hatte noch nie jemanden von seiner Familie zu sehen bekommen.

24

Es war nach einer dieser betrunkenen Nächte in seiner Wohnung. Ich hatte nicht schlafen können. Zuerst hatte er wegen des Platzmangels in seinem einschläfrigen Bett auf mir gelegen, und mitten in der Nacht hatte ich mich dann mit einer Decke auf den eiskalten, unbequemen Fußboden gelegt und dort weitervegetiert.

Ich fühlte mich gerädert. Aber zufrieden war ich auch, in meinem Kopf waberten die Ereignisse des Vorabends und dieser erbärmlichen Nacht wild durcheinander. Es war viel und heftig. Weil die Nacht wegen des furchtbaren Mangels an erholsamem Schlaf so lange gedauert hatte, war ich auf angenehme, aber gefährliche Weise dösig und dumpf. Schlaf hätte alles, was abends gesagt und getan worden war, abblenden und mehr oder weniger in die richtige Perspektive rücken können. Nun würde wieder so ein chaotischer Tag des ordnenden Erinnerns folgen, auf den ich mich schon beim Aufstehen vorbereitete und den ich herbeisehnte, weshalb ich eigentlich sofort wegwollte.

Doch ehe ich mich so richtig hatte anziehen oder auch nur meine Zähne mit seiner Zahnbürste hatte putzen können, klingelte es an der Tür.

Samuel aalte sich noch in seinem schönen warmen Bett, was mich zu einigen wenig respektvollen Gedanken veranlaßte.

»Mist, das ist Zandra«, sagte Samuel.

Ich dachte natürlich, er habe Sandra gesagt, aber später stellte sich heraus, daß sich ihr Name mit Z schrieb. Seine Schwester! Er sprang auf und warf mir einen buchstäblich vernichtenden Blick zu. Ich sah sofort, daß es ihm am liebsten gewesen wäre, wenn ich mich auflöste. Ich durfte nicht gesehen werden. Ich durfte seine Familie nicht sehen, weil ich dann mehr über ihn wissen würde, als ihm genehm war.

Ich nahm mir diese Ostblock-Pathetik nicht weiter zu Herzen. Ich blieb, aber wie bekam ich mich auf die Schnelle in eine so beeindruckende Verfassung, wie es jetzt notwendig war? Samuel polterte die Treppe hinunter, und ich hörte ihn etwas zu derjenigen, die geklingelt hatte, sagen. Nein, er schickte sie nicht weg, ich hörte gleich darauf zwei Paar Schritte auf der Treppe.

Mein Herz trommelte. In Windeseile bürstete ich mein Haar, meine Füße waren immer noch verdächtig nackt, und mein Gesicht war ganz aufgequollen von dem vielen Wein und dem Schlafmangel, den ich mir offenkundig hier vor Ort zugezogen hatte.

Zandra streckte mir gleich *spontan* die Hand entgegen.

»Hi!« sagte sie mit kristallklarer Stimme, die mich an Samuel erinnerte. Sie sah mich kritisch und ein wenig beschützend an. Was mich einschüchterte und gleich darauf ärgerte. Sie war irrsinnig schön, mit klassisch ebenmäßigem Gesicht, das von pechschwarzem, glänzendem glatten Haar eingerahmt wurde.

»Hallo«, sagte ich erfreut, aber beherrscht, »ich bin Edna.«

Zandra hatte offensichtlich noch nie von mir gehört. Um durchblicken zu lassen, daß sie das gewohnt sei, lachte sie kurz auf. Was wohl als taktischer Spielzug gedacht war, um mir deutlich zu machen, wie ich meine Position einzuschätzen hatte.

Trotzdem sagte sie scheinbar ungeheuer herzlich: »Es ist doch immer das gleiche mit Sam. Nie erzählt er uns etwas von seinen Freundinnen, nie. Schade, denn wir würden sooo gern all die netten Frauen von ihm kennenlernen!«

Was für ein unbarmherziges Muttertier. Eine Löwin. Samuel hatte seine Clanmentalität offenkundig nicht von irgendwoher. Jetzt trug er eine vollkommen starre, ausdruckslose Miene zur Schau.

»Möchtest du etwas essen oder so, oder Kaffee?« fragte er Zandra.

Ich wurde einfach ignoriert. Er machte Kaffee, obwohl ich schon dabei war, alles mögliche aus den Schränkchen hervorzukramen. Er schob mich unmerklich von seiner Anrichte weg.

»Soll ich schnell was holen?« erbot ich mich, wohl oder übel. Ich mußte kurz weg, und wenn es nur für fünf Minuten war. *Reculer pour mieux sauter.*

»Oh. Ja. Okay«, sagte Samuel. Das war offenbar ein guter Zug gewesen.

»He, Zan, möchtest du Croissants?«

Plötzlich tat sie furchtbar jovial und fröhlich. Erleichterung, vermutete ich.

»Bin gleich wieder da«, sagte ich.

Und ich rannte buchstäblich aus dem Haus. Draußen nieselte es, aber es war herrlich erfrischend, ich atmete auf. Dann suchte ich mir etwas, wo ich mir die Haare hochstecken und die Augen anmalen konnte, so daß ich mich zumindest auf diesem Gebiet sicher fühlen konnte und zu einer gewissen Würde zurückfand.

Mit Croissants kam ich zurückgerannt, aufgeregt angesichts der familiären Häuslichkeit, an der ich nun teilhaben würde. Man hätte beinahe denken können, daß ich etwas mit Samuel hatte und so etwas wie eine Schwägerin kennenlernte. Ein Gedanke, der allzu lächerlich war, um weitergedacht zu werden, und schon auf der Treppe nach oben erstarrte ich schier vor Nervosität. Die Haustür war nach meinem schrillen »Ich bin's!« von einem schwer schweigenden Samuel geöffnet worden. Auf die Zunge beißen konnte ich mir da leider schon nicht mehr.

Dann stellte Zandra mir in höchst beunruhigendem, weil beruhigend gemeintem Ton Fragen. Was ich machte und woher ich Samuel kennen würde, woher ich käme. Danach stellte sich heraus, daß sie gekommen war, um den Schlüssel vom Sommerhaus ihrer Eltern vorbeizubringen, den Samuel vorige Woche vergessen hatte, und ich hörte sie darüber reden, wer alles am nächsten Wochenende dorthin kommen würde.

Samuel gab ein Fest für alle seine geheimnisvollen Freunde und Familienmitglieder.

»Du bist doch auch da, Edna, nehm ich an?« forschte Zandra grausam nach.

Wie kam es nur, daß sich so jemand etwas von einem anzueignen schien, wenn er einen beim Namen nannte? Gemeine Einschüchterungstaktik.

»Äh, ja, vielleicht«, sagte ich. Mir war nichts davon zu Ohren gekommen, und prompt wurde ich todtraurig.

»Ja, du kommst doch, oder?« sagte Samuel beiläufig und ganz und gar nicht überzeugend.

Mein Herz hüpfte wie verrückt von links nach rechts, und ich mußte mir alle Mühe geben, keinen Schrei der Erleichterung auszustoßen.

»Wann war das noch mal?« So gleichgültig wie möglich.

»Nächsten Samstag.«

»Du hast doch wohl davon gewußt, oder?«

Zandra ritt darauf herum, gab ein neckendes Lachen von sich: »Samuel ist bestimmt schon drei Wochen damit zugange, glaub ich.«

Samuel sah genervt und beschämt aus.

»Übertreibung ist auch eine Kunst«, sagte er.

»Ach, Sam, was bist du doch für ein gräßlicher Eigenbrötler!« kommentierte Zandra kichernd.

»Klar hab ich das gewußt, nur nicht mehr, wann.« Ich log, müde und zu spät. Die Gleichgültigkeit kostete mich soviel Energie wie ein Marathonlauf.

»Ich freu mich schon drauf«, lispelte ich obendrein, völlig erschöpft. Und mit einem Mal überkamen mich Todesängste. Wer würde ich dort sein?

Jetzt wußte Samuel also, daß ich log. Aber er spielte mit.

»Hatte ich es dir nicht längst gesagt?« Erstaunt.

Ich flüchtete mich unter den Tisch, um einen Stift aufzuheben, den ich dort liegen sah. Und stieß mir natürlich auf dem Rückweg den Kopf. Einen Moment lang war ich versucht, mich auf den Boden fallen zu lassen und laut zu weinen, zu müde plötzlich und zu verwirrt, um in dieser Gesellschaft noch weitermachen zu können. Aber ich gab keinen Mucks von mir, tat, als könnten sie den dumpfen Schlag nicht gehört haben, ignorierte Zandras besorgte, mitleidvolle Miene und nahm übergangslos und gespielt gedankenverloren einen großen Bissen von meinem Croissant. Und dann sofort einen Schluck Kaffee hinterher, weil ich spürte, daß mir die Krümel akut einen entsetzlichen Hustenanfall einbrocken würden.

Einen Moment lang wußte ich nicht mehr, wo ich mich mit meinem bleichen Gesicht, den Schmerzen in meinen Eingeweiden und meinen Muskeln, der Beule am Kopf, dem drohenden Hustenanfall, der mir häßliche Tränen in die Augen trieb, und meinem Kummer über die offenbar winzige Rolle, die mir in Samuels Leben zukam, verstecken sollte. Ich zermahlte mein knochentrockenes Croissant mit großer Mühe und tat, als existierte ich nicht.

Zandra begann ein Gespräch über familiäre Probleme, wobei sie sich eines derart unverständlichen Codes bediente, daß ich sofort begriff, ich war hier zuviel. Ihre schöne, aufgeräumte Erscheinung und ihre perlende Stimme wurden mir übrigens auch zuviel.

Geistesgegenwärtig suchte ich das Weite – ehe ich womöglich Gefahr lief, mit Samuel allein zurückzubleiben und das Unbehagen über unser beider unaussprechliche Unbeholfenheit zu spüren zu bekommen.

»Tschüs, Edna, nett, dich kennengelernt zu haben«, flötete Zandra.

»Ja!« entgegnete ich atemlos. »Nett!«

Der Neandertaler konnte auch sprechen.

Aus was für einem grausamen, aber wohlerzogenen Nest stammte dieses Wesen? Aus der Welt. Geradewegs aus der weltlichen Welt kam sie. Das entfremdete mich Samuel noch mehr als der soeben offenkundig gewordene Verrat. So war Samuel doch nicht? Oder lag dieses Verhalten sozusagen unbenutzt bei ihm im Keller?

Ich durfte auch nicht daran denken, was Zandra gleich über mich sagen würde. Was Samuel antworten würde, war schlichtweg zu abstrakt, als daß ich mir darüber den Kopf zerbrechen wollte. Ich kann mich seltsamerweise nicht einmal erinnern, daß es mich beunruhigt hätte.

25

Und dennoch. Es fiel mir diesmal nicht so leicht wie sonst, die Ereignisse in der Diamantensammlung beizusetzen.

Irgend etwas nagte in mir. Ich war verärgert. Es war, als hätte Zandras Anwesenheit das unbenannte Mysterium zwischen Samuel und mir in eine unschöne, platte Realität überführt. Etwas Süßes und Aufopferungsvolles hatte einem Gefühl der Erniedrigung weichen müssen. Diese Aufopferung war ein kreativer Akt gewesen, der mich beflügelt hatte, etwas Schönes, das ich selbst erfunden hatte, um meiner Verliebtheit Gestalt zu verleihen.

Die langen Funkstillen zwischen unseren Begegnungen hatten mich nie beunruhigt. Fragen nach seiner Aufrichtigkeit, seiner Treue hatte ich mir nie gestellt. Natürlich waren unsere Gespräche auch kleine Schlagabtausche, in denen Intelligenz und Originalität auf die Probe gestellt wurden, aber auf Biegen und Brechen von wem oder was auch immer war es dabei nie gegangen. Samuel gehörte auf einer Traumebene zu mir, und dem hatte sich lange Zeit nichts in den Weg gestellt.

Das Beschützende in Zandras Ton erzielte im nachhinein auf schmerzliche Weise die beabsichtigte Wirkung. Was bildete sie sich eigentlich ein mit ihrem verschmitzten Lachen, ich war für Samuel nicht irgendeine belanglose Bettgeschichte, ich war auch sein Geheimnis, ich stellte für ihn sehr wohl eine Art Mirakel des Wiedererkennens dar. Wenn er das vielleicht auch selbst nicht wußte. Wenn er das vielleicht auch nicht wahrhaben wollte.

Daß meine Verärgerung und meine Empörung natürlich Samuel selbst galten, ließ ich in dem Moment nicht an mich heran, erst in den darauffolgenden Tagen führte ich böse, dringliche Gespräche mit ihm, wie ich sie zuvor nicht gekannt hatte – oder die ich mir nicht gestattet hatte.

Innere Gespräche, versteht sich.

Daß er mich nicht zu seinem Fest eingeladen hatte, ehe Zandra davon anfing, war unverzeihlich.

Zum Glück rief er einige Tage später an, um mich noch einmal persönlich einzuladen. Er bot mir sogar an, daß ich am Samstagnachmittag in seinem LKW mitfahren könne. Er war Samuels ganzer Stolz, dieser Lastwagen, hatte ich gehört, ein gigantischer alter Bedford mit echter Ladeklappe. Er würde darin den benötigten Hausrat, Essen und Getränke von der Stadt zum Wochenendhaus befördern. Das bedeutete, daß ich zu den engsten Helfern gehörte, und das freute mich, wenn ich auch nicht so *hingerissen* war, wie das noch eine Woche davor der Fall gewesen wäre. Das nagende Gefühl war nun mal da.

Seine Mitteilung, daß wir dort schlafen würden, verschaffte mir auch keine Gewißheit bezüglich meiner Rolle. Lief ich unter irgendeiner oder *der* Freundin? Wo genau würde ich schlafen?

Daß ich mir all dieser Dinge ungewiß sein mußte, machte mich noch böser. Ich begann zu begreifen, daß ich das Heft selbst in die Hand nehmen mußte, wenn ich etwas über derlei Dinge in Erfahrung bringen wollte. Daß das auch meine eigenen Entscheidungen sein konnten.

Das mag jetzt im nachhinein sehr vernünftig, gesund und normal klingen, aber damals befand ich mich nun mal in einer Art Lähmungszustand wie ein verschreckter *Alien,* der zum erstenmal unter Menschen ist, wie ein Kind unter Erwachsenen, wie ein neuer Spieler in einer Fußballmannschaft, wie ein Anfänger – kurz, in jeder Hinsicht, aber vor allem in der Liebe, den Beziehungen, der Macht.

Der Liebe vor allem.

Ich hatte mich meine ganze ältliche Kindheit über auf genau die falschen Dinge konzentriert. Zuviel auf mich selbst zum Beispiel. Ich hatte mich immer so aufgeregt. Und ich war so oft verliebt gewesen. Immer so daneben, so allein, so versteckt, so dumm. Ich sah wieder das alte

Lied bestätigt: Dort, wo Unbekümmertheit war, wo sich die Flippas tummelten, wo das unkomplizierte, unbewußte Leben war, dort hatte man das Sagen, dort fand das Leben statt, dort wurden die wahren Regeln gemacht und die Sprache gesprochen. Ich hinkte hoffnungslos hinterher. Ich sprach die Sprache nicht. Diese Regeln hatten nichts mit meinen eigenen zu tun. Nichts mit dem strikten Kanon, den ich aufgestellt hatte, den Gesetzen, die mich nur bremsten.

Das Leben mit diesen viel allgemeineren, in der Gemeinschaft bedachten, leichten, fröhlichen Regeln – auch Samuels Regeln offenbar – sah wie immer bedrohlich aus. Gerade weil ich zu Samuel doch eine so uralte Familienbindung empfand.

Mitfahren. Helfen. Schlafen.

Ich fürchtete, für allzu erpicht und naiv gehalten zu werden, und reagierte daher so lau auf Samuels Angebot, daß sein seltener fröhlicher Ton abflaute und genauso lau wurde. Kühl sogar.

»Du brauchst natürlich nicht schon so früh mitzukommen. Der Rest kommt viel später. Das geht auch. Wie du willst.«

»Aber nein. Es würde mir gerade Spaß machen, dir zu helfen. Bis Samstag dann, ja?«

Schon wieder dieses Schmachtende. Würde. Würde.

Von seiner Fröhlichkeit war nichts mehr vorhanden.

»Ja.«

Kühl.

»Tschüs.«

Schuldig, unsicher und zornig legte ich auf. Warum war

ich so? Wie war ich so geworden? So grüblerisch? So schuldig, unsicher und zornig?

Zum erstenmal war ich auch böse auf ihn. Warum mußte ich so auf der Hut sein?

Dieser kleine Groll stärkte mich.

26

Es war sonnig und frisch an jenem Samstagmorgen, und nichts würde mich aus dem Gleichgewicht bringen. Eine unbekannte Flippa war in mir erstanden. Weltläufig trank ich in der Stadt einen Kaffee, ehe ich zum Haus von Samuels Freund Vincent radelte, von wo aus Samuels LKW mit uns allen abfahren würde.

Ich sah ihn schon von weitem. Ein beeindruckend bulliger Truck. Womöglich sollten wir zu zehnt im Laderaum *stehen*. Die Vorstellung reizte mich nicht gerade, aber ich nahm mir vor, es sportlich zu nehmen.

Samuel schien die gleiche sonnige Laune zu haben wie bei dem Segeltörn. Er lachte mir zu. Ich hatte einen kurzen Flatterrock an, weiß ich noch.

»He, Ed«, sagte er, »setzt du dich neben mich?«

Ich nickte selig, kurz und stumm, als wären sein Lachen und die Frage nicht außerordentlich ehrenvoll, himmlisch und kaum zu glauben.

Im Lastwagen waren entlang den Seiten Klappsitze angebracht, aber dort saßen die anderen. Vincent, Jaap und ich paßten gerade so eben mit auf die Vorderbank. Ich saß dicht neben Samuel, mit meinen Beinchen-in-der-Luft wie ein kleines Kind. Ich fühlte mich wie von flüssigem Gold durchströmt. Mit einem Arm aus dem Fenster zog Samuel die Fahrertür zu und legte dann seine sonst so kindlichen Hände locker und stark um das große Lenkrad, die Adern auf Händen und Handgelenken geschwollen, die Muskeln der Oberarme angespannt, die Beine lässige Hebel für das mächtige Gaspedal, die schwere Kupplung. Alle Klischees schienen bei Samuel etwas wunderbar Neuartiges, weil ich Körperlichkeit noch immer nicht mit seiner Person in Einklang bringen konnte.

Daß jemand, den ich kannte, etwas so Großes lenken konnte! Seine Augen waren konzentriert nach vorn gerichtet, und präzise und routiniert blickte er in Rück- und Seitenspiegel, ehe er das Gefährt auf die Straße steuerte.

»Gehört er wirklich dir?« fragte ich, bereit, ihm zu schmeicheln, bis ich platze. Es redete sich auch angenehm neben ihm, den Blick nach vorn gerichtet.

Er habe den Wagen jetzt drei Jahre, erzählte er unbefangen. Er sei früher in einem Sommerlager in Gebrauch gewesen, wo er mal Gruppenleiter gewesen sei, und die Organisatoren hätten ihn für fast nichts an ihn abgetreten. Gruppenleiter in einem Sommerlager. Allein schon bei dem Gedanken an die Mädchen dort wurde ich eifersüchtig und sprach auch sofort aus, was ich dachte.

»Lustmolch!«

»Könnte schon sein. Deswegen macht man's doch.« Er grinste. Ich fand es nicht schlimm. Ich fand nichts mehr schlimm. Nur zersprang mir beinah das Herz.

27

In dem außergewöhnlich großen, gut ausgestatteten Wochenendhaus von Samuels Eltern war alles gleichermaßen geschmackvoll und funktionell, großzügig gestaltet und gastfreundlich. Ich fühlte mich eingeschüchtert, aber heimelig.

Der Tag der Vorbereitungen verstrich in Fröhlichkeit und Unbeschwertheit. Samuel sah ich kaum. Unter seinen Hilfstruppen herrschte eine heitere Ausgelassenheit, es wurde viel gelacht.

Daß ich mich auf so etwas wie eine Fete eingelassen hatte, wirkte befreiend auf mich. Daß sich ausgerechnet Samuel mit seiner verhaltenen, düsteren, abwartenden Lebenseinstellung für so etwas engagierte, daß das möglich war, gab mir in meinem durchaus vergleichbaren Stupor einen wahnsinnigen Auftrieb. Kein bekümmertes, verhuschtes, banges Schuldgefühl zu haben, nicht an dem zu zweifeln, was ich tat, nicht zu warten, bis andere etwas taten, sondern aus eigener Kraft zu organisieren, daß etwas gefeiert wurde, daß Leute sich amüsierten. Es machte mich sehr glücklich, daß mir das *vergönnt* war. Und die revolutionäre Genehmigung dafür kam wohl daher, daß das Ganze von Samuel ausging. So wurde der Krieg gewonnen.

Es war heiß, und im Hintergrund sah ich Samuel mit Flippa tanzen. Flippa tanzte, als hätte sie bei jeder Bewegung einen Orgasmus. Ohne sich um Takt oder Rhythmus zu scheren, ließ sie ihren großen, vollbusigen Körper mit einer Drehung stöhnend und lachend in die Knie gehen und wieder hochkommen. Ich hatte schon andere musikalische

Verzückung *faken* sehen, aber Flippa übertraf wirklich alles. An Samuels Gesicht las ich ab, daß ihn das verlegen machte, aber gefallen tat es ihm auch. Lachend machte er sie hin und wieder sogar ein bißchen nach. Dann haßte ich ihn. Schlappschwanz, elender Schlappschwanz.

Flippa hatte mich extrem herzlich und überrascht begrüßt. Auch sie kannte das Prinzip, daß man sich die Gefahr besser zum Freund macht, als ihr den Kampf anzusagen. Und gefährlich war ich.

Flippa und Samuel waren jetzt Freunde. In dieser Eigenschaft war sie gekommen. Mit einem neuen Geliebten, jawohl, der ganz sympathisch auf mich wirkte, aber schon etwas zu felsenfest auf Flippa fixiert war und ein bißchen bedeppert in einer Ecke stand. Ihr Tanz verriet tiefes Einvernehmen. Ein Freundschaftstanz von zwei Gleichgestimmten, die nicht mehr miteinander ins Bett gingen und völlig unbefangen miteinander umgehen konnten. Das war die Form, der Name. Nichts davon stimmte natürlich. Flippa war schlichtweg dabei, ihn wieder zu verführen, und Samuel genoß diese Schmeichelei.

Es war kaum noch mit anzusehen, aber ich zwang mich hinzuschauen und so zu tun, als fände auch ich das unheimlich gut und amüsierte mich gewaltig. Mir nicht anmerken zu lassen, daß ich vor Irritation fast verging.

Ich war wütend auf ihn, und zugleich verzehrte ich mich vor Beschützerdrang und Rührung darüber, daß er sich durch den verlegenen Ernst, mit dem er das Spiel mitspielte, eine derartige Blöße gab.

Weil Samuel tanzte, war gegen das Phänomen Tanzen diesmal nichts einzuwenden. Mir blieb also nichts anderes übrig, als mitzumachen, als mich jemand aufforderte. Auf einer Fete mußte man tanzen und sich amüsieren, und sei es, daß man nur so tat, als ob. Samuel lebte genau wie ich gemäß Willensentscheiden.

War es aus Treue und Loyalität zu meinen Eltern oder aus Weltfremdheit, daß ich auf Feten, vor allem solchen mit lauter Musik, immer in Panik ausbrach? Diskotheken, Popkonzerte: spannende, lockende Orte, aber verboten und tabu. Ich mußte eine andere werden, um mir in der öffentlichen Welt des Amüsements nicht vollkommen idiotisch vorzukommen, *displaced.* Dort galten die Gesetze des Dschungels, dort wurde eine andere, schnelle Sprache gesprochen. Die Sprache, mit der ich mich im Alltag behalf, meine Selbstrelativierungen, mein schweres Ich, damit konnte ich hier nichts anfangen. Urplötzlich war ich wieder in einer Turnhalle und fand meinen Bauch zu dick. So allein fühlte ich mich auf Festen und in Diskos, so sehr als Verräterin des mir Eigenen und des Schmerzes, der zu Hause so normal war. Oder vielleicht auch gerade des Optimismus, mit dem mein Vater gegen diesen Schmerz anging. Albern kam ich mir auch vor, als ich mich dieser ohrenbetäubend lauten, pumpenden Musik überließ, der wir zu Hause abgeschworen hatten, die wir nicht mochten. Es war die Musik, aber auch die Doktrin, auf einem Fest fröhlich und jung sein zu müssen, die mir äußerst fremd waren.

28

Meine kleine Schwester und ich hatten nie einen Plattenspieler gehabt, ja nicht einmal ein Radio. Als ich irgendwann mal ganz leise ein altes Radio ausprobierte, das ich auf dem Dachboden gefunden hatte, hörte ich sie schon nach wenigen Minuten. DIE SCHRITTE AUF DER TREPPE. B. E. nannten meine Schwester und ich sie. Wir konnten sie aus tausend anderen Geräuschen heraushören. Mein Herz stockte. Böser Elternteil. Da kam ein Vater, der kaum noch bei Sinnen war.

»Hör sofort auf mit dem Krach!«

Er brüllte. Funkelnde Augen, wild abstehende Haare.

»So kann ich absolut nicht arbeiten! Und was ist das überhaupt für eine Musik, das ist doch bestimmt Pop!« (Spöttisch ausgesprochen, wie Kotz.) »Das kannst du dir bei deinen Freizeitvergnügungen anhören! Und was ist das für ein Radio? Hast du das vom Dachboden geholt? Das ist ein altes Radio von mir. Ich will nicht, daß du das anrührst! Nachher machst du es noch kaputt, ich weiß ja, wie das geht!«

»Aber du gebrauchst es doch gar nicht!« plärrte ich. »Ich hab es nur ausprobiert, und zufällig kam gerade Popmusik!«

»Ja, ja, aber ICH WILL DAS NICHT HABEN! Herrgott noch mal! Das ist hier ja wie im Irrenhaus! Willst du mich umbringen? Gib her das Ding, das kommt jetzt in mein Zimmer!«

Mit dröhnenden Schritten stampfte er die Treppe hinab. Unten hörte ich ihn meiner Mutter gegenüber loswettern. Leise, beschwichtigende Laute zur Erwiderung.

Es war nicht nur die irrationale Wut meines Vaters, die mich wahnsinnig machte. Die Weltsicht meines Vaters hatte sich in mir schon derart verselbständigt, daß ich längst gemerkt hatte, daß Popmusik nicht damit zu vereinbaren war. Auch für mich war diese Musik feindlich, denn sie verspottete, wer und wie wir waren. Auch ich krümmte mich beim geringsten Krach.

Nein, ich hatte eine Heidenangst vor den Wutausbrüchen meines Vaters und war zugleich von einer fast schon unmenschlichen Loyalität befangen und einem starken Mitgefühl, ihn vor seiner eigenen Wut beschützen zu müssen.

Ich litt unter diesem Widerspruch, und manchmal nahm ich mir ein Herz, strich mein Mitgefühl und mein verzehrendes Verständnis und gab mich der Wut hin, die zu meinem Alter paßte. Dann verlor ich, das muß ich einräumen, aber auch gleich jedes vernünftige Maß und brach in ein so wüstes Gekreische aus, daß mein Vater sich noch eine Scheibe davon hätte abschneiden können. Häufiger jedoch verstummte ich und schmollte still vor mich hin, innerlich jammernd vor wütendem Mitleid – mit mir selbst und mit ihm.

Die Ungerechtigkeit war, daß er mir sein altes Radio nicht anvertraute und nicht sah, daß ich Popmusik gar nicht mögen wollte. Das war ja schlechte Musik. Wie konnte er nur denken, daß ich mir die heimlich anhören wollte? Aber durfte ich denn nicht wenigstens in Erfahrung bringen, was darunter zu verstehen war, um es nicht schön finden zu können? Ich mußte doch auch von mir aus sagen können, daß ich sie als genauso laut, störend und feindlich empfand wie er?

Doch mir fehlte der Mut oder die Unbefangenheit, um dieses Argument vorzubringen. Ich ließ es auf sich beruhen. Popmusik behielt immer die Anziehungskraft des Unheimlichen und Gefährlichen, war aber tabu. Jedenfalls stellte ich sie nie zu meinem Vergnügen an, außer vielleicht wenn ich betrunken, also eine andere war. Ich kam mir lächerlich vor und fühlte mich beobachtet, wenn ich diese Musik hörte, ich wußte nie, was für ein Gesicht ich dazu aufsetzen sollte. Die Unbekümmertheit, die Freiheit dieser Musik, die paßten nicht zu uns.

Wir waren nicht unbekümmert. Wir waren nicht frei. Auf Festen waren wir ängstlich, dann erwiesen wir uns in der Welt, in der wir uns so kompetent verständlich und beliebt zu machen gewußt hatten, plötzlich als die Fremden, die wir im Grunde waren, als die Immigranten aus einer anderen Zeit, einem anderen Land, als die wir uns fühlten.

29

Wie immer löste Samuel bei mir merkwürdig gemischte Gefühle aus. Vorherrschend jedoch war – trotz meiner Angst vor seinem düsteren Zorn und meiner Sehnsucht nach seinem Lachen, seiner Zustimmung und seiner Achtung – die verzehrende Rührung über seine Verlegenheit und sein linkisches Wesen. Alles erkannte ich wieder, und zugleich meinte ich auch zu sehen, wie aufrecht und entschieden er den Kampf dagegen aufgenommen hatte, nicht gewillt, auch nur einen Hauch von Unsicherheit zu zeigen, geschweige denn, sich auch nur ansatzweise selbst zu verleugnen oder unaufrichtig zu verhalten. Da konnte ich ihn noch so sehr bei einer Selbstverleugnung oder Unaufrichtigkeit zu ertappen versuchen.

Das war natürlich auch eine Obsession von mir. Sein alles andere als chamäleonhafter, starrer, verschlossener Charakter stachelte mich dazu an, ausfindig zu machen, was er versteckte, welche Rollen er wider Willen dennoch spielte. Ich forschte nach dem Samuel unter dem Samuel unter dem Samuel, weil ich wissen wollte, auf welchem Niveau wir identisch waren. Daher grub ich wie eine Archäologin nach seinen Triebfedern, seinen Ängsten, seinen tiefsten Wünschen, seinen Fehlern.

Ich gebe zu, daß mir bei letzteren am wohlsten war. Seine Fehler bildeten die Grundlage für die Macht, die ich anstrebte. Meine Funde würden ihn von unserer Seelenverwandtschaft und meinem großen Einblick in seinen Charakter überzeugen. Natürlich stieß mein Gegrabe auf Widerstand.

Wenn ich ihn im Beisein anderer mit einem komischen Widerspruch zwischen dem, was er sagte, und dem, was er tat, konfrontierte, so harmlos und klein dieser auch sein mochte, lag Samuel das Wort *Verrat* auf den Lippen.

Doch gegen ihn zu sticheln war meine einzige Waffe bei dem Versuch, so etwas wie Entspanntheit in unseren Umgang zu bringen und mich halbwegs von dem Druck zu befreien, unter dem ich in seiner Nähe stand. Ich mußte aber auch so echt sein, so hochmoralisch, so klug, so entspannt, so amüsant!

Es war unerträglich, daß Flippa ihn mühelos zu richtigen Gesprächen zu verführen verstand. Dann vertauschte er die murmelnde Zurückhaltung, auf die ich gewöhnlich bei ihm stieß und die bei mir eine so ungeheure Angespanntheit auslöste, gegen begeistertes Interesse.

Zwischen Samuel und mir gab es, abgesehen von den von mir aus allen nur erdenklichen Höllenwinkeln zutage geförderten Gesprächsthemen, ständig Hintergedanken und unechte Tonfälle, die verrieten, daß wir uns der Tatsache, ein GESPRÄCH miteinander zu führen, nur allzu bewußt waren. Er mußte das ebenso hören wie ich, anders ließe sich nicht erklären, wieso er bei mir Knall auf Fall verstummte und bei ihr nicht.

Flippa ließ sich, mit Samuel auf der anderen Seite, neben mich aufs Sofa plumpsen.

Ich schaute weg, versteinert vor Fetenpanik.

»Und, schön getanzt?« fragte ich mit schrillem Lachen. »Mensch, Samuel, ich wußte ja gar nicht, daß du tanzen kannst!«

»Ich kann alles«, sagte Samuel, offenkundig nicht geneigt, sich von mir aufziehen zu lassen.

Wir lachten nervös, ohne Grund. Flippa holte etwas zu trinken, und Samuel und ich saßen plötzlich ohne Text nebeneinander.

»Läuft doch gut, die Fete, nicht?« sagte ich schließlich gewollt locker.

»Hmmmm«, machte er mürrisch. »Eben mal rüber zu Jaap.«

Er erhob sich und ging zur anderen Seite des Raums. Als würde ich für all das Schreckliche, das ich gesagt hatte, bestraft. Mit Jaap, der eine Kochmütze aufhatte, verschwand er in der Küche.

Flippa war bei den Getränken hängengeblieben. Ich stand so abrupt auf, daß ich Sternchen sah, und prallte dabei gegen irgendeinen Typen. Eine Sekunde lang war ich ihm so nahe, daß ich seinen Geruch riechen konnte, einen altmodischen Geruch, der mich beruhigte.

»Sorry«, sagte ich abwesend.

»Wer bist du?« fragte er.

»Edna«, antwortete ich und wollte weitergehen.

»Ich bin Felix.«

»Ach.«

»Na, wer sagt's denn«, sagte er.

Das klang irritierend.

»Wieso?« fragte ich. »Wieso, wer sagt's denn?«

»Klingt doch toll«, sagte er. »*Edna und Felix*. Das mußte so sein, das ist vorbestimmt.«

»Ich bin schon vorbestimmt«, sagte ich albernerweise. »Ich gehe praktisch mit Samuel. *Sam und Edna* klingt viel besser.«

So etwas hatte ich noch nie gesagt, Schwachsinn. Ich blickte auf Samuels Rücken, diesen etwas zu geraden, muskulösen Rücken, den Samuel-Rücken. Ein beinahe rührender Rücken, ließe er mich nicht so im Stich. Samuel unterhielt sich angeregt. Wieder mit Flippa! Ich spürte, wie ein stechender Schmerz durch *meinen* Rücken fuhr.

Der Typ, der Felix hieß, sah mich an.

»Das wird nie was«, sagte er. »Samuel ist zu schwierig für dich.«

Ärgerlich gab ich ihm Bescheid, daß er mich nicht kenne, und wie gut er Samuel überhaupt kenne?

»Schon sehr lange, von der Oberschule her.«

»Das kann nicht sein.« Dieser Felix war viel älter als Samuel.

»Ich war Lehrer.«

»Ach ja, für was denn?« Ich konnte mir nicht helfen, dieser Typ machte mich aggressiv.

»Mathematik.«

»Ach. Wirklich? Und machst du das immer noch?«

»Nein, natürlich nicht. Ich hab mit achtundzwanzig angefangen zu schreiben. Ich dachte, ihr studiert hier alle Literaturwissenschaft.«

Ich wußte es. Felix Ganz. Kam ursprünglich aus den USA, oder nein, aus Israel und dann aus den USA, oder wie war das noch wieder? Hatte mindestens acht Bücher in Niederländisch publiziert. Ich kannte drei davon, und die hatten mir gefallen. Aber das würde ich jetzt nicht sagen. Er schien mir sehr von sich eingenommen zu sein, wenn er auch durchaus anziehend war. Aber Samuel schaute nicht herüber, natürlich.

»Jetzt setz dich doch mal ganz ruhig hin.« Er drückte mich aufs Sofa. »Setz dich, und ich hol dir was. Du bist so unruhig. Was trinkst du?«

Er kam mit Wodka zurück, und ich nahm dankbar einen ganz großen Schluck, ehe ich mich etwas tiefer ins Polster sinken ließ. Nach und nach löste sich der Kloß in meinem Hals auf, während ich einer Geschichte von ihm lauschte, die, glaube ich, darauf hinauslief, daß er irgendwann einmal beinahe in der Johnny-Carson-Show gewesen wäre, wenn nicht…

Er litt nicht gerade unter falscher Bescheidenheit, dieser Felix. Den warf so schnell nichts um, eingebildet und erfolgreich, wie er war. Ich hätte gern gewußt, was ihn auf Samuels Fest geführt hatte, aber ich fragte nicht. Wir saßen zurückgelehnt auf diesem Sofa, und ich vergaß das ganze Fest. Dann mußte er weg, weil irgend jemand anders wegmußte. Ich kam mir wie eine Verräterin vor, fühlte mich aber um Längen besser.

Trotzdem blieb das Ganze letztendlich ohne Sinn, denn ich hatte Samuel nicht einmal zu uns herüberschauen sehen.

Grinsend und ungläubig drückte Samuel mich an diesem Abend in dem kleinen Zimmer, in dem ich schlafen sollte, aufs Bett.

»Gefällt dir Felix?« Er hatte doch geguckt!

»Ja.« Er ist wenigstens ein Mann, dachte ich, nicht so ein schwieriges Baby wie du.

»Du weißt ja wohl, daß er nichts taugt?« sagte Samuel.

»Wieso?«

»Zandra kennt ihn. Er ist absolut unzuverlässig.«

»Ach. Und? Warum hast du ihn dann eingeladen?«

»Er ist mit einem Freund von Zandra gekommen, bei dem er gerade zu Besuch ist. Er lebt ja nicht hier. Hat er das bei eurem intimen Gespräch nicht erzählt?«

»Doch, klar. Er lebt ja wohl in Frankreich, nicht?«

»Na, und? Was läuft?« fragte er.

Und ich blöde Kuh beeilte mich natürlich wieder, ihn zu beruhigen:

»Es war ein ganz normales, langweiliges Gespräch. Ich hab nichts mit ihm.«

»Was nicht ist, kann ja noch werden. Ich weiß, wie du bist.«

Samuel hatte eine samtige Neckstimme. Er machte gern einen männermordenden Vamp aus mir. Vielleicht erregte ihn diese Vorstellung ja, aber mit größerer Wahrscheinlichkeit wußte er wohl, wie absurd etwas Derartiges in seinem Beisein war.

Womit er natürlich richtig lag. Aber Hochmut war es trotzdem.

30

Samuels Wahrnehmung der Welt hatte etwas außerordentlich Kindliches. Es war, als könne er nicht glauben, daß menschliche Unzulänglichkeiten und die wahren Tragödien im Leben auch nur irgend etwas mit ihm zu tun hätten. Er war das Produkt einer viel zu behüteten Kindheit, fand ich. Seine Kindheit war so behütet und glücklich gewesen, daß er sich nicht davon hatte lösen können. Er hatte sozusagen nie gelernt, im Ernst zu spielen.

Der Ernst des Lebens war für ihn immer noch etwas für die *Großen,* die Welt, über die man sich als Jugendlicher weit erhaben fühlte. So, wie Holden Caulfield bei allem zu entlarven wußte, daß es im Grunde Beschiß war, konnte Samuel erstaunt lachen, wenn Leute in seinem Alter das erwachsene Weltspiel ernst zu nehmen schienen, plötzlich erwachsene Entscheidungen trafen, sich über banale Dinge ernsthafte Gedanken machten, eine Stellung oder andere reale Verantwortungen annahmen. Ein bißchen unsicher wurde er dann und auch eine Spur neidisch.

Auch wenn andere aus wirklich triftigen Gründen Kummer hatten, befiel ihn dieses Belustigte, Ungläubige, Unbehagliche. Unbehaglich wurde ihm ebenso angesichts von Leuten, die voller Enthusiasmus und Unternehmungslust an eine bestimmte Sache herangingen oder davon erzählten, daß sie eine bestimmte Sache angehen wollten.

Möglich, daß seine Ungläubigkeit seinem Unvermögen entsprang, wirklich etwas zu empfinden, Enthusiasmus, Kummer oder was auch immer. Oder vielleicht waren es der Mangel an Erfahrung und Notwendigkeit. Denn er mußte durch und durch verwöhnt sein, so verwöhnt, daß er sich nie richtig etwas hatte aufbürden müssen – außer wenn er es selbst unbedingt wollte, wie bei dem Fest.

Ich betrachtete es als meine Aufgabe, ihn im Empfinden zu unterrichten, nicht geduldig seine Reifung abzuwarten und zu beaufsichtigen, sondern zu seinem unentdeckten Kern vorzudringen, den er vermutlich nicht einmal zu haben glaubte. Es fuchste mich, daß er sich immer so fein heraushielt, daß seine Kommentare immer die ärgerliche moralische Reinheit desjenigen besaßen, der selbst unbeteiligt am Spielfeldrand steht.

Empfindungen ohne Hintergedanken, Gefühlsäußerungen ohne spöttischen Blick in den Spiegel – das mußte er durch mich kennenlernen.

Und warum war ich darauf so erpicht?

Weil ich das Gefühl, ein Spielzeugleben zu leben, natürlich nur allzugut kannte, weil ich selbst auch so schrecklich gern etwas *Echtes* erleben, *echter* sein wollte, als ich mich in Wirklichkeit empfand. Ich war in meinem ewigen Kindsein eingeschlossen, ein Übungsprodukt. Genau wie er, das dachte ich jedenfalls.

Oft kam es mir so vor, als wäre ich nach meinem siebzehnten Geburtstag ganz lange weggewesen und dann plötzlich in einer neuen Welt ausgesetzt worden, in der ich achtzehn war, weg von zu Hause und erwachsen. Als hätte ich erwartet, daß meine Kindheit noch einmal wiederkehren würde, so achtlos hatte ich mich seinerzeit von ihr getrennt. Plötzlich war alles weggewesen wie das letzte Wasser in einer Badewanne, das sich in einer heftig strudelnden Spirale in die Tiefe windet. Und plötzlich ein furchtbar lautes Gurgeln, und weg ist es.

Nie wieder? Ich konnte es mir nicht vorstellen. So, wie anscheinend nichts je wirklich oder definitiv sein konnte. Als gelangte ich stets wieder in neue Spielzeugwelten, auf neue Übungsgelände, wo ich auf ein Zeichen wartete, daß es jetzt richtig losgehen würde.

Ich erinnere mich noch gut, wie ich mich eines Tages umsah und mir bewußt wurde, daß ich eine Kindheit *gehabt hatte*. Und das Verrückte war, daß ich mit einem Mal das Gefühl hatte, selbst nicht dabeigewesen zu sein. Wirklich schlimm fand ich das nicht. Ich war noch nicht nostalgisch. Nostalgie und Heimweh kamen erst im Laufe der Jahre hinzu wie Kalkablagerungen aus dem Wasser, das diese erinnerten Kinderjahre stets umspülte.

Und doch barg das Zurückblicken zunächst noch Gefahren: Man konnte in die alten Ängste und Unsicherheiten zurückgerissen werden. Nur mit fester Stimme und den richtigen höhnischen Worten konnten alte Gespenster an der Kandare gehalten werden. Die Ängste und die Einsamkeit, die ständige Besorgnis um meine Familie! Das Schuldgefühl ob des Verrats, wenn ich mir mal einen Tag keine Sorgen gemacht hatte! Der Ehrgeiz und die Disziplin, mit der gute Noten für Klassenarbeiten erzielt werden mußten, die furchtbare Eintönigkeit des Unterrichtsalltags und das Gefühl des Gefangenseins in der Schule! Und dieses Schreckliche, nichts bedeuten zu können, weil man ein Kind war, klein! Der paradoxe Kampf mit dem Essen (dick!), das einen groß und stark machen sollte! Der Stillstand, das scheinbar Endlose dieser Jahre, in denen man auf den Moment wartete, da man über all diesen Dingen würde stehen können! Da man verstehen würde, wie man sich zu bewegen, welche Sprache man zu sprechen hatte!

Das schien vorbei zu sein, doch es war nichts an seine Stelle getreten. Und über den Dingen stand ich noch immer nicht.

Ich war die beste Schülerin der Welt gewesen, was das Nachempfinden des Schmerzes betraf, der meine Erwachsenen quälte, vor allem meinen Vater. Aber ein solcher Schmerz – mochte es auch nur dessen Spiegelung sein – war so unendlich groß und schwer, daß er nicht in die heutige Wirklichkeit zu passen schien.

Mit meiner Verliebtheit in Samuel hatte ich nun das Licht gesehen. Diese Verliebtheit war wirklich. Ich erkannte schon bald, daß Samuel mich, wenn er seine Empfindungen nicht ernst nahm, niemals so sehr und so schmerzlich würde lieben können wie ich ihn. Wenn ihm nicht klar würde, daß auch er der Menschheit angehörte. *Im Ernst.* Er mußte davon überzeugt werden, daß er existierte.

Also durfte er auch ruhig ein wenig wirklich besorgt sein wegen eines Felix, der sanft meine Schenkel gestreichelt

hatte, während wir uns so herrlich zankten, dort auf seinem, Samuels Sofa. Na ja, dem seiner Eltern.
Verdammt.

31

Nach der Fete schien Samuel einen Beschluß gefaßt zu haben. Ich brauchte nicht länger ein undefiniertes Geheimnis zu sein.

Er rief mich mehrmals die Woche an und holte mich von dem Restaurant ab, in dem ich jobbte, damit ich nachts nicht allein auf die Straße brauchte. Er war mein fester Freund. Mit einem Mal. Einfach so.

Wer jetzt denkt, daß damit alles in Ordnung war und ich überschäumte vor Glück, der täuscht sich gewaltig. Ich war mir viel zu sehr der Tatsache bewußt, daß ich die unbegreifliche Realität der Gegenwart sorgsam zu hüten hatte. Sie konnte mir jeden Augenblick wieder abhanden kommen. In krampfhafter Angst lebte ich jetzt. Ich hatte den seltenen Schmetterling gefangen, doch ich fühlte ihn in meiner hohlen Hand flattern, fühlte ihn feucht werden vom Schweiß, der mir ausbrach, und was am Ende passieren würde, war sonnenklar. Tod und Verderben. Meine Schuld.

Daß ich inzwischen eine gewisse Kompetenz darin entwickelt hatte, ein Pokerface aufzusetzen und Stoizismus an den Tag zu legen, kam Samuel und mir im Umgang miteinander gut zupaß. Beide spielten wir unser schweigsames und unberührbares Selbst. Wir schienen beide zwischen einem Gefühl der Verwandtschaft und höllischen ironischen Vorbehalten zerrissen zu sein. Die Vorbehalte gewannen die Oberhand, denn die würden uns vor Fehlschlägen, Schmerz und Demütigungen schützen, und davor hatten wir beide eine Heidenangst.

Ironie war in, sowohl in der Literatur und der Kunst als auch in den zwischenmenschlichen Beziehungen. Sich irgendwo wohl und in seinem Element zu fühlen war verpönt, das war nicht *hip*. Jeder benahm sich wie ein *Outsider*. Ich hatte mich seltsamerweise an Situationen gewöhnt, in denen man vage tat und kühl und in denen es darauf anzukommen schien, daß man gerade die Dinge interessant fand, die einem im Grunde besonders fremd waren.

Abwesend schmunzeln, ironisch und abwesend schmunzeln – damit lag man immer richtig. Ich sah es vor allem meine Kommilitonen erfolgreich praktizieren. Aufgekratztsein, Begeisterung, ein Vorhaben mit sichtlicher Anspannung anzugehen, all das war tabu. Die Ironie herrschte und war übermächtig, und ich fürchte, daß ich mich wie eine Adeptin benahm.

Nirgendwo fühlte ich mich in jenen Jahren wirklich zu Hause. Immer noch in Trauer um den Verlust des Schutzes und der Eindeutigkeit meines Kindseins, um den Verlust der unschuldigen Intensität und Naivität, mit der meine Familie sich wiederaufgebaut hatte, vielleicht. Nur dadurch, daß ich mich möglichst gut in der einstudierten Abwesenheit und gleichgültigen Einsamkeit, die damals so modisch *Entfremdung* genannt wurden, übte, konnte ich mich an das Neue des unabhängigen Studentenlebens gewöhnen.

Im Umgang zwischen Samuel und mir war das ein gehöriges Handicap. Uns Angsthasen senkte sich sogleich Blei in die Beine und Eis in die Stimme, wenn wir das Gefühl hatten, etwas Intimes, etwas Schönes, etwas Besonderes sagen zu müssen, weil der Anlaß das erforderte. Wir versteckten unsere Verlegenheit unter fast schon rüder Gleichgültigkeit, sogar wenn wir bei romantischem Kerzenschein und leisem Flüstern in einem schönen Restaurant saßen und für die Außenwelt zweifelsohne ein Paar darstellten.

Oder lag das alles nur an mir?

Samuel war hocherfreut, als er, noch zu Beginn unseres neuen Umgangs, erfuhr, daß ich ein anderes Zimmer gefunden hatte. Mir ist nach Samuel nie wieder jemand begegnet, der so loyal war, wenn man aktiv etwas an seinem Leben veränderte. Er bot mir sofort an, beim Umzug zu helfen. Er habe schließlich seinen Lastwagen.

Zwar war das neue Zimmer nur zwei Straßen von dem alten Selbstmordkämmerchen entfernt, aber ich hatte natürlich Besitztümer, die ich schwerlich zwei Straßen weit auf der Schulter transportieren konnte. So war ich angenehm überrascht und froh, hatte aber auch und vor allem Gewissensbisse.

Samuel kam an dem Morgen pünktlich auf die Minute, unmittelbar nach meiner Schwester.

Ich begrüßte ihn beim Eintreten mit einem verlegenen und schroffen »Hallo, es ist gar nicht soviel, wir legen am besten gleich los!«

Meine Schwester sagte erstaunt: »Willst du dem armen Jungen nicht erst mal 'ne Tasse Kaffee anbieten oder so?«

Peinlich berührt über den *armen Jungen* und davon überzeugt, daß er es furchtbar eilig habe, wieder wegzukommen, fragte ich Samuel ungläubig: »Möchtest du denn was?«

»Na ja, 'n Täßchen Kaffee könnt ich schon noch vertragen, Madame«, sagte er.

Wir tranken also Kaffee. Und meine kleine Schwester und Samuel, die einander nicht kannten, unterhielten sich ausgelassen und machten sich über meinen Hausrat lustig, der nackt und armselig aus Albert-Heijn-Kartons quoll. Dankbar ließ ich mich aufziehen, ohne daß ich die Zeit, Samuels Zeit, auch nur eine Sekunde aus den Augen verlor.

Er wollte sich der selbstauferlegten Aufgabe natürlich so schnell wie möglich entledigen, davon ging ich aus. Bei jedem schweren Stuhl, den er hochhob, fühlte ich mich schuldig, ich versuchte ihm möglichst zuvorzukommen und stolperte dabei über meine eigenen Füße.

Nachdem die Sachen eingeladen waren, fuhren wir feierlich zur neuen Wohnung, wir neben ihm auf dem Vordersitz, er an dem großen Lenkrad. Es gab mir Geborgenheit, daß Samuel mein irdisches Hab und Gut in seinem großen Wagen beförderte. Ich fühlte mich behütet, als ob ich ein Kind und alles wie früher wäre.

Die ganze Unternehmung hatte inklusive Kaffeetrinken nicht einmal anderthalb Stunden in Anspruch genommen.

»Feeeeertig!« sagte ich erleichtert, als alles oben stand. »Tausend Dank, Samuel. Das war unheimlich toll. Du willst ja jetzt bestimmt gleich weiter, nicht?«

»Na ja...«

»Okay, bis morgen dann.«

Wir gaben uns einen kurzen Kuß. Das gehörte sich, nun, da wir was miteinander hatten. Dieser Kuß war jedesmal wieder eine Offenbarung für mich, so befriedigend wegen der leicht passiven, fragend schiefen Haltung, die Samuels

Kopf dabei dem meinen gegenüber einnahm. Er roch so sagenhaft unschuldig. Süß und verletzlich wie ein Baby, ein Familiengeruch. Ich eine Mutter, ein hätschelndes Frauchen.

»Gut. Ja. Ich seh dich dann morgen.«

Morgen war Montag, Vorlesungstag. Langweiliger ging es nicht. Er trollte sich. Erschöpft ließ ich mich auf einen Stuhl fallen.

Meine Schwester hatte die Augenbrauen ungefähr bis auf Stirnmitte hochgezogen.

»Du bist bescheuert.«

»Wieso?«

»Du hättest ihm doch wenigstens etwas anbieten können. Er hat dir schließlich bei deinem Umzug geholfen!«

»Ach wo, das will er ja gar nicht, ich kenne ihn doch. Das findet er nur kompliziert. Der wollte weg, das war doch offensichtlich.«

»Also, wenn du mich fragst, hatte er nichts vor. Und wir haben doch auch Durst, oder? Was bist du doch für eine alte Hexe. Daß du den armen Jungen wegschickst, wenn er gerade alle deine Sachen vier Treppen raufgeschleppt hat!«

Wirkte ich nun unbeholfen oder eiskalt? Und war das nun besser oder schlechter, als verletzlich zu wirken? Eiskalt fühlte sich sicherer an, aber auch ein bißchen schäbig, wie mir nun aufging.

32

Als ich Samuel das erste Mal zu meiner Familie mitnahm, war das reiner Zufall. Und eigentlich lief es auch eher umgekehrt.

Es war ein schöner, heiterer Tag, und wir machten eine Tour mit dem Motorrad. Samuel konnte sich ab und zu die BMW von Jaap ausleihen, die sonst unbenutzt in der Garage stand, da Jaap jetzt im Rahmen von »Ärzte ohne Grenzen« immer öfter irgendwohin delegiert wurde. Samuel fand es, glaube ich, sexy, wenn ich bei ihm hintendrauf saß. Er wollte, daß ich ein kurzes Röckchen trug, das hochwehte, wenn wir uns in die Kurve legten. Ich mußte mich gut an seiner Lederjacke festhalten und meine Schenkel um seinen Rücken klemmen, was ich wiederum ziemlich erregend fand, zumal es sich geradezu *filmreif* anfühlte.

Wir hatten schon hin und wieder mal eine Fahrt durch die Stadt gemacht, wo wir aber nicht sonderlich schnell vorangekommen waren. Diesmal würden wir des schönen Wetters wegen zum Scheveninger Strand fahren, um uns mal frischen Wind um die Nase wehen zu lassen. Das war ein ganz plötzlicher Einfall Samuels gewesen, der daher augenblicklich befolgt werden mußte.

Samuel trug seine Lederjacke, und ich, der langweiligen Sicherheit zuliebe, Hose und Pullover, da auf der Autobahn ein kalter Wind gehen konnte.

Es war viel kälter als in der Stadt. Es war so entsetzlich kalt, und der Wind pfiff mir so hart ins Gesicht, daß ich das Gefühl hatte, ich würde in diesem straffgezogenen Zustand versteinern. Meine Beine schienen für immer in ihrem

Krampf um Samuels Hüften erstarrt zu sein (was nun wieder keine gar so schlimme Aussicht war), und ich bekam während der Fahrt das Gefühl, daß ich nie wieder normal würde atmen können. Der Lärm war unbeschreiblich. Das romantische Gefühl verebbte schnell.

»Sollen wir bei deinen Eltern vorbeifahren?« schrie Samuel, als wir uns Leiden näherten.

Er mußte es viermal wiederholen, ehe ich es über den Wind hinaus hören konnte. (Das machte Motorradtouren im übrigen durchaus angenehm: Weil man sich ohnehin nicht richtig verständigen konnte, waren die Sprechpausen, die mich in seiner Gegenwart sonst so ängstigten, nun ganz natürlich.)

Der Gedanke schockierte mich. Warum, bei allen guten Geistern?

»Sie wohnen doch hier irgendwo, oder? Wär doch vielleicht ganz sympathisch, mal eben vorbeizuschauen!«

Wie kam er nur darauf? Ich hatte Samuel und meine Eltern wohlweislich immer voneinander ferngehalten, aus Angst vor Samuels Kopfscheuheit und vor den Klauen meines Clans. Außerdem schämte ich mich schon im voraus für meine eigene Nervosität, und mir graute vor allem, was ich Samuel würde erklären müssen. Ich würde mich genötigt fühlen, bei allem, was gesagt wurde, die Zusammenhänge zu erläutern, und allein beim Gedanken daran, wie ich zwischen den Parteien lavieren müßte, war ich schon schweißgebadet.

Die Konfrontation der beiden Welten, die ich für mich so sehr miteinander verknüpft hatte, war mir außerdem zu gefährlich. Insgeheim fürchtete ich, daß Samuel nicht genügend Gespür für die Verletzlichkeit meiner Eltern hätte, wodurch er mich in nicht wiedergutzumachender Weise enttäuschen würde, und ich fürchtete auch, daß meinen Eltern Samuels Größe entgehen könnte, und dafür müßte ich sie dann hassen. Dabei wußten sie schon viel zuviel über ihn, denn ich klagte ihnen am Telefon immer ganz schön mein Leid. Besser also, das Ganze tunlichst zu vermeiden.

Außerdem war ich *seinen* Eltern nur ein einziges Mal begegnet, während der Pause bei einer Theatervorstellung, und das war sehr förmlich und distanziert gewesen. Das lag natürlich an Samuel, der mein Vorhandensein nur am Rande erwähnt haben mußte, sonst hätten sie wohl erwartungsvoller auf mein Erscheinen reagiert. Mit einem freundlichen, abwesenden Lächeln hatten sie mir nur zugenickt und dann vornehmlich auf Samuel eingeredet.

Jetzt war der Spieß plötzlich umgedreht. Denn wenn der Vorschlag aus seinem Munde kam, mußte ich mich fügen. Überlegenheit ist mir nun mal heilig.

33

Als ich vom Motorrad stieg, konnte ich gar nicht mehr aufhören zu bibbern. Ich konnte auch kaum noch laufen, so sehr waren meine Beine in der Umklammerung von Samuels Hüften versteift. Mein Gesicht fühlte sich an wie ein kalter Pfannkuchen, platt und gefühllos. Am liebsten wäre ich in ein heißes Bad gestiegen und danach mit sechs Decken ins Bett. Ich hätte es, ehrlich gesagt, auch lieber gehabt, wenn Samuel jetzt verschwunden wäre.

»Willst du wirklich?« Mutlos drehte ich mich noch kurz zu ihm um. Er hörte mich nicht. Hatte seinen Helm noch auf, daher. An Flucht war nicht mehr zu denken.

Also entschied ich mich für den Weg nach vorn und hoffte dabei insgeheim, daß sie nicht zu Hause wären. Doch als ich, ehe ich mit gefühlloser Hand auf den Klingelknopf drückte, durchs Wohnzimmerfenster hineinspähte, sah ich es schon: aufgeregtes Gewinke und Armgeschwenke. Ich nickte bemüht freundlich, als könnte ich ihre Begeisterung damit bremsen und möglicherweise doch noch einen würdigen, samuelgemäßen Empfang hinbekommen.

Gott stehe mir bei. Bleib bitte ruhig.

»Oh, Ed, wie schön, was für eine Überraschung! Komm rein, komm rein!«

Ich wurde stürmisch geküßt. Umarmt, als wäre ich ein ganzes Jahr lang nicht zu Hause gewesen.

»Und du bist Samuel! Seid ihr mit dem Motorrad gekommen? Mein Gott! Kind, wie siehst du denn aus?«

»Tag, Samuel. Nett, dich endlich einmal zu Gesicht zu bekommen.«

Bitte. Nein. Hört auf.

»Guten Tag, Frau Mauskopf.«

Heftig wurden Hände geschüttelt.

»Hallo, Herr Mauskopf«, sagte Samuel schüchtern.

Eine solche Urgewalt war er offensichtlich nicht gewöhnt.

Wider Erwarten tat mir das gut. Wir würden ihm schon beibringen, was Freimütigkeit und Gefühl waren! Willkommen im Reich der Empfindungen und Emotionen! Schluß mit dem gemessenen Schweigen, dem angespannten Herumeiern!

Er sah meine Eltern nicht an und ignorierte ihre verhüllt erwartungsvollen Blicke. Er lachte charmant, den glatten, großspurigen Bewegungen des von seinem Pferd steigenden Ritters angemessen, als der er sich nach der Tour offenbar vorkam. Damit überspielte er seine Verlegenheit. Das war auch gut so, denn offensichtliche Verlegenheit bedeutete in seinem Fall Gefahr.

»Möchtet ihr Tee?«

»Gern, gern, gern!« rief ich. Dem Unbehagen mußte nun unaufhörlich mit Getön, am besten mit lautstarker Geräuschkulisse, zu Leibe gerückt werden. Sogar dem Zähneklappern ließ ich dazu freien Lauf. Gerade dem Zähneklappern.

»Hm, ja«, murmelte Samuel.

»Zieh bitte was von Mami über«, sagte mein Vater. »Du bist ja völlig unterkühlt! So holst du dir garantiert eine Lungenentzündung. Bei diesem Wetter auf dem Motorrad! Ihr seid wohl verrückt geworden!«

Aber er lachte dazu aus vollem Halse. Ich glaube, er fand das aufregend. Mein Vater fand manchmal die unvorhergesehensten Sachen aufregend, Männersachen, Machosachen, die überhaupt nicht zu ihm zu passen schienen. Wie so ein Motorrad. Als ob der kleine Junge, der immer noch in ihm schlummerte, für einen Augenblick erwachen durfte.

Es war hier in der Provinz tatsächlich ein ganzes Stück kälter als in der Stadt, aber ich lachte großtuerisch und verächtlich. Das war meine Aufgabe. Mich gegen seine weichherzige Überbesorgtheit zur Wehr setzen. Und derweil natürlich einfach tun, zu was er mir geraten hatte.

Ich rannte also nach oben. Vor allem eines kurzen Moments der Stille und Ruhe – und eines Pullovers – wegen.

Samuel und mein Vater blieben allein im Wohnzimmer zurück.

Der Kampf der Giganten.

Ich stand eine Weile vor dem Spiegel, um die schmeichelhafteste Pulloverkombination auszuprobieren (schwierig, denn ich hätte am liebsten drei übereinander angezogen), und schlich mich dann langsam wieder nach unten.

Gebückt preßte ich das Ohr an die Tür. Ich hörte überhaupt nichts.

»Sooo.«

Endlich. Mein Vater. Es klang, als sei es das erste Wort, das gesprochen wurde. Mein Gott, das mußten ja Minuten gewesen sein! Samuel unverwandt nach draußen starrend, mein Vater freundlich abwartend, ein bißchen ungläubig angesichts von so viel Verlegenheit an den Knöpfen seiner Stereoanlage drehend. Etwas in der Art? Aber ich konnte es mir eigentlich nicht vorstellen. Derartiges Schweigen war nicht meines Vaters Fall. Der mußte schon etwas von sich erzählt haben.

»Du fährst also dieses Motorrad. Was ist es für eins?«

Du lieber Himmel.

»Ja«, sagte Samuel lachend.

Stille.

»Eine BMW. Sie gehört aber nicht mir. Leider. Ich hab einen Lastwagen.«

Er war plötzlich ein Sohn, verdammt, was war das für ein liebenswürdiger, lebhafter Ton, wieso bekam *ich* den nie zu hören?

»Was, wozu denn das?« fragte mein Vater. Was für eine gute Frage eigentlich. Samuel murmelte irgend etwas. Ich konnte es nicht verstehen. Mein Vater, glaube ich, auch nicht, denn er fing von etwas anderem an.

»Wir hatten früher einen Motorroller. Mit dem haben wir viele Reisen gemacht«, sagte er lachend.

Die Geschichte kannte ich. Sie hatte keinen Plot.

»Ach ja, was für einen denn?«

»Eine echte alte Vespa war das. Die sind jetzt verboten, glaube ich.«

»Es heißt ja merkwürdigerweise, daß Motorräder sicherer seien. Diese Vespas hatten so gut wie keine Straßenhaftung.«

»Ja, das habe ich auch schon mal gehört.«

Langes Schweigen jetzt. Ich hörte meine Mutter in der Küche beim Teemachen rumoren. Sie war so gut wie fertig, denn ich hörte sie einschenken. Blitzschnell richtete ich mich auf.

»So...«, hörte ich da wieder. Mein Vater. Er sagte immer *so*, wenn er nicht begriff, wieso in den seltenen Momenten, da er einmal um Worte verlegen war, nicht der andere etwas sagte. »Du studierst auch Literaturwissenschaft, soweit ich verstanden habe, genau wie Ed?«

Mein Vater ging nun zum seriöseren Teil über.

»Findest du es interessant? Ed hat, glaube ich, hin und wieder ihre Mühe mit der Abstraktheit der Themen, die ihr studieren müßt.«

Ich bekam Samuels Antwort auf diese interessante Frage gerade eben nicht mehr mit. Meine Mutter kam nämlich mit einem Tablett den Flur entlang.

»Gehst du nicht hinein?« Sie sah mich reserviert an, als wäre ich nun, da ich einen Fremden mitgebracht hatte, auch eine Fremde. Oder als wollte sie hier schon mal an mir für ein natürlich wirkendes Gespräch mit ihrer Tochter und deren neuem Freund üben – bei dem sie sich nicht anmerken lassen wollte, wie aufregend sie das Ganze fand. Sie dachte vielleicht, ich würde ihr Einfühlungsvermögen schätzen, aber mir wäre es lieber gewesen, wenn sie mir jetzt ganz kurz ihre Solidarität gezeigt hätte – ehe sie auf die Bühne mußte.

»Ich bin gerade von oben gekommen. Hab schnell ein paar Pullover von dir gemopst. Mir ist so kalt!«

Ich wollte ihr zu verstehen geben, daß ich keine andere war. Daß sie sich mit mir verbünden mußte, wenn ich das wollte. Aber sie ignorierte meine fragend hochgezogenen Augenbrauen.

Trost gab es nicht.

34

Im Wohnzimmer standen mein Vater und Samuel beide vor dem Fenster. Sie blickten auf das Motorrad. In Anbetung versunken, schien es. Von daher also dieses scheinbare Schweigen. Das Gemurmel über die besonders interessanten Attribute des Gefährts war ja kaum hörbar. Und dazwischen konnte man offenbar gut schweigen, feierlich beinahe.

Wir tranken Tee. Jetzt wurde eisern an einem Gespräch über das universitäre Chaos der letzten Zeit gearbeitet. Samuel, als der bessere Student, der er war, gab ein paar kritische, intelligente Dinge darüber von sich. Ich ließ verlauten, daß mich die Universität immer noch in düsteres Erstaunen versetze. In welchem Ausmaß dort desorganisierte Gleichgültigkeit herrsche, das übersteige fast mein Vorstellungsvermögen. Mein Vater führte aus, weshalb dies ein prägnantes Beispiel für eine Situation sei, in der die Demokratisierung wieder einmal zu einem Exzeß geführt habe.

Dann trat Stille ein.

Beunruhigt sah ich, wie Samuel auf den Tisch zu starren begann, fast schon ingrimmig, als wollte er sich langsam auflösen, da jetzt niemand mehr etwas zu sagen wußte oder ihn aus der Reserve lockte.

Mein Vater sagte, er müsse schnell mal nach oben und etwas holen, ehe er es vergesse.

War das eine Flucht?

Eilends erzählte meine Mutter, es gehe um ein Päckchen, das von einem Expreßzustelldienst abgeholt werde. Mein Vater korrespondiere im Rahmen einer Untersuchung, die mit dem Krieg zu tun habe, viel mit Leuten in Amerika.

Wir hörten ihn oben umhergehen. Samuel fragte meine Mutter noch ungewöhnlich beflissen, was das denn für eine Untersuchung sei.

Während sie zu einer Antwort ansetzte, hörte ich meinen Vater zum Glück schon wieder nach unten kommen. Seine Schritte auf der Treppe wurden von vier, nein, fünf lauten Fürzen begleitet, auf jeder Stufe einer.

Ich erstarrte zur Salzsäule.

Meine Mutter redete unbefangen weiter. Die hatte darin schon Routine.

Ich hustete lange und unbändig, in dem verzweifelten Versuch, ein klägliches Schamlachen wegzublaffen.

Vielleicht hatte Samuel es ja nicht gehört. Man konnte es ja möglicherweise für knarrende Stufen halten. Geräusche mußte man wiedererkennen, um sie benennen zu können. Solche Fürze hatte Samuel bestimmt noch nie gehört.

Ich konnte meinen Vater schwerlich bitten, es noch einmal zu machen, damit ich von einem Umbau dieser so scheußlich knarrenden Treppe anfangen konnte. So teilnahmslos, daß ich beinahe den Mund zuzumachen vergaß, ließ ich mir von meiner Mutter, die mich von meinem Husten befreien wollte, auf den Rücken klopfen.

Meine Mutter machte ein ebenso teilnahmsloses Gesicht.

»Aber Kind, du erstickst ja fast.«

Samuels Blick war auch verdächtig leer. Aber das war er häufiger. Es war nicht auszumachen, ob er etwas verbarg. Für einen Moment fragte ich mich, ob ich mir das Ganze vielleicht nur eingebildet hatte.

Mein Vater war jetzt draußen auf dem Flur.

Direkt vor der Tür verstummten seine Schritte.

Unwillkürlich hielt ich den Atem an. Wo blieb er? Da setzte ein ganz langer Furz ein, zuerst tief, wahrscheinlich unterdrückt, dann, so schien es, in Eile an der Tür vorbeigetragen, ganz kurz noch ruckartig lauter und höher, bis er sich, vom Geräusch schneller Schritte begleitet, in Richtung Küche entfernte, wo er in ein beinahe elegantes Diminuendo mündete. Ein Glück, daß ich nicht von der Treppe angefangen hatte!

Jetzt war es einen Moment sehr still. Dann machte ich das vertraute Klappern beim Durchstöbern des Eisschranks aus und das äußerst behutsame Öffnen der Keksdose, bei dem ich ihn schon einmal ertappt hatte.

Ich erhob mich, um mein Gesicht abwenden zu können, machte dabei einen Höllenlarm mit meinem Stuhl und warf beinahe eine Tasse um.

Samuel fragte meine Mutter, ob sie auch studiert habe.

Piepsmaus nannte Samuel mich, wenn meine Stimme, aus welchem Grund auch immer, viel zu hoch war. Er fand, es klinge nach Hysterie und Unsicherheit, und das ärgerte ihn. Bei meiner Mutter tat er jetzt, als hörte er es nicht. Ich bekam einen steifen Nacken.

Meine Mutter erzählte, daß sie ihren Magister in Spanisch gemacht habe, verlegen wie bei einem Bewerbungsgespräch: »Wir haben einander auch auf der Universität kennengelernt.«

Wieso *auch*? Halt! Abwegiges Terrain.

Endlich kam mein Vater herein.

»Sooo«, sagte er mit herzlichster Unbestimmtheit, und sofort war es wieder voll und lebendig im Zimmer, obwohl niemand ihn ansah. Oder bildete ich mir das nur ein? Ich warf ihm einen raschen Blick zu und sah etwas Lausbübisches in seinen Augen blitzen, dem ich absolut keine Chance zu geben gewillt war. *Sooo* konnte alles mögliche bedeuten. Anarchie lag dem zugrunde, vermutete ich, Aufbegehren gegen die Angespanntheit dieses Überraschungsbesuchs. Als kleiner Junge hatte er seiner Tante mal eine Aufziehmaus ins Haar gesetzt.

Ich sagte, daß wir jetzt wieder losmüßten.

»Jetzt schon?« fragte mein Vater erstaunt, ein bißchen verletzt, schien es sogar.

Ich sah ihn streng an.
»Ja.«
Ich funkelte ihn kurz an, *laserbeamen* nannte Flippa das. Daraufhin schlug er sich, für die anderen unsichtbar, ganz kurz auf die Finger, immer noch den Schalk im Blick. Meiner dagegen blieb unverändert böse, aber ein kleines Grinsen konnte ich mir nicht verkneifen. Auf seine Art war er doch irgendwie solidarisch.
»Müßt ihr wirklich schon weg?«
Es war in der Tat komisch, daß ich mit diesem Fremden weggehen würde, das fand ich auch, aber so war das nun mal im Leben: Küken wurden flügge und suchten das Weite.
Alle erhoben sich.
Einen Moment lang hätte ich meinen Vater am liebsten um den dicken Bauch gefaßt und fest an mich gedrückt. Er war das Kind, Samuel wurde neben ihm zu einem gefährlichen Halbstarken. Wir waren im Vergleich zu Samuel alle beide Kinder, mein Vater und ich.
Meinen Vater liebte ich mehr als Samuel, erwog ich. Trotz des Getöses auf der Treppe. Vage spürte ich, wo sie sich in ihrer Emotionalität voneinander unterschieden. Bei meinem Vater lag – scheinbar – alles offen und nackt an der Oberfläche; Samuel war düster und verschlossen, jung und rigide, und ihm fehlte es an wirklicher Größe.
Aber Samuel kam mir mit seiner markigen schwarzen Lederjacke und seinem Motorrad auch wehrlos und verletzlich vor. Er wußte von nichts. Jetzt, da er von uns, meiner Familie, gesehen worden war, verlor er für einen Moment seine Bedrohlichkeit. Als wäre ein Bann gebrochen. Er würde von den meinen besprochen werden, seziert wie

ein Frosch. Ich hätte ihn schon viel früher mitnehmen sollen. Es war zwar unbehaglich gewesen, aber ich würde jetzt nicht mehr allein dastehen. Dachte ich.

35

Ein netter Junge. Sagte meine Mutter später am Telefon.
»Wie fand Papi ihn?«
»Auch nett. Ein bißchen gehemmt, glaube ich. Aber ein gescheiter Bursche.«
»Gibst du ihn mir mal eben? – Hallo, hallo, na, wie fandest du Samuel?«
»Sehr gehemmt. Sehr verschlossen«, sagte mein Vater bedächtig wie ein Arzt. »Aber ich glaube durchaus, daß er sehr solide und integer ist.«
Solide. Was sollte denn das heißen?
»Oh. Na fein. Deshalb mußtest du ihm wohl auch mal kurz was vorknattern.«
Mein Vater prustete vor Lachen: »O Gott, konntest du das etwa hören?«
»Ja natürlich! Was hast du denn gedacht? Wirklich sehr witzig! Ich bring noch mal jemanden mit nach Hause.«
»Hätte ich es denn im Wohnzimmer machen sollen?«
»Du hättest es auch *lassen* können.«
»Aber es mußte sein!«
»Mußte sein! Herrgott. Samuel hat es bestimmt gehört.«
»Hat er denn nichts darüber gesagt?«
»Dafür hat er viel zu gute Manieren. Aber er wird einen Heidenschrecken bekommen haben.«

Mein Vater konnte sich inzwischen kaum noch halten: »Na, dann weiß er das auch schon mal!«

»Du bist schrecklich. Du bist ganz einfach eifersüchtig. Alle meine Freunde knatterst du mit deinen Hausbomben in die Flucht. Terrorist!«

Er lachte schallend, fast schon stolz. Immer noch in der analen Phase.

»Aber wie fandest du ihn nun wirklich?«

»Tja, nun. Ist er auch kein Homo?«

»Papa! Wie kommst du denn darauf?«

»Er hat so etwas Zartes an sich, so etwas Feminines.«

Mein Gott. Hatte er sich diesen kräftigen, sportlichen Körper auch richtig angesehen? Nein, das hatte er offenkundig nicht. Ein Homo. Wenn Samuel ein Homo war... Wer war hier nun dumm?

»Warum sagst du so etwas?«

»Ich möchte nicht, daß du unglücklich wirst.«

»Na, glücklich bin ich jetzt auch nicht gerade.«

»Nein, das konnte ich sehen. Darum. Vielleicht steht er einfach nicht so auf Frauen.«

»Und ob er auf Frauen steht. Vielleicht steht er nur nicht so sehr auf mich!«

»Das kann nicht sein, und das darfst du niemals denken, das führt zu nichts. Du solltest vielleicht etwas weniger mit ihm beschäftigt sein.«

»Ich bin nicht mit ihm beschäftigt! Er ist einfach von sich aus schwierig! Aber findest du nicht auch, daß er sehr familiär ist, so als würdest du ihn schon lange kennen?«

»Was hat der Vater gemacht?«

»Was weiß ich. Verkauft Kunst.«

»Nein, ich meine im Krieg.«

»Ach, im Krieg. War untergetaucht, glaube ich, er will nie darüber reden.«

»Finken, hm? Tja. Komischer Name.«

Er verstummte kurz. »Komisch«, sagte er dann noch einmal und fuhr fort.

»Es würde einiges erklären, Ed. Diese Scham, diese Gehemmtheit.«

»Mein Gott. Hör doch auf. *Samuel* war doch nicht untergetaucht!«

»Weiß ich. Aber bei ihm zu Hause wurde natürlich nie darüber gesprochen.«

»Nein. Das hat er gesagt. Aber bei uns doch auch nicht!«

»Bei uns schon! Wir reden die ganze Zeit!«

»Ach, Paps, ich weiß überhaupt nichts!«

»Du weißt eine ganze Menge. Aber ich kann dir einfach nicht die ganze Geschichte erzählen. Das wollte ich euch immer ersparen.«

»Ja, das weiß ich.« Ich fühlte mich plötzlich völlig ausgelaugt. »Okay. Du magst ihn also nicht. Schade.«

»Doch, ich mag ihn schon! Ich kenne ihn ja kaum. Er kommt mir einfach noch so jung vor«, sagte er zögernd.

»Jung, Papa, er ist vier Jahre älter als ich!«

»So sieht er aber nicht aus«, sagte er entschieden. Sein Interesse flaute ab: »Ich weiß es nicht, Ed. Er ist wirklich liebenswürdig, aber sehr gehemmt. Wie kommt es, daß der Junge so gehemmt ist?«

»Das liegt an mir, fürchte ich.«

Es war einen Augenblick still. Da schrie meine Mutter

etwas: »Mach dir doch nichts draus, was dein alter Vater sagt, Ed. Es ist *dein* Freund!«

Dann wieder mein Vater: »Jetzt mach dir doch bloß nicht solche Kopfschmerzen.«

»Nein. In Ordnung. Danke. Tja, dann werd ich jetzt mal wieder was tun.« Ich konnte wirklich nichts dafür, wenn ich jetzt muffelig klang.

»Was?«

»Studieren. Muß ein *Paper* schreiben.«

»Gut, Schatz. Dann geh mal schön an die Arbeit. Arbeit hilft. Nicht zuviel grübeln, ja! Das ist nicht gut für dich. Ich fand, du warst ein bißchen blaß. Ißt du auch genug?«

»Ja. Okay. Bis bald.«

Und wenn ich auch böse war, es mußte sein: »Paß auf dich auf, ja?«

»Bis bald, Liebes! Paßt du auch auf dich auf?«

»Ja. Du auch? Paß auf dich auf, ja?«

»Ja, Schatz. Tschüs!«

»Tschüs! Paß auf, hörst du?«

»Jaha! Tschüs!«

»Tschüs!«

»Tschüs!«

Wir sind nie gut im Abschiednehmen gewesen.

36

Flippa hatte mich immer grenzenlos nervös gemacht mit ihrer Einschätzung von Samuels Seele, weil die so völlig von der meinen abwich. So behauptete sie standhaft, daß Samuel furchtbar häuslich sei und total auf seine Familie fixiert. Das hatte ich nie geglaubt.

Aber Flippa konnte es wissen, die kannte seine Familie. In der kurzen Zeit, die sie mit ihm zusammen gewesen war, hatte sie seinen Vater, seine Mutter und seine Schwester kennengelernt.

Sie waren Flippa zufolge alle ganz normal. Besonders sein Vater sei sehr nett, hatte sie gesagt, ein äußerst gebildeter, gutaussehender Mann, mit dem sie sich sehr gut verstanden habe.

O Gott, Flippa, hatte ich gedacht. Es würde mich wundern, wenn sie den Rest der Familie überhaupt eines Blickes gewürdigt hätte, sobald dieser nette, gutaussehende, distinguierte Mann in der Nähe war.

Flippa sagte auch, daß sie natürlich zum Frontalangriff gegen Samuels nahezu göttlichen Status habe übergehen müssen! Der Knabe sei ja auf Händen getragen worden, da in dieser Familie, höchst ungesund! Dem habe sie einen Riegel vorgeschoben! Und wie verwundert sie gewesen seien, daß sie Samuel so ohne weiteres zu kritisieren wagte!

Das war Flippas Version gewesen, so ungefähr, wobei sie die Rolle, die ihr in dem Ganzen zukam, natürlich immer ein bißchen stärker in den Vordergrund rückte als die übrigen Details. Wo ich doch gerade darüber so gern viel mehr gehört hätte.

Ich erinnerte mich an den verschwörerischen Ton, den Zandra bei dem einen Mal angeschlagen hatte.

»Du kennst ja Papa – Ziri und Anna hat das natürlich gar nicht gepaßt, das kannst du dir denken – der Schlüssel aus dem Erdbeerkistchen von Lilian – die braune Katzendecke war wieder mal spurlos verschwunden – weißt du noch, vorigen Sommer...«

Geheimsprache für einen Außenstehenden. Und dieses Verzärtelnde gegenüber Samuel. Als wäre sie tatsächlich in ihn verliebt.

Übermäßige Häuslichkeit hatte ich noch nie bei ihm feststellen können. Nicht in meinen vier Wänden jedenfalls. Für meine Begriffe war er ständig weg, aus, bei Fremden. Ich konnte ihn so oft nicht erreichen. War er dann bei seiner Familie? Ich hatte den starken Verdacht.

Als das Nikolausfest näher rückte, wurde mir erst so richtig klar, wie wichtig Samuel seine Familie war. Dieses Fest war bei ihnen offenbar ein Ereignis, dessen Gewicht mit dem Papstbesuch in einem süditalienischen Bistum zu vergleichen war. Die Geschenküberraschungen, die man sich zu diesem Anlaß machte, hatten Ansprüchen zu genügen, die alles andere als unverbindlich waren. Ein Konzept mußte dahinterstecken, ein superpersönliches Thema, und das darauf zugeschnittene Geschenk mußte nicht nur mindestens doppelbödig hoch drei sein, sondern auch noch unheimlich was hermachen.

Samuel erzählte mir eine Woche vor dem großen Fest, bei dem ich natürlich keine Rolle spielen würde – viel zu intim –, was er sich ausgedacht hatte. Das genügte mir schon, um mich sehr geehrt zu fühlen. Dieser Vertrauensbeweis war für meine Begriffe fast so gut, wie leibhaftig dabeizusein, aber er machte mich so nervös, daß ich mein so ungeheuer großes, ja geradezu gigantisches Interesse nicht richtig timen konnte. Mitten in seiner Geschichte verstummte er.

»Ist irgendwas?«

»Du machst schon die ganze Zeit wieder dieses eine Geräusch.«

»Was für ein Geräusch?« Ich erschrak.

»Dieses eine Geräusch mit dem Mund, so ein Saugen, oder Klacken oder so. Irgendwas in deinem Mund. Ich kann mich nicht mit dir unterhalten, wenn du das machst. Kannst du nicht damit aufhören?«

Ich wußte nicht, wovon er sprach.

»Meinst du dies?«

Ich kaute auf der Innenseite meiner Wange.

»Nein. Ja, vielleicht.«

Sein Gesicht triefte regelrecht vor Verärgerung.

»Erzähl weiter! Du warst doch gerade bei dieser Überraschung, nicht?«

Aber die Stimmung war nicht mehr zu retten, das war uns beiden klar. Lustlos fuhr er mit seiner Schilderung fort. Ich war jetzt so *selfconscious*, daß ich auf seine tollen, kreativen Ideen für das Geschenk an seinen Vater (ein selbstgebastelter Computer mit einer ganzen Batterie von Zetteln darin oder so was ähnliches) immer viel zu schnell mit begeisterten Ausrufen reagierte. Ich schoß sozusagen jedesmal über das Ziel hinaus. Was den Anschein erweckte, als wäre es nicht ehrlich gemeint.

Nachdem er sich eine Weile mein überbewußtes Lachen hatte anhören müssen – und mein angespanntes Gesicht ansehen, von dem die Verzweiflung mehr als deutlich abzulesen war –, schwieg er wieder.

Er schaute mich kurz mit hochgezogenen Augenbrauen an. Dann wandte er sich ab und starrte aus dem Fenster in die Dunkelheit hinaus. Langsam und mit historischer Gewichtigkeit schüttelte er den Kopf. Wir schwiegen weiterhin hartnäckig. Mein Herz schlug quälend laut und langsam.

»Es geht einfach nicht, glaube ich«, sagte er dumpf. »Ich habe keine Lust mehr zu reden.«

Wütend und verzweifelt verließ ich seine Wohnung.

37

Es ging allmählich bergab mit uns. Wir hatten einander ohnehin schon nicht so furchtbar oft gesehen, aber jetzt kam es vor, daß Samuel mehr als eine Woche nichts von sich hören ließ und auch nicht zu erreichen war. Abendelang hockte ich neben dem Telefon und konnte im Vorgefühl des drohenden Unheils nur noch keuchend Luft holen.

Ich konnte mich auf nichts anderes mehr konzentrieren als auf die verfluchte Parodie einer Beziehung, um die es sich hier handelte. Ich war mir sicher, daß Samuel mich nicht mehr wollte, mich eigentlich nie gewollt hatte, und ich glaubte sogar erkannt zu haben, daß er höchstens deswegen je mehr von mir gewollt hatte, weil ich so offenkundig für ihn zu haben gewesen war.

Diese bittere Erkenntnis färbte mein Verhalten. Es war ein gekränktes, fatalistisches Verhalten, das wußte ich, und ich versuchte auch nach Kräften, dagegen anzukämpfen. Aber es war eine so präzise Übersetzung meiner Ängste, daß ich machtlos dagegen war. Ich wurde ganz davon beherrscht. Alles, was nett an uns beiden war, wurde von meiner Angst kahl gerupft und in Argwohn und Unbehagen umgewandelt.

Ganz gelegentlich ließ ich mich zu häppchenweisen vertraulichen Mitteilungen an Flippa verleiten. Dann stürzte sie sich mit vollem Gewicht auf Samuels Unmöglichkeit, wie sie es nannte. Ich dürfe mir das nicht gefallen lassen, sie sehe sehr wohl, was los sei, ich müsse ihm sagen, was Sache sei. *Dieser Knabe* – sie nannte ihn immer so, ein Wort, das ich unmöglich mit der Person Samuels in Einklang bringen konnte –, dieser Knabe sei ganz einfach kontaktgestört und habe keine Ahnung von Frauen.

Frauen?

Viel zu sehr mit sich selbst beschäftigt. Und wenn ich ihn trotzdem wolle, um jeden Preis? Tja, dann müsse ich ihn an mich binden. (Was bedeutete das? Was für einen Leim gab es dafür? Dieser seltsame Glanz in ihren Augen, als sie das sagte. Als wisse sie etwas, was ich nicht wußte und von dem sie auch hoffte, daß ich es nicht wußte. Ein unheimliches, wissendes Frauenlächeln, das war es.)

Ich hätte mich umbringen können, daß ich ihr überhaupt etwas anvertraut hatte.

Aber sie war noch nicht fertig. Wer er denn schon sei? Was er sich denn einbilde? Er sei doch nichts weiter als ein verwöhnter Knabe, dem mal eine gehörige Tracht Prügel hätte verpaßt werden müssen, und sonst nichts! Wieso mir das nicht in den Schädel gehe?

Natürlich sagte ich mir all das auch, wenn ich mir Mut machen wollte. Aber letztlich war es irrelevant, es hatte nichts mit dem Samuel in mir zu tun. So, wie sie darüber sprach, zog sie mein Leid auf das Niveau anderer, Fremder, eine billige Nivellierung, die mich noch einsamer machte. Und ich traute ihr nicht. Welches Interesse verfolgte sie?

Nachdem sie das alles feurig verkündet hatte, stellte sie mir auch noch Fragen, für die ich inzwischen, wider Willen und so pampig und abwehrend ich auch tat, mürbe genug war. Anfangs wahrte ich noch den Schein (»Wie oft seht ihr euch denn?« – »Och, schon ziemlich oft, und wir telefonieren viel.«), aber nach und nach, je mehr ich mich aufregte, wurde ich expliziter. Obwohl ich sehr wohl wußte, daß meine Illusionen in ihren Händen samt und sonders zu Staub und Asche zerfallen würden.

Jedes Bekenntnis ware eine Demaskierung. Daß er mich nie seiner Familie vorgestellt habe, zum Beispiel. Daß er manchmal vergesse, mich anzurufen, wenn er nicht kommen könne, und dann hinterher – erstaunt – so tue, als wären wir »seines Wissens« gar nicht verabredet gewesen. Daß ich mich so klein fühlte, ja sogar immer kleiner, immer unsicherer, und daß es den Anschein habe, als verstecke er sein Leben deswegen noch mehr vor mir. Daß wir manchmal nicht wüßten, was wir zueinander sagen sollten, obwohl mir so vieles auf den Nägeln brenne. Er habe mich schweigen gelehrt, weil er das so oft tue. Ich traute meiner eigenen Stimme nicht mehr und schweige daher auch lieber. Sicherheitshalber. Wütend eigentlich. Kochend.

»Worüber reden du und Tammo denn die ganze Zeit?« Tammo war Flippas neuer Freund nach Izra.

»Ach, Gott, über alles. Über uns.«

»Über euch? Was kann man denn schon über sich reden? Wir reden nie über uns. Wenn ich das versuchen würde, würde es gleich furchtbar peinlich und unbehaglich.«

»Wirklich? Das ist nicht gut.« Flippa klang beunruhigend entschieden. »Tam und ich lesen einander im Bett vor.« (Verflucht.) »Und wir erzählen uns immer gegenseitig, wie wir einander zu Anfang fanden, was wir damals dachten... Und dann reden wir darüber, was wir inzwischen voneinander wissen und was wir miteinander wollen.«

»Wieso? Wißt ihr das denn jetzt schon so genau? Du meine Güte. Das geht doch gar nicht! Ist das nicht ein bißchen früh?« Ich merkte, wie sich meine Stimme überschlug.

»Wie meinst du das? Das ist doch gerade am schönsten. Wir haben sogar schon über Kinder gesprochen.«

»Waaaaas? Nein!«

»Wenn die Beziehung auch nur halbwegs gut ist, redet man doch über die Zukunft, oder?«

Flippas Stimme klang so autoritär, daß ich ihr am liebsten eine runtergehauen hätte.

»Die Zukunft ist für Sam und mich kein Thema«, sagte ich daher ein bißchen von oben herab, schade nur, daß meine Stimme dabei zitterte. »Die Gegenwart ist schon kompliziert genug. Und wir reden nicht soviel, weil wir so genau spüren, was im anderen vorgeht, eigentlich.«

»Nur taucht er einfach nicht auf, wenn ihr verabredet seid.« Konstatierte Flippa unerbittlich.

»Ach, das kommt ganz selten vor, weißt du. Eigentlich war es nur gestern so. Kann doch passieren, oder?«

Flippa schüttelte ganz kurz den Kopf, mit geschlossenen Augen. Flüsterte: »Ed, das ist nicht gut für dich. Du solltest doch so langsam daran denken, Schluß mit ihm zu machen. Das ist doch keine Beziehung.« (Auch das Wort noch.

Schmutzig und besudelt. Samuel haßte solche Wörter, und ich auch.)

Ob ich denn keine Selbstachtung hätte, fragte sie und nagelte mich mit ihren durchdringenden Augen fest.

»Aber klar.«

Energisch trat sie für mich ein, eine Furie, die ihre kleine schwache Freundin beschützen würde: »Laß diesen Knaben doch sausen!« rief sie laut. »Dann geht ihm vielleicht endlich mal ein Licht auf! Wirklich, Ed!«

Ich duckte mich, als schlüge sie mich.

38

Flippas Seelenmassage und ihre so gutgemeint klingenden Ratschläge waren lebensgefährlich, davon war ich überzeugt. Nicht, weil die Ratschläge an sich nichts getaugt hätten – im Gegenteil! –, sondern weil deren Befolgung, ja sogar schon die Tatsache, daß ich sie mir angehört hatte, ihr eine Macht verliehen, die ich ihr nicht zugestand. Das gab ihr nämlich die Gelegenheit, mir ein leuchtendes Beispiel erwachsenen Lebens und Liebens vorzusprühen. Sich in ihren eigenen Glanzleistungen zu sonnen.

Warum sonst vergrößerte sie mein Elend während unserer Gott sei Dank seltenen Zusammentreffen noch, indem sie sich so entsetzlich angeregt mit Samuel unterhielt? Warum sonst schloß sie mich vollkommen aus, wenn sie uns beiden Gesellschaft leistete?

Sie mißbrauchte mein Gelähmtsein, um auf meine Kosten zu glänzen, dessen war ich mir sicher. Demütigung auf

Demütigung häufend. Ich machte ganz offenkundig etwas falsch.

Aber was war es? Was? Und was war überhaupt schön zwischen Samuel und mir? Warum wollte ich ihn denn unbedingt? Selbst das fragte ich mich schließlich irgendwann.

Genau konnte ich es nicht erklären. So gut wie alles an ihm und was zu ihm gehörte, rührte mich schlicht und ergreifend zu Tränen und machte mich ohnmächtig vor Glück – sosehr ich mich auch dagegen zu wappnen versuchte. Kann Glück etwas Ästhetisches sein? Glück als eine Art Schönheitsempfinden, weil alles zum erstenmal stimmt, erlaubt ist und der WAHRHEIT entspricht?

Er rührte mich so sehr, daß es mir manchmal physische Schmerzen bereitete. Ich fand ihn schön. Ich tat alles für sein Lachen, dieses ansteckende Kinderlachen, das alles gutmachte. Die kurzen, gierigen, heftigen kleinen Bewegungen seiner Kiefer, wenn er sein Essen kaute, entzückten mich, seine Hände, mit denen er sich linkisch am Bein zupfte, wenn er etwas sagte, dessen er sich nicht ganz sicher war, rührten mich, und seine Art zu sprechen – immer klar und schön formulierend – stimulierte mich.

Ich wußte: Sich seiner selbst genauso bewußt wie ich, sah er permanent eine Kamera auf sich gerichtet, formulierte er innerlich Kritik an demjenigen, der er ohne dieses kritische Auge sein würde. Niemals arglos, genau wie ich. Gut, vielleicht etwas öfter als ich. Seine dunklen Augen weiteten sich manchmal aufgeschreckt und kindlich, wenn er etwas Neues hörte, das ihn interessierte oder erstaunte.

Ich war wirklich unheimlich glücklich, wenn er mich mit Bemerkungen zum Lachen brachte, die mir bestätigten, wie gleichartig unsere Einschätzung der Welt war – vor allem bei der Entlarvung anderer, die alles weniger gut blickten als wir: Dozenten, Schriftsteller, Journalisten, Kommilitonen. Unter dem Deckmäntelchen von Rechtschaffenheit und Intelligenz entdeckte er die geheimen Systeme, den dreckigen Betrug, die Dummheit.

Ich platzte schier vor Glück, wenn er über die Dinge lachte, die *ich* sagte, ihn mit meiner Analyse von Erlebnissen unterhielt, die kritischer und gnadenloser war, als ich die Welt eigentlich sah.

Und dann war da auch noch die Illusion, in der ich mich wiegte, wenn wir zusammen im Bett lagen, meist schweigend zwar, aber doch zusammen.

Die Illusion der totalen, vollkommenen, universalen Richtigkeit dieses Zusammenseins.

Er war die Stimme, die ich von meinem Vater in Wirklichkeit nie so klar und präzise gehört hatte, sondern nur erspürt, vermutet. Mein Vater hatte nie Samuels Präzision erreicht, weil er diese Vergangenheit hatte. Vielleicht war Samuel ja für mich der Vater-in-der-Gegenwart, was immer das auch an Ungesundem bedeuten mochte.

Doch ich sah jetzt, daß ich ihn bei mir allmählich zum Verdorren brachte, daß alle seine Eigenschaften bei mir blaß und stumpf wurden. Ich litt mit ihm darunter, daß es ihm bei mir an Freude mangelte, so blöd das auch klingen mag. Zugleich war ich damals schon wütend, daß er sich von mir zum Verdorren bringen ließ. Warum *tat* er nicht mehr, was fiel ihm eigentlich ein, sich wie ein Prinz aufzuführen, der nicht unterhalten wird? Wir verblaßten füreinander, zwei seelenverwandte Schemen ohne Text und Mumm, wobei ich diejenige war, die innerlich in einem fort laut aufheulte vor Bedauern. Und Angst.

Angst vor allem, wird mir jetzt klar.

Wenn ich nicht in Samuels Welt paßte, würde ich auch nicht mehr wissen, wer ich war oder zu sein hatte. Ohne ihn würde ich gleichsam mich selbst verlieren. Denn Samuel *war* ich, und seine Anerkennung machte mich ganz, zu jemandem, der eine Daseinsberechtigung hatte.

Ich wäre nie auf die Idee gekommen, daß vielleicht auch Samuel nach einer *Daseinsberechtigung* suchte. Und natürlich konnte ich beim besten Willen nicht ahnen, daß diese Suche auf seinen Tod hinauslaufen würde.

39

Ich machte Schluß. An einem Januarmorgen, nachdem ich eine Nacht lang vor lauter Angst, er könne bei einer anderen Frau sein, mit den Zähnen geklappert hatte, rief ich ihn an. Ich konnte mich nicht beherrschen. Ich schrie Vorwürfe. Mit eisiger Stimme sagte er, daß er nicht wisse, wovon ich redete, und hierzu keine Lust habe. Schließlich zur Ruhe gekommen, bat ich ihn, sich abends mit mir in einer Kneipe zu treffen, weil ich mit ihm sprechen müsse. Ich hatte nichts mehr zu verlieren.

Wir saßen in einem düsteren Lokal, in dem wir noch nie gewesen waren.

»Samuel.«

Ich würde jetzt kein Pathos scheuen, ich würde nicht ironisch sein, nicht schwadronieren und nicht relativieren.

»Samuel.«

Er starrte auf den Tisch.

»Ich liebe dich.«

Es war sehr befreiend, plötzlich einen Text aus dem Film in meinem Kopf sprechen zu können, den ich schon so lange lautlos geprobt hatte. Es machte mich mit einem Mal erwachsen und reif. Ich war reifer und reicher als er, denn ich liebte ihn. Er war arm, arm in seiner Unwissenheit, arm in seinem Mangel an Empfindungen.

»Es ist gräßlich und theatralisch, aber es ist nun einmal so: Ich liebe dich, und daran wird sich nie etwas ändern. Dessen bin ich mir so absolut sicher, wie ich mir noch nie einer Sache sicher war. Aber so geht es nicht. Ich mache mich verrückt. Du liebst mich nicht, und damit kann ich nicht leben.«

Jetzt wurde aufbegehrendes Gemurmel laut – das ich autoritär überhörte.

»Ich bin todunglücklich, und ich kann mich nicht mehr normal verhalten, wenn ich mit dir zusammen bin. Ich bin viel zu nervös und zu ängstlich.«

Ich nahm seine Hand, er ließ es zu, er streichelte die meine sogar kurz und starrte dann wieder düster vor sich hin. Als würde ein Urteil über ihn gefällt. Er schien mehr oder weniger beeindruckt. Oder bemühte sich zumindest, mir das Gefühl zu vermitteln, als wäre er beeindruckt. Bis jetzt hatte er noch nichts gesagt.

»Ich kenne dich so unheimlich gut, und ich weiß es so genau, wenn du dich ärgerst, daß ich mich die ganze Zeit durch deine Augen betrachten muß. Ich ärgere mich über mich selbst, und ich bremse dich, indem ich dir jedesmal sage, wieso du dies oder jenes nicht tust oder zu tun wagst. Alles kehrt sich bei uns immer ins Negative, scheint es.«

Er hatte noch immer nichts gesagt.

»Jetzt sag doch mal was«, forderte ich ihn auf.

»Mich macht das auch nicht glücklicher«, sagte er.

Irgendwie hatte ich doch noch gehofft, daß meine Bekenntnisse einen Sturm gegenteiliger Beteuerungen nach sich ziehen würden. Daß Verzweiflung aufkommen würde. Daß er sich die Haare raufen und vor mir auf die Knie fallen würde, vor Liebe.

So erlebte ich es denn doch als grauenvoll, daß er mir einfach beipflichtete.

Er sagte: »Du bist so unsicher und so abhängig. Das kann ich nicht ertragen. Du siehst etwas in mir, was ich gar nicht bin. Du verherrlichst mich. Ich habe nicht irgendeinen tiefen Kern. Ich bin nicht der, den du in mir siehst. Ich bin vollkommen leer, ich bin ein Niemand.«

Das war es also, ach, der Ärmste.

Samuel fiel nun in den schwärzesten aller Abgründe, und ich entbrannte einen Moment in Mitleid. Einen ganz kurzen Moment nur.

»Ich weiß, daß du so denkst, ich weiß es ganz genau, und ich kenne das so gut«, verkündete ich leidenschaftlich. Und schon ging es wieder mit mir durch. »Aber es stimmt nicht! Du *bist* jemand, du bist so sehr ein Jemand, daß ich dich einfach liebe!« Ich lachte jetzt, ich hatte wahrhaftig den richtigen Ton erwischt. »Und abhängig muß man doch sein, wenn man jemanden liebt, was ist denn da so Schlimmes dabei!«

»Nein«, sagte Samuel. »Abhängig? Warum? Jeder muß

doch sein eigenes Leben leben können, man muß sich doch gegenseitige Freiheiten lassen, oder?«

O Gott, die siebziger Jahre, wie sie leibten und lebten. Und ich würde ihm natürlich auch noch recht geben.

»Ich ertrage das nicht«, sagte Samuel. »Ich fühle mich so sehr als ein Niemand. Da kann doch nicht auch noch irgendwer von mir abhängig sein! Das macht mich fertig, das zieht mich runter.«

»Ich weiß, das sehe ich«, seufzte ich, und dann strömten mir die Tränen übers Gesicht, endlich. Ich hatte noch nie in seinem Beisein weinen können, als stünde alles Echte zwischen uns unter Beobachtung. Spielzeugleben.

»Oh, wein doch bitte nicht.«

Er klang mit einem Mal sehr lieb, erleichtert, als wäre er ganz angetan von den Naturgewalten, die hier Tränen erzeugten, von der *Echtheit* des Ganzen. Das gab mir Hoffnung.

»Doch«, sagte ich, »denn es ist eine Katastrophe.« Lachend. Weinend. Er lachte auch kurz, wie lange war das her!

Dann preßte er die Lippen zusammen. Um sich durch die peinliche Situation an diesem öffentlichen Ort hindurchzubeißen, oder weil er selbst mit Emotionen kämpfte?

Derartiges durfte ich mich nicht mehr fragen. Das war jetzt vorbei. Es hatte für einen Moment etwas Beruhigendes, daß es so war.

Ich erhob mich, plötzlich sicher und kühl.

»Tja, dann geh ich jetzt mal.«

Erschrocken hob er den Kopf, den er auf den Tisch hatte sinken lassen.

»Ja? Wirklich?«

»Ja. Wirklich.«

Ich ging auf ihn zu.

»Ade, Samuel.«

Er starrte wieder auf den Tisch, als wolle er sich in Deckung bringen, falls ich jetzt etwas Peinliches täte.

Ich streichelte ihm nur kurz über den Kopf, mütterlich, groß und erwachsen.

»Ade«, murmelte er.

Ich schwieg jetzt, wartete.

Schnell blickte er auf, flehend, schien es. Um Vergebung flehend, daß er mich so einfach gehen ließ.

Ich nickte reserviert.

Und das war's.

40

Die Stille, die auf diesen Abend folgte, war vor allem in den ersten Monaten beängstigend, es war so still, daß man beinahe hätte denken können, vorher wäre eine Unmenge passiert. Ein reiches Leben mit regem Austausch und intensiven beiderseitigen Gefühlen, so etwas in der Art. Die Stille und die Leere, die in Wirklichkeit auch zuvor schon geherrscht hatten, schienen auf einen Schlag vergessen.

Das jetzige Nichts entpuppte sich als unendlich viel schmerzlicher und schlimmer als die vorherige Verzweiflung. Am schlimmsten war, daß die Spannung weg war – irgendwo baumelte eine schlappe Strippe, die bittere Erinnerungen an das stahlhart gespannte Seil von früher weckte.

Vielleicht war ich selbst ja diese schlappe Strippe. Ich hatte keinerlei Halt mehr.

Regression. Ich hatte das Gefühl, für immer in die dumpfe, ziellose Einsamkeit von früher zurückgeworfen worden zu sein, in die endlose, statische Langeweile von damals, als ich noch klein gewesen war, jener Zeit voller Zweifel und nach innen gerichteter Beschwörungsrituale – in der ich keine Richtung und keine Identität gehabt hatte, über die ich nach Hause schreiben konnte.

Die Inspiration, die Samuel mir trotz seines zwiespältigen, störrischen Verhaltens beschert hatte, hatte mich dazu angestiftet – so ging mir im nachhinein auf –, alles, was ich an Identität besaß, auszugraben und glänzend aufzupolieren. Er hatte mir erstmals eine vollwertige Daseinsgrundlage gegeben. Zwar war es vielleicht nicht eigentlich er, Samuel, gewesen, sondern nur die Idee, die Samuel hieß, aber was machte das schon? Seine passive Beendigung unserer Verbindung (dieses Passive machte es besonders schlimm: Er hatte es offenkundig nicht einmal der Mühe wert gehalten, unsere quälende Affäre von sich aus zu beenden), einer Verbindung, in die ich so viele meiner allerindividuellsten Wurzeln getrieben hatte, machte mich in meinen Augen zur wandelnden Witzfigur. Ich fühlte mich geschändet. Alles, was ich von mir zutage gefördert hatte, schien vergewaltigt und ins Lächerliche gezogen worden zu sein. Das war schlimm, weil für mich alles so echt ausgesehen hatte, endlich einmal.

Mir wurde klar, daß ich in diesen ersten Jahren an der Universität, als Samuel Herr meines Innenlebens gewesen war, ohne daß wir etwas »miteinander hatten«, nur eine

Stellvertreterrolle gespielt hatte, wie ein Automat, der die Möglichkeiten der vielfältigen Edna ausprobierte, ohne Zugang zur wahren Edna zu haben.

Zwar war die wahre Edna, dachte ich, im Umgang mit Samuel schließlich gefunden worden. Doch sie hatte offenbar einen so geringen Widerstand, daß sie ziemlich schnell durchbrannte. Zerschmolz. Zu einer stinkenden Gummipfütze.

Die Ausmerzung jeder Form von Schauspielerei, die Samuel mit großer Verbissenheit betrieb, die er zu seinem Lebensinhalt machte, könnte man fast sagen – und ich daher auch –, hatte mich am Ende den Kopf gekostet. Der kalvinistische Purismus, in dem Samuel so brillierte, war mir letztlich weniger zueigen, als ich immer gedacht hatte.

Wenn wir zusammen gewesen waren, hatte ich dieser Ungeschminktheit, dieser Verabscheuung jeglicher Gekünsteltheit so sehr gefrönt, daß wir für alles Worte brauchten – vor allem ich. Wir lebten in einem so mißtrauischen Universum, daß nichts wahr oder echt sein konnte, ehe es nicht benannt war. Ich stellte mich ihm gegenüber als so kritisch hin, daß sicherheitshalber alles meines Kommentars bedurfte.

Und zugleich stand jedermann, einschließlich wir selbst, unter Kuratel. Hatte man zu irgend etwas keine ausgesprochene Meinung, die man mit triftigen Argumenten untermauern konnte, dann hatte man den Mund zu halten. Schweigen sei besser als schwafeln, war Samuels Ansicht. Und er hatte so vieles für Geschwafel gehalten.

Aber jetzt war auch ich als seiner unwürdig befunden worden, wo doch mein ganzes Streben darauf ausgerichtet gewesen war, die schmutzige oder täuschend schöne Kruste von allem abzuschrubben, nur die guten und richtigen Worte zu sagen, und das im gleichen spärlichen Maße wie er, und dadurch auf sein Niveau zu gelangen!

Mein Projekt war mit unserer Trennung gescheitert. Ich hatte versagt, das war's. Unser Verhältnis war in einem Krampf zum Stillstand gekommen.

In der nun eingetretenen Stille ließ ich mich mutlos gehen und nahm wieder alle Persönlichkeiten an, die ich je erprobt hatte. Ich wollte nicht länger Stille bewahren. Als stiege ich aus einer strengen Diät aus und stürzte mich ganz bewußt in haltloses Gefresse, wollte ich reden, quasseln, schwafeln. Über Samuel, über mich also. Im Handumdrehen streifte ich den ganzen imitierten Purismus von mir ab.

Nach der Samuel-Obsession waren mir nur wenige Freunde geblieben, die ich damit behelligen konnte. Flippa, ja. Aber deren Auffassungen kannte ich. Sie finde das unheimlich gut von mir und so. Bei ihr blieb ich die Verliererin, die ich ja auch war. An mein Verlieren wollte ich aber möglichst nicht erinnert werden. Ich wollte eine andere werden und nie wieder verlieren, auch mich nicht.

Trotzdem konnte ich natürlich nicht nein sagen, als sie mich fragte, ob ich Lust hätte, mit ihr und Tammo in die Berge zu fahren. Ihre kleine Schwester komme auch mit. Zwei Wochen Höhenluft, und ich würde mich entspannen.

41

Das erwies sich als Irrtum.

Flippa und Tammo spielten mir schon in den ersten Tagen mit grausamer Präzision vor, wie Mann und Frau auf gleichberechtigter Ebene und in angenehmer Weise miteinander umzugehen hätten und wie aktiv und beschwingt und zum Kotzen positiv sich das Phänomen Liebe definieren lasse.

Es war nicht undenkbar, daß sie es absichtlich machte: Abends lag Flippa ungeniert mit dem Kopf auf Tammos Schoß, oft nur mit T-Shirt und winzigem Slip bekleidet, und ich mußte mit ansehen, wie sich seine Finger abwesend und verträumt unter ihr Hemdchen stahlen und er ihre Brüste streichelte, während sie über die Umgebung und die Soziologie der Bevölkerung redeten – wie immer bei Flippa alles sehr fundiert –, und wie sich beide insgeheim aufgeilten.

Nicht selten verschwanden sie dann für ein halbes Stündchen, um mit geröteten Wangen und in Lachlaune wieder aufzutauchen. Sie sahen dann weder Iris, Flippas Schwester, noch mich an, sondern unterhielten sich über dies und das, als wäre nichts geschehen, als wären sie unsere Eltern, die sich in den Ferien wieder einmal so austobten wie früher – das mußte doch wohl möglich sein! Nachts krümmte ich mich vor Elend, wenn ich aus dem Nebenzimmer das unterdrückte Lachen und das gedämpfte Knarren des alten Bettes hörte.

Um gar nicht erst von ihrer strahlenden Energie am rustikalen Frühstückstisch zu reden, wenn sie die Pläne für den anstehenden Tag unterbreiten.

Ein bißchen faulenzen, nachmittags ein Spaziergang, ein paar Einkäufe machen und sich dann in den Garten legen und lesen: das war das einzige, wozu ich momentan imstande war und was ich wollte. Eine tödliche Müdigkeit hatte mich bei der Ankunft in dem Häuschen auf dem Berg befallen. Ich fühlte mich dumpf und ausgelaugt.

Daher hatte ich auch weder Kraft noch Lust, bei den langen, gefährlichen Erkundungszügen durch die Umgebung mitzumachen, auf die Flippa und Tammo und diese seltsam verschlossene kleine Schwester Flippas so versessen zu sein schienen. Aber Spielverderberin durfte ich nicht sein, das trug mir äußerst irritiertes Stirnrunzeln von seiten Flippas ein, und ich wollte in der gegebenen beengten Situation keinen Streit. Ich empfand mich ohnehin schon als Störfaktor. Also schleppte ich mich auf schweren Märschen durch die französischen Alpen mit. Das war gewiß nicht schlecht für mich, aber amüsieren tat ich mich nicht, geschweige denn, daß ich mich entspannte.

Ich hatte das Gefühl, nirgendwo mehr Trost finden und meine Verzweiflung über die Tatsache, daß Samuel nun wieder zu einem Fremden geworden war, mit niemandem teilen zu können. Es war in keinster Weise Raum, Zeit oder Lust dafür da, über Samuel und mich zu reden, quasseln oder schwafeln. Flippa war so leidenschaftlich mit Tammo beschäftigt, daß sie für mein Elend taub war, und auch der Gedanke an meine nur allzu mitfühlenden Eltern konnte mir das Gefühl von Ende und Einsamkeit nicht nehmen. Ich japste in der Höhenluft unseres Häuschens auf dem Berg nach Atem. Es war im Grunde egal, wo ich mich befand. Sehen tat ich ja doch nichts.

Ich begann alle zu hassen, auch Iris, das unschuldige, einigermaßen männlich geratene Schwesterlein, das zwar still war, aber die gleiche selbstverständliche Begeisterung für die Dinge zu hegen schien, über die sich Flippa so ultrapositiv ausließ.

Nach Hause fahren: das war das einzige, woran ich jetzt noch mit so etwas wie Freude denken konnte. Und als ich nach einer Woche kaum noch ein Wort sagte, sagen konnte, und niemanden mehr ansehen konnte, entschied ich, daß das wohl auch am besten wäre. Eine Strafe war es allerdings, Flippa mein Vorhaben nahebringen zu müssen.

»Nicht, daß ich euch nicht mag oder die Umgebung nicht schön finde, aber mir ist das im Moment einfach alles zuviel... Ich bin so müde, daß ich nur noch schlafen möchte – ich kann im Augenblick keine Menschen um mich herum haben, nimm mir das bitte nicht übel...« Verstehen konnte sie es nicht, oder sie tat zumindest so, als verstünde sie es nicht, erbost, daß ich mich nicht am Riemen risse, wie sie es ausdrückte. Tammo habe es augenblicklich auch nicht leicht, und hörte ich ihn etwa klagen?

Ich wußte nichts über Tammo, und er interessierte mich, ehrlich gesagt, auch nicht sonderlich. Außerdem mußte seine sogenannte Depressivität Interessantmacherei sein, denn er wurde von Flippa derartig betütert, daß er meiner Meinung nach nicht eine Sekunde Zeit gehabt hätte, über irgend etwas nachzudenken, geschweige denn, über irgend etwas niedergeschlagen zu sein.

Ich blieb also bei meinem Entschluß. Daraufhin wandte Flippa sich von mir ab und sagte schroff, daß ich dann schleunigst verschwinden solle, und das mit einem Gesicht, von dem die Maske spontanen, warmen Freundinnengehabes plötzlich abgefallen war. Einem harten Gesicht. Wenn ich mich ihren Fittichen entwinden wollte, war ich vogelfrei, lautete die Botschaft.

Es war ein taktisches Spielchen, das merkte ich sehr wohl. Sie wollte mich mit ihrer Kälte dazu bewegen, doch noch das zu tun, was sie wollte. Ich sollte mich amüsieren.

Vielleicht hatte sie mich mit diesem gemeinsamen Ferienaufenthalt, mit Tammo unbewußt quälen wollen – nun, da ich in ihrer Macht war, nachdem ich den Panzer verloren hatte, den mir meine Samuel-Obsession und der Umgang mit ihm, der zumindest dem Namen nach ein *Verhältnis* gewesen war, verliehen hatte. Nun, da es aus war, mußte ich mich in einer Welt behaupten, in der ihresgleichen, ihre Regeln und Ideen den Ton angaben.

Ich reiste also ab, mit dem Zug. Ich konnte mit jemandem ins nächste Dorf mitfahren, und von dort brauchte ich noch mehr als zwei Tage, bis ich wieder in Amsterdam war. Doch das machte mir nichts aus, es gab mir sogar einen Adrenalinstoß, und ich konnte während dieser langen, strapaziösen Reise besser zu Atem kommen als in der ganzen Woche bei Flippa und ihrem Clan.

42

Aus Frankreich zurück, stürzte ich mich in mein Studium. Ich hatte es lange vernachlässigt, und jetzt war die Zeit gekommen, gründlich ans Werk zu gehen. Ich mußte noch jede Menge Scheine machen und eine Hausarbeit schreiben.

Es sollte für mich ein Jahr einsamen und besessenen Büffelns werden.

Die Freundschaft mit Flippa setzte wieder ein, als ich ein paar Wochen nach ihrer Rückkehr erfuhr, daß sie die Treppe runtergefallen sei. Ich besuchte sie und brachte ihr ein Paar irre Strumpfhosen mit, die ich unter dem Arm im Bijenkorf hatte mitgehen lassen. Für später, wenn sie wieder laufen könne. Jetzt, da sie angeschlagen war, fühlte ich bei mir wieder Freundschaft aufkommen. Anfangs taten wir ziemlich kühl, doch schon bald wurde unser Kontakt wieder intensiver. Wir waren uns offenbar zu ebenbürtig, um einander links liegenlassen zu können. Ich betrachtete es irgendwie als einen befriedigenden Beweis für ihre treulose, opportunistische, oberflächliche Natur, daß sie mich so im Stich gelassen hatte. Es war mir durchaus nicht unlieb, sie, die Umsorgende, so vieler Unzulänglichkeiten zu überführen. Es klingt vielleicht verrückt, aber das stärkte mich.

Tagsüber saß ich von nun an in der Bibliothek und las und speicherte wie eine Irre Informationen. Ich schaute kaum noch auf und ging jeder Gesellschaft aus dem Weg.

Das Thema, das ich für die Hausarbeit gewählt hatte, war genau in dem Maße befrachtet, wie ich es brauchen konnte. Ich wollte untersuchen, warum KZ-Häftlinge Tagebücher geführt hatten, wie bewußt sie aufgeschrieben hatten, was sie erlebten. Ob darin literarische Prinzipien und Konstanten zu entdecken waren.

Die stramme Energie, die mich tagsüber antrieb, ließ auch abends nicht nach, wenn ich in die Kneipe ging, in der ich jobbte, meist natürlich, um hinter dem Tresen zu bedienen, aber auch, um einfach dort zu sitzen, als Gast. Ich kannte mittlerweile ein paar Leute und konnte mich ungestört dort aufhalten, wenn mir zu Hause die Decke auf den Kopf fiel. Ich unterhielt mich ab und zu ein bißchen mit meinen Kollegen, wobei ich meine unselige Affäre immer mehr zu einer handlichen tragischen Liebesgeschichte mit einem netten *Ich* und einem Samuel, der im Grunde nicht ganz dicht war, zurechtstutzte – und starrte ansonsten, stets ein Glas Weißwein in Reichweite, einfach nur vor mich hin. Ich wußte, daß dieses Verhalten nur zum Teil zu mir gehörte, aber mein bisheriges Ich wollte ich ohnehin loswerden. Und da war es schön, so viel davon abstreifen zu können.

Die Recherchen für die Hausarbeit holten tagsüber allerdings wieder ganz schön viel von diesem Ich zurück – und die Bilder, die bei der Lektüre dieser ganzen Tagebücher heraufbeschworen wurden, machten meine Nächte grau und furchterregend. Am Tage saß ich im Konzentrationslager, abends suchte ich Vergessen im Weißwein, und nachts saß ich ohne meine Familie in irgendwelchen Zügen, oder saß meine Familie in irgendwelchen Zügen, und ich rannte hinterher. Das war so etwas, wovon ich Samuel gern erzählt hätte, aber es fühlte sich sehr gut an, daß ich es nicht tat. Ich schrieb ganz allein an einer Hausarbeit, die ganz allein mich etwas anging und allein für mich von Interesse war.

Samuel sei arm, redete ich mir ein. Arm an Eigenheit, arm an Offenheit. Der feste, grimmige Entschluß, ihn zu hassen, hielt mich wach und aktiv.

So, wie ich meine Eltern immer von der Zugänglichkeit der Welt überzeugen wollte, hatte ich mit Samuel immer über meines Vaters Krieg reden wollen. Ihn davon überzeugen wollen, daß man das sehr wohl ansprechen könne. Ansprechen müsse. Daß die Sprache dafür überreichlich vorhanden sei, wenn man nur den richtigen Ton finde. Aber das waren Ideen gewesen, gegen die Samuel sich immer zu sträuben schien.

Samuel war allem Anschein nach von einer wesentlich extremeren Scheu dem Thema gegenüber befangen, als ich sie je gekannt hatte. Mir war diese Haltung von früher, als mein Vater noch nicht geredet hatte und ich in meinem respektvollen Beschützerdrang geradezu schrie vor lauter Schweigen über den ungeheuren, unbekannten Skandal, der an ihm begangen worden war, durchaus vertraut. Aber ich war nur Leuten gegenüber zurückhaltend, die es ohnehin nicht begreifen würden, nicht jedoch denen gegenüber, denen ich vertraute.

Samuel hatte die Vergangenheit seines Vaters immer totgeschwiegen, auch – nein, gerade – mir gegenüber, beklommen, als würden Worte sie entweihen, als würde er sich etwas unrechtmäßig aneignen, etwas, das seinem Vater gehörte. Und als wäre ihm zuwider, daß ich so gern etwas wiedererkennen wollte.

Noch vor zwei Jahren hatte ich Samuels demonstrativ böses Verstummen, wenn ich das Thema doch wieder zur Sprache brachte, immer auf seine moralische Reinheit zurückgeführt. Im Vergleich dazu kam ich mir schlecht und plapperhaft vor. Er finde tatsächlich, daß ich mir meines Vaters Krieg zu sehr zu eigen machte, hatte er einmal gesagt. Die Vergangenheit sei irrelevant, sagte er ein anderes Mal, sein eigener Vater rede ja schließlich auch nicht darüber. Und ansonsten erklärte er immer ziemlich aggressiv, daß es Unsinn sei, aus der Vorgeschichte unserer Eltern auch nur das Geringste in bezug auf uns selbst herzuleiten.

Herleiten! Hört, hört! Und obwohl mir seine Anerkennung eine ganze Menge bedeutete und ich seine Gemessenheit, wie gesagt, bewunderte, ärgerten mich diese Aggressivität und dieses demonstrative Verstummen auch damals schon ein bißchen. Sie fachten meine Plapperhaftigkeit an, als litte ich an einer ungewöhnlichen Form des Tourette-Syndroms.

Im Endeffekt war es vor allem mein Kummer über die Trennung von Samuel, dieser bohrende, durchdringende Schmerz – der in gewissem Sinne lediglich ein Zitat echten Liebeskummers (wieder einmal!) war, weil wir ja nie ganz zusammengeschweißt gewesen waren –, der mich jetzt dazu bewog, diesen unseren Krieg ein für allemal zu definieren.

43

Nie wurde darüber geredet. Doch in unserem Unterleben, dem Leben unter unserem Alltagsleben, will ich mal sagen, wurden wir verfolgt. So empfanden wir es zumindest. Ich wurde verfolgt, weil mein Vater VERFOLGT worden war – und ein abstrakteres Wort läßt sich wohl kaum finden, beiläufiger und vornehmer läßt sich wohl kaum umschreiben, welche schmutzigen, grausamen Verbrechen das beinhaltet.

Nach Verbrechen klang das Wort auch nicht. Eher wie eine Katastrophe von kosmischen Dimensionen, ein jedes normale Maß übersteigender Alptraum, etwas aus der Zeit, als die Welt noch eine einzige Hölle war, jener greulichen vorbewußten Zeit der Vorgeschichte.

Und alles, was zu Hause darüber gesagt wurde, war genauso entstellend abstrakt wie das Wort selbst, so abstrakt, daß das Schaudern hinter der Sprache versteckt blieb. Und die Sprache erstickte präzise und fein säuberlich, was sich hinter ihr verbarg.

Die Abstraktionen trugen Sätze wie: »Du weißt ja, nach der Bombardierung Rotterdams sind wir nach Apeldoorn gegangen...«

Die ganze Aufeinanderfolge von Geschehnissen, die mein Vater als kleiner Junge miterlebt hatte, alles, was dieser Satz suggerieren sollte, die Dramen, das Schreien, die nervliche Anspannung, die Angst: nichts davon, da war meines Vaters Stimme und diese kurze Mitteilung, die uns seiner Meinung nach alles sagte.

Seine Stimme senkte sich und wurde dann plötzlich leise und grimmig. Irgend etwas schien ihm den Atem wegzusaugen, ein Feind, der ihm die Luft nahm und ihn kurzerhand daran hinderte, laut zu sprechen. Mit Gewalt, beinahe erstickend, versuchte er Atem und Stimme wiederzuerlangen. Alles stand für einen Moment vollkommen still, während das Unheil über den Tisch kroch und wie ein gigantisches Heer von Ungeziefer über uns hinwegzukrabbeln begann, das uns eine eiskalte Gänsehaut und heftigen Juckreiz bescherte.

Dann folgten noch ein paar Sätze, die alle gleichermaßen unbefriedigend und unverständlich waren und keinerlei Zusammenhang zu irgend etwas herstellten, was uns bekannt war. Allesamt schwiegen wir wie versteinert, auch wir hielten den Atem an, unweigerlich, obwohl ich innerlich neugierige, unbekümmerte Stimmen hörte: Was dann, was dann, was dann? Erzähl doch weiter! Mehr! Aufmüpfige Stimmen. Das hier war so wenig, daß überhaupt nichts noch besser gewesen wäre.

Doch sie gefroren, noch ehe sie an die Oberfläche kommen konnten. Es blieb mucksmäuschenstill. Wer jetzt etwas sagte, konnte sich auf eine furchtbare Quittung dafür gefaßt machen.

»Ihr wißt ja, als sie uns in Apeldoorn abgeholt haben...«
Abgeholt!
Und: »Du weißt ja, daß ich meinen Geburtstag lieber nicht feiere.«

Lange Stille. Irgendwann einmal dann die Fortsetzung.
»An dem Tag haben sie meinen Vater mitgenommen...«
Mitgenommen! Und auch: »Du weißt ja, als wir in Westerbork saßen...«
Du weißt ja. Nichts wußte ich.

Auschwitz. Den Namen hörte ich erst, als wir erwachsen waren.

Das KZ. Das Wort kannte ich sehr wohl. Aber ich wußte nicht, was das war. Ich *spürte* nur, was es sein mußte. Die Stimme meines Vaters gefror zu Eis, sein Gesicht versteinerte, sein Mund wurde klein und verkniffen, seine Augen starrten wild und dumpf zugleich auf den Tisch. Er wurde zu einem schwarzen Loch, mein Vater, zum Wortführer eines Reiches, das so dunkel und schrecklich war, daß ihm alles weichen mußte, alles darin verschwand. Auch ich. Ich wurde von dem Loch verschlungen. Ich existierte nicht mehr. Ich wurde erbarmungslos ausgelöscht. Das machte mir angst, denn nichts schien mich im Fallen aufzuhalten. Deshalb wurde ich auch so still. Wenn er mich jetzt sah oder hörte, würde er womöglich etwas Furchtbares mit mir anstellen. Keine Eltern mehr. Kein Vater mehr. Mein Vater war ein anderer, grimmiger Mensch geworden. Der aber wohl die rührende Gestalt meines Papas hatte, mit seinem Bart und seinen kleinen, lieben, dicken Fingern mit den kurzen Nägeln.

Das machte das Ganze um so schlimmer.

Ich hielt den Atem an, wenn er seine Worte sagte, die mir nichts erzählten, mich aber erstarren ließen.

Das KZ.

Ich fragte nichts. Ich wollte nichts mehr hören, obwohl ich so gern mehr gewußt hätte. Aber das hier mußte jetzt aufhören.

Ganz gelegentlich war ich geneigt, anderen Kindern etwas über unseren Vater zu erzählen. Man mußte doch davon erfahren, von diesem rohen Skandal, der so gar nichts mit dem zu tun hatte, was ich sonst überall hörte. Ich versuchte wiederzugeben, was er uns erzählte.

Doch das gelang mir nicht. Ich wußte ja nichts. Ich wußte nur, was dabei mitschwang. Was die Worte bei meinem Vater auslösten. Ich wollte: Mitgefühl und Achtung. Für ihn. Aber ich konnte nichts ausrichten. Es war niemandem zu verdeutlichen. Ich wußte nur von dieser Stimme, von diesem lieben Gesicht, unserem Gesicht, das von fremden Mächten derart verzerrt wurde.

So unermeßlich schwarz und schwer war das, was auf all dem lastete, daß ich diese Stimme und dieses verkniffene Gesicht unwillkürlich imitierte, wenn ich von ihm sprach.

Aber nie kam es bei den anderen an, das sah ich. Niemand verstand, was wirklich war. Auch die Lehrer nicht, geschweige denn ein anderes Kind.

In Bezug auf den Untergang, den mein Vater kannte, waren daher alle unbekümmert, dumm und anders. Aber ich wußte nicht, wie ich daran etwas hätte ändern können, wie ich etwas davon hätte ausdrücken können. Ich konnte meinem Vater nicht einmal zeigen, daß *ich* wohl, daß ich wußte. Daß mir Untergang ein Begriff war und ich wußte, daß es in seinem Dasein etwas gab, was einen zu Eis gefrieren lassen mußte. Ich war *auch* zu Eis gefroren, vor lauter Loyalität.

44

Ich war acht, als ich plötzlich realisierte, daß ich acht war und an einem Zuviel an Bewußtsein litt.

Ich war auf dem Heimweg von der Schule, und da drängte sich mir die niederschmetternde Erkenntnis auf, daß ich mich immer bei mir hatte und haben würde und daß ich niemals würde vergessen können, daß ich Edna Mauskopf war. Diese Erkenntnis war um so bedrückender, als andere Kinder nicht unter einem solchen persönlichen Gefängnis zu leiden schienen. Ihre Unbedarftheit war himmelschreiend, aber auch ein Vorzug, eine beneidenswerte Form von Unschuld, die ich wahrscheinlich nie erlangen würde. Ich konnte mich mit keiner Faser gehenlassen. Erhaben und schwer waren meine Aufgaben, und niemals würde ich etwas tun, ohne hundertprozentig dabeizusein.

Tat ich es einmal, dann geschah das irgendwie doch wieder bewußt, und Edna Mauskopf stand mit verächtlichem Grinsen im Hintergrund und genoß das Schauspiel.

Verstärkt wurde das Ganze noch durch die Tatsache, daß mein Körper und ich schon in jungen Jahren auf gespanntem Fuß miteinander standen. Ich fand mich viel zu dick. Mit größtem Abscheu konnte ich mir in die Hüften kneifen und die Fettschicht auf meinem Bauch zwischen die Finger nehmen in dem Versuch, das alles wegzuziehen, so daß ich daraus hervorkriechen und zu dem unbefangenen, unbewußten Schmetterlingsmädchen werden könnte, das ich so gerne gewesen wäre.

Mit jedem vergeblichen Versuch wurde die Realität bedrückender und unbarmherziger. Ich hatte mich immer bei mir, und dieses Mich war so viel, so massig, so wirklich, so ganz und gar – Fett.

Weil ich so schrecklich anwesend war, mußte ich für vieles büßen. Ich wußte, daß ich aufgrund meines elenden Bewußtseins prinzipiell für so gut wie alles verantwortlich war. Ich war schuldig; dick und schuldig, ekelhaft; um so mehr, wenn ich nicht auf mein großes Bewußtsein für Greuel und Katastrophen hören würde. Eine gräßliche Menge an Verpflichtungen ergab sich aus diesem Bewußtsein. Ich mußte meine Familie vor großem Unheil bewahren.

Mir war schon von Anbeginn meines denkenden Lebens an klar gewesen, daß meine Familie Schutz benötigte. Meinen Schutz. Ihre Wehrlosigkeit traf mich oft unvermittelt wie ein Stoß in den Magen. Dann sah ich, wie etwas Großes und Schweres auf sie zuschnellte, ein Felsblock, ein Beil, ein Messer, ich sah, wie weich ihre Haut und ihre Haare waren, wie dünn ihre Nasen, wie qualvoll rührend und beängstigend vergänglich ihre Arme, ihre Brust, ihre Beine. Und ihre Stimmen! So arglos, wie sie da am Tisch saßen! Die Scherze, die Alltagsrituale! Leiderfüllt sah ich das Auto, das wir seit kurzem fuhren, ein hellblauer Volkswagen, die Gefahr auf den Straßen, die sie überqueren mußten, die grausamen, bewaffneten Menschen, denen sie begegnen würden, die Unfälle, die niemand vorhergesehen oder beabsichtigt hatte!

Die Gefahr hing greifbar in der Luft. Ich mußte sie wegpflücken.

Ich strengte meine gesamten Kräfte an, um die Angriffe abzuwenden. Manchmal tat die Anspannung des Rituals schon fast weh: Mein Kopf und meine Schultern mußten sich vollständig berühren, wie in einer extremen Gebärde scheinbarer Gleichgültigkeit, eine geheime Waffe, hin und her bewegte ich den Kopf zu den hochgezogenen Schultern, auf daß der Krampf im Nacken das heranschnellende Unheil bannen würde, unterstützt von meinem hochschwingenden Arm, der, als würde er einen sehr großen Rücken von oben nach unten streicheln, ein feines Netz aus undurchdringlichem Material über sie warf und alles, was sich neben und über ihnen befand, wegschob – dann erst stand meine Familie unter meinem Schutz, und wenn ich die Dinge derart in der Gewalt hatte, war ich der Situation für ein paar Stunden gewachsen.

Der heimliche Wachdienst blieb lange im verborgenen, jahrelang, obwohl es sich im Laufe der Zeit immer weniger vermeiden ließ, daß meine spastischen Bewegungen registriert wurden.

Doch nur unausgesprochen hatten meine Riten Sinn, sosehr ich auch darunter litt. Das hatte seine Gründe. Wenn ich auch nur den Gedanken an Müdigkeit zuließ oder ganz kurz einmal, blitzartig, kontrollierte, ob man mich beobachtete oder nicht, wurde meine Aufgabe in unmenschlicher Weise vergrößert: zunächst verdoppelt, dann verdreifacht und danach versiebenfacht, in Analogie zu den magischen Zahlen.

Aber es setzte sich immer weiter fort. Wenn ich gestört wurde – und diese Gefahr wurde zunehmend größer –, bekamen die Strafen nach und nach immer groteskere Ausmaße.

Sieben mal siebenmal mußte das Ritual zu einem gewissen Zeitpunkt wiederholt werden, wenn eine Unterbrechung stattgefunden hatte. Bei Tisch, wenn vor meinem geistigen Auge eine immense Bedrohung aufzog, weil jeder beim Essen am verletzlichsten war und mir besonders am Herzen lag, war es am schwierigsten.

Die Angst vor Entdeckung war dann so groß, daß ich mich nicht konzentrieren konnte und mitunter die ganze Mahlzeit über damit beschäftigt war, das Ritual wieder und wieder zu wiederholen. Im Bett war es leichter, aber da konnte ich manchmal die Augen nicht aufhalten. Es war so viel Text aufzusagen und vor allem zu *durchfühlen*.

Auch wenn ich mit meiner Familie im Auto unterwegs war, murmelte ich die erste halbe Stunde lang krampfhaft, den Körper der hinteren Ecke des Wagens zugewandt, vor mich hin und bewegte die Schultern. Das alles sorgte bei meiner Schwester immer öfter für große Heiterkeitsausbrüche. Sie konnte ja nicht wissen, welche Selbstkasteiungen mich erwarteten, wenn sie durch ihre Hänseleien auf mich aufmerksam machte.

45

Es wurde immer schlimmer. Drei mal sieben mal siebenmal bewegte ich irgendwann schließlich den Kopf, jede entsetzliche Mahlzeit aufs neue. Es hatte so oft zu geschehen, daß ich den Überblick über meine essende Familie verlor. Während ich früher nur in Aktion getreten war, wenn sie woandershin schauten, war nun nicht mehr zu vermeiden, daß ich auch weitermachte, wenn Entdeckungsgefahr bestand, ganz einfach weil so schrecklich viel gemurmelt und bewegt werden mußte.

»Eddilein, was machst du denn da bloß immerzu?«

Das war meine Mutter, an einem Sonntagmorgen, und ich hatte das unbehagliche Gefühl, daß man dieses ruhige große Frühstück eigens dafür ausgewählt hatte, einmal gründlich auf diese Sache einzugehen.

Mein Vater fiel ein: »Hast du Nackenschmerzen, Ed? Warum machst du das die ganze Zeit? Wir haben das Gefühl, daß irgend etwas mit dir ist. Kannst du es uns sagen?«

Mit welcher Geduld das gesagt wurde, Doktorsprache, das machte mich ganz kribbelig.

»Nein, es ist nichts. Nihichts. Ein bißchen verkrampft. Jetzt eßt doch.«

Hatten die eine Ahnung, durch was ich sie schon alles hindurchgeschleust hatte. Merkten sie denn nicht, daß sie mit ihrer Einmischerei ihr Schicksal herausforderten?

Ich hatte das verwirrende, beängstigende Gefühl, daß ich an einem Abhang stand und irgendwelche Leute mich von hinten anstießen. Die Wohltat zu fallen, die Ruhe. Nur für einen Moment.

Und dann: die Todesangst, die Panik angesichts des drohenden Untergangs, wenn ich reden würde!

»Ed, wir wissen, daß irgend etwas mit dir ist. Das ist nicht normal, was du da machst. Das sieht verboten aus! Du solltest dich selbst mal sehen! Man könnte meinen, du bist nicht ganz bei Verstand!«

Mein Vater änderte, noch während er sprach, die Taktik. Nun sollten seine Wut und Autorität mich zum Sprechen bringen. Ich spürte, wie bei mir sofort eine große, noble Unbeugsamkeit aufkam. Die Ungerechtigkeit ließ mich wachsen. Wenn er wüßte! Wo bliebe er mit seinem wehrlosen Körper?

»Ich sage nichts.« Nein. Anders. Noch einmal. Geduldiger, groß und weise: »Ich kann nichts sagen, wirklich nicht. Es ist gefährlich.«

»Gefährlich? Aber Liebes! Es kann doch nicht gefährlich sein, wenn du uns erzählst, was du da mit den Armen und Schultern machst? Es sieht so furchtbar aus. Was hat es zu bedeuten? Komm mal her, zu mir auf den Schoß.«

Jetzt wurde es erst richtig gefährlich. Eine große warme Woge der Kindlichkeit überschwappte mich angesichts von so viel Zuwendung. War mein Vater auch wirklich noch interessiert? War er noch böse?

Er sah mich besorgt und fragend an, nicht böse: »Meinst du, daß es gefährlich ist, wenn du es uns erzählst? Weil es dann vielleicht nicht mehr wirkt?« (Kurzer, vielsagender

Blickwechsel mit meiner Mutter. Oh, diese warme Geborgenheit, für einen Moment Kind zu werden. Oh, Verrat! Kindsköpfiger Fettsack, halt den Mund! Halt den Mund!)
»Erzähl uns doch mal, was genau du da machst, wozu das gut sein soll, was für eine Gefahr denn droht.«

Fälle von höherer Gewalt waren in meinem System auch recht genau umschrieben, fiel mir ein. Es gab jetzt kein Zurück mehr. Es gab kein Zurück zum Nichtgesehenwerden, Nichtbemerktwerden. Mein Verhalten war nicht unbemerkt geblieben, und jetzt war es vorbei. Meine ungeheure Erleichterung wollte ich jetzt in kleinen Portionen verkaufen.

»Das bedeutet abwehren«, gab ich zu.

Mit abgewandtem Gesicht. Das enge Gefängnis, in das ich mein Wissen, meine Sprüche, meine Ängste und den Zwang, das alles im Griff zu haben, eingesperrt hatte, der fiebrige, siedende Topf, der mein Kopf war: dorthinein spazierte nun im Gänsemarsch die ganze Familie und schaute sich mit offenem Mund um.

»Abwehren? Ja, aber was denn?«

»Schlimme Dinge.«

Hierüber durfte nun aber wirklich kein Wort mehr gesagt werden.

»Und dieses Kopfschütteln und Armwedeln, das ist abwehren?«

»Ich hab nun mal große Angst, daß euch etwas zustößt.«

Jetzt schniefte ich.

Das Bewußtsein meines Edelmuts und meine wahrhaft greuliche Angst flossen ineinander.

»Aber wieso sollte das denn helfen, Eddilein?«

»Ich sage Sprüche auf. Ich segne euch. Aber es mußte immer öfter sein.«

Es war, als entschuldigte ich mich.

»Zuerst nur einmal. Dann dreimal. Dann siebenmal. Und jetzt drei mal sieben mal siebenmal!« Ich schluchzte jetzt lauthals. »Ich schaff das einfach nicht mehr!«

»Komm mal her«, sagte mein Vater, der zunächst noch verstohlen gegrinst hatte, jetzt aber schallend lachte. »Unser kleiner Wachhund. Aber wir sind dem Leben doch durchaus gewachsen! Glaubtest du das etwa nicht?«

»Neeeeiiin«, heulte ich. Und begann seine dreiste Bemerkung gleich mit den Fingerknöcheln an der Unterkante des Holztisches abzuklopfen. »Nein, natürlich nicht!«

»Du machst das auch im Auto immer!« kreischte meine kleine Schwester, die Verräterin.

»Ja, da hab ich immer solche Angst, daß etwas passiert«, flüsterte ich und schämte mich irgendwie dabei. Wie schrecklich es war, diese Dinge zu sagen, was für ein gottloses Risiko ich einging, indem ich das aussprach. »Unfälle und so.«

»Armer kleiner Wachhund. Und es mußte immer öfter sein?« Er lachte jetzt nicht mehr, seine Stimme klang warm und lieb. Ich schmolz dahin. »Aber was hast du denn genau gemacht?«

Jetzt war nichts mehr zu machen. Die Bekenntnisse folgten einander Schlag auf Schlag.

»Du kommst mir wie mein Vater vor, der war auch so ein Zwangsneurotiker«, sagte mein Vater.

»Du bist zweifach vorbelastet«, sagte meine Mutter,

»denn meine Großmutter klopfte auch immer auf alles mögliche, tock, tock, tock, den lieben langen Tag, *die* war vielleicht abergläubisch und zwangsneurotisch.«

»Vielen Dank«, sagte ich.

46

Ich zog vier Schlußfolgerungen hinsichtlich der Rolle, die Tagebuchschreiber in Konzentrationslagern ihrem Geschriebenen beimaßen: Erstens, daß sie auf das Tagebuch die Stimme des Früher projizierten und damit den Normen der damaligen Welt verhaftet blieben.

Zweitens, und in Analogie dazu, daß sie durch das Schreiben, durch den Gebrauch von Wörtern in einer mehr oder weniger logischen Reihenfolge auch eine Art moralische Ordnung in die chaotischen Greuel ihres Alltags brachten.

Drittens, daß das Tagebuch allen als Beweis diente, als für die nachfolgenden Generationen gedachtes Zeugnis dessen, was passiert war und wie es sich Tag für Tag abgespielt hatte.

Und viertens, und das galt ebenfalls für alle, daß das Schreiben als letzter Halt gegen den Verlust des Ichs fungierte, der Person, die er oder sie vorher gewesen war, ein letzter Halt im Kampf gegen Abstumpfung und Verluderung, gegen die Gleichgültigkeit.

Eigentlich hätte ich mir das alles auch vor Beginn meiner Untersuchung schon denken können, doch als Ergebnis weckte dies, obwohl es sich ja um eine literaturtheoretische Untersuchung handelte, eine Art Hoffnung in mir, wie ich sie zuvor nicht gekannt hatte. Und ich machte auch noch eine andere Entdeckung: Die Welt meines Vaters war grundlegend anders als die meine.

Geschrieben hatte ich meine Arbeit größtenteils zu Hause, damit ich Samuel nicht über den Weg zu laufen brauchte. Als sie fertig war, hatte ich von der Universität auch sofort genug. Ich hatte eine bestimmte Phase abgeschlossen. Jetzt war vielleicht der richtige Zeitpunkt gekommen, um auf die Kunstakademie zu gehen. Ich war frei und fühlte mich zu nichts verpflichtet. Aber ich war auch sehr allein, obwohl ich von der Kneipe her, in der ich jobbte, über ein kleines Aufgebot an Anbetern verfügte. Dieses Alleinsein mußte sich jetzt ändern, fand ich.

Ich schrieb mich an der Fachhochschule für Journalistik ein, und abends wurde ich zur Künstlerin: an der Kunstakademie begann ich mit einem Abendkurs in Bildhauerei. Zum Spaß. Ich hatte noch nie in meinem Leben etwas zum Spaß gemacht.

Sonderlich erfolgversprechend war das Ganze vielleicht nicht, aber ich traf dort Lanzo wieder, einen richtigen Künstler, dem ich schon oft in meiner Kneipe begegnet war. Er kam mir wild und animalisch vor, und ich hatte mich sofort in seine Stimme verliebt, eine tiefe, rauchige Stimme, die nichts mit zu Hause zu tun hatte. Sex. Lanzo war ein großer Junge, kein Mann, aber alles an ihm hatte mit Sex zu tun. Er war körperlich anziehend, sehnig und muskulös. Und er bewunderte mich als Bedienung hinter dem Tresen, wo ich einen gewissen Status hatte, das trug auch seinen Teil zum Ganzen bei.

An diesem Status war nichts Kopfiges. Wenn ich am Tresen stand, war ich eine *tolle Frau,* das wußte ich, eine blonde Andere mit loser Zunge. Ich hätte schon zwanzigmal Fotomodell oder Filmstar werden können, wenn ich auf alle Einladungen und Angebote, die ich in der Kneipe bekam, eingegangen wäre. Ich hätte jede Nacht in einem anderen Bett liegen können. Aber ich hatte immer viel zuviel Schiß gehabt – es paßte nicht zu mir –, mein Körper war mir fremd, ein anderer als ich, ich traute dem Ganzen nicht. Die Anbetung, die mir von der anderen Seite des Tresens her entgegenschlug, hatte ich immer spöttisch und mit geziertem Lachen von mir geschoben, weil ich dort ja ohnehin nicht ich war, sondern ein flatterhafter Klon, in dessen Haut ich mich sehr wohl fühlte.

Jetzt, da ich Lanzo an der Akademie entdeckt hatte, machte ich eine Ausnahme. In der Kneipe schenkte ich ihm meine ganz besondere Aufmerksamkeit, ließ ihm großmütige Begünstigungen zuteil werden (schenkte ihm gratis etwas zu trinken aus, wenn er mit seinem Freund, einem anderen Künstler, nach Feierabend noch etwas dableiben wollte) und setzte mich hin und wieder zu ihm an den Tisch. In Anbetracht meiner hohen Position stellte das eine große Ehre für ihn dar. So faßte Lanzo es auch auf, glaubte ich, mich in meinen Allmachtillusionen sonnend. Dennoch zitterte seine rauhe Stimme nie – sie wurde höchstens noch verführerischer. Ich schmolz dahin, wenn ich diese Stimme hörte – egal, was er sagte – und auch wenn ich ihn sah und roch. Lust und Macht, darum ging es, und dafür nahm ich mit all seinen tiefsinnig klingenden, aber äußerst vagen Künstlerbemerkungen vorlieb.

Nachdem er mich fünfmal darum gebeten hatte, ging ich

eines Abends mit zu ihm. Die Spannung war herrlich, der Text völlig irrelevant.

In seinem beeindruckenden Atelier legten wir eine Platte auf (Leichtfertigkeit, Popmusik) und tanzten irgendeinen hautengen Tanz, sexy.

Da tanzte Edna Mauskopf, ich sah sie, aber ich konnte vergnügt darüber lachen.

Schauspielerei konnte herrlich sein. Er legte mich aufs Bett und zog mich bis auf die Unterwäsche aus. Ich schämte mich nicht und hatte keine Angst. Ich war die Tonangebende, ich war ja eine tolle Frau, nicht wahr, ich hatte sogar zueinander passende Dessous an (vorausschauender Blick).

Dann zog er sich aus, bis auf seine Boxershorts. Die streifte ich ihm, immer noch liegend, mit dem großen Zeh herunter und kam mir herrlich schamlos dabei vor. Danach war es genau wie beim Tanzen: Ich dachte nicht nach. Bis auf das köstliche kleine bißchen höchstens, dieses kleine Fünkchen Bewußtsein, daß nicht ich es war, die das tat.

Ich lief synchron mit der Zeit und meinem Körper, der auch Edna Mauskopf hieß und der meine hätte sein können.

Lanzo wurde zu meinem festen Freund. Meinem ersten richtigen festen Freund, so kam es mir vor. Wir waren so verliebt, daß wir Hand in Hand durch die Straßen liefen. Hand in Hand! Jeden Nachmittag und jeden Abend wurden wir, sobald wir in seinem Atelier allein waren, heiser und wild vor Lust und zerrissen einander sogar einmal die Kleider dabei, aber Sex war es eigentlich auch schon, wenn wir uns nur bei der Hand hielten.

Ich war endlich jung geworden und wurde noch nicht einmal verrückt vor Schuldgefühlen.

Ich hatte das Gefühl, in eine Zeitritze gefallen zu sein – unsichtbar für den Rest der Welt, unsichtbar für die Geschichte, und vor allem: unsichtbar für Edna Mauskopf. Ich ging inkognito durchs Leben, und ich hatte mich noch nie so unbeschwert gefühlt – obwohl ich mir ständig ins Bewußtsein rief, wie befristet das Ganze sein würde.

47

Nach einem halben Jahr Kunstakademie und Journalistik hatte unser Leben eine himmlische feste Routine angenommen: Wir sahen einander täglich, und alle möglichen Künstlergestalten gingen bei uns ein und aus. Wir waren unverhofft zu einer Art Mittelpunkt geworden, Lanzo und ich. Wir strahlten Selbstvertrauen und Unerschrockenheit aus. Stars waren wir. Einer der Freunde, die häufig kamen, war Tom. Er war etwas behäbiger, etwas älter und etwas weniger jungenhaft als Lanzo, aber er besaß dadurch auch eine gewisse Überlegenheit. Tom war einer, der erobert werden mußte. Nicht so wie Samuel seinerzeit, mein Feind Samuel, sondern rein durch physische Manipulation.

Ich trug zu der Zeit immer hochhackige Schuhe, ganz kurze Röcke und enge T-Shirts, aber wenn ich Tom, der nicht weit von der Akademie entfernt wohnte, einen unschuldigen kleinen Besuch abstattete, war alles noch viel kürzer und enger als sonst. Ich unterhielt mich mit ihm, wie man sich mit dem guten Freund seines Freundes unterhält, aber wir wußten beide, daß da mehr war. Auch Lanzo spürte das und ließ in unserem Beisein ein paarmal eine dahingehende Bemerkung fallen, weil es ihn, glaube ich, erregte. Aber das natürlich nur, weil es so undenkbar und abstrakt war.

Als Lanzo einmal zu seinem Vater nach Antwerpen mußte, bat er mich, Tom nachmittags eine Zeichnung für ein mögliches gemeinsames Projekt zu zeigen.

Die Tür des Hauses, in dem Tom wohnte, mitten im Rotlichtviertel der Innenstadt, stand einen Spaltbreit offen, und so ging ich, ohne zu klingeln, die Treppe zu seinem Zimmer hinauf und legte die Zeichnung auf den Tisch. Plötzlich stand Tom hinter mir. Er grinste mich an und hob mich hoch.

»Was treibst du denn hier?« fragte er. »Meinst wohl, du kannst hier so einfach einbrechen? Und wo hast du deinen Freund gelassen?«

»Laß mich los«, sagte ich in scheinbarem Protest, doch die schmutzigen Gedanken, die ich meinerseits hegte, machten mir auch ein wenig angst.

Er ließ mich aber nicht los, sondern hielt mich lachend ganz hoch, ehe er mich sehr langsam, an seinem Körper entlang, heruntergleiten ließ. Das Hindernis unterwegs versuchte ich zu ignorieren. Wir standen einen Augenblick ganz nah beieinander, und dann zog er mich zu sich auf den Schoß. Ich machte mich los, er packte mich erneut. Wortlos rangen wir miteinander. Es durfte nicht sein. Ich wollte das alles nicht. Noch nicht.

Dabei hätte ich es wohl gewollt, obwohl ich es nicht wollte, und im Laufe desselben Monats, als ich immer noch nicht wirklich wollte, wollte ich es dann doch irgendwann. Und es war widerlich, schlecht und scheußlich, aber spannend und toll.

Lanzo trank. Er trank auf eine irritierende Art und Weise. So, als ob. Natürlich trank er wirklich, und das sehr viel, aber es wirkte so unecht, so liederlich. Als wäre er stolz darauf, betrunken zu sein. Als wäre auch das Kunst.

Er tat jetzt, als sähe er nicht, daß etwas zwischen Tom und mir war, aber er trank auf einmal noch liederlicher, und eines Abends schlug er bei einem Fest in dem Gebäude, in dem er und seine Freunde ihre Ateliers hatten, alles kurz und klein. Er fegte mit einem einzigen langen Schlag sämtliche Gläser und Tassen und Schälchen mit Erdnüssen vom Tisch, genau wie im Film, und stürzte sich dann plötzlich mit einem Schrei auf Tom.

Ich stand gerade neben Tom und kreischte laut auf vor Schreck. Lanzo schlug Tom, zuerst spielerisch, aber als Tom sich zu wehren begann, immer wüster. Seine Schreie wurden animalisch und primitiv. Er hatte einen sonderbaren Augenaufschlag, der darauf hindeutete, daß er theatralisch sternhagelvoll war. Trotz eines vagen Schuldgefühls ärgerte ich mich. Vielleicht auch gerade wegen des Schuldgefühls. Ich hatte keine Geduld mehr mit Schuldgefühlen. Lanzo packte mich beim Arm und schleifte mich in sein Atelier. Dort schlug er mich. Ich schlug zurück, und das heftig, aber ich hatte Angst, weil er so betrunken war. Er sah nicht mehr, daß ich nur ich war. Nach einer Weile fing er an zu weinen, und ich weinte mit und tröstete ihn wie eine Krankenschwester. Aber trotzdem schimpfte er mich noch Hure und Flittchen. Als er endlich eingeschlafen war, schlich ich mich zu Tom, der bei dem Chaos zurückgeblieben war und sich noch ein bißchen mit anderen unterhielt. Wir waren jetzt in ein Drama verwickelt, und das verband uns noch mehr – das Leben war wie ein Film, in dem ich, mir der *star-quality* voll und ganz bewußt, folgsam mitspielte.

Ein Spiel, bei dem man mit geröteten Wangen auftritt, weil alles so echt wirkt.

48

Mit der Treuherzigkeit eines Cockerspaniels war ich immer davon ausgegangen, daß meine Eltern von den neuesten Entwicklungen in meinem Leben erfahren müßten. Keine Details, aber die globalen, nackten Tatsachen.

Im Grunde hatte das natürlich recht wenig mit Treuherzigkeit zu tun. Im Unterbewußtsein hoffte ich ihnen mit meinen Geschichten eine heiterere Version der Welt zu vermitteln – und ihr erstauntes, erfreutes Lachen über meine Eroberungen, sowohl auf geistigem Gebiet wie auch im Hinblick auf zwischenmenschliche Beziehungen, und über mein neues, so unerschrockenes Ich bestätigte mich darin, daß ich mit dieser unterbewußten Hoffnung richtig lag. Zugleich fachte ihr Erstaunen auch eine gewisse Aggressivität in mir an: Weh ihren Gebeinen, wenn sie mich in meiner Fahrt bremsen wollten!

Meine schamlose Offenherzigkeit zeugte davon, aus welcher Distanz ich mich selbst betrachtete – mit amüsiertem und frohem Erstaunen sah auch ich, wie reibungslos und synchron ich mich neuerdings in die Schablone dessen, was einmal die anderen und die Außenwelt gewesen waren, einzufügen schien. Meine Eltern waren eine Art Verlängerung meines eigenen bewundernden, befremdeten Blicks, noch immer.

Ein bißchen aus der Kontrolle zu geraten drohte es allerdings, als mir herausrutschte, wie kompliziert mein Verhältnis mit Lanzo aufgrund meiner Gefühle für Tom geworden sei. Das war höchst unklug. Mein Vater bekam plötzlich etwas Genervtes.

»Na, das hast du dir selber zuzuschreiben – ich finde, das ist keine Art, dieses Erica-Jong-Gehabe.«

Mein Vater dachte immer noch, ich ahmte *Angst vorm Fliegen* nach, eine fixe Idee von ihm, seit wir uns vor fünf Jahren einmal über das Buch in die Haare geraten waren. Für einen Moment stockte mir wie früher das Herz. Papa böse. Dann spürte ich einen Feuerball der Wut in meinem Hals. Ha. Er verstieß gegen die Regeln: Das hier war mein Leben – das ich anders, zu Recht anders lebte als er.

Ich war beinahe froh darüber, daß er meine Gebietsgrenzen übertrat und ich wütend sein und dagegen meutern konnte. Das war herrlich, wenn man sich schlecht und schuldig vorkam.

Anstatt sich zu legen, wurde das Drama nach der Schlägerei zwischen Tom und Lanzo nur noch größer. Denn Tom und ich hatten plötzlich ein süßes Geheimnis, und unsere Affäre war jetzt schwierig und verdammt, also auch tragisch und unvermeidlich. Wir trafen uns wesentlich häufiger, an den merkwürdigsten, verschwiegensten Orten und klammheimlich.

Lanzo und Tom verkehrten andererseits schon bald wieder ganz normal miteinander, wie eben Künstler und Männer miteinander verkehren, und so entstand ein für die Außenwelt verwirrender, für uns aber immer selbstverständlicher Status quo eines Dreiecksverhältnisses, dessen Mittelpunkt ich war. Lanzo und ich stellten darin die offizielle Linie dar, während die Linie zwischen Tom und mir die fatale war, die ständig mit befreienden, fiebrigen Anrufen und Verabredungen bekräftigt wurde.

Nach ein paar Monaten ging es mir eines Morgens ziemlich schlecht. Ich hatte Bauchschmerzen, ich konnte kein Wasser lassen, und ich hatte Fieber. Ich hatte irgend etwas Unerklärliches, irgend etwas, das mir fremd war. Ich rief sofort meinen Vater an, froh, daß ich einen Anlaß für sein Mitleid und seine Sorge bot, die seine Verärgerung über mich vertreiben würden. Ich traf natürlich ins Schwarze.

»Armer Schatz! Du mußt sofort zum Arzt. Vielleicht hast du dir gehörig die Blase erkältet. Oder vielleicht ist es sogar eine Nierenbeckenentzündung. Rufst du mich an, wenn du wieder zu Hause bist? Zieh dich bitte warm an. Sollen wir zu dir kommen?«

Unsere Wehwehchen wurden immer ernst genommen. Er schickte uns nie in die Schule, wenn uns auch nur das Geringste fehlte. Wenn wir hingefallen waren, verband er uns, denn eine Blessur war heilig. Wie sehr ich ihn liebte, wenn er vorsichtig und mit viel Aufhebens eine Schürfwunde säuberte, fein säuberlich Jod darauf träufelte, dabei schwer atmend vor Anspannung, und dann ein kerzengerade abgeschnittenes großes Pflaster darauf klebte. Oder wenn er einen Verband anlegte, äußerst gewissenhaft, häufig etwas zu stramm und zu schön. Er wußte alles über Krankheiten,

Knochenbrüche, Wunden, Entzündungen, was wohl von seiner gespenstischen Vergangenheit herrührte.

Es kam aber auch durch sein abgebrochenes Medizinstudium. Das hatte eine Art Amateurdoktor aus ihm gemacht, der zu viele Symptome von zu vielen verschiedenen Leiden kannte. In allem meinte er Anzeichen für etwas wirklich Schlimmes auszumachen. Hatte man irgendwelche körperlichen Beschwerden, dann konnte man immer auf seine ungeteilte Aufmerksamkeit zählen, eine süße Besorgnis, die ich ungerechtfertigterweise, aber unbewußt in Anspruch nahm, wenn ich mich mal irgendwie schwach oder mies fühlte. War man krank, dann wurde man immer ernst genommen, dann bekam man Geborgenheit, war lieb und ein eigenes Wesen.

Aber jetzt brauchte mein Vater nicht zu kommen. Ich hatte zwei Männer, die mir beistanden. Mein Vater brauchte nicht zu kommen. Der eine brachte mir Orangensaft ans Bett, der andere brannte darauf, mit Trauben und eingemachtem Obst bei mir zu erscheinen, wenn ersterer weg war. Doch keiner von beiden hatte ein Auto.

Es war Januar und ziemlich naßkalt und ungemütlich. Da war der Weg mit dem Fahrrad zum Arzt schon grausam, und ich dachte, ich würde noch ohnmächtig bei dem kalten Wind, so schlapp und fiebrig fühlte ich mich. Von Taxis hatte ich noch nichts gehört.

Der Arzt stellte fest, daß sich in meinem Urin irgendein intim übertragenes Natterngezücht tummelte. Ich müsse gemeinsam mit der Quelle des Übels sofort eine Antibiotikakur machen, sonst würde ich unfruchtbar.

Daß es zwei Quellen geben konnte, machte mein Leben

mit einem Mal sehr kompliziert. Wütend erinnerte ich mich plötzlich an Toms Erzählungen von früheren Ausschweifungen bei seinen Nachbarinnen. Die saßen in Schaufenstern mit Diskolicht und Spitzenvorhang und machten alles gegen Bezahlung. Deren dreckige Krankheiten hatte er jetzt, nur weil er zu faul und lahm gewesen war, sich eine Freundin zu suchen – oder hatte es etwas mit diesem heuchlerischen Großstadtflair zu tun, dem viele Typen unbedingt nachgeben mußten? –, auf mich übertragen.

Ich mußte es beiden erzählen – Männer merkten es oft selbst nicht –, und beide mußten sie die Kur machen, und das gleichzeitig.

Lanzo fühlte sich viel zu sehr als freier Künstler und Mann in einer Männerwelt, als daß er meine weibliche Untreue hätte verurteilen wollen, zumal Tom ein so guter Freund war, und er muckte daher fairerweise nicht auf. Er tat sogar ein bißchen stolz, daß ein anderer seine Frau begehrt hatte. Tom leugnete schlichtweg, etwas damit zu tun haben zu können, tat demnach auch, als ginge ihn das Ganze im Grunde nichts an, aber wenn ich unbedingt wolle, und so weiter.

In meiner Gegenwart taten beide amüsiert. Sie hatten keinerlei Beschwerden, für sie existierte das Ganze im Prinzip nicht. Eigentlich lag also alles an mir. Natürlich.

Am Morgen nach meinem Arztbesuch setzte ich ihnen bei einer komisch feierlichen Zusammenkunft an meinem großen Tisch die Pillen vor, die ich mit letzter Kraft eigenhändig in der Apotheke geholt hatte – ein Radikalmittel, das zu einem Teil auf einmal und der Rest dann auf vier weitere Tage verteilt genommen werden mußte.

Abends würden wir zu dritt beim Italiener essen gehen, um unser medikamentöses Bündnis zu besiegeln – wir fürchteten uns vor niemandem. Das Ende unseres Dreiecksverhältnisses war in Sicht.

Ich hatte wohl Angst. Durch die fiese Krankheit schien ich bei meinem strahlenden Schweben über den Gipfeln des Daseins plötzlich Blei an den Beinen zu haben. Sie hatte mich urplötzlich zum Innehalten gebracht – und erst jetzt begriff ich, daß das Dasein nur im Vorüberschweben so berauschend ausgesehen hatte. Der Flieger (ich) purzelte herab und war nichts als ein Fetzen Stoff.

Meine Hausarbeit kam mir vor, als hätte jemand anderer sie geschrieben, eine Künstlerin war ich im Grunde nicht, und die Fachhochschule für Journalistik war mir schon bald zu hart und zu dumm. Ich wollte zu irgend etwas zurück, aber ich wußte nicht zu was.

49

Alljährlich wurde Ende Januar der Befreiung von Auschwitz gedacht. Meine Eltern nahmen immer daran teil, und meine Schwester und ich meist auch, auf Bitten meiner Eltern. Im Anschluß gab es immer ein koscheres Buffet im Messezentrum RAI, und das war oft von Musik und Ansprachen begleitet. Alle Bekannten meines Vaters würden dasein – Leute, die er im Laufe seiner Untersuchung über die Gründe, warum manche den Krieg überlebt hatten und andere nicht, mit den Jahren kennengelernt hatte. Es war meist ein schwieriger Nachmittag, aufgrund des dann herrschenden, geradezu zwanghaften Familiensinns so beklemmend, daß es einen ganz krank machte, und trotzdem war es auf eine altmodische Art und Weise auch immer gemütlich und vertraut. Widerwillen und Gerührtheit hielten sich die Waage.

Ich wollte hingehen. Ich wollte etwas tun, das mich auf den Boden von früher zurückbrachte, dahin, wie ich vor meinen Eskapaden mit Lanzo, Tom und der fiesen Krankheit gewesen war. Ich wollte mein Gewissen zurück und mein Schuldgefühl, so haltlos und entwurzelt fühlte ich mich.

Ich hatte meinem Vater immer noch nicht erzählt, welches Ergebnis der Urintest erbracht hatte, der bei meinem Arztbesuch gemacht worden war.

Er rief an.

»Hallo, hallo, ich wollte einfach mal anrufen. Hast du das Ergebnis jetzt schon? Wie fühlst du dich? Wir hören ja gar nichts mehr von dir, und wir sind zu Tode beunruhigt.«

Ich mußte es ihm erzählen, allein schon wegen des *zu Tode beunruhigt* mußte er was bekommen für sein Geld. Und was blieb mir auch anderes übrig, dachte ich. Er hatte ein Recht darauf, es zu erfahren. Nein, er mußte es erfahren, er mußte wissen, daß ich etwas wirklich Ernstes und Gefährliches erlitten hatte, auch ich. Dieser Nachsatz hatte etwas Strafendes – auch ich! Er sollte wissen, in welche Gefahren ich mich begab.

»Oh«, sagte mein Vater. »Ja, ja. Du hast also Antibiotika bekommen?«

»Ja«, sagte ich lachend. Ich machte am besten eine lustige Anekdote daraus. »Stell dir vor, die haben wir zu dritt eingenommen, alle gleichzeitig. Stell dir vor, einer von uns hätte sie nicht eingenommen und die anderen wohl, dann wär natürlich alles umsonst gewesen!«

Dann verstummte ich, weil mir plötzlich klar wurde, daß ich mich hiermit auf reichlich intimes Gebiet begab, ein Gebiet, wo es so oft zum Akt kam, daß keine Minute ohne Antibiotika verstreichen konnte, sonst würde sich einer von uns anstecken. Aber das mußte doch gesagt werden können!

»Ja, ja«, sagte mein Vater wieder. »Ich muß jetzt Schluß machen, Mami ruft mich, höre ich. Tschüs, Schatz.«

Ich hatte etwas zuviel preisgegeben, dachte ich, irgend etwas von mir war ungewollt in diesem Telefonhörer verschwunden. Ich ertappte mich dabei, daß ich in den Hörer schaute, als könnte ich es mit einer Häkelnadel wieder herausangeln.

Am Abend desselben Tages rief ich meine Eltern noch einmal an. Ich sagte, daß ich sonntags zu der Gedenkfeier mitkommen werde, wie sie mich in den vergangenen Tagen schon so oft gebeten hatten.

»Oh«, sagte meine Mutter. »Ich glaube eigentlich nicht, daß Papi darauf noch so großen Wert legt.«

»Wie bitte?«

»Nein. Und du weißt, glaube ich, auch sehr wohl, warum.«

»Nein. Warum?«

Ich spürte würgende Wut in mir aufsteigen. Ich begriff sofort: Ich würde verdammt noch mal nicht zur Auschwitz-Gedenkfeier mitkommen dürfen, weil ich verdammt noch mal einen kleinen Fehler gemacht hatte? Und das wohlgemerkt in meinem eigenen Leben? Aber ich wollte es aus ihrem Munde hören.

»Warum denn, Mama, sag doch!«

»Na ja, das Theater mit dieser Krankheit und diesen beiden Jungen. Papi hält es für unpassend, wenn seine Tochter, die solche Sachen macht, bei der Gedenkfeier zur Befreiung von Auschwitz erscheint. Das kannst du dir doch wohl ein bißchen vorstellen, hoffe ich.«

»Nein!« schrie ich. »Nein, das kann ich mir nicht vorstellen! Ich sehe da keinen Zusammenhang! Ich bin schließlich eure Tochter, Edna! Und ich habe genausoviel Recht auf Auschwitz wie jeder andere! Ich komme trotzdem, das werdet ihr sehen!«

Meine Mutter seufzte leicht erschrocken, sie war sich wohl schon nicht mehr ganz so sicher. Offenbar hatte sie die Botschaft übermitteln müssen, Papa wollte nicht an den Apparat kommen.

»Ich will Papa sprechen! Sagt *er* das alles? Er wollte doch selbst wissen, was mit mir war! Ihr wißt ja gar nicht, wie krank und elend ich mich gefühlt habe. Ich war wirklich am Ende! Ich dachte, ich könnte euch ins Vertrauen ziehen!«

»Ja, das kannst du ja auch, aber das alles ist so widerwärtig. Und Papa will nichts damit zu tun haben, er sagt, daß du erst mal wieder normal werden mußt.«

»Zu tun haben? Wieso zu tun haben? Er hat überhaupt nichts damit zu tun! Und normal? So normal und anständig, daß ich es verdiene, zur Auschwitz-Gedenkfeier mitkommen zu dürfen? Auschwitz muß man sich wohl erst verdienen!«

Ich war am Verlieren, das spürte ich. Ich glitt auf unbekanntes Terrain ab, mit lauter gespenstischen, kaum vorstellbaren Vorwürfen.

»Ed«, sagte meine Mutter denn auch drohend, »jetzt gehst du aber wirklich zu weit.«

Ich hörte meinen Vater im Hintergrund. Er brüllte: »Verdammt noch mal, ist sie denn jetzt komplett verrückt geworden! Ich will sie nicht dorthaben! Hörst du mich, Ed – kommt gar nicht in Frage!«

»Laß Papa doch selbst an den Apparat kommen! Wie kann er es wagen!« schrie ich.

Meine Mutter weinte. »Hier hast du ihn«, sagte sie schluchzend.

Ich hörte Geraschel und einen Rums, Hinweise darauf, daß mein Vater ihr den Hörer aus der Hand gerissen und dabei etwas vom Tisch gewischt hatte. Herzzerreißendes Mitleid.

Es blieb einen Moment still.

»Hallo«, sagte ich.

»Guten Tag, Ed«, sagte er feierlich. Seine Stimme klang plötzlich weich und brüchig, die Wut war, da er nun direkt mit seiner Tochter konfrontiert war, die er in der Abstraktion der Wut wie eine Fremde betrachtet hatte, wie eine Verräterin, auf zwischenmenschliche Ausmaße geschrumpft. Jetzt sollte sie merken, wie schwer die Enttäuschung über ihren Verrat auf ihm lastete. Die Spannung war zum Schneiden, Vorwürfe, groß wie ein Krieg, drohten mich zu zermalmen.

»Ich darf also nicht zur Auschwitz-Gedenkfeier mitkommen?«

»Tu, was du nicht lassen kannst.« Und genauso leise und ermüdet: »Mir bereitest du damit jedenfalls keine Freude mehr.«

»Oh. Na ja.«

»Du weißt, daß ich deine Eskapaden nicht schätze.«

»Was gehen die dich an?«

»Die gehen mich alles an. Was glaubst du denn? Solange ich deine Ausbildung finanziere, gehst du mich etwas an! Und ich will diesen Schmutz nicht!«

In der Tat haftete dem Ganzen ein übler Ruch an. Ich spürte, daß ich nicht mehr sehr viel länger für mich einstehen konnte. Das einzige, was mich daran hinderte, jetzt den Hörer aufzuknallen und sie für immer zu verstoßen, war das Bedauern darüber, daß ich so blöd gewesen war, sie ins Vertrauen zu ziehen. Sogar deswegen tat ich mir noch leid, so arglos und treuherzig, wie ich war. Eine große, tiefe Einsamkeit befiel mich.

Ich mußte beruhigen und trösten, das wußte ich. Die Vernunft siegen lassen, wie immer. Nun also in beschwichtigendem Ton weiter.

»Pap, du brauchst doch nicht immer alles zu begreifen! Diese Krankheit war etwas Unvorhergesehenes, aber sie ist schon so gut wie überstanden. Und was ich mit Lanzo und Tom habe, ist echt und aufrichtig, sie machen mich meistens sehr glücklich, alle beide.«

Ich sagte das, glaube ich, auch zu mir selbst. Glücklich? Wie kam ich denn um Himmels willen darauf? Aber ich mußte ihm das Gefühl vermitteln, daß ich noch ich war. War ich denn noch ich? Und wer war das eigentlich? Verdammt, durfte ich nicht endlich mal ein bißchen unbewußt sein? Und mal nicht genau wissen, wer und wie ich war? Ihm zuliebe hatte ich mir über alles, was ich tat, immer brav Rechenschaft abgelegt, eine Gefangene seines integren Urteils war ich gewesen. Jetzt brach ich ein bißchen aus, ein klitzekleines bißchen wohlgemerkt, und schon durfte ich nicht mal mehr nach Auschwitz. Sein Auschwitz.

Ich sah ein, daß ich faselte, spann und übertrieb, aber ich konnte nicht aufhören. Die Vernunft verschwand wieder in der Versenkung.

Auch wegen dem, was er jetzt sagte: »Sehr aufrichtig, ja. Sie haben dir eine Geschlechtskrankheit angehängt! Na bravo, sehr aufrichtig! Ed, ich wünschte, du würdest wieder ein bißchen mehr du selbst.«

Verdammt, genau das hatte ich mir auch schon gedacht. Was mich noch böser machte. Was war nun mit Auschwitz? Vernunft, komm zurück.

»Soll ich nun kommen oder nicht?« fragte ich leise.

Sein Ton nahm etwas Versöhnliches an. »Na ja, dann komm eben. Aber diese Kerle bringst du nicht mit!«

Vernunft, komm zurück.

»Nein, natürlich nicht, Herrgott!«

Wenn man bedenkt, daß ich in anderen Jahren förmlich zum RAI geschleift werden mußte!

50

Am Sonntagnachmittag war ich dann schon längst nicht mehr so versessen darauf. Die Aussicht, unwillkommen im Kreise meiner Familie sitzen und trotzdem den vertrauten Druck von jedermanns Emotionen respektieren zu müssen, fand ich, ehrlich gesagt, zum Kotzen. Aber irgendwie meinte ich, keinen Rückzieher mehr machen zu können.

Das RAI war gestopft voll mit Überlebenden und deren Kindern – es summte von aufgeregtem, aber gedämpftem Stimmengewirr. Ich war allein hingefahren, mit dem Rad, und als ich mich so mutterseelenallein in diese Menge hineinbegab, ging mir erst so richtig auf, wie wenig ich des Ganzen angesichts meines liederlichen Lebenswandels wert war. Hier kam die Aussätzige, der Paria, um ein Fitzelchen Leid bettelnd, ein Fitzelchen von meines Vaters Erinnerungen, ein Fitzelchen Anerkennung. Ein kleines, schmutziges, sündiges Wesen ohne Daseinsberechtigung.

Irgendwo im Hintergrund sah ich meine Eltern, sie saßen in einer Art Sitzecke und unterhielten sich lauthals mit ein paar Leuten, die wie eine Familie aussahen, der ich irgendwann (wo um Himmels willen?) schon einmal begegnet war. Auch meine Schwester saß dort. Mit zugeschnürter Kehle vor Reue, Wut und dem Bewußtsein der Schande schlich ich mich näher und begrüßte alle schüchtern.

Meine Eltern konnten sehr großmütig sein.

»Tag, Ed, schön, daß du da bist. Kennst du die Familie Abrahamson?«

Ich kannte sie nicht, aber sie mich. Es wurde viel gefragt und geantwortet, und im Reden machte ich wieder etwas aus mir. Meine Eltern waren schon bald nirgendwo mehr zu entdecken.

Mein Vater, weil durch seine Untersuchung bekannt, in diesem Umfeld eine Größe, stand irgendwo weit weg, in ein angeregtes Gespräch vertieft. Meine Mutter schwatzte gemütlich mit dem anderen Zweig der Familie Abrahamson, eine Sitzecke weiter.

Dann wurde um Ruhe gebeten, und die Ansprachen begannen. Die hatten einen unangenehmen Beigeschmack und waren schwerverdaulich, und hier und da wurde ein bißchen geschluchzt, ein böses Schluchzen, das mich wieder auf den Anlaß für die Heimsuchung brachte, auf der ich mich hier befand. Wie immer war mein ohnmächtiger, weil ungerechtfertigter Ärger über diese Zurschaustellung der Betroffenheit größer als meine Achtung. Mein Vater schluchzte nie derart in der Öffentlichkeit. Neuerdings tat er es zu Hause hin und wieder. Ganz unvermittelt, auf dem Sofa, wenn er furchtbar schlecht geschlafen oder schlecht geträumt hatte oder beides.

Jetzt blickte er ernst und angespannt drein, grimmig beinahe vor ungehaltener Konzentration auf diese Welt zwischen ihm und uns. Er war wieder dorthin zurückgekehrt, das sah ich. Wir tauschten keine bedeutungsvollen Blicke aus wie sonst, obwohl ich darauf gehofft hatte.

Nach den Ansprachen begann das Mittagessen, und sofort entstand eine völlig andere Atmosphäre. Bestimmt zwanzig Sorten Aufschnitt und Fisch und unzählige Brötchen waren auf langen Tischen aufgetürmt, und ich sah, wie sich mein Vater in einen aufgekratzten Schuljungen verwandelte, der euphorisch mit seiner Gabel die Platten plünderte. Er war einer der ersten. Wir, meine Schwester und ich, stellten uns in der langen Schlange an, die sich hinter ihm rasch bildete.

Meiner Schwester hatte ich noch schnell mein Leid geklagt. Sie war hauptsächlich verblüfft und bestürzt über die Doppelaffäre, von der sie bis dahin noch nichts gehört hatte, und die Tragweite des Dramas meiner Unerwünschtheit drang daher nur am Rande zu ihr durch.

»Mit Lanzo *und* Tom? Mein Gott, Ed...«

Ich konnte mich des Eindrucks nicht erwehren, daß sie neidisch war. Sie war mir demnach auch keine große Hilfe.

Wir luden uns die Teller voll und setzten uns wieder hin. Meine Mutter hatte mich nach der großmütigen Begrüßung ansonsten ignoriert. Jetzt saß sie zufällig vor mir, und da fragte sie mich in dem gleichen vorwurfsvollen und leicht erstaunten Ton wie beim Telefongespräch, in ärgerlicher Weise von der Berechtigung ihrer Haltung überzeugt, wie es mir gehe.

»Gut«, sagte ich abweisend. Von ihr akzeptierte ich jetzt nicht auch noch eine kühle Behandlung. Zum Glück sah sie schon wieder jemanden, den sie kannte, und wandte sich ab. Ich kaute schweigend mein Brötchen mit Pökelfleisch.

Danach gab es Klezmermusik, und meine Schwester kam und forderte mich auf, mir das mal anzusehen – da sei ein unglaubliches Tanzpaar. Ein alter Mann mit weißem Bart, mindestens achtzig, tanzte eine Art wilder Polka mit einer ebenso alten Frau, die extravagant in Zigeunerrock und weiße Bluse gekleidet war. Unermüdlich wirbelten die beiden umeinander herum, lachend und keuchend, vollkommen im Gleichtakt und mit großer Eleganz. Das waren vielleicht Überlebende! Es machte alle ausgelassen, und meine Schwester nahm meine Hand und versuchte es ihnen mit mir nachzutun. Ich verspürte eine ungeheure, wütende Energie, der auf der Stelle Ausdruck verliehen werden mußte. Kreischend wirbelten meine Schwester und ich umeinander und um das alte Paar herum und machten uns vollkommen lächerlich. Eine ganze Gruppe Interessierter klatschte begeistert mit.

Im Hintergrund sah ich meinen Vater immer noch im Gespräch, direkt neben dem Tisch mit dem Essen natürlich. Ab und zu langte er mit der Hand auf eine Platte mit Würstchen, die er halb geistesabwesend verdrückte. Er sah uns nicht. Er war auf die Würstchen konzentriert, wie ich wußte. Unmut und Zärtlichkeit lieferten sich in meinem Herzen wieder einmal ihren wütenden Streit – wie immer, wenn ich meinen Vater essen sah.

51

Seit ich dreizehn war, hatte ich mich bei Tisch immer, soweit ich konnte, zurückgehalten, damit mein Vater mehr habe. Mehr essen könne. Was er auch immer und ohne Hemmungen tat. Anfänglich nahm er diese Aufopferungen – die ich damals noch hinterher und zwischendrin wieder aufholte – nicht einmal wahr.

Er hatte immer Hunger oder fürchtete, Hunger zu bekommen, und er wollte keinen Hunger, er wollte nie wieder Hunger leiden. Es hatte schon etwas Panisches, wie er sich den Teller füllen ließ, wie unruhig er war, wenn es nach zuwenig aussah, wie ängstlich er war, womöglich weniger zu bekommen als wir.

Das war nie der Fall. Er bekam immer mehr, viel mehr. *Futterneid* wurde das Gezänk um größere Portionen von diesem oder jenem bei Tisch höhnisch genannt. Doch der ironische Klang des Wortes war Schein.

»Na, na«, sagte er mit ängstlichem Spott, wenn er meinte, daß doch jemand mehr bekomme. »Du hast anscheinend großen Hunger. Jetzt mußt du aber auch alles aufessen. Oder sind die Augen wieder mal größer als der Magen?« (Aber auch wenn es so war, war es nicht weiter tragisch. Er würde ohnehin die Reste von unseren Tellern essen.)

Ich wollte nicht, daß so etwas zu mir gesagt wurde. Ich war Asketin, und ich würde seinen Ängsten vorbeugen.

Nicht lange danach begann ich mich systematisch auszuhungern. So würde ich auf das Schlimmste vorbereitet sein. Meine Loyalität bestand in Versagung, und ich hoffte natürlich insgeheim, daß die für ihn genauso sichtbar sein würde wie all das, was für mich in seinen verknappten Aussagen mitschwang.

Der fette Babyspeck, der Unschuldsspeck, den ich schon so lange mit mir herumtrug, mußte weg. Wer dicke Schenkel hatte, hatte keinen Biß, der konnte sich in dieser Welt nicht verteidigen oder seiner Haut erwehren. Solange ich so war, konnte ich ihm also auch nicht zeigen, wie sehr ich mitlitt und daß ich kein unreifes Kind war.

Es war, als vergäße er manchmal, daß wir seine Kinder waren – wir glichen eher Rivalen. Weil mein Vater selbst keine Kindheit und Jugend gekannt hatte, regte er sich über alle doch relativ unschuldigen Wünsche, die wir äußerten, auf, für ihn war das alles Verwöhnerei und dummes Zeug. Seine panische, hysterische Wut machte unsere nur allzu irdischen Wünsche zu etwas Schändlichem und Schmutzigem. Uns Geld zu geben schien ihm körperliche Schmerzen zu verursachen. Es war sein Geld. Warum sollten wir dieses zäh errungene Geld für Dinge bekommen, die ihm nichts sagten? Der Kampf, den wir austragen mußten, um auch nur ein bescheidenes Minimum für Kleidung und Kinderdinge zu bekommen, war peinlich und beschämend. Aber ich konnte ihn ja schwer vor seiner eigenen Ungerechtigkeit bewahren.

Ich wollte kein unreifes Kind sein, ich war es auch nicht, aber er sah das nicht.

Meine Mutter stand auch da und klatschte zur Musik, ein verschrecktes Lächeln im Gesicht. Das hier war unanständig, und trotzdem war es phantastisch, gehörte es auch dazu, ich sah ihre widerstreitenden und aufgeregten Gedanken.

Mittlerweile bewegte sich das Ganze mehr oder weniger dem Ende entgegen. Der Saal hatte sich schon teilweise geleert, ohne daß wir etwas davon mitbekommen hatten. Aufgekratzt vom vielen Reden, offenkundig ganz in seinem Element, kam mein Vater zu uns herüber. Die Schande meiner Anwesenheit schien er für einen Moment vergessen zu haben. Seine Aufmerksamkeit galt etwas anderem.

»Seht ihr das?« fragte er. »Seht euch doch bloß mal an, was sie alles liegengelassen haben. Bittet die Leute hier doch einfach um einen Karton, dann können wir etwas mitnehmen.« Er zeigte auf den Tisch mit dem Essen.

Es war tatsächlich unheimlich viel übriggeblieben. Mindestens zwanzig Kilo Aufschnitt und Fisch würden von gojischen RAI-Damen weggeworfen oder aufgefuttert werden, wenn wir jetzt nicht eingriffen. Ein Ding der Unmöglichkeit bei einem Gedenken an Auschwitz, fanden wir.

Mit Kartons und Plastiktüten bewaffnet, die wir unter den Tischen fanden, gingen wir also ans Werk. Mein Vater selbst machte nicht mit, das gehe nicht, fand er. Er postierte sich aber wohl in unmittelbarer Nähe der Tische, um ein strenges Auge darauf zu haben, welche Waren wir erbeuteten.

»Nehmt noch was von dem Pökelfleisch!« flüsterte er. »Und von der gehackten Leber! In den Karton paßt noch eine ganze Menge hinein. Oder ihr sucht euch noch einen dazu. Und dann diese köstlichen kleinen *challot*! Nehmt bitte noch was von diesen *challot*!«

Meine Schwester und mich befiel eine Art Fieber, ein banger Hunger, der dem Anlaß für diese Zusammenkunft in realistischerer Weise gedachte, als es am übrigen Mittag der Fall gewesen war. Jede mit vier Plastiktüten in den Händen und einem Karton auf den ausgestreckten Armen, alles voll mit Fleischwaren, Fisch und Brot, verließen wir schließlich kichernd und beschämt den Saal. Wir wagten nicht, uns umzuschauen.

So ging ich doch noch genauso, wie ich gekommen war, als ein Paria, ein Bettler. Tom und Lanzo waren an einem einzigen Mittag meilenweit von mir abgerückt, beide nicht qualifiziert, über etwas zu lachen oder zu weinen, das mit meinem Vater und Auschwitz zu tun hatte. Ich war weit weg von zu Hause. Wo war nur Samuel? Dieses Kapitel war allein ihm angemessen.

Indes hatten wir die Ehre der Auschwitz-Gedenkfeier gewahrt. Dank uns wurde kein kostbares Essen weggeworfen. Mein Vater schaute hocherfreut und etwas lausbübisch drein. Die Anarchie hatte ihn wieder einmal gepackt.

Ich schenkte ihm die von mir erbeuteten Tüten und Kartons mit Fleisch und Brot mit feierlicher Geste. Er nahm sie zunächst an, froh und dankbar wie ein Kind, bat mich dann aber inständig, sie doch zu behalten. Das sei gut für mich, soviel Fleisch.

Ich glaube, er hatte mir vergeben.

52

Je älter und disziplinierter ich wurde, desto dünner wurde ich auch und zudem immer immuner gegen jegliche Reue über die Sorge, die ich meinem Vater angedeihen ließ. Mit einundvierzig Kilo war ich, glaube ich, dort angelangt, wo ich sein wollte – ein darbender Strich in der Landschaft, ein Born der Angst und der Erinnerungen an entsetzliche Zeiten.

Aber ich war kein Rivale mehr, keine Fremde, und ich nahm ihm nichts weg. Ich stimmte rundherum, mir war nichts vorzuwerfen, ich brauchte mich nicht schuldig zu fühlen. Ich konnte tagelang von ein paar Äpfeln zehren.

Zugleich wütete die Panik in mir, ich wußte, daß der Bogen überspannt war, daß ich in einem Zug saß, der sich nicht mehr bremsen ließ. Mein Vater wurde allmählich verrückt vor Wut über meine Desertion, meine Schwächung, die noch dazu selbstgewählt war. Aber diese Wut berührte mich nicht.

In den Monaten vor meiner Abreise nach Australien – wohin ich nach dem Abitur für zwei Monate gehen würde – wurde Mahlzeit für Mahlzeit ein verzweifelter Kampf ausgetragen. Ich versteckte die Hackfleischbällchen, die ich nicht essen wollte, unter den Kartoffeln, die ich genausowenig essen wollte, die man aber getrost stehenlassen konnte, und aß nur das Gemüse. So langsam wie möglich, damit nicht auffiel, daß ich viel weniger aß als die anderen. Heimlich wurden Blicke auf meinen Teller geworfen. Mein Vater aß viel, stets mehr sogar, vor lauter Wut, je unangerührter mein Teller blieb, bis er schließlich nicht mehr an sich halten konnte und schrie, daß ich aufessen solle, daß ich meinen Teller leer essen solle, daß ich so lange am Tisch sitzen bleiben müsse, bis mein Teller leer sei, bis alles aufgegessen sei, er verlange, zischte er, daß ich essen solle.

Und am Ende ließen mich diese Worte, diese Verzweiflung restlos kalt. Das hier war mein ganz persönlicher Sieg, mein eigenes Drama, und das ließ ich mir nicht nehmen. Ich gehörte ganz mir selbst. Das nervöse Pochen in meinem leeren Magen, die zittrige Leichtigkeit, die ich empfand, wollte ich mir bewahren, genau so. Ich hatte ein Recht darauf. Das durfte mir nicht verdorben werden.

Es war, als lebte ich hinter Glas, eine eisige Raserei ließ mich wie einen Roboter agieren. Ich ließ mich von meinem eigenen Untergangsszenario lenken, und was mit den anderen war, interessierte mich nicht mehr. Ich ließ mich zu nichts zwingen. Das Essen konnte ich verweigern, und ich würde es verweigern, bis ich umfiel, wenn es sein mußte. Schrei ruhig. Iß ruhig. ICH. NICHT.

Mein Vater liebte uns mehr, als er ertragen konnte. Manchmal sogar so sehr, daß er uns nicht ertrug. Quellen der Todesangst waren wir für ihn. Er war genauso panisch, daß uns etwas zustoßen könnte, wie er panisch war, daß wir ihm irgend etwas streitig machen würden: Essen, Geld, Ruhe, sich selbst. Wir waren seine wunden Punkte, und das schien er uns übelzunehmen. Er warf uns das vor: »Warum kommst du so spät? Ich habe Todesängste ausgestanden. Willst du vielleicht, daß ich einen Herzinfarkt bekomme?«

Immer hörte ich so etwas wie eine penetrante Klingel in meinem Kopf, wenn ich etwas Spontanes machen wollte: auf einen Sprung bei jemandem reinschauen oder irgendwo zum Essen bleiben, einfach so. Die Klingel schrillte ohrenbetäubend laut in meinem Kopf, der nervöse Drang, nach Hause zu gehen, damit er beruhigt war, Konflikte zu vermeiden.

»Wirklich nett von dir, läßt uns einfach hier sitzen. Ich war zu Tode beunruhigt. Daß mir das ja nicht noch einmal vorkommt.«

Da konnte er sich noch so gut gegen alles und jedes wappnen – uns konnte immer etwas zustoßen, und das würde er nicht überleben. Das war unsere Schuld. Deshalb durften wir so wenig, alles war gefährlich.

Alle meine Beziehungen zu männlichen Wesen waren wie alles, was an Sex grenzte, Verletzungen der Loyalität, die ich meinem Vater gegenüber empfand, der Loyalität gegenüber seiner Panik und allem, was greulich war und wozu kein Lachen und keine frivole Gebärde paßte.

Und erst als ich wieder ein bißchen essen konnte, da auf der anderen Seite der Erde, in Australien, zersprangen alle Fesseln und selbstauferlegten Einschränkungen mit einem solchen Knall, daß ich mich für einen Augenblick selbst kaum noch wiedererkannte. Es hielt nur zwei Monate an, aber es waren zwei brünstige Monate voller verbotener Gefühle und Lüste, die das Kind meines Vaters verrieten. Ich war ein anderes Wesen in dieser herrlichen Desertion.

Mit diesen Erfahrungen gewappnet, hatte ich mein Studium an der Universität aufgenommen – und dort fand ich gleich am ersten Tag meine neue Sorgenquelle. Samuel war vom gleichen Kaliber wie mein Vater. Alles begann wieder von vorn. Die Kunst bestand von dem Moment an darin, erwachsen zu werden und dennoch keinen Verrat zu begehen, an keinem von beiden.

53

Als Abschlußprojekt meines ersten Jahres Abendkurs an der Kunstakademie hatte ich eine Art Pfahlbau aus rostigen Eisenplatten zusammengeschweißt, der so etwas wie einen symbolischen Wegweiser aller in meinem Kopf vorhandenen Möglichkeiten, meiner unterschiedlichen Wesen gewissermaßen, hatte darstellen sollen.

Der häßliche große Betonsockel, der dem Pfahlbau Standfestigkeit gab, war voller ausgefranster schwarzer Löcher, und die waren, wie ich feststellte, doch ein reichlich unansehnliches und überlebensgroßes Symbol für das Fundament meines eigenen Lebens. Während der Arbeit an dem Ding war es mir als das ultimative Kunstwerk erschienen, und ich hatte mir so viel zurechtgeträumt, daß ich doch einigermaßen fassungslos war, als ich es mir in einem Moment der Besinnung mal richtig ansah.

Meine Seelenmaschine war ein Monstrum.

Aber die Pleite mit diesem Ding war es natürlich nicht allein. Die gesamte Akademie hing mir nach dem einen Jahr gründlich zum Hals heraus. Diese Sprache, in der sich die Akademieleute über ihre Fortschritte ausließen! Humorlos und ohne daß es Hand und Fuß hatte, brüstete man sich mit jedem Einfall, weil man sich an die überholte Idee klammerte, daß nur das Unterbewußtsein wirklich zähle. Da mein Unterbewußtsein immer noch so bewußt war, daß ich so gut wie nie eine Idee hatte, die mich selbst überraschte, ausgenommen dieses Rostmonstrum (und das war denn auch gleich eine äußerst unangenehme Überraschung gewesen), fühlte ich mich in Gesellschaft dieser echten Künstler absolut nicht wohl, vor allem weil sie nicht vor Sätzen zurückschreckten, die jeder Grammatik entbehrten.

Noch während der Journalistenausbildung, die ich dann doch mal lieber fortsetzte – obwohl das Niveau, die dümmliche schulische Atmosphäre und die Dozenten mich im allgemeinen ziemlich ermatteten und entmutigten –, fand ich eine Praktikantenstelle in der Feuilletonredaktion einer Lokalzeitung, was mir das Gefühl gab, ein Stadium erreicht zu haben, da ich wirklich etwas wollte.

Mein Dasein hatte, so schien es, plötzlich Fahrt bekommen. Die blinden Schrittchen in Gebiete hinein, die mir zusagten, kristallisierten sich mit einem Mal als eine Form von Karriereplanung heraus.

Meine Anstellung als Praktikantin stimulierte mich außerdem dazu, gemeinsam mit ein paar früheren Kommilitonen einen regelrechten *Salon* einzurichten. Wir würden Schriftsteller und Künstler einladen und ein kulturelles Arkadien schaffen.

Zu der Zeit war das noch etwas relativ Neues. Schriftsteller und Wissenschaftler saßen an ihren Schreibtischen, Künstler schufen still in ihren Ateliers vor sich hin, und das Publikum blickte noch so ehrfürchtig zu ihnen auf, daß sich nur wenige an den Gedanken heranwagten, sie leibhaftig etwas über ihre Ideen sagen zu lassen. Ich hatte, als ich einen entsprechenden Aushang am Schwarzen Brett der Fakultätsbibliothek gelesen hatte, in der ich mir noch hin und wieder Bücher auslieh, instinktiv sofort reagiert. Zwei Journalistikstudenten waren die Initiatoren, denen ich mich anschloß. Das Vorhaben erschien mir spannend und sinnvoll.

Wir mieteten ein kleines Ladenlokal an, wofür uns der Vater eines der beiden das Geld gab, und begannen in großem Stil, vielversprechende junge Autoren einzuladen. Was wir sie fragen würden, wenn sie sich zu einem Interview und der Teilnahme an den äußerst fundierten Diskussionen, die wir uns ausmalten, bereit erklärten, würden wir dann schon sehen. Keiner von uns hatte je ein Interview gemacht.

Doch das änderte sich überraschend schnell, als ich gerade erst bei der Zeitung angefangen hatte.

Wim, der noch sehr junge Chefredakteur, hatte nämlich ein bizarres Gefühl für Humor. Er glaubte an gewagte Kombinationen. Diesmal war er darauf verfallen, daß ich den Maler Abe Beenhakker interviewen solle. Aber Beenhakker hatte in den letzten fünfundzwanzig Jahren keine Interviews mehr gegeben. Abe Beenhakker! Der Held meines Vaters!

54

Ich war fast dreizehn, als mein Vater mir die Werke Abe Beenhakkers zum erstenmal zeigte. In Frankreich, wo wir gerade mit der ganzen Familie Ferien machten.

Beenhakker lebte schon seit langem mehr im Ausland als in seinem eigenen Land und verbuchte dort mit seinen Radierungen, Ölgemälden und hin und wieder auch Skulpturen einen Erfolg nach dem anderen. So wurde ihm auch in St. Paul de Vence eine Ausstellung gewidmet.

Meine Eltern bewunderten Abe Beenhakker sehr. Es war schon eigenartig, wenn einem Niederländer von der scheinbar doch viel objektiveren, weil ausländischen Außenwelt soviel Achtung gezollt wurde, aber das war nicht der Grund, weshalb meine Eltern ihn so sehr bewunderten. Seine Werke spielten auf Gefühle und Erfahrungen an, die mein Vater auch kannte – etwas, das aus Krieg und Gewalt, Angst und zugleich Stärke hervorging. Irgend etwas in der Art. Aber das wußte ich damals noch nicht, ich sah nur die In-sich-Gekehrtheit meines Vaters und die Fieberhaftigkeit, mit der er der Ausstellung nachjagte. Das muß mir unbewußt gesagt haben, womit das Ganze zu tun hatte.

Die Ausstellung sollte nur noch zwei Tage dauern, als wir in Paris, auf Durchreise Richtung Süden, davon lasen, wir mußten uns also beeilen, um noch rechtzeitig dort zu sein.

Am darauffolgenden Tag kamen wir bis nach Valence, wo wir übernachteten, und von Valence nach St. Paul würde es auch zu schaffen sein, wenn wir früh aufbrachen, so daß wir gerade noch zum letzten Tag der Ausstellung dort sein könnten. Meine Eltern hatten außerdem eine Verabredung mit Freunden getroffen, die gerade dort in der Nähe Urlaub machten. Bei denen konnten wir die darauffolgende Nacht unterkommen. Ein ziemliches Programm, auf das sich mein Vater unter normalen Umständen niemals eingelassen hätte, doch der Druck, nur ja die Ausstellung nicht zu verpassen, erfüllte ihn mit einer Art weinerlicher Hast.

Diese Hast muß schuld gewesen sein.

Wir hatten in einem noch schlafenden kleinen Nest fünf *chaussons de pomme* und drei *éclairs* eingekauft, weil meine Eltern immer ganz süchtig danach wurden, sobald wir die französische Grenze überquert hatten, obwohl mein Vater, sonst meist sehr an französischen Bäckereien interessiert, selbst das als unnötige Verzögerung betrachtet hatte.

Der Zusammenstoß war sicher Folge dieser Ungeduld.

Der Knall, als mein Vater den geparkten Wagen rammte, war eher wieder verstummt als das Hallen seiner Flüche. Dabei war er mit ziemlichem Karacho gegen den schönen roten Mustang gefahren.

Am schlimmsten war, daß wir, als sein Fluch noch widerhallte und der Knall verebbt war – ein scheußlicher Traum –, nicht alle zusammen draußen standen, um weinend den Schaden in Augenschein zu nehmen. Nein, wir rasten in noch blindwütigerem Tempo durch das kleine Nest mit seinen schlafenden Autos weiter in Richtung St. Paul. Wir wagten nicht, uns umzudrehen, obwohl ich im Vorbeifahren aus dem Augenwinkel heraus gesehen hatte, daß sich die schön gerundete und hell leuchtende Röte des Mustang in ein jämmerliches Craquelé verwandelt hatte. Meine Mutter schrie, daß sie aussteigen werde, wenn mein Vater weiterfahre. Aber er fuhr weiter.

Panik verbreitete vor allem die seltsame, starre Angst, die den Füßen meines Vaters Flügel zu verleihen schien, wenn es in diesem Fall auch eher Bleiflügel waren: sein Bleifuß auf dem Gaspedal.

»*Kein Schadenfreiheitsrabatt!*« Ich wußte nicht, was das war, aber es mußte wohl von kosmischer Bedeutung sein, wenn es meinen Vater derart außer sich brachte. Die plötzliche Erkenntnis, wie schrecklich unvollkommen das Auftreten meines Vaters war, war ein größerer Schock für mich, als mir im ersten Moment bewußt war. Zuerst die eigenartige, wütende Hast, Beenhakkers Kunst zu sehen zu bekommen, die uns genötigt hatte, schneller als hundertzwanzig Stundenkilometer – die meist lautstark verteidigte Höchstgeschwindigkeit – zu fahren, und dann diese furchterregende, panische Flucht, nachdem er dieses Auto gerammt hatte. Was für ein Glück, daß wir nicht direkt vor der Tür von dieser Bäckerei gestanden hatten, sondern ein Sträßchen weiter, wo niemand unsere wahnwitzige Aktion hatte sehen können.

Und wie schroff er meine Mutter anschnauzte – wo er doch im Unrecht war! Es war alles gleichermaßen unbegreiflich und abscheulich. Aber der eigentliche Schlag sollte erst noch kommen: Sogar bei Katastrophen gab es Rangordnungen. Nämlich als sich herausstellte, daß mein Vater lügen und etwas vortäuschen konnte, wenn er Angst hatte.

Denn alles ging weiter wie geplant.

Starr vor Angst und Schrecken kamen wir beim Museum von St. Paul an, das wir unter normalen Umständen niemals gefunden hätten. Die Panik hatte nicht nur den Füßen meines Vaters Bleiflügel verliehen, sondern ihn beim Fahren ausnahmsweise auch mit einem gut funktionierenden Kompaß ausgestattet. Wie ein Roboter stieg er vor der Fondation Maeght aus dem Wagen, würdigte die vordere Stoßstange keines Blickes und ging uns autoritär voran.

»Kommt«, gebot er ungehalten. »Nicht hinsehen!«

Aber ich konnte es nicht lassen und schaute mich heimlich um, obwohl ich, wenn auch nicht von ihm, Strafe fürchtete. Keine Stoßstange mehr, sondern ein plattgedrucktes Gerippe, die Vorderseite unseres nagelneuen Simca zugerichtet wie ein angeschlagener Boxer – vor Schreck bekam ich eine ganz salzige Kehle.

Bei der Ausstellung (ich sah in allen Gemälden und Radierungen Gefahr, Gewalt und Verderben und fand das seltsamerweise auch noch tröstlich) trafen meine Eltern zu allem Übel und wie es der Zufall wollte auch noch ihre Freunde, die mit ihren Kindern, welche etwas älter waren als wir, ebenfalls den letzten Ausstellungstag genutzt hatten – mit der Hoffnung im Hinterkopf, daß sie uns dort treffen würden. Ich hielt das für ein seltsam gefährliches Wiedersehen.

Die Freude und Überraschung der Erwachsenen wirkten gleichwohl groß und echt. Meine kleine Schwester und ich grinsten die größeren Kinder vage an, machten aber keine Anstalten, uns mit ihnen zu unterhalten.

Zu normalen Zeiten wäre das alles genau so gewesen, wie ich es mir wünschte: ganz Verheißung von Restaurantbesuch und unendlich spätem Ins-Bett-Gehen. Jetzt war es eine Kriegssituation – nichts war sicher. Vielleicht mußten wir im Anschluß hieran weiterfliehen, um der Polizei zu entgehen. Ich hörte überall Stiefel und scheppernde Maschinenpistolen, wie in den gehaltvollen Jugendbüchern, die ich neuerdings las.

Um niemanden ansehen zu müssen, widmete ich mich lange und ernsthaft der Betrachtung einer Skulptur. Es war ein Fuß, ein kleiner, zerbrechlicher Fuß, der mich, je länger ich ihn betrachtete, immer unruhiger machte. Der Knöchel war irgendwie zerfranst, und der Knochen stak für meine Begriffe viel zu stark heraus. Als mir aufging, daß das wohl auch beabsichtigt war, kamen mir plötzlich Milchkaffee und Croissant, die ich vor Urzeiten zum Frühstück gegessen hatte, wieder hoch. Ich rannte, erreichte auch die rettende Kloschüssel, doch dann geschah nichts. Ich blieb ein bißchen darübergebückt stehen, während mir in hohem Tempo erschreckende Erkenntnisse durch den Kopf schossen.

Als ich mir, ganz zermartert von der Grübelei, schließlich die Hände wusch, hörte ich sie. Meines Vaters Stimme klang hoch und atemlos, während er von irgend so einem verflixten Mistkerl erzählte, der sein Auto beinahe *zu Schrott gefahren* habe, als wir alle in einer Raststätte auf der Toilette gewesen seien. Der Übeltäter sei einfach weitergefahren, stellt euch das mal vor!

»Hast du dir sein Kennzeichen notiert?« war der empörte Freund meines Vaters zu vernehmen.

»Nein, wir waren ja alle gerade in dieser Raststätte. Unglaublich!« Und lakonisch, tausendmal lakonischer, als er es je gewesen wäre, wenn so etwas tatsächlich passiert wäre, fuhr er fort, mein eigener Vater: »Na ja, hoffentlich erstattet die Versicherung einen Teil davon zurück.«

Ich wartete hinter der Tür zu den Toiletten, bis sie weitergegangen waren. Dann ging ich langsam zu der kleinen Gesellschaft zurück.

Seltsamerweiser war jetzt, da ich wußte, wie die Geschichte lautete, alles leichter. Ich würde diese Geschichte mit Zähnen und Klauen verteidigen.

Am selben Abend gingen wir doch noch alle im Restaurant essen. Meine Eltern schliefen dann in einer Gästekabine im Garten, und wir in einem Zelt. Es war eigentlich ganz schön. Meine Eltern führten mit den Freunden noch ein langes, angeregtes Gespräch über Israel. Ich war beinahe froh für meinen Vater, daß er sich hatte ablenken und seine Sünden damit vorübergehend hatte vergessen können. Zugleich hatte aber auch meine Enttäuschung zugenommen.

Ich war noch froher, als wir am nächsten Morgen ziemlich früh wieder in unser Wrack steigen konnten, ohne daß irgendwer die Wahrheit verraten hatte. Die Freunde hatten dabeigestanden, und alle hatten noch eine Viertelstunde lang über den Mistkerl gewettert, der die Schandtat auf dem Gewissen hatte. Der einfach weitergefahren war!

Mein Vater trug ein eigenartiges neues Oberhemd, rot, ich werde das nie vergessen. Seit dem Vorfall vom vergangenen Tag hatten wir untereinander noch kein einziges Wort gewechselt. Die gesamte Kommunikation war über die Freunde gelaufen. Das wurde mir bewußt, als wir erst einmal fuhren, obwohl sich meine Eltern in ihrer Kabine natürlich mächtig gestritten haben konnten. Ihr Schweigen lastete jedenfalls bleischwer.

Ungefähr zwanzig Kilometer nachdem wir die Autobahn Richtung Ventimiglia gefunden hatten, schloß plötzlich ein Polizeiwagen zu uns auf. Ohne Blaulicht. Ganz ruhig. Wir sollten anhalten, bedeutete uns der Uniformierte.

»Mein Gott!« keuchte mein Vater.

Alles, was durch die Lügen und den Anschein von Normalität noch einigermaßen aufrechterhalten worden war, stürzte nun doch noch in sich zusammen. Der Schweiß rann ihm in Strömen über die Stirn und, wie wir von der Rückbank aus gut sehen konnten, unter dem wenigen Haar den Nacken entlang. Er war jetzt alles andere als barsch. Hinter dem Lenkrad schrumpfte er, sah ich mit Schaudern, zu einem kleinen, bangen Männlein zusammen, und an Flucht war nicht mehr zu denken.

Ich platzte, nein, ich krepierte vor Mitleid.

Er hielt an. Der Polizist sagte, daß jemand gesehen habe, wie er ein Auto angefahren habe. Das Kennzeichen sei notiert und überprüft worden. Er müsse unsere Personalien aufnehmen, wir würden in den Niederlanden dann weiteres hören.

Der gesenkte Kopf meines Vaters, seine uneingeschränkte Kooperation.

Als wir eine Stunde später weiterfuhren, weinte meine Mutter. Sie sagte etwas im Sinne von schlechtestes Vorbild der Welt.

Mein Vater hörte sich schauderhaft schuldbewußt an, ganz leise und ganz klein: »Kinder, ich sage euch jetzt etwas sehr Wichtiges. Was ich gestern getan habe, war falsch. Ich hoffe, daß ihr mir vergebt. Es war von Grund auf falsch. Ich werde so etwas nie wieder tun. Es war von Grund auf falsch und ganz, ganz schrecklich. Es tut mir leid.«

Da weinten wir alle zusammen, nahmen uns bei den Händen und drückten meinen Vater abwechselnd so fest wie möglich. Er war unser Vater, und er mußte stark sein wie ein Baum. Aber er roch wie ein verschwitztes Kind und weinte auch noch.

Von der nächsten Raststätte aus rief er seine Freunde an. Um ihnen die ganze Geschichte zu erzählen, wie sie sich wirklich zugetragen habe, hatte er uns angekündigt. Ich sah seine schuldbewußte Miene, seinen gesenkten Kopf, während er in dieser engen Zelle sprach, die Schweißflecken auf diesem eigenartigen roten Hemd.

Sauber. Das Gewissen müsse wieder sauber und rein werden. Für ihre Kinder, sagte er. Diese Kinder dürften nicht mit seinen Lügen als Wahrheiten im Kopf aufwachsen. Ich hätte ihn am liebsten aus dieser Zelle herausgezerrt. Was ging denn das diese Freunde an?

Daß wir es wußten, war schon schlimm genug.

55

Schon die Telefonate mit jungen Autoren hatte ich enervierend gefunden, aber Kontakt zu diesem Giganten herstellen zu müssen, das versetzte mich geradezu in Furcht und Schrecken. Ich kannte Beenhakkers Nummer schon bald auswendig. Fünfzigmal wählte ich sie bis auf die letzte Ziffer und legte dann jedesmal rasch den Hörer wieder auf. Schließlich war ich völlig erschöpft, wußte aber, daß es jetzt oder nie zu geschehen hatte.

Also hielt ich den Atem an, stieß ihn pfeifend aus, dachte konzentriert an nichts und wählte die vollständige Nummer.

Ich spürte, wie mein Herz einer schweren Turbine gleich auf Touren kam. Ich hörte es in einer Tiefe meines Innern schlagen, die meine Lungen zu einem Vakuum leerzusaugen schien. Mir stockte der Atem, als ich hörte, wie am anderen Ende der Leitung abgenommen wurde.

»Beenhakker.« Eine helle, bedächtige Stimme, die ganz nah klang.

»Hier Edna Mauskopf«, murmelte ich. Meine Stimme schien vom Vakuum aufgesogen zu werden.

»Wer bitte?«

»Edna Mauskopf!« plärrte ich.

Geschrien war mein Name noch schlimmer als geschrieben. Warum schrie ich so?

»Ja?« Er war offenbar ein bißchen taub. Jeder andere hätte aufgelegt.

»Ich habe mir gedacht, äh, ich arbeite bei der *Zuiderkrant* und äh…«

»Wo?« Die Stimme klang jetzt wirklich verstört.

»Der *Zuiderkrant*«, sagte ich mit einem Seufzer, aber entschieden. »Ich arbeite bei der *Zuiderkrant*, und man hat mich gebeten, ein Interview mit Ihnen zu machen, äh… weil mir Ihre Werke so gut gefallen.«

Eisige Stille, irgend etwas Großes fiel auf der anderen Seite der Leitung herunter.

»Verdammt noch mal, kannst du denn nicht aufpassen«, hörte ich. Ha, Flüche waren vertrautes Terrain. Ich beschloß weiterzureden. Über mich selbst jetzt.

»Ich dagegen habe auf der Kunstakademie nur ein großes Eisenmonstrum zustande gebracht. So häßlich, daß es wirklich eine Zumutung war. Ich meine, man konnte die Leute damit peinigen, mit meinem Produkt. Geistig, meine ich…«

Ich verstummte. Verzweifelt mußte ich mir eingestehen, wie unsäglich das war, daß ich dummes Zeug redete, aber Stille war lebensgefährlich, gefährlicher als solches Gefasel. Wie still es ohne meine Stimme war.

»Wie alt sind Sie?«
»Wie bitte?«
»Wie alt Sie sind...«
»Dreiundzwanzig.«
»Und Sie wollen ein Interview mit mir?«
»Ich werde Sie auch wirklich nichts fragen, worüber Sie nicht sprechen wollen. Es geht wirklich nur um das, was Sie machen. Ich verfolge Ihre Arbeit schon so lange... Haben Sie Zeit?« Das war ein Versuch, zur Sache zu kommen, ohne die Wärme in meiner Stimme zu verlieren.
»Sie wissen, daß ich keine Interviews gebe.«
»Nein, aber...«
Er klang ermüdet: »Warum rufen Sie dann an?«
»Warum nicht? Sie könnten Ihre Meinung ja geändert haben. Vielleicht gelingt es mir ja, Sie umzustimmen. Die *Zuiderkrant* ist eine kleine Zeitung. Sie können das Ganze als ein Gespräch mit einer interessierten Kunstliebhaberin, einer Bewunderin auffassen.«
»Sie hören sich wirklich sympathisch an. Aber ich habe keine Lust, mich aushorchen zu lassen. Interviews sind eine Form von Diebstahl.«
Er schwieg. Ich schwieg ebenfalls.
»Welche Schuhgröße haben Sie?«
»Welche Schuhgröße...? Äh... Siebenunddreißig.«
»Kleine Füßchen also. Hmm...«
Jetzt fühlte ich mich plötzlich nackt und wie ein kleines Mädchen, schwächlich und überrumpelt. Ich versuchte, Entrüstung zu empfinden. Es gelang mir nicht; dieses Interesse an meinen Füßen hatte etwas Erregendes. Füßchen. Ich erschauerte. Auf was ließ ich mich da ein?

»Ich gebe keine Interviews, auch Ihnen nicht. Aber ich bin am Freitag zu einer Vorbesprechung mit den Leuten, die meine Ausstellung ausgerichtet haben, in Antwerpen. Unheimlich nette Leute. Danach muß ich vor allerlei Kritikastern einen Vortrag halten. Dorthin könnten Sie natürlich jederzeit kommen. Wer sollte Sie daran hindern, da Sie doch von der Presse sind und eine Bewunderin meiner Arbeit.«

Ich konnte ihm gerade noch entlocken, wohin ich zu kommen hatte.

Einen Augenblick lang saß ich mit dem Hörer in der Hand da und starrte abwesend vor mich hin. Dann rief ich Wim an, um ihm zu erzählen, daß ich am Freitag ein Interview mit Abe Beenhakker machen würde. Er solle doch bitte Reise, Hotel und Abendessen organisieren. Wim dürfte nach Luft geschnappt haben, wie es dem dummen Fisch ähnlich sah, aber er ließ sich nichts anmerken.

56

Ich trug einen weiten roten spanischen Rock in der Erwartung, daß ihn das, da er in Spanien lebte, milde stimmen werde, ein tief ausgeschnittenes schwarzes Seidenshirt und darüber einen schwarzen Blazer. Den konnte ich zuknöpfen, falls ich ins Nachtleben hinausmußte. Offen strahlte er lässige Überlegenheit aus. Außerdem hatte er eine praktische Innentasche mit Reißverschluß, in die ein Mini-Aufnahmegerät hineinpaßte.

Beenhakker hatte, wie sich zeigte, bereits mit seinem

Vortrag begonnen. Als ich die Tür zum Saal öffnete, sah ich ihn am Mikrofon stehen. Er ließ sich gerade in ernstem Ton über das künstlerische Leben in den Niederlanden aus und imitierte dabei die Königin. Im Saal wurde gekichert, und ich war irgendwie beruhigt und aufgeregt zugleich, so als wäre ich ein bißchen verliebt.

Seine kleine Rede lag in gedruckter Form für die Presse aus, so daß ich mich wieder zur Tür hinausschlich. Ich fand einen Kaffeeausschank und bereitete mich dort seelisch auf das bevorstehende Gefecht vor, indem ich tief Luft holte und ausgiebig gähnte.

Eine Stunde später reihte sich eine lange Schlange vor dem Buffet, wo Matjes und Mayonnaisensalate serviert wurden. Unter lebhaftem Geplauder stopften sich Kunstbeflissene und Künstler jeder Machart und Größe den Rachen voll. Beenhakker unterhielt sich mit einer großen, platinblonden Frau, die ganz in schwarzes Leinen gekleidet war und an jedem Arm mindestens zehn Silberarmreifen trug. Er war kleiner als sie, obwohl er recht stattlich gebaut war. Um sie ansehen zu können, mußte er den Kopf leicht in den Nacken legen. Er sah verschwitzt aus, und an einem Ärmel seines alten blauen Jacketts war hinten ein Mayonnaisefleck. Den konnte er unmöglich selbst gemacht haben, irgendwer mußte ihn mit triefendem Teller angestoßen haben. Ich spürte, wie mich ein gewisser Beschützerdrang überkam. Die Frau nickte ihm zum Abschied redend und breit lachend zu, Beenhakker nickte kurz zurück und schaute, wie ich sah, sehnsüchtig zu den Gläsern mit Weißwein hinüber.

Ich erkannte, daß ich jetzt rasch handeln mußte. Gerade wurde ein Tablett mit Gläsern herumgereicht.

»Zwei Weißwein bitte«, sagte ich auf gut Glück. Als ich aufschaute, stand er vor mir, Beenhakker.

»Wer ist der Glückliche?« fragte er neckend.

Seine Stimme war total anders als am Telefon. Es war die Stimme eines alten Charmeurs, und ich begriff sofort, daß ich mir diese Stimme möglichst erhalten mußte. Als Journalistin der *Zuiderkrant* würde mir das vielleicht nicht gelingen. Also traf ich in Sekundenschnelle eine folgenschwere Entscheidung.

»Äh... ich habe großen Durst, wie Sie sehen«, antwortete ich, während ich ihn wenig respektvoll, aber so anziehend wie möglich angrinste.

Es war offenbar die richtige Art von Grinsen. Er grinste zurück.

»Dann werde ich Ihnen gleich noch eins holen, darf ich?« Und er nahm mir das zweite Glas ab und stieß mit mir an.

Da standen wir nun.

»Was für ein Affentheater«, sagte er. »Bei meiner ersten Ausstellung hier in Antwerpen, 1975, haben sie noch geschrieben, ich hätte meine Leinwände lieber nicht als Palette mißbrauchen sollen. Und jetzt, da ich in den Staaten und in Japan Erfolg habe, wimmeln sie um mich herum wie Läuse auf 'nem Kuhschädel.«

1975 sei ich noch ein unschuldiges Schulmädchen gewesen, entgegnete ich. Ich erzählte ihm, welche Bilder von ihm mir besonders gefielen und wie schockierend ich diesen Fuß gefunden hätte. Daß ich mich beinahe hatte übergeben müssen, verschwieg ich vorsichtshalber. Daß ich beinahe geweint hätte, nicht.

»Geweint, na so was«, sagte er langsam. »Sie sind also damals in St. Paul gewesen. Diesen Fuß habe ich sonst nirgendwo mehr ausgestellt.«

Trotz seines mächtigen Kopfes mit dem gekrauselten, grau werdenden flachsblonden Haar sah er mich aus seinen weiten Kinderaugen einigermaßen wehrlos an. Ein sentimentaler Bär mit Launen. Ein bekannter Typus.

Mit autoritärer Geste nahm er mich beim Ellbogen und führte mich zu einem kleinen Tisch. Ich erzählte ihm, was ich sonst noch von ihm gesehen hätte, und legte so etwas wie eine Prüfung ab – ich bin in Prüfungen schon immer ziemlich gut gewesen. Ich fühlte mich ganz wohl in meiner kunstkritischen Vermummung. Als wir uns gesetzt hatten, sah ich mit Wohlgefallen, daß seine Augen fest und weit geöffnet auf mich gerichtet waren. Ich hatte in der letzten Zeit also doch etwas gelernt.

Ebenso galant und amüsiert wie zum Einstieg unserer Begegnung sagte er: »Nehmen Sie es mir nicht übel, Sie wissen offenkundig sehr genau, wer ich bin, aber darf ich erfahren, wie Sie heißen?«

»Oh, Entschuldigung. Sagen Sie doch bitte du zu mir. Edna. Edna Mauskopf.«

Diesmal flüsterte ich es beinahe, als würde sein Gedächtnis dann weniger angeregt.

Beenhakker schwieg. Er dachte nach. Vielleicht erinnerte er sich doch an etwas? Nein. Nicht wirklich: »Was für ein ulkiger Name. Den habe ich ja noch nie gehört. Kommt deine Familie etwa aus Deutschland?«

»Ja, mein Vater«, sagte ich schnell. Das war jetzt aber eine zu komplizierte Geschichte, als daß ich sie hätte erläutern können. Jüdisch-deutsch ist deutsch, aber irgendwie auch wieder nicht. Ich verspürte ein großes Bedürfnis, ihm alles über meinen Vater zu erzählen, aber ich beherrschte mich. Daß er aus Deutschland hatte fliehen müssen, bevor die Deutschen ihn und seine Familie verhafteten. Daß er in den Niederlanden schließlich doch noch von Niederländern, die mit ebendiesen Deutschen kollaborierten, abgeholt und nach Polen deportiert worden war. Alles Dinge, die Beenhakker nichts angingen. Oder doch? Ich geriet ein wenig in Verwirrung. Seine großen Pranken mit diesen kurzen Fingernägeln, die lenkten mich ab. Ich fühlte, wie sie sich um meine Füße, meine Füßchen, Größe siebenunddreißig, schlossen. Ich fröstelte vor Selbsthaß, wie konnte ich nur!

»Aha«, sagte er und nickte kurz.

Und dann, feierlich: »Edna Mauskopf, gehst du heute abend mit mir essen?«

57

Bis zu unserer Verabredung waren noch einige Stunden Zeit totzuschlagen gewesen. Es war ein wunderschöner Nachmittag, und wir hatten uns bei der Konferenz wie zwei verschwörerische alte Freunde voneinander verabschiedet, wenn ich auch nicht genau wußte, um welche Verschwörung es ging. Ich fürchtete, um eine ganz gewisse, wollte aber nicht weiter darüber nachdenken. Ich wollte ein Interview, und ich würde ihm meine Fragen stellen, wie auch immer. Je weniger er mir glaubte abschlagen zu können, desto besser. Und vorläufig brauchte er auch absolut nicht zu erfahren, daß es um ein Interview ging. Glich nicht ein gutes Interview oft einem intimen Gespräch zwischen zwei Frischverliebten?

Um sieben Uhr abends stand ich vor der Restaurantterrasse seines Hotels, in dem alle untergebracht waren, die irgendwie mit dieser Kunstveranstaltung zu tun hatten. Man saß bei einem Umtrunk unter freiem Himmel zusammen, und mir wurde jetzt erst in seiner ganzen Tragweite bewußt, wie außergewöhnlich es war, daß Beenhakker mit mir ausgehen würde und nicht mit seinen flämischen und niederländischen Kunstbrüdern. Beenhakker stand schon bereit, in sauberem Oberhemd, aber immer noch diesem blauen Jackett. Der Fleck war etwas weniger sichtbar. Doch ob er nun selber daran herumgerubbelt hatte oder die Mayonnaise inzwischen einfach nur gut eingezogen war, ließ sich nicht ausmachen.

Er winkte, als er mich sah, wechselte noch einige Worte mit ein paar Leuten, die an einem Tischchen saßen und Sherry tranken, und signalisierte mir, daß ich in das Taxi, das vor dem Hotel wartete, einsteigen solle.

»Ist Ana nicht da?« rief eine Frau ihm nach.

Ich hörte ihn noch sagen: »Nein, die ist in Spanien, mit meinem Sohn.«

Ich stieg mit einem sündigen Gefühl ob dieser vielleicht arglosen, vielleicht aber auch vielsagenden Frage ein. Es war beinahe so, als würde ich entführt oder leistete Dienste als bezahlte Begleitung. Beenhakker schien das wenig Kopfzerbrechen zu bereiten. Ich sah ihn seinen Freunden zuwinken, ehe er sich zu mir in den Wagen setzte. Sein triumphierender Blick entging mir nicht.

»Puh, was für ein elender Trubel, das Ganze«, sagte er fröhlich.

Er wandte sich ganz mir zu.

»Und, Ednalein, wo möchtest du hin?«

»Keine Ahnung, Hauptsache, es gibt was zu essen«, sagte ich prosaisch. Ich wollte diese schwüle Atmosphäre nicht, jedenfalls nicht sofort. »Ich sterbe vor Hunger.«

Beenhakker kannte ein großartiges Restaurant, schön klein, in einem alten Gebäude an einer breiten Straße ganz in der Nähe eines Platzes. Silberkandelaber, Kristall, viel roter Samt und ein Duft nach frischem Brot, Knoblauch, Butter und gebratenen Vögeln.

Die Ober in Schwarzweiß schnellten herbei, um mir meinen Blazer abzunehmen. Den konnte ich aber angesichts der Elektronik, die sich darin befand, nicht hergeben, und so behielt ich ihn an, obwohl sich in all dem Plüsch der dunkelroten Stühle und des schweren Teppichbodens die Wärme gefangen hatte und mir die ganze Atmosphäre die Schweißtropfen aus den Achselhöhlen jagte.

Abe Beenhakker bestellte ein Bier und einen Jenever für sich, und ich nahm einen eiskalten Wodka, um meine Nerven in Watte zu packen.

»Sooo«, sagte er.

Und ich bemerkte plötzlich, daß auch er verlegen war. Er war so etwas nicht gewöhnt. Was war dieses *so etwas* eigentlich? Was wollte er? Was, glaubte er, wollte ich?

Ich war fest entschlossen, ihn zum Reden zu bewegen. Da fragte es sich, ob es nicht vielleicht besser gewesen wäre, ihm einfach reinen Wein einzuschenken, wo wir nun schon einmal soweit waren.

Beenhakkers Blick war arglos, warm und voller Interesse. Er schaute mir tief in die Augen. Ich sah weg, aber ich hätte auch ganz gern in die seinen geschaut.

»Wollen Sie nicht wissen, woher es kommt, daß ich das eine und andere über Sie weiß?« fragte ich.

»Warst du nicht auf der Kunstakademie?« sagte er. »Du heißt doch Edna Mauskopf?«

Ich nickte, fragend.

»Dann weiß man so was, scheint mir.«

Ich hatte ihn, glaubte ich, richtig verstanden. Doch ich hakte noch einmal nach: »Wieso?«

»Tu nicht so naiv«, sagte er und lachte kurz auf. »Wenn man so einen Namen hat wie du... Aber ich finde es nicht schlimm. So können wir uns doch kennenlernen...«

Ich fühlte mich befreit, wenn auch noch nicht ganz sicher. Aber ich beließ es dabei.

»Schön«, sagte ich.

»Ich habe mich sehr auf diesen Abend gefreut«, sagte er. »Edna Mauskopf! Wenn ich dich unter meine Fittiche nehmen könnte...«

»Was dann?«

»Ich würde dir Bücher zu lesen geben, ich würde ein strenger Lehrmeister sein, wenn du malen würdest.«

»Schreiben würdest«, sagte ich, »ich male nicht, und die Bildhauerei war ein Irrtum.«

»Führung würde ich dir geben. Ich habe natürlich nie gelesen, was du schreibst, aber ich würde dir helfen.«

Mein dritter Wodka war geleert und durch einen neuen ersetzt worden, ohne daß ich es gemerkt hatte. Ein köstliches, eiskaltes Naß.

»Führung?«

Ich spürte, wie mich ein zittriges, weinerliches Gefühl überkam. Führung, ja, das fehlte mir ganz gewiß. Ich wußte nie, für welches Gefühl ich mich entscheiden sollte. Ich konnte so viele verschiedene Gefühle in mir ausmachen, und noch immer wußte ich nie, welches das richtige war, welches Gefühl sich mit diesem mythischen Begriff Intuition deckte. Das, von dem man sich leiten zu lassen hatte, wenn man malte, schrieb, handelte, lebte. Sogar in der Liebe hatte ich mich bis dahin immer für den falschen Instinkt entschieden. Und immer sah ich das erst im nachhinein ein, genau wie bei meinem monströsen Pfahlbau aus Eisen. In seiner ganzen Unbeholfenheit war er eigentlich sehr treffend, er war durchaus als Selbstporträt zu gebrauchen, aber erhebend war das auch nicht gerade. Denn ich war ja die einzige, die wußte, was er darstellte, ein anderer konnte unmöglich etwas dabei empfinden, außer daß er peinlich berührt war.

»Ich würde dich erziehen, ja«, sagte er noch einmal, »ich würde dir helfen.«

Beenhakker erzählte, wie er selbst angefangen habe, nach dem Krieg, als er als Kind, mehr tot als lebendig und ohne Eltern, aus Indonesien zurückgekommen sei, wo er ein Jahr lang in einem japanischen Lager gesessen habe. Er habe Menschen kennengelernt, die schrieben und malten und ohne einen Sou in Paris saßen. Er habe an sein Talent geglaubt, aber das Malen und dieser Glaube seien zugleich auch Mittel gewesen, um zu überleben und imstande zu sein, am Aufbau einer neuen Welt mitzuwirken. So erklärte er seine damalige Besessenheit. Und als er erst einmal so begonnen habe, sei es gar nicht mehr anders gegangen, habe er sich mit weniger Tatkraft nicht zufriedengegeben.

Warum erzählte er das? Ich fühlte mich ertappt. Er wußte etwas – wer ich war –, aber woher? In dem Chaos in meinem Kopf schossen Sätze hin und her, die mir keine Antwort gaben, aber ganz im Hintergrund leuchtete noch die Glut unseres überrumpelnden ersten Aufeinandertreffens, und ich wußte, daß dort die Auflösung liegen mußte, irgendwo dort in dieser Glut zwischen uns.

Er hatte mich überwältigt, es hatte fast den Anschein, als könnte nur seine Stimme noch sprechen, die meine war in der Versenkung verschwunden, hatte sich aufgelöst. Wie ein Magier konnte er mir in die Seele schauen, konnte er erspüren, was mich so lähmte. Immer gelähmt hatte eigentlich, mein ganzes Leben lang, wenn ich es recht bedachte. Ich hörte meine Stimme zu neuem Leben erwachen, sie brach in beinahe unappetitlicher Weise durch eine schreckliche Verstopfung hindurch, aber wegen des Nebels, der mich umgab, konnte ich mich nicht mehr schämen.

»Was meinen Sie, wie jemand aus meiner Generation zu Besessenheit kommen kann, an einen genauso großen Glauben in sich und eine genauso große Lust auf die Zukunft wie Sie?« fragte ich. »Wie werden wir diese ständigen Selbstzweifel los? Wir haben keinen Krieg mitgemacht, keinen Nachkriegsaufbau, wir sind glücklich und verwöhnt, alles habt ihr schon für uns getan. Die Welt ist so schrecklich hart und zynisch, niemand scheint mehr Wert auf Strömungen, Gruppen, geteilte Leiden zu legen. Jeder zitiert aus eigener geistiger Armut, aber trotzdem treffend, weil er aus einem reichhaltig vorhandenen Repertoire schöpfen kann.« Ich kam in Fahrt, obwohl ich wußte, daß alles, was ich sagte, läppische Ausreden und weinerliche Klischees waren, die vor Verwöhntheit nur so trieften: »Eure Vergangenheit, eure Tatkraft lähmen uns.«

Beenhakker stocherte – wütend, abwesend, traurig? – in seinem Bries herum. Er empfand das bestimmt als unerquickliches Lamentieren. Jetzt war ich nicht mehr so, wie er mich sehen wollte, vermutete ich. Das brachte mich auf. Wie er dasaß, mit seinem großen, selbstherrlichen Macho-Ego. Ich verspürte aber auch Mitgefühl. Wie er dasaß, mit seiner Begeisterungsfähigkeit, seiner Kraft, seiner Freude. Konnte nichts dafür. Er nicht.

Ich brach ab, obwohl ich eigentlich noch viel mehr hätte sagen wollen, aber mit dem Wodka stimmte irgend etwas nicht. Daß wir der Generation angehörten, die von dem ausruhe, was die seine so alles bewegt habe. Daß wir Sirup an den Füßen und Brei in den Beinen hätten, solange sie lebten. Wir schwebten in einem Nebel von Möglichkeiten und hätten nur Raum für Witzchen und Schnapsideen und Zitate, was um so bedrückender sei, als in allen Kindern der Wiederaufbauer der ersten Stunde das tiefe Bewußtsein wurzele, daß es besser, echter, schwerer sein *könnte*. Das Leben sei in Wirklichkeit schwerer und schrecklicher. Aber so hätten wir das Leben und die Welt nie kennengelernt, wir hätten nur an unseren Eltern gesehen, daß es so sei, und in den Zeitungen und im Fernsehen. Wir würden uns immer wie leichtsinnige Kinder fühlen, eine kindische Generation.

Abe Beenhakker begriff das sehr wohl, wie er sagte. Stille. Trotz eines fürchterlichen Rauschens, ja fast Donnerns in meinem Kopf.

»Siehst du«, sagte er mit einem Blick aus den weiten braunen Augen, mit dem er mich hypnotisieren zu wollen schien, »Führung brauchst du. Jeder zweifelt am Anfang. Zweifel ist ein guter Ausgangspunkt, ansonsten aber völlig uninteressant.«

Er sei, wie er sei, sagte er, und jeder sei für seine eigene Lebenserfüllung verantwortlich. Er begann von Freunden zu erzählen, bekannten Malern und Schriftstellern – was deren Beweggründe gewesen seien, warum sie machten, was sie machten.

Und während ich mich unterrichten ließ, lief in der Tasche meines Blazers ein winziges Gerät mit, das ich mir erst vor kurzem zugelegt hatte. Batterien und Band liefen dreieinhalb Stunden, ohne ausgewechselt werden zu müssen.

Als Beenhakker von einem Schiff erzählte, auf dem er ein ganzes Jahr verbracht habe, und wie wunderschön das gewesen sei, spürte ich zum erstenmal, wie schwierig es war, eine bestimmte Blickrichtung beizubehalten. Ich versuchte den Blick ein wenig zwischen Abes blauem Jackett, seinem Gesicht und meinem leeren Teller zu verteilen. Doch sobald ich eines dieser Objekte zu lange im Auge behielt, hatte ich das Gefühl, von einer Welle vom Boden gehoben, durcheinandergewirbelt und dann in eine bodenlose Tiefe fallen gelassen zu werden. Zuhören war unmöglich geworden, aufstehen, um zur Toilette zu gehen, ebenfalls. Ich wäre hingefallen. Wenn er doch bloß von diesem Schiff aufhörte!

Als ich die Augen öffnete, sah ich für einen Moment nichts außer etwas Weißem und etwas Grünlichem. Von meiner Nase ging ein merkwürdiger Schmerz aus, und ich spürte kalten Widerstand. Das war auch kein Wunder, stellte ich fest, denn meine Nase lag auf meinem Teller. Ich fühlte, wie Abe mich bei den Schultern faßte und meinen Namen rief: »Edna, Edna! Aber Liebes, was hast du denn? Mein Gott, ich liebe dich! Wie ich dich liebe! Ach, Kindchen, Liebes, wie ich dich liebe.«

Ich erschrak. Was war passiert?

Es schien Stunden her zu sein, daß ich einer Erzählung über ein Schiff gelauscht hatte. Doch je mehr ich mich anstrengte, desto näher rückte sie wieder, und dann wurde mir klar, daß der Alptraum noch in vollem Gange war, daß ich erst vor ein paar Minuten noch auf hoher See gewesen und mich gefürchtet hatte. Für einen Moment war alles gut gewesen, weil weg, ein warmer, schwarzer Schlaf, in dem das zur Verzweiflung treibende Schlingern aufgehört hatte.

Nun saß ich wieder in diesem Schiff, mein Gott, was für eine schwere See, in rasantem Tempo drängte sich das auf, und ich wußte, daß ich aufstehen mußte, sofort, weil sonst ein Unglück geschehen würde.

Mit gesenktem Kopf, gekrümmt, von Beenhakker, der die Arme um mich gelegt hatte, gestützt, ließ ich mich zu den Toiletten schleppen. Blitzschnell öffnete ich eine Klotür und streckte den Kopf über die Schüssel. Gebratene Muscheln, pochierter Lachs mit Brokkoli und soviel unsichtbarer Wodka auf einmal. Alles rauschte, und ich fühlte mich wie ein hilfloses, bibberndes kleines Kind. Nach Hause, nach Hause.

Beenhakker stand draußen vor der Toilette, nahm mich wieder in den Arm, was mich wehrlos machte, einen Blick in den Augen, der erschreckend verliebt war (in wen, warum?) und zärtlicher denn je.

»Komm, ich bring dich in dein Hotel«, flüsterte er.

Wozu war das nötig? Alleine würde ich das auch schaffen. Ich hatte ein großes Bedürfnis nach Reinheit und Stille. Kein Ehrgeiz, kein Verlangen, kein anderer. Ohne ihn würde ich nicht mehr betrunken sein, glaubte ich. Das Betrunkensein gehörte zu seiner Gegenwart, wogte und peitschte, wo er ging. Wenn er blieb, konnte die Verdunkelung in meinem Kopf nicht weggehen. Das war einerseits schön und erregend, andererseits aber auch bedrückend und ermüdend und viel zuviel. Aber er blieb.

Ich entschwebte meinem Körper, gab auf, nahm Abschied, und so konnte ich es mir erlauben, mich im Fahrstuhl an ihn zu hängen. In meinem Hotelzimmer fiel ich wie eine Schlafwandlerin aufs Bett.

»Komm, zieh dich aus.«

Wie ein Vater war er. Oder anders? Ein letzter kleiner Rest von Scham, Besorgnis auch wegen meines elektronischen Blazers. Danach ließ ich mir alles übrige vom Körper streifen, wußte mich nackt, ließ mich ins Bett legen, und im Bruchteil von Sekunden tauchte ich ab, voll und ganz. Ganz? Ja, ganz.

58

Die Sonne machte aus der Welt ein einziges quälendes Fest. Die Weiden mit den Kühen, die Dörfer mit ihren wuselnden kleinen Menschen, alles hatte Tempo und Energie und scherte sich herzlich wenig um mein Leben. Es war eine ansteckende Rhythmik, alles, was mir in der vergangenen Nacht widerfahren war, schien genausowenig mit mir zu tun zu haben wie all diese Menschen, Bäume, Häuser und Autos, die sich vor meinem Zugfenster an mir vorbeibewegten.

Es war, als stünde mein Zug still, und all diese Landschaften und Städte würden von irgendwem mit einem gemeinen Gefühl für Humor an meinem Blick vorbeigezogen, so wie auch die Ereignisse der vergangenen Nacht an mir vorbeizogen, ohne daß ich daran beteiligt war. Ich saß ja in diesem Zug, hinter Glas.

Und wenn ich die Details des vorangegangenen Abends festhalten wollte, um sie wiederzukäuen, um sie zu begreifen und einen Zusammenhang herzustellen, zerfielen sie in kleine Bröckchen schreienden Textes. Mal sah ich den Kopf von Beenhakker, der mir etwas zurief, dann wieder durchlebte ich den Moment, da ich mit diesen Armen um mich, diesem Körper an dem meinen wach wurde, ohne zu wissen, wem sie gehörten. Der Schock war unbeschreiblich gewesen. Der Schrei, den ich ausgestoßen hatte, ebenfalls. Beenhakker. In meinem Bett. Was war um Himmels willen passiert?

»Was ist um Himmels willen passiert?«

Dieser Blick, süß und zärtlich, in einem Gesicht, das im Laufe der Jahre Furchen bekommen hatte, ohne daß ich dabeigewesen war. Ich schwankte zwischen Mitleid, Freude und Abscheu. Er erschrak, verschleierte sein Erschrecken jedoch mit beschwichtigender Zärtlichkeit.

»Edna, du bist so schön.«

»Ich bin überhaupt nicht schön.«

Ich mußte ihn einfach anschnauzen, ich konnte mir nicht helfen: »Ich war krank, betrunken, ich habe geschlafen, was ist passiert?« Ich versuchte, etwas sanfter zu sein.

Er war auch nackt. Himmelherrgott, was war passiert? Fetzen von erotischen Träumen dämmerten herauf, Hände auf meinem Körper, in meinem Körper – das konnte doch wohl nicht wahr sein!

Ich stand auf und verhüllte mich nicht. Das war Macht, denn jetzt war ich schön und gehörte nicht ihm. Niemals. Ich ging ins Badezimmer und schrubbte mich so heiß wie möglich ab. Schon beim Abtrocknen schwitzte ich wieder. Mein Kopf war rot und hämmerte – die Zähne putzte ich, als scheuerte ich einen verkrusteten Herd. Billig, billig. Ich bin billig. Was ist mit mir passiert?

Beenhakker war schon auf, als ich aus dem Badezimmer kam. Wir zogen uns mit einander zugewandtem Rücken an.

»Ed, es ist nichts Schlimmes passiert. Ich habe dich nur angeschaut. Nur angeschaut. Die ganze Nacht.«

Er log, das spürte ich.

»Ich war krank, ich war bewußtlos. Ich glaube, ich bin immer noch krank. Warum bist du eigentlich geblieben? Das war doch gar nicht nötig!«

War ich das, die das sagte? Zu diesem Mann mit den sanften Augen, verlegenen Augen, bangen, lieben Augen? Ich verletzte ihn. Ich berührte ihn kurz, ein linkisches, ohnmächtiges kleines Streicheln über den Arm. Er zog sich, den Fuß auf dem Bett, seinen Socken an und schaute nicht auf.

»Warum wolltest du damals meine Schuhgröße wissen?« fragte ich.

Er antwortete: »Möchtest du, daß ich gehe?«

Merkwürdigerweise war er jetzt kein älterer Mann mehr, und ich kein kleines Mädchen. Als Frau konnte ich ihn verletzen und gängeln. Das war kein übles Gefühl, es war sogar ein ganz natürliches Gefühl, so mächtig und feminin zu sein und stärker als er. Er war nur zehn Jahre jünger als mein Vater, und er log. Durfte ich ihn da nicht verletzen?

»Ich möchte allein sein, glaube ich. Ich muß allein sein, ich weiß nicht...«

Dieses Jackett. Er zog sein Jackett an, das alte Jackett mit diesem Fleck, das plötzlich nicht mehr so unschuldig war. Es war ein verdorbenes Jackett, ein Jackett mit einem Plan, ein Männerjackett mit einem blöden, ekligen Fleck. War es das Jackett eines Ausnutzers, ein verdammtes Drecksjackett, ein Fieslingsjackett? Oder war es ein rührend unbeholfenes Jackett, ein Jackett von jemandem, der aus Verliebtheit handelte, aus Unbesonnenheit, aus Bezauberung? Ein Knopf war lose – nein, seine Brust war nicht anrührend, sondern von sich eingenommen unter diesem zerknitterten Hemd –, also doch ein Dreckjackett. Vor allem, da er jetzt so rasch und sachlich in seinen Taschen fühlte, ob er sein Portemonnaie noch habe, um seinen nächsten Bestimmungsort ansteuern zu können. Oder war es Verlegenheit, wagte er den Blick nicht zu heben? Schaute dann doch auf, mit seinen weiten Augen, traurig und aufgekratzt zugleich, ein Blick, der Bände sprach. Wie gern ich gehört hätte, was er dachte! Und was jetzt? Ließ er mich einfach hier zurück? Das war auch unerträglich.

Ich stopfte alles in meine Tasche und stand mit ihm gleichzeitig an der Tür. Gemeinsam gingen wir hinaus.

»Es ist wirklich nichts passiert, Edna; wenn ich gewußt hätte, daß du nicht wolltest, daß ich bleibe...«

Aufrichtig? Enttäuschung? Langeweile? Hatte er ein Abenteuer mit einem jungen Mädchen gewollt? Mal kurz losgelassen und hops? Wie oft machte er so was?

Vor dem Hoteleingang verabschiedete ich mich.

»Vielen Dank für das Interview«, sagte ich und sah ihm kurz direkt ins Gesicht. Dann klemmte ich mir meine Tasche fest unter den Arm, um besser davonsprinten zu können.

59

Das Ganze war so peinlich gewesen, daß ich erst am nächsten Tag in der Redaktion anzurufen gewagt hatte.

»Es ist kein gutes Interview geworden«, hatte ich zu Wim gesagt. »Ich kann nichts damit anfangen.«

»Was?« hatte er geschrien. »Du hast den Mann soweit gekriegt, und dann verpatzt du's? Ehe ich *dir* wieder einen Auftrag gebe...«

Ich sah ihn geradezu die verspannten Schultern hochziehen.

Die Kollegen hatten mich am Tag darauf kühl gemustert, die hatten von Anfang an nicht sehr viel von dem ehrenvollen Experiment gehalten. Sie versuchten, aus mir herauszubekommen, was denn schiefgelaufen sei. Aber ich blockte alles ab und sagte nur, daß er launisch gewesen sei und einsilbige Antworten gegeben habe. Ich war mir sicher, daß ich zu nichts taugte, zu rein gar nichts. Am besten, ich ginge weg, machte irgendwo anders ein Praktikum, verreiste. Ich war todmüde.

Ich meldete mich krank. Ich war auch krank – wie zur Erlösung bekam ich eine schwere Grippe.

Nach zwei Tagen läutete das Telefon. Es war mein Chefredakteur.

»Edna, es hat jemand für dich angerufen. Sagt dir der Name Abe Beenhakker etwas?« Er lachte. »Er wollte deine Telefonnummer und deine Adresse haben. Er ruft wieder an, hat er gesagt. Soll ich sie ihm geben, wenn er wieder anruft, oder nicht? Mensch, Edna, was zum Teufel hast du angestellt? Was hast du mit dem Interview gemacht, er klang überhaupt nicht launisch. Kannst du nicht versuchen, doch noch etwas daraus zu machen? Und wenn er nur ja und nein sagt...«

»Ich bin krank.«

»Das weiß ich doch. Aber du wirst auch irgendwann mal wieder gesund, oder? Soll ich ihm nun deine Adresse und deine Telefonnummer geben oder nicht?«

»Mein Gott. Dann tu's eben.«

Er rief nicht an. Statt dessen stand am nächsten Morgen ein Mann vom Blumenhaus mit vierzig Rosen vor der Tür. Daran hing ein Kärtchen.

Mein lieber Schatz. Ich hörte, daß Du krank bist. Werd bald wieder gesund. Ich muß immer an Dich denken. Mein Kopf ist voll von Edna. A.

In meinen alptraumartigen Fieberphantasien sah ich immer wieder Beenhakkers Gesicht dicht an dem meinen.

»Ich liebe dich, Edna. Ach, wie ich dich liebe.«

Nach einer Woche war das Fieber vorüber. Bleich und

ausgehöhlt lag ich morgens im Bett und schaute auf meine Tasche. Es war soweit.

Ich stellte den kleinen Recorder an.

Anfangs war es weniger schlimm, als ich gedacht hatte. Beenhakker erzählte vor allem zu Beginn viel von seiner Vergangenheit, über die Atmosphäre der fünfziger und sechziger Jahre, als er mit seiner Malerei begonnen hatte. Er sprach, als lege er ein zusammenfassendes Geständnis ab, als habe er beschlossen, soviel wie möglich preiszugeben, als sei er mir Rechenschaft schuldig.

Meine Einwürfe waren einigermaßen unzusammenhängend, doch mit welcher Umsicht, mit welchem Respekt er darauf einging! Die anrührende und doch so ärgerlich machende Stimme hielt an, wurde kurz von meinem wirren Gerede – über mich selbst, wohlgemerkt – unterbrochen und fuhr dann wieder fort, ganz und gar nicht so penetrant, wie ich sie in Erinnerung hatte.

So allmählich packte mich die Aufregung. Das konnte eigentlich ein tolles Interview werden! Doch dann machte ich mir sofort wieder bewußt, daß das nicht ging. Daß ich sein Vertrauen in unverzeihlicher Weise enttäuschen würde, wenn ich das hier publizierte. Er wußte ja, wer ich war. Er hatte bei der *Zuiderkrant* angerufen.

Auf dem Band war noch eine halbe Stunde Spielzeit. Ach du Schande, da war wieder meine Stimme zu hören. Ich stolperte über die eigenen Worte, ich lallte, ich mußte zu dem Zeitpunkt schon ziemlich betrunken gewesen sein. Und dann wieder er. Er erzählte von dem Schoner, auf dem er zwei Monate über den Indischen Ozean geschippert war. Ein dumpfer Aufprall wurde laut. Beenhakkers Stimme hielt noch kurz an, weit weg jetzt, gedämpft, und dann hörte man plötzlich ganz nahe: »O Gott. Was ist denn, um Himmels willen? Edna? Edna? Aber Liebes, was hast du denn? Mein Gott, ich liebe dich!«

Ich hörte mich stöhnen. Was für ein scheußlich tierischer Laut.

Und da war er wieder: »Wie ich dich liebe. Ach, Kindchen, Liebes, wie ich dich liebe.«

Ich spürte, wie mir kalte Schauder über den Rücken liefen. Jetzt kam's. Ich hörte mich aufstehen, gehen, ein Geräusch, als scheuere Sand am Aufnahmegerät. Dann hörte ich, wie ich mich übergab, ein höchst unerquickliches Geräusch. Ich hörte die WC-Spülung und allerlei Rauschen und Rumoren. Stadtgeräusche. Stöhnen. Flüstern, war das Beenhakker? Eine Tür. Heftiges Rauschen. Ganz im Hintergrund allerlei Getrappel von Schritten, Gemurmel und wieder heftiges Rauschen. Stille.

War das Band zu Ende?

Nein. Noch eine Viertelstunde.

Ich hörte plötzlich Beenhakkers Stimme, von weither.

»Schlaf nur, meine Kleine, schlaf... Schlaf nur...« Wie lieb.

Und dann hörte ich dieses Keuchen.

Natürlich hatte ich vermutet, befürchtet, daß etwas passiert war. Aber die vagen Erinnerungen und Träume danach hatten bisher alles erträglich, weil irreal gemacht. Mein Bewußtsein hatte die ganze Zeit einen unwirklichen Tanz zwischen Bedrücktheit und Lust aufgeführt, das heißt: Den Lustgefühlen folgten Verärgerung und ein schwer zu erklärendes Angewidertsein, eine Empfindung, als müsse ich meinen Körper ausziehen, entfernen, ausradieren. Und wenn ich damit fertig war, kam stets wieder diese Lust, und alles begann von vorn. Aber jetzt? Die Lust war verebbt, nun, da es kein Traum mehr war, sondern Wirklichkeit und böser Ernst. Und was blieb, war nur der Abscheu. Und die Entwürdigung. Edna und ihr Körper, zwei Wesen auf Kriegsfuß miteinander. Wer war es, ich oder mein Körper, der einen Mord begehen wollte? Wir kochten jedenfalls beide vor Wut, und das verbrüderte.

Es wurde ein schönes Interview. Obwohl ich den ironischen Ton der Interviewerin auf Wims Weisung hin im nachhinein ein wenig abschwächen mußte. Ansonsten war er völlig baff und ganz aus dem Häuschen vor Begeisterung. Ich hätte Talent, sagte er. Es wurde ganz groß herausgebracht, mit Fotos von Abes Arbeiten und einigen sehr alten von ihm selbst. Mein Name stand deutlich lesbar darunter, es war das erste Mal, daß ich ihn so sah, diesen Schreinamen. Aber ich war nicht stolz.

Nicht einmal als das Interview überall auf dem Ladentisch lag – es wurde von einer großen Wochenzeitschrift angekauft –, verspürte ich Stolz, obwohl der sich insgeheim schon einen Platz irgendwo in meinem Kopf erobert hatte. Je weniger mein Name unter diesem Artikel dann im Laufe der Zeit mit mir selbst zu tun hatte, desto besser begann ich mich dabei zu fühlen, und am Ende war ich dann doch noch ein bißchen stolz. Es gefiel mir schon, daß jeder mich lobte (»Verdammt gutes Interview, Ed, wie hast du den Mann bloß soweit gekriegt?« – Wenn du wüßtest, dachte ich), und ich bekam plötzlich auch Angebote von großen Blättern.

Irgend etwas begann ein Eigenleben zu führen. Nicht nur der Artikel. Ich auch.

Daß ich im übrigen vor allem Heimweh hatte, eine wirre, schmerzliche Sehnsucht nach Familie und Vertrauen und Arglosigkeit, brauchte niemand zu wissen. Ich war mir selbst nicht einmal so ganz darüber im klaren, daß dieses herbstliche, kindliche Heimweh mit Samuel zu tun hatte.

Schon wieder einmal.

60

Anderthalb Monate später erhielt ich mit der Post außer den üblichen deprimierenden Kontoauszügen unversehens auch einen Geschäftsbrief mit dem Logo eines bekannten kommerziellen Fernsehsenders.

Scheußlich grell, bunt und nach Werbung sah das Kuvert aus. Aber es war *zugeklebt*, ziemlich höckerig, und die Rückseite war weiß und chic, was darauf hindeutete, daß dieser Brief speziell an mich gerichtet war. Ich bohrte den Mittelfinger in das Kuvert und riß es auf, während mir wie einem kleinen Kind das Herz vor Spannung im Hals klopfte.

Die Anrede des Briefes lautete »Sehr geehrte Edna Mauskopf«, und er war untendran mit Tinte vom Chef einer großen Sendestation unterzeichnet, dessen Name wirklich irrsinnig bekannt war. In dem Brief wurde ich gebeten, mich als Co-Moderatorin eines neuen Nachrichtenmagazins zu bewerben.

»Wir lesen Ihre Interviews stets mit außerordentlich

großem Interesse und hoffen, daß Sie Lust und Zeit haben, in- und ausländische Prominente in ebensolcher Weise für unser Medium, das Fernsehen, zu befragen.«

Wie war das möglich? Ich hatte sage und schreibe drei Interviews veröffentlicht. Das erste war natürlich das mit Abe Beenhakker gewesen. Das war außer in meiner Lokalzeitung und einer großen niederländischen Wochenzeitschrift auch noch in einem bedeutenden flämischen Magazin erschienen, so außergewöhnlich hatte man es gefunden, daß dieser alte Abe endlich den Mund aufgemacht hatte. Die anderen beiden (das eine mit einer sehr sympathischen Opernsängerin, die in vergripptem Zustand allerlei delikate Fakten aus ihrem Leben aufgetischt hatte, und das andere mit einer weltberühmten, steinalten Ballettänzerin, die über den Umstand, nicht mehr tanzen zu können, derart wütend war, daß sie mich zwei Stunden lang angeschrien hatte) waren ebenfalls von dieser niederländischen Wochenzeitschrift übernommen worden. Ich wußte, ehrlich gesagt, nicht so recht, ob das etwas Besonderes war – dafür befand ich mich noch zu kurze Zeit im Journalistenfach.

Ich fühlte mich geschmeichelt. Und die Folge dieses Geschmeicheltseins waren wie immer Panik und Ekel über meine widerliche Selbstgefälligkeit. Edna im Fernsehen. Undenkbarer ging es nicht.

Ich rief also an. Sie wollten den Nachrichten einen amerikanischen Anstrich geben, erzählte die schnell sprechende, aufgeregte Fernsehdame mit großem Enthusiasmus. Noch befinde sich alles im Vorbereitungsstadium, aber die Idee sei, daß die Informationen zum Tagesgeschehen in Zukunft von einem Paar präsentiert werden sollten: einem Mann und einer Frau. Damit werde bezweckt, daß sich der durchschnittliche Zuschauer besser mit den Nachrichten identifizieren könne. Wie man sich mit Nachrichten identifizieren sollte, war mir zwar nicht ganz ersichtlich, aber ich konnte mir vorstellen, daß das Ganze spannender aussah, wenn es von zwei frischen Leuten anstatt einer unansehnlichen, uninteressanten, zur Genüge bekannten Figur präsentiert wurde. Allein schon deswegen, weil man bei langweiligen *items* die Gedanken zu den neu hinzugekommenen Elementen abschweifen lassen konnte: ob die beiden zueinander paßten zum Beispiel, oder wie sie wohl in Wirklichkeit miteinander reden würden, ob sie auch nicht aus der Rolle fielen, ob sie einander bei Versprechern hinterher böse auf die Finger klopfen würden oder freundschaftlich aufziehen, ob sie einander unter dem Tisch traten oder vielmehr liebkosend mit dem Fuß streichelten. Solche Sachen. Ob der eine eine stärkere Position hatte als der andere, und wer in der Gunst vorn lag, das auch.

Es machte die Nachrichten jedenfalls mehr denn je zur Show. Fernsehleute, vor allem im Sektor »Aktuelles«, mußten von sich, ihrer persönlichen Stellung und der Verwirklichung ihrer persönlichen Ambitionen abstrahieren und in der Weise Engagement in Sachen Weltgeschehen, Nachrichten und tagtägliche Katastrophen zeigen, daß der Außenstehende sie vergaß, ohne sie zu vergessen.

Das war eine Form des Abstrahierens, die mir bestens vertraut war. Im Grunde war es eine Professionalisierung all dessen, worin ich mich im alltäglichen zwischenmenschlichen Umgang so sehr stählen mußte.

Beim Fernsehen ging man wohl davon aus, einen so guten

Blick für Talent zu haben und eine solche Treffsicherheit bei der Verkupplung von Leuten, daß man ohne weiteres nette, zusammenpassende Paare würde zusammenstellen können. Die Fernsehdame ließ hieran keinen Zweifel.

»Die haben hier jahrelange Übung in der optischen Einschätzung von Menschen«, sagte sie in einem munteren Krankenschwesterton. Die hatte ich auch, vermutete ich. Aber ich schwieg. Seltsam, dieses Gemisch aus Größenwahn und Angst. Ich *mußte* plötzlich zum Fernsehen. Wo es doch nicht einmal meine eigene Idee gewesen war. Oder vielleicht gerade deswegen.

Am Vorabend des ersten Tages der Probewoche legte ich, alte Beschwörungsformeln murmelnd, meine besten Kleider bereit. Und abergläubisch hatte ich ein Frühstück im Haus, das für die richtige Ausgewogenheit sorgen würde: eine schöne reife Birne, auf die ich tagelang ehrerbietig verzichtet hatte, und ein ekelhaft gesundes Körnerbrötchen mit Nüssen und Rosinen.

Das Brötchen war lecker, doch die Birne, so reif, weich und süß sie auch ausgesehen hatte, war von innen leider braun und verfault. Sie war geradezu erschreckend verfault. Um keine Panik aufkommen zu lassen, beschloß ich daher kurzerhand, mich von meinem Aberglauben zu verabschieden. Daß ich den Angstglauben abgelegt hatte, verlieh meinem Aufbruch etwas Großes, Neues und Unbeschwertes.

Ich hatte allerdings sehr schlecht geschlafen, und die dicke Schicht Make-up, die sie mir beim Fernsehen aufs Gesicht klatschten, trug nicht dazu bei, daß ich mich sicherer fühlte. Beklommen und schwitzig, mit Poren, die ich noch nie bemerkt hatte. Von meinen Leidensgenossen sah ich niemanden.

Erst nach dem Schminken schickte die Expertin in Sachen Maske mich in Studio 2, einen gigantischen Saal mit Elektronik an der Decke, wo sich eine ganze Reihe Leute herumdrückte und eine gezwungene, nervöse Atmosphäre herrschte. Es war deutlich zu sehen, daß alle befangen waren, mit diesem ganzen Zeug im Gesicht, und keiner so recht wußte, welche Haltung er einnehmen sollte.

Weil alle so geschminkt waren, sah ich ihn auch vielleicht nicht sofort, oder möglicherweise kam er auch erst später aus der Maske.

Ich erinnere mich jedenfalls, daß er plötzlich neben mir stand. Ich schaute zufällig zur Seite und sah ihn.

Eine Schaufensterpuppe, die feinen Züge durch das Make-up unnatürlich glatt, die Kinnpartie vollkommener denn je. Ein dunkelhaariger Ken – Ken von Barbie, meine ich –, so etwas in der Art. Superman in seiner Büroverkleidung, mit Brille. Erschreckend vertraut. Alles sofort überschaubar.

Aber kein Wort.

Als sähe er mich nicht.

Samuel.

Samuel, der Fremde. Fremd? Samuel, den ich haßte. Haßte? Wenn ich in Ohnmacht hätte fallen können, hätte ich es getan. Das gesunde Brötchen hielt mich auf den Beinen. Ich fiel nicht in Ohnmacht. Ich lachte über die verfaulte Birne. Über alles. Mit einem Mal war ich unheimlich froh und glücklich.

Ein Luftsprung! Am liebsten hätte ich einen Luftsprung

gemacht. Ich war ganz frei von Angst. Alles würde gut, also hinein ins große Abenteuer. Ich fürchtete mich nicht, und hier war Samuel, mein Eichpunkt, meine Familie. Ich hätte mir am liebsten auf die Brust getrommelt wie Tarzan gegenüber Jane, ich hätte ohrenbetäubend summen können wie eine Biene.

»Tag, Samuel.«

Ich lachte ganz einfach ein sprudelndes Lachen, denn hier war ich der Boss. Mich hatte man hergebeten, er, der auf journalistischem Gebiet noch nie etwas gemacht hatte, mußte sich beworben haben. Ich war ihm meilenweit voraus, und dies hier war noch nicht einmal die wichtigste Ebene, auf der das so war. Ich war Samuel auch deshalb meilenweit voraus, wie ich wußte, weil ich ihn in den vergangenen fünf Jahren komplett archiviert hatte. Ich war der Karteikasten mit seinen Daten. Ein Katalog, ein Handbuch. Alle meine Ängste waren in handlichen kleinen Stapeln eingeordnet. Assoziationen in alphabetischer Reihenfolge.

»Tag, Samuel. Wie kommst denn du hierher?«

61

Drei Wochen lang schaffte ich es, die Wut aufzuschäumen, über die ich in den vergangenen Jahren so fein säuberlich Buch geführt hatte – um mich gegen meine Verzweiflung zur Wehr zu setzen. Eine überhitzte Woche lang, die erste Woche, ähnelte diese Wut sogar wieder ein wenig dem Haß, den ich mir so gründlich anerzogen hatte, als es gerade zwischen uns aus gewesen war. In dieser Woche fuhren wir immer zusammen nach Hilversum und zurück und spielten vor der Kamera notgedrungen ein Paar. Die in Hilversum hatten ja schließlich ein Händchen fürs Verkuppeln.

Für eine Weile schien Haß meine einzige Waffe, meine einzige Gewinnchance zu sein. Ich schwelgte in einer Barschheit, die ich mittlerweile ziemlich lebensecht beherrschte. Es schien ihm nichts auszumachen, er ließ es sich gefallen, er verwahrte sich nicht dagegen – was mich noch ärgerlicher und noch zufriedener machte. Ganz gelegentlich einmal, das gebe ich zu, fiel ich kurz aus der Rolle, wenn ich lachen mußte. Einmal versuchte er mich in einer der schalldichten Kabinen festzuhalten und zu küssen. Da stieß ich ihn höchst unsanft weg (aber ich wußte zu dem Zeitpunkt längst, daß wieder begonnen hatte, wovor ich mich so sehr fürchtete und was ich so ganz und gar nicht wollte).

Es wäre mir sicher gelungen, einen Platz in der Fernsehwelt zu erobern, wenn Samuel nicht gewesen wäre. Wir hätten fortan zusammen die Nachrichten lesen können – wenn wir gewollt hätten. Die Programmleitung hielt uns für ein geeignetes Paar. Wir stritten uns wegen jeder Kleinigkeit. Daß ich den Zug verpaßte zum Beispiel. (Er böse.) Daß er meinen Text im Zug hatte liegenlassen. (Ich böse.) Daß ich vor einer Aufnahme sichtlich nervös war. (Er böse.) (Ich ebenfalls böse.) (Ich sogar furchtbar böse.) Daß ich der Programmleitung erzählt hatte, daß wir einander von früher her kannten. (Er böse.) (Ich auch böse: Na und?) Und so weiter.

Einmal hatte er nach einer Solo-Probeaufnahme von mir geäußert, daß er sich beim Zuhören innerlich gekrümmt habe, weil er so peinlich berührt gewesen sei.

Daraufhin hatte ich nur noch eines gewollt: ihn mit voller Wucht schlagen, wo ich nur konnte. Und das Schlimme war: In der schalldichten Kabine, in der wir eine Stunde später zusammen Aufnahme hatten, hatte ich die aufgesparten Schläge nicht mehr zurückhalten können. Ich war wie eine Wahnsinnige ausgerastet. Ich hatte geschrien und ihn auf die Arme geboxt, und er war erschrocken vor meinen Attacken in Deckung gegangen.

Es war eine Kabine mit dicker Schallisolierung, und ich dachte, niemand könnte uns hören. Ich bin damals wirklich etwas zu weit gegangen, und ich habe zu allem Überfluß auch noch geheult. Was wir im Griff behalten hätten, solange es ein Geheimnis zwischen uns beiden blieb, ging mit einem Mal gründlich daneben, weil die Lautsprecher nach draußen angeschaltet waren. Alle hatten sich über uns totgelacht, und das machte das Ganze besonders peinlich. Samuel nahm mir das, glaube ich, auch am meisten übel. Die Aufnahme mußten wir danach ganz normal durchziehen, und sie rauschte völlig an mir vorüber. Ich war mir sicher, daß wir den Job nicht bekommen würden.

Am Ende dieser ersten Woche trennten sich Samuel und ich daher wieder einmal. Diesmal inoffiziell. Wir hätten einen Job zusammen haben können, wenn Samuel nicht so nervtötend gewesen wäre, glaubte ich. Wir waren beide verärgert, aber ich hatte ein größeres Recht darauf, fand ich. Erst verkorkste er mir das Leben und jetzt auch noch die Karriere.

Danach sind wir wieder in völligem Schweigen unserer Wege gegangen. Ich meine, nach dieser letzten Bahnfahrt von Hilversum nach Amsterdam, auf der ich noch dazu eingeschlafen war. Ich entschied, daß ich ihn nie mehr wiedersehen wollte, und er dachte augenscheinlich dasselbe.

Erst etwa eine Woche später begann ich zu begreifen, daß dieses Gefühl vergleichbar war mit dem, was ich einmal bei einem Tennisball empfunden hatte.

62

Die einzige sportliche Betätigung, in der ich während der Grundschulzeit eine gewisse Gewandtheit entwickelt hatte, war der sogenannte »Siebenstern«.

Man warf einen Tennisball auf sieben verschiedene Arten gegen eine Wand und mußte ihn auch wieder fangen. Wenn man den Ball fallen ließ, war ein anderer an der Reihe. Spielte man allein, mußte man wieder von vorne anfangen. Ich spielte oft allein.

Bewertet wurde das Spiel kumulativ, das heißt, der erste, einfachste Wurf zählte einmal, der zweite, etwas schwierigere zweimal, und so weiter, bis man bei sieben das Bein heben, den Ball darunter hindurch hochwerfen, sich einmal um die eigene Achse drehen und ihn dann trotzdem noch fangen mußte: siebenmal.

Siebenmal diesen pelzigen kleinen Ball wieder in der Hand. Ein Ball, der neu und nach Gummi roch. Nicht alle Bälle waren gleich gut, sie rochen nicht einmal gleich. Das hatte etwas mit Charakter zu tun, mit Mumm und Traute – die meisten dopsten zum Beispiel nicht genügend, wodurch der Siebenstern etwas Schweres und Dumpfes bekam. Nachdem ich unendlich viele Röhren mit Tennisbällen durchprobiert hatte, war endlich die Perfektion gefunden. Ein Ball, der Tempo hatte, Schneid und Anmut. Er reagierte ganz direkt auf alles, was ich tat. Wir bildeten ein Paar, mein Tennisball und ich, und der Siebenstern wurde zu einem intimen Tanz, bei dem ich führte.

Das Spiel kam meinem zwanghaften Bedürfnis nach nutzloser Perfektion entgegen. Andere Ballspiele konnten mir gestohlen bleiben.

Ich war, was den Sport betraf, zwar immer guten Willens, aber ich war auch gerade eine Spur zu ungelenkig, und kaum auf dem Sportplatz, schüchterten mich der Fanatismus und die Wut der anderen schon derart ein, daß mich mitten im Wettstreit, egal, um welches Spiel es sich gerade handelte, die Kraft verließ und ich mit lahmen Beinen und ziellos über das Feld zu irren begann. »Hierher! Hierher!« und: »Schnell!« oder: »Los, mach!«, schrie ich dann noch matt, aber so leise, daß sich keiner dadurch so recht ermuntert fühlte.

Es passierte nur selten, daß ich den Ball selbst in die Hand bekam, und wenn das doch einmal geschah – meist, weil jemand einen blöden Fehler gemacht hatte –, dann warf ich ihn in höchster Not gewöhnlich in die falsche Richtung oder machte irgend etwas anderes damit, was alle furchtbar in Harnisch brachte.

Auch fing jedes Ballspiel schon immer erbärmlich an. Sobald ich – nach der peinvollen Szene im Umkleideraum, wo ich mit der tief verinnerlichten Furcht zu kämpfen hatte, meinen Bauch entblößen zu müssen, und verstohlen neidische Blicke auf die flachen Mädchenbäuche der anderen warf – die Turnhalle oder den Sportplatz betrat, war es, als veränderte sich meine gesamte Persönlichkeit. Für die schnellen, fanatischen Mädchen, vor denen ich insgeheim eine Heidenangst hatte, mit denen ich in der Klasse aber nahezu auf gleicher Ebene umzugehen verstand, existierte ich dort plötzlich einfach nicht mehr. Ich glaubte sie ständig über mich lachen zu hören, die kleinen, vollkommen gebauten Hexen, und dieses Lachen warf für mich bereits seine Schatten voraus auf ein furchterregendes zukünftiges Gefecht, ein Leben, in dem das Äußere eines Menschen und seine physischen Qualitäten eine wesentlich größere Bedeutung hatten, als man mir von zu Hause aus zur Beruhigung weismachen wollte.

Sport war in den Augen meiner Familie ein unwichtiger und bemitleidenswerter Zeitvertreib. Meine Eltern hielten es für die Verrücktheit sonderbarer, feindlich gesinnter Menschen. »*Gojim-nácheß*«, sagte mein Vater mit schallendem Gelächter, wenn von sportlichen Anstrengungen die Rede war, und rieb sich zufrieden über den dicken Bauch.

Doch in der Turnhalle war jeder auf seine rein physische Natur zurückgeworfen, und mochte meine Klappe im Klassenzimmer auch noch so groß sein, in der Turnhalle verstummte ich. Wenn zwei Mannschaften gewählt werden mußten und ich mit gleicher Hingabe Stimmenwerbung für meine körperlichen Qualitäten zu betreiben versuchte wie die anderen, wurde ich schlichtweg übersehen oder von guten Freundinnen mit einem gespielt bedauernden, quälend verantwortungsbewußten Blick bedacht. Sie würden ja gern, aber es ging im Augenblick um etwas Wichtigeres als Freundschaft. Den Tränen nahe vor ohnmächtiger Wut, ließ ich diese Demütigung über mich ergehen und fügte mich schließlich mit hängenden Schultern als unerwünschtes Überbleibsel zu meinen Peinigern.

Ehe das Spiel überhaupt begonnen hatte, hatte ich schon Pudding in den Beinen vor Versagensangst, die ich zwar kurzfristig durch stolze Unnahbarkeit tarnen konnte, bis ich dann jedoch einen ungeheuerlichen Fehler machte, der wieder alle monatelang davon überzeugte, daß man Edna Mauskopf tunlichst aus seinem Team fernhalten sollte.

An dem bewußten Tag hatten wir morgens Volleyball gespielt, woraufhin ich mich, von Selbstmordgedanken erfüllt, nur noch schlecht und recht durch den restlichen Unterrichtstag hatte hangeln können. Unter fanatischem Kreischen hatte ich nämlich den Ball, in dem passionierten, aber völlig deplazierten Bemühen um Tatkraft, einem Mädchen aus meiner eigenen Mannschaft aus der Hand gehauen, so daß mir nur noch Eiseskälte und Gereiztheit entgegengeschlagen waren. Eine von ihnen hatte geflüstert, sie wünschte, ich wäre zu Hause geblieben, eine andere hatte mich blöder Fettsack genannt. Das traf mich natürlich schwer. Infolgedessen hatte ich mich während des gesamten Unterrichts wie ein schüchternes Täubchen zurückgehalten, hatte unglücklich Rechenaufgaben gemacht und mich nur ein einziges Mal gemeldet, um die richtige Antwort zu geben – aber erst, als niemand anders sie wußte und ich beinahe platzte vor Gewißheit, daß ich sie, wie gewöhnlich, wohl parat hatte.

Mutterseelenallein und mit einem Gefühl, als schnürte ein Bleiband mir die Kehle zu, ging ich an diesem Tag aus der Klasse.

Es war noch warm und sonnig auf dem Schulhof. Das

neuerrichtete Schulgebäude aus riesigen Betonblöcken warf mit seinen merkwürdigen Ecken und Absätzen lange Schatten über die Steinfläche, die in der Nachmittagssonne weißgrau flimmerte wie ein Projekt in der Wüste. Die Schule war schon seit einer Viertelstunde aus, aber es turnten noch Kinder an den Klettergerüsten, mit denen der Schulhof ausgestattet war. Sie hatten etwas Anonymes und Armseliges, etwas Feindliches auch, diese kleinen Gestalten in der Spätnachmittagssonne. Vielleicht spielten sie hier, weil es da, wo sie wohnten, keine Einrichtungen für Kinder gab, aber es konnte auch sein, daß die Ruhe nach der Schule für sie die einzige Gelegenheit war, ungestört klettern und kopfüber an den Reckstangen baumeln zu können – etwas, was sie schon den ganzen Tag gewollt, aber nicht gekonnt hatten, weil ihnen die stärkeren und schnelleren Kinder immer zuvorkamen. Das empfand ich als das vielleicht Allerarmseligste. Als feige und hinterhältig auch: dieses nachschulische Besitzergreifen-wenn-es-nicht-mehr-darauf-ankommt, das Profitieren von der nicht mehr vorhandenen Rivalität. Hansdampf in allen Gassen spielen, wenn die Übermacht nach Hause gegangen war. Vergnügen aus zweiter Hand.

Ein bißchen zu bedauern waren sie natürlich auch, diese Kinder, die sich damit begnügten, in Gratismomenten zu klettern, aber solche Kinder waren gerade aufgrund ihrer Unsicherheit auch oft gemein und hart, sobald sie sich sicher fühlten und Rückendeckung hatten, und häufig gut im Turnen und anderen körperlichen Dingen.

Ich schaute mit skeptischer Herablassung zu den schmuddeligen Mädchen hinüber, die dort hinten schweigsam und in Gedanken versunken im Kniehang baumelten.

Der Schulhof war von einem grausamen Architekten entworfen worden, ganz gewiß keinem Kinderfreund. An dem Beton schürfte man sich unter Garantie Arme und Beine auf, und die neben dem Schulgebäude im Kreis aufgestellten Metallphallusse in schreiendgrellen Primärfarben waren so lebensgefährlich hoch und glatt und standen so weit auseinander, daß nur die größten und großkotzigsten Jungen darauf ab und zu ihr Leben aufs Spiel setzten.

Ich brauchte die endlos hohen, fensterlosen Wände des Schulgebäudes für meinen Siebenstern. Merkwürdigerweise spielte ich das Spiel anders, wenn die Wand so hoch und breit war wie dort. Ich stellte mich in größerer Entfernung auf, wodurch das Ganze irgendwie an Ernsthaftigkeit gewann. Außerdem fühlte es sich spannend und ein bißchen illegal an, so heimlich an meinem Fangarm zu arbeiten, während alle anderen schon nach Hause gegangen waren. Im Gegensatz zu dem, was die ordinären Mädchen an den Kletterstangen machten, hatte das hier etwas Erhabenes, weil das Training einem höheren, einem eigenen Ziel galt. Und mein Tennisball und ich bildeten eine herrliche Zweiheit. Ich war *süchtig* danach. Jeden Tag kam ich neuerdings mit meinem goldenen Ball hierher.

Aber an diesem Tag klappte es nicht so recht. Schon bei Nummer drei (Fangen mit einer Hand) patzte ich, beim zweiten Versuch sogar bereits in der allereinfachsten ersten Runde, und beim dritten Versuch ließ ich den Ball zwar erst in der sechsten Runde (Fangen mit einer Hand, während ein Arm vom anderen am Ellbogen festgehalten wird) fallen, aber da war ich inzwischen so genervt, daß ich vor Wut knurrte, als es danebenging, und den Ball, meinen goldenen

Prachtball, ein paarmal in die Ecke zwischen Straße und Hauswand pfefferte. Mein Zorn war furchtbar, aber gerecht. Der Ball hatte Schuld auf sich geladen und mußte bestraft werden. Ich legte ihn mir unter den Fuß, um auf ihm herumzutanzen, um ihn zu treten, ihm die Leviten zu lesen und ihn spüren zu lassen, wer hier das Sagen hatte. Dann nahm ich ihn in die Hand und hämmerte noch ein paarmal damit auf den Boden, knurrend und fluchend, bis ich spürte, wie mein Zorn abflaute. Der Hals tat mir weh, obwohl ich vor allem in mich hineingeschimpft hatte, und ich stopfte das hassenswerte gelbe Ding in die Tasche, um fürs erste nicht mehr daran erinnert zu werden.

Ganz ruhig nun vor verpuffter Aggressivität, spazierte ich über den Schulhof, der mittlerweile seine Farbe verändert und etwas Dumpfes und Erloschenes angenommen hatte, und beschloß, mich ausnahmsweise einmal bei den Kletterstangen umzusehen.

Die beiden Mädchen, die dort baumelten, setzten sich gleich auf ihre Reckstangen und begannen sich mit mir zu unterhalten, als wenn ich eine von ihnen wäre. Sie stellten Fragen. Ob ich hier zur Schule ginge, ob ich gut in der Schule sei, wo ich wohnte. Sie waren in der zweiten Klasse, ich in der fünften, und ich war gut in der Schule. Auch im Turnen, ja. Das alles erfüllte die Mädchen mit großer Bewunderung und Ehrfurcht, und ich spürte, wie aus meiner Verachtung heraus mit einem Mal eine ganz selbstverständliche Überlegenheit entstand. Mit autoritärer, leicht ordinärer Stimme, die nicht zu mir gehörte, erkundigte ich mich bei dem größeren Mädchen, das frech und athletisch aussah, wie sie hießen.

»Anita«, sagte sie in unüberhörbarem Platt.

Sie hatte verklettetes Haar und dumme, aggressive Augen, und unter ihrem Kleid, das verwaschen und zu kurz war, staken zwei magere, schmutzige Knie hervor.

Die andere, etwas kleinere, hieß Kitty, und ich wußte sofort, daß die nichts für mich war. Also faßte ich die Reckstange, auf der Anita saß, schob sie mit der Geste der Überlegenen beiseite und ließ mich darauf nieder. Anita stand schweigend daneben und wartete ab.

»Jetzt will ich wieder«, sagte sie nach einer Weile mit ihrer häßlich schrillen Stimme, aber es schwang ein wenig Angst darin mit, denn ich war viel größer, und ich spürte auf einmal ein eigenartiges Verlangen nach Grausamkeit.

»Gleich«, sagte ich und ließ mich einmal vornüber fallen.

Dann machte ich ihr Platz. »Ich helf dir«, sagte ich, »setz dich mal hin.«

Anita kletterte erwartungsvoll, aber auch ein wenig zögerlich auf die Reckstange. Das gefiel mir. Ich faßte sie von hinten, zog sie zu mir heran und herunter, so daß sie an den Knien hing, und stieß sie dann an den Schultern an, so daß sie vor und zurück schwang.

»Na, ist das schön?« fragte ich lieb. Doch während ich Anita anstieß und an den Knien festhielt, verspürte ich schwindelnd meine Macht und stieß sie immer heftiger an.

Irgendwo von weither hörte ich Anita schreien: »Halt, halt, hör auf!«

Ich reagierte nicht, sondern nahm bewußt wahr, daß ich es genoß, wie Anita mit dem Kopf nach unten um Gnade schrie. Ich war stärker und schlauer, und diese Kinder hatten Angst vor mir. Erst als ich Anita heftig weinen sah, kam ich zu mir.

Das andere Mädchen lachte ängstlich. Ich erschrak kurz, packte Anita und zog sie hoch.

»Hattest du Angst?« fragte ich barsch. »Es ging ziemlich doll, aber das ist doch gerade schön, oder? Da weint man doch nicht! Komm, wir spielen ein anderes Spiel.«

Und ehe sich Anita nach diesen tröstenden Worten noch hatte berappeln können, nahm ich sie in die Zange und verdrehte ihr die Haut am Arm so fest mit beiden Händen in entgegengesetzte Richtung, daß sie aufstöhnte. »Stacheldraht« war ein unangenehmes Gefühl, wußte ich.

Ich war nicht mehr zu halten.

Anita versuchte mich jetzt zu kratzen, was mich noch übermütiger machte. Ich wußte nur noch, daß ich dieses Kind mit seinen unschuldigen, mageren Hüften, seinen spillrigen Beinen und seiner furchtbar ordinären, gemeinen Visage triezen, quälen und gefangenhalten wollte. Ich schlug Anita jetzt auf den Po, während ich sie eisern in der Zange hielt. Sie schrie vor Schreck und Panik, und das andere Mädchen schrie ebenfalls, aber keine von beiden wagte noch eine Gegenwehr.

Dann ließ ich Anita los, wischte mir die Hände an meinem Kleid ab und klopfte beiden jovial auf die Schultern.

»War ja nur Spaß, Mensch«, sagte ich.

Ich war plötzlich müde und hatte ein wenig Angst, und schmutzig fühlte ich mich auch. Ich wollte, daß sie gingen. Ohne noch ein Wort zu sagen, setzte ich mich auf die Reckstange.

Anitas Tränen zogen sich wie kleine Schienenstränge

durch die Dreckschicht auf ihrem Gesicht. Sie schaute, ob ich mich noch bewegte, nahm dann rasch die Hand ihrer kleinen Freundin, und dann rannten beide, so schnell sie konnten, vom Schulhof, sich immer wieder umsehend, ob ich auch nicht hinter ihnen herkam.

Das tat ich nicht. Ich schaute ihnen – vorgeblich – nicht einmal nach. Kaum waren sie verschwunden, da kam es mir schon so vor, als wären sie nie dagewesen, als wäre das alles ein böser Traum gewesen, und ich wurde zur Alleinherrscherin über den Schulhof.

Ich ließ mich bestimmt noch zehn Minuten lang an den Knien von der Reckstange baumeln, so weit ausgestreckt, daß ich mit den Händen den Boden berühren konnte. Ich fühlte mich schuldig, aber auch träumerisch und zufrieden. Das Herz schlug mir immer noch bis zum Hals. Ich wußte, daß ich schlecht war, aber das war mir egal. Ich hatte gewonnen, wenn mir auch nicht so ganz klar war, gegen wen oder was.

Als ich am selben Abend nach dem Essen noch kurz mit dem Ball gegen die Wand unseres kleinen Schuppens werfen wollte, um dem schuldigen, verhaßten, verfluchten Tennisball noch eine Chance zu geben, war er verschwunden. Ich suchte den ganzen Weg zur Schule ab, suchte im Haus, im Garten, in meiner Schultasche und an allen möglichen Orten, wo er gar nicht sein konnte. Ich ging sogar noch einmal ganz bis zur Schule zurück, um bei den Kletterstangen nachzusehen. Er war nirgendwo mehr zu finden.

Panik stieß mir wie ein Messer ins Herz. Dieser Ball gehörte zu mir. Das härteste kleine Bällchen, das es je gegeben hatte. Alles stimmte, wenn der Siebenstern vollständig geglückt war – mit diesem Ball. Und fuchsteufelswild war ich gewesen, wenn er nicht tat, was ich wollte.

Ich weinte. Ein ganz klein wenig um das unschuldige Mädchen, das schreiend auf dem Kopf gehangen hatte, aber vor allem um den Tennisball. Ich war untröstlich. Mochte es auf der Welt von Tennisbällen auch nur so wimmeln, wie meine Eltern sagen würden, für mich taten andere Bälle nichts zur Sache. Mit *diesem* Ball hatte ich den Siebenstern in einem großartigen, totalen Spiel zu bezwingen gelernt. Nach *diesem* Ball war ich süchtig gewesen.

63

Zwei Wochen nach der letzten Probeaufnahme klingelte es eines Abends bei mir an der Tür.

Ich wußte es sofort.

Er kam ins Zimmer, und es geschah. Wortlos und blindlings fielen wir einander um den Hals. Wir hielten einander fest umarmt, stupsten uns gegenseitig sanft an und konnten nur völlig verdutzt und wie die kleinen Kinder lachen.

Samuel sagte, er habe es schon während unserer letzten Bahnfahrt gewußt. Als ich mit halboffenem Mund dagelegen und geschlafen hätte. Wie sehr und wie schrecklich.

»Was denn?« bedrängte ich ihn. Ich wußte, wie sehr er die Worte fürchtete.

»Wie schön du warst, als du so dahingst«, sagte er.

»Und was noch? Was *sehr*? Was *schrecklich*?«

»Das weißt du genau.«

»Ich weiß nichts. Gar nichts.«

»Das ist auch besser so.«

Er schaute kurz weg, gehemmt wie früher. Und ich stürzte mich mit einem Kopfsprung voller Selbstvertrauen auf die Angst, die mich durchzuckte.

»Ach, und jetzt schmollen wir also wieder ein bißchen vor uns hin. Nein, tut mir leid, aber damit ist es jetzt vorbei. Geschmollt wird hier nicht mehr, damit ist jetzt Schluß.«

»Bist du aber hart.«

Das freudige Erschrecken, das in seinem Gesicht aufblitzte, bot mir mit einem Mal eine ganze Palette von Möglichkeiten. Macht. Respekt. Mir wurde Respekt entgegengebracht.

Und als er noch einmal aufschaute, lag ein verlegenes Lächeln in seinem Gesicht, treuherzig und verführerisch zugleich. Er schien sich im Windschatten meiner Wut ganz wohl zu fühlen.

»Und? Wie war das noch von wegen peinlich berührt?« fragte ich, plötzlich wieder böse, angenehm böse. »So was sagt man doch nicht!«

Samuel lachte wieder, jetzt aber erstaunt, als könne er nicht fassen, daß sich irgendwer etwas aus dem machte, was er sagte oder tat.

»Hab ich das gesagt?«

»Das weißt du ganz genau. Ich war stinkwütend. Richtig verletzt.«

»Menschenskind. Was bin ich doch für ein Blödmann! Daß ich so was gesagt hab! Menschenskind.«

Er sah betreten aus, verstummte kurz. Fuhr sich dann, die Augen wild und rund, mit der Hand durch sein kräftiges schwarzes Haar. Komisch, aber nicht unecht.

»Unverzeihlich! Ich glaube, ich möchte einfach nicht, daß du irgend etwas nicht gut machst. Dann fühle ich mich verantwortlich. Das ist, als würde ich gedemütigt. Aber es ist natürlich schrecklich, so etwas auszusprechen!«

Ich hielt das für eine triftige Erklärung und Entschuldigung. Jetzt hatte er also zum erstenmal zugegeben, daß er mir offenbar genauso nahestand, wie ich immer angenommen hatte. Ich wußte einen Moment lang nicht, was ich sagen sollte, preßte ihn an mich und hoffte, betete inständig, daß ich mich auch weiterhin trauen würde, so stark und so herrlich böse zu sein.

Ich wollte mich sanft von ihm losmachen, spürte aber, daß er mich nicht freigeben wollte.

Weil ich so sehr mit dem Gedanken an meine Wut beschäftigt war, merkte ich es zuerst gar nicht. Und sehen konnte ich es nicht, weil wir nun einmal so dicht beieinander standen. Daß Samuel weinte, nämlich.

Er hielt beharrlich den Kopf gesenkt und meine Schultern umfaßt, und ich hörte ihn schniefen, unverkennbar. Ich ging in die Hocke, um ihm von unten her ins Gesicht sehen zu können. Er blickte weiterhin halsstarrig zu Boden, wie ein Kind. Sein Gesicht war tränennaß, aber er versuchte mich schon wieder anzulächeln.

»He, du Untier, was ist?« fragte ich.

Ich streichelte seine Hand. Ich platzte beinahe. Ich hätte einen Mord begehen können, um ihn zu trösten – irgendwas in der Art.

»Nichts«, sagte er. »Es ist nur... daß du immer noch da bist und... Du weißt es, nicht?« fragte er dann.

»Was?«

»Von meinem Vater. Daß dein Vater mit meinem Vater in Kontakt zu kommen versucht hat.«

Das hatte mein Vater getan? Er hatte mir nichts davon gesagt!

»Nein«, sagte ich matt.

»Mein Vater wollte nie reden. Er hat nie geredet. Wir wußten nicht mal, wie er wirklich hieß, wie wir wirklich heißen. Ist das nicht krank? Aber jetzt...«

»Reden? Was? Wie heißt ihr denn?«

Er antwortete nicht.

»Jetzt redet er. Mein Vater. Vom Krieg, vom KZ. Er hört nicht mehr damit auf, seit dein Vater ihn besucht hat. Nicht deinem Vater gegenüber übrigens, aber uns gegenüber. Er ist ein anderer Mensch geworden. Er schreit, er weint, er brüllt... Üble Sachen, greuliche Sachen. Sein Bruder, wie sein Bruder... Er ist nicht wiederzuerkennen... Du weißt ja bestimmt, wie das ist...«

Er hatte aufgehört zu weinen.

»Entschuldige, daß ich mich so komisch benommen habe«, murmelte er. »Ich verstehe mich in letzter Zeit selbst nicht mehr. Ich weiß nicht, warum, aber ich mußte zu dir. Wir sind beide...«

Er betrachtete mich voll Staunen, beklemmend zutraulich. Mir tat plötzlich der Hals weh vom Nichtweinen. So anders war er.

»Finkelstein. So heißen wir. Finkelstein.« Er lachte ein wenig spöttisch: »Schlimmer geht's wohl kaum!«

Finkelstein, natürlich. Samuel Finkelstein. Finken hatte ich nie so richtig einordnen können. Wie war mein Vater dahintergekommen? Ich bekam eine Gänsehaut davon, und zugleich erstarrte etwas in mir – das hier war mein Geheimnis, diese Welt gehörte mir. Eine seltsame Empfindung, die ich sofort unterdrückte. Ich realisierte auch, daß ich Samuel noch nie so lange hatte reden hören, und wagte für einen Moment kaum zu atmen. Aber die Zeiten waren jetzt vorbei.

»Jetzt will er doch reden. Mein Vater mit deinem, meine ich. Sie müssen sich gekannt haben! Dort! Mein Vater hat sich an deinen Vater erinnert! Sie waren nicht nur zusammen im selben KZ, sondern sogar in derselben Gruppe!«

Jetzt hatte ich das Gefühl, als zöge plötzlich jemand einen Schleier weg. Es war, als sagte er mir damit, daß wir miteinander verwandt seien, ekelhaft, bedrückend und zugleich phantastisch.

Mit einem Mal war alles anders. Eine bleierne Müdigkeit befiel mich. Ich hatte genug über das Ganze geredet, über diesen Krieg. Einen Krieg, der nicht mein Krieg war. Samuel hatte das Pulver viel zu spät erfunden, der Krieg war längst vorbei. Ich wußte nicht mehr, was ich fühlen sollte. Ich hatte Mitleid, aber irgendwie kam auch vager Unwille auf, eine leichte Wut über die lächerliche Arroganz, die er sich früher angemaßt hatte.

Ich fragte mich auch, was Samuel denn nun eigentlich so schockierte. War es, abgesehen von den Enthüllungen in bezug auf seinen eigentlichen Hintergrund und seinen wirklichen Namen nicht vor allem die Tatsache, daß die Überlegenheit dieses Vaters, der sich immer in so nobel und sicher wirkendes Schweigen gehüllt hatte, erschüttert war?

Es hatte fast den Anschein, als kapiere Samuel zum erstenmal – und das mit der Verblüffung von jemandem, der sich nie zuvor als Teil der Geschichte betrachtet hat –, daß dieses Leben wirklich das einzige war, das er bekommen konnte.

Vielleicht war ihm der schweigende Vater ja insgeheim auch *lieber* gewesen als das heulende Wrack, das er jetzt war. Zu wissen, daß man Kind eines Vaters ist, der früher systematisch gedemütigt und mißhandelt wurde, heißt, kein Kind mehr sein zu können.

An diesem Abend gingen Samuel und ich in einem jüdischen Restaurant essen, in dem keiner von uns je gewesen war oder wohin es ihn je gezogen hätte. Jetzt war es plötzlich notwendig, so dick aufgetragen die Symbolik auch sein mochte. Wir faßten uns nicht an, so wie Lanzo und ich das seinerzeit immer getan hatten, sondern gingen wie zwei eigenständige Individuen dorthin. Doch ich war mir seiner Gestalt neben mir auf wärmende, tröstende Weise bewußt, durch so geheimnisvolle Fäden mit ihm verbunden, daß wir uns nicht einmal zu berühren brauchten.

Verlegen und kicherig ließen wir uns Vorkriegsgerichte mit dicken jiddischen Namen servieren, die uns nicht anstanden und irgendwie doch. Wir vermieden es, uns anzusehen – Außenstehende sogar noch bei dem, was uns eigen zu sein hatte. Uns verband nun plötzlich vor allem dieser Krieg, was etwas anderes war als die Nostalgie, die das Essen weckte, und dieses Band war herzzerreißend, beklemmend, ein bißchen traurig auch, und dennoch: für immer und ewig.

64

Am Morgen nach dem »Gefilte Fisch« hatte Samuel mich mit träger Gebärde am Arm zurückgehalten, als ich aufstehen wollte. Er hatte mich beinahe weiblich-verführerisch angesehen und mit schleppender Schmeichelstimme gefragt:

»Müssen wir denn aufstehen? Können wir nicht einen Tag im Bett bleiben? Vielleicht sind wir ja ein bißchen krank, wer weiß.«

Schließlich blieben wir den ganzen Tag über im Bett liegen. Nur um einen Apfel zu holen, das einzig Eßbare, was ich außer Kaffee und Milch im Haus hatte, krochen wir ein-, zweimal heraus.

Samuel war so vertraut und so fürsorglich, als nähmen wir mühelos eine gute Ehe wieder auf – wonach unser schwieriges Getue der früheren Jahre doch nicht im entferntesten ausgesehen hatte. Mit einem Mal hatte es sogar den Anschein, als hätte dieses Ehegefühl immer im Hintergrund bereitgelegen und ich hätte es nur nicht an mich herangelassen, weil ich Angst hatte, dem nachzugeben, was ich im tiefsten Innern fühlte. Ich war mir plötzlich gar nicht mehr so sicher, ob mein ganzes damaliges Wissen überhaupt etwas mit Fühlen zu tun gehabt hatte. War diese Schmachterei nicht vielleicht eine *willentliche Entscheidung* gewesen?

Dieser Tag im Bett war vor allem tröstlich, als würden all die Jahre der Hechelei damit weggestrichelt. Erst jetzt wird mir klar, daß die menschliche Seele nicht so schnell zu trösten ist – auch wenn es damals so aussah.

Das Bange, Unrhythmische unserer früheren Gespräche hatte sich nun, da ich genausoviel an ihn wie an mich dachte, jedenfalls auf einen Schlag verflüchtigt. Zwar brannten mir auch weiterhin Fragen in bezug auf die Vergangenheit auf den Nägeln, aber ich stellte sie nicht. Wir bemühten uns, denke ich, vor allem darum, gemeinsame Erinnerungen zu schaffen und die wenigen gemeinsamen Erlebnisse der zurückliegenden Wochen in Hilversum daher soweit wie möglich auszuschlachten. Und unsere Väter natürlich.

So rührten wir zwar nicht an unsere bisherige gemeinsame Vergangenheit, aber Samuel wollte alles über Lanzo wissen, von dem er über Flippa gehört hatte. Das Phänomen Lanzo beunruhigte ihn ganz offensichtlich. Auch Tom kam dabei versehentlich zur Sprache. Samuel schien beeindruckt.

Und da eine Hand die andere wäscht, erzählte er mir ein paar Kleinigkeiten über Lola, seine kokainsüchtige Exflamme. Daß sie ihn verrückt gemacht habe, sagte er. Ein Leid, das noch zu frisch war, um weiter mit Fragen in ihn zu dringen. Daß seine Liebesmüh vergeblich gewesen war, genügte mir.

Ansonsten war Samuel natürlich ungeheuer neugierig, was mein Interview mit Abe Beenhakker betraf, das mir so viel eingebracht hatte. Aber in der Hinsicht hielt ich mich bedeckt, das war mein Berufsgeheimnis. Ich beschränkte mich darauf, mit meinen teuflischen Qualitäten als Interviewerin anzugeben, doch ich spürte, daß Samuel mehr wollte. So ganz koscher fand er die Sache nicht, und er lotete das auf seine Art aus.

»Du hast wohl nicht zufällig das Höschen vor ihm runterlassen müssen?«

»Pfui Teufel, nein, hör bloß auf.«

»Oder den Pullover hochziehen?« Er versuchte mir an die Brust zu grapschen.

»Nein, laß das.« Ich stieß seine Hände weg.

Aber er nervte mich noch mit einem quengelnden »Oh?«, als hätte er ein Recht auf mehr. Samuel schien nie kapieren zu können, daß ihm zu manchen Dingen der Zutritt verwehrt war. Mir wurde heiß, und ich schwieg. Wenn er gewußt hätte, daß ich immer noch alle paar Wochen eine Karte von Abe bekam, hätte er zuviel gewußt. »Wann kommst du?« lautete Abes Standardtext. Darüber hinaus immer nur kurze, sachliche Mitteilungen. Die letzte war gewesen, daß er endlich wieder allein lebe. In Arles. Ich antwortete nie.

Zum erstenmal sehnte ich mich während des Zusammenseins mit Samuel nicht mehr nach dem Augenblick, da ich alles würde überdenken können. Mir war jetzt aufgegangen, wie man in Einklang mit der Jetztzeit lebte. Der Gedanke an ein *Danach* kam mir, ehrlich gesagt, gar nicht mehr. Ich sonnte mich im Frieden des Augenblicks, ohne mich durch Angst vor dem, was die Zukunft bringen würde, beirren zu lassen. Wer hätte je gedacht, daß es einmal unerträglich sein würde, nicht zusammen zu sein?

Wir wurden von der Programmleitung angerufen und zu einem Gespräch eingeladen. In genau dem unspektakulären Ton, der spektakulären Mitteilungen gebührt, sagte man uns, daß wir beide einstimmig für das beste Team befunden worden seien. Man gratulierte uns überschwenglich.

Stumm, aber nicht erstaunt nahmen wir die Glückwünsche entgegen. Wir sahen einander nicht an, klatschten uns aber gegenseitig in die Hand wie verzückte Basketballspieler.

Wer es als erster aussprach, kann ich bis heute nicht genau sagen. Aber als wir einen Tag hin und her überlegt hatten, beschlossen Samuel und ich es am Ende gemeinsam.

Wir lehnten ab.

Ich glaube, es war, weil wir uns *schämten*, diesen Job anzunehmen. Uns voreinander schämten. Ohne daß wir groß darüber zu reden brauchten, erschien es uns beiden logisch. Wir zwei und die Nachrichten präsentieren, das ging einfach nicht, fanden wir. Zusammen waren wir einander zuviel. Wir waren gegenseitig unsere schärfsten Kritiker.

Beide waren wir ein kleines bißchen böse aufeinander wegen dieser Scham, wegen dem, was wir einander und damit uns selbst verboten, und dennoch verband uns diese Ablehnung mehr als irgend etwas anderes.

Wir entschieden uns füreinander, so könnte man es auch ausdrücken, und warfen damit unsere Chance auf Fernsehberühmtheit weg.

Nach einigen Tagen der noch Wellen schlagenden Aufregung waren wir todmüde. Doch immer wenn wir einander ansahen, sahen wir unseren Entschluß widergespiegelt, und das gab uns ein seliges Gefühl von Eindeutigkeit und Verbundenheit. Wir hatten reinen Tisch gemacht, und das schuf die Voraussetzung für das neue Leben, das wir ohne irgendwelche Verhandlungen gemeinsam aufgenommen hatten. Vielleicht braucht eine gute Beziehung ja so einen Ausgangspunkt, ein Idealprinzip.

Die Vergangenheit unserer Väter half natürlich auch, aber das war nichts Ideales. Was mich betrifft, war das sogar eher so etwas wie ein Schicksal, dessen Konsequenzen ich noch nicht überblicken konnte. Da fühlte sich die gemeinsame Ablehnung des Jobs besser an.

Und jedesmal wenn Samuel an seinen Zukunftsaussichten verzweifelte oder ich auf einmal wieder mit etwas liebäugelte, was mich unter Menschen bringen würde, und nicht mehr verstehen konnte, warum ich diese phantastische Chance hatte sausenlassen, konnten wir einander bestärken und beruhigen, und das verband uns noch mehr.

65

Samuel arbeitete fröhlich seufzend, wie eh und je von Perfektionismus und Versagensangst geplagt, an seiner Hausarbeit weiter. Ich schrieb immer öfter für gängige Blätter und erhielt aus heiterem Himmel die Chance, kleine Dokumentationen fürs Fernsehen zu machen. Unser Literatursalon blühte, die Künstler gaben sich die Klinke in die Hand. Ich selbst fand zwar, daß das alles nichts Halbes und nichts Ganzes sei, doch Samuel äußerte befriedigenden Respekt für meine Tätigkeiten. Er für seinen Teil kam noch nicht sonderlich voran.

Es sah ganz so aus, als seien die intellektuellen Ambitionen, Hoffnungen und Erwartungen, die Samuel hegte, gerade eine Spur zu gewaltig gewesen, als daß er sich ihnen tatsächlich hätte annähern können. Genauso, wie ich mir seinerzeit ein Leben mit Samuel ausgemalt und es in den Himmel gehoben hatte, ein Traum, dem mit Taten nicht beizukommen war – weil man sich bei allzuviel Nachdenken oft nur noch wenig *zutraut*.

Wieso es in den früheren Jahren so mühsam zwischen uns gewesen war, war mir jetzt ein Rätsel – wobei wir darüber übrigens kaum ein Wort verloren. Insbesondere Samuel vermied dieses Thema, wodurch in einem winzigen Segment meines Bewußtseins die Befürchtung lebendig blieb, daß seine Entscheidung für mich eine Art Kompromiß sein könnte, den er eingegangen war, weil er andere Möglichkeiten von sich aus verworfen hatte und nun mal wußte, daß ich ohnehin immer für ihn dasein würde. Als habe er eingesehen, daß niemand ihn so innig lieben würde wie ich und daß er mit seinem schwierigen Charakter sich diese Chance nicht entgehen lassen dürfe.

Es blieb rätselhaft. Nicht zuletzt aufgrund meiner Befürchtungen kam mir alles, was ich mit Samuel machte und besprach, um so unglaublicher und beflügelnder vor, und ich schwelgte darin, daß ich diesen ungeheuren Sprung von Traum zu Tat nun doch ganz allein gemacht hatte. Ein Sprung, an den ich, mehr noch als an das, was ich auf gesellschaftlicher Ebene erreicht hatte, mit vor Stolz ganz benommenem Kopf denken konnte – gepaart mit der entsprechenden Heidenangst vor dem Verlust natürlich. Mein Sieg mußte beständig überprüft werden, ganz sicher würde ich mir seiner wohl nie sein. Hysterisch, *high* war ich vor Übermut und Freude, und damit ging auch eine vage Gekränktheit einher, weil ich Samuel nie ganz verziehen hatte, daß er mich irgendwann einmal, früher, so gleichgültig und grob hatte gehen lassen.

Diese Gekränktheit kam jedesmal, wenn er schlechtgelaunt war, unwillkürlich wieder auf, aber ich gab ihr keine Chance. Mit forcierter Wut versuchte ich mich gegen diesen traurigen, ach so gefährlichen Selbstzweifel immun zu machen. Wut setzte ich gegen Samuels Anfälle von Relativierungsdrang und Selbsthaß ein, weil alle anderen Methoden versagten. Wut war das einzige, was verhindern konnte, daß er in den alten Sumpf der Miesepetrigkeit zurückfiel, aus dem er auch mit sechs Pferden nicht mehr herauszuziehen gewesen wäre. Ich hatte den Bogen immer besser heraus. Und immer offener und genüßlicher erklärte er, von meinen Erkenntnissen und meinem Lenkungsvermögen abhängig zu sein. Er begann mir in einem Maße zu vertrauen, wie er niemandem sonst vertraute, und sosehr ich mir auch der Tour de force bewußt war, die ich dafür auf mich nehmen mußte, war das doch eine Errungenschaft, die mich überglücklich machte. Allerdings war ich noch stets die ziemlich exaltierte Regisseurin und die Hauptfigur eines sich endlos abspulenden, Samuel gewidmeten Films.

»Guck mal!« hörte ich mich innerlich fortwährend rufen. »Guck mal, was ich kann!« Vor Übermut jauchzend, führte ich ihm vor, was ich alles konnte: Wen ich kannte, was ich fabrizierte, was ich tat – und wie böse ich auf ihn zu sein wagte.

Auf einer anderen Ebene führte mein Vater eine Reihe einschneidender und gravierender Gespräche mit Samuels Vater, in deren Gefolge nach dem anfänglichen Schock eine Art ewiger Dankbarkeit von dem einen zum anderen Haus ausging. Es war eine Dankbarkeit, in die unwillkürlich auch ich mit eingeschlossen wurde. Das merkte ich an Samuels immer größer werdender Sanftheit und Offenherzigkeit. Oder war das die Demut von einem, der erkennt, daß er immer viel zu früh und zu herablassend geurteilt hat?

Von ihm bekam ich auf jeden Fall auch das, was ich suchte: seine Stimme, seine für meine Begriffe immer unfehlbare und definitive Meinung über die Sorgen, die mich quälten. Mit seiner Stimme konnte er mich beruhigen und meine Panik beschwichtigen, wie sonst niemand es konnte. Wenn er mich ernst nahm, war mein Kummer schon halb vorbei.

So kam es regelmäßig vor, daß ich in alte Ängste in bezug auf meinen Vater verfiel. Daß mich die Gutherzigkeit meines Vaters verrückt machte und ich tagelang panisch alte Zwangshandlungen verrichtete, um ihn gegen alles Unheil und Übel zu beschützen.

Samuel war der erste, der diesen Krampf durchbrechen und den Zwangshandlungen Einhalt gebieten konnte, und zwar mit Worten, die das Ganze durchkreuzten. Simplen Worten, die für mich unaussprechlich waren, die Samuel aber augenscheinlich ungestraft sagen konnte. Er verstand diese Ängste um meinen Vater genau, auch wenn sein Kommentar meiner Neigung zu Beschwörungen diametral entgegengesetzt zu sein schien.

»Warum solltest du dir, zum Teufel noch mal, solche Sorgen um deinen Vater machen? Er hat den Krieg überlebt, euch in die Welt gesetzt und großgezogen, er hat seine Untersuchung abgeschlossen, er hat Erfolg, er erhält Anerkennung – dein Vater kommt schon zurecht. Der ist dem Leben besser gewachsen, als du oder ich es sind. Und außerdem hat er ein sehr reiches Leben hinter sich. Er ist nicht so schwach, wie du ihn machst. Hör auf, dich seinetwegen ständig selbst zu bestrafen. Das ist verrückt, das ist doch alles nicht deine Schuld!«

Das durfte er sagen – ohne daß ich sofort mit den Schultern zu zucken begann oder auf blankes Holz klopfte.

Samuel verstand es meisterhaft, die Dinge auf den Punkt zu bringen.

Ich fand in ihm meine beste Seite repräsentiert, obwohl er viel konsequenter und strenger war als ich. Seine mangelnde Traute war logische Konsequenz daraus. Somit ergab sich die feste Rollenverteilung, daß er die Einwürfe gegen die Dinge formulierte, die ich einfach tat. Eindringlich setzte er mich über die Gefahren und die Verpflichtungen in Kenntnis, die meine frivolen Schritte ins Dunkel mit sich brachten.

Das war anregend. Mein eigener, doch auch nicht gerade unerheblicher Skeptizismus wurde von dem Samuels derart in den Schatten gestellt, daß ich Dinge zu tun wagte, an die ich mich ohne ihn niemals herangetraut hätte. Ich sprach mit eigenen Vorschlägen bei Redaktionen und Sendern vor, interviewte Berühmtheiten, unterhielt Gäste, wenn wir zum Essen einluden, führte das Wort, wenn wir gemeinsam irgendwo waren, und das alles ohne allzu große Nervosität, weil Samuels Versagensangst schon für zwei reichte. Gerade wegen Samuels Angst konnte ich alle Gefahren und möglichen Einwände spöttisch und schnaubend vor Übermut Lügen strafen. Alles, was ich tat, wurde zu einem Steinchen in meiner Beweisführung, daß man im Leben nicht zuviel zweifeln und grübeln sollte, sondern einfach handeln und springen, mitsamt allen Zweifeln.

66

Flippa traute den Entwicklungen in meinem Leben nicht sonderlich, wie sie mir immer wieder verriet. Nach und nach waren wir wieder dazu übergegangen, einander täglich über unser Leben auf dem laufenden zu halten. Das war schon fast masochistisch oft.

Ich müsse aufpassen, sagte sie, daß ich nicht wieder unterginge. Sie würde mich nicht gern unglücklich sehen, behauptete sie, und je mehr ich sie davon zu überzeugen versuchte, daß das Gegenteil der Fall sei, desto größer wurde ihr Mißtrauen.

Es war, als hielte sie die Intensität meines Glücks für umgekehrt proportional zu den Erfolgschancen für seinen Erhalt, woraus ich schloß, daß sie meine persönliche Entwicklung nie ernst genommen hatte. Daß wir der Moderation beim Fernsehen ade gesagt hatten, fand sie allerdings sehr gut – sie hörte sich dabei verdächtig erleichtert an, meine journalistischen Leistungen machten sie nervös. Ihr bedrückender *overkill* an Mitleid und Besorgnis schweißte Samuel und mich noch fester zusammen, weil wir über diese Besorgnis inzwischen ziemlich übermütig lachen konnten.

Trotzdem fühlte ich mich, wenn Flippa mit uns zusammen war, immer noch unsicher. Dafür, daß es sich um einen freundschaftlichen Besuch handelte, mußte ich mich resoluter und ironischer aufführen, als gut für mich war.

Aber so war Flippa. Und Flippa wußte noch nicht einmal alles, auch nicht über Abe zum Beispiel.

Irgendwann einmal befragte sie mich dann über Samuels Hang zur Häuslichkeit – den sie ja schon in einem so frühen

Stadium erkannt hatte – und unsere Zukunftspläne, und ich erinnere mich noch an den freudigen Stolz, mit dem ich ihr damals verkünden konnte, daß Samuel noch leidenschaftlicher als ich für den Erwerb einer Wohnung plädierte, in der wir zusammenleben könnten.

Mit der kindlichen Entschlossenheit des notorischen Zweiflers, der froh ist, wenigstens einen Beschluß mit unerschütterlicher Sicherheit fällen zu können, fand Samuel, daß die Zeit dafür reif sei.

Ein bißchen ängstigte mich das schon. Ich fürchtete den Stillstand. Ich fürchtete, daß es mit der jetzigen Rasanz ein Ende haben und die exaltierte Kampfeslust entgleisen könnte und ich doch wieder zu der werden würde, die ich einmal gewesen war, der Überempfindlichen, Überbewußten, Übergewichtigen.

Jetzt neckten wir einander noch gern und viel, forderten uns gegenseitig heraus. Wir entwickelten eine Art Babysprache – er wurde zum Äffchen erhoben und ich zum kleinen Biest –, eine Subsprache, welche die Alltagsroutine zu etwas Speziellem machte und uns eine handliche, leichte Ton- und Formgebung für alle unsere Meinungsverschiedenheiten verschaffte.

Das Äffchen und das kleine Biest hatten jeder seine festen Eigenarten: So klagte das Äffchen gern und häufig über seine mangelnden Zukunftsperspektiven. Das kleine Biest war meist ein bißchen überdreht und aufbrausend und meuterte auch oft – zum Beispiel wenn sie fand, daß sie zu sehr mit Haushaltsdingen belastet werde. Das Äffchen machte sich schon nach einem Monat Arbeitslosigkeit (also ziemlich bald für jemanden, der von sich sagte, ihm gelinge nie etwas und er sei eigentlich zu nichts nütze) umsichtig und mit gut getarnter Hingabe an die Einrichtung einer prachtvollen Buchhandlung mit lauter antiquarischen Raritäten und kam jeden Abend um acht bei ihr angeschlappt, hungrig und müde.

Das kleine Biest gestand sich, von den streitbaren Wutausbrüchen abgesehen, eigentlich keine Zweifel und keine trübsinnigen Gedanken zu, weil die Vorrecht des Äffchens waren. Denn trotz seiner Buchhandlung, die viel Zeit, Kreativität und Erfindungsgabe erforderte, gab sich das Äffchen häufig und ohne Scham Momenten vollkommener Mutlosigkeit hin. Seine Intelligenz und sein Relativierungsvermögen waren schlichtweg zu groß für sein Selbstvertrauen, sein Durchsetzungsvermögen und seinen Mumm. Und außerdem wußte er ja, wie gut und liebevoll ihm das kleine Biest Kontra geben konnte. Mochte das kleine Biest dem Äffchen, was Hintergrund und Skepsis betraf, auch noch so nahestehen, tat das Äffchen doch sehr oft so, als fiele dem kleinen Biest nun einmal alles leichter.

Doch obwohl das Äffchen den Wagemut des kleinen Biests ganz altruistisch genoß, machte er sich den zum Verdruß des kleinen Biests nicht zu eigen, so als dürfe er sich nun, da sie an seiner Stelle agierte, in aller Ruhe zurücklehnen.

67

Die Wohnung war groß und hell, hatte einen Garten und erstreckte sich über zwei Etagen: ein Souterrain mit ungewöhnlich großen Fenstern nach hinten, und eine Beletage, die aus zwei langgestreckten, ineinander übergehenden Räumen mit Stuckornamenten an der Decke bestand. Sie lag im Rücken der Sarphatistraat, in der Spinozastraat, wie die Singelgracht hier hundert Meter lang hieß, eine Gegend, die wir beide nicht gut kannten, und Samuels Vater bürgte für unsere Zahlungen.

Es war ein unglaublicher Wurf, himmlisch und beängstigend zugleich, befreit, aber auch beklemmend. Ich wußte nicht so recht, was ich dabei empfinden sollte. Ich war dankbar für die Geste von Samuels Vater – der wiederum dankbar für das war, was mein Vater für ihn getan hatte –, aber ich fürchtete mich auch vor den Verpflichtungen, die diese Entwicklungen mit sich brachten. Jetzt wollte man natürlich auch Enkelkinder, kleine Trostpakete, Symbole für das vermessene neue Leben, das hier so aktiv in die Wege geleitet worden war. Und Kinder waren für mich das allerletzte, was ich zu diesem Zeitpunkt meines Lebens wollte. Wie sollte ich bei all der Aufmerksamkeit, die ich für Samuel brauchte, einem Kind gerecht werden? Dann würde ich mich selbst vollkommen verlieren, fürchtete ich, und Samuel würde aufgrund meiner reduzierten Wachsamkeit langsam, aber sicher zu dem werden, was sein Vater früher gewesen war: eine Auster, ein Panzerschrank, an den nicht einmal die eigene Familie herankam. Und aus mir würde eine irritierend überspannte kleine Mutter werden, die immer eifrig darum bemüht sein würde, die durch sein vorwurfsvolles Schweigen entstandene Stille zu überbrücken, zu ihm durchzudringen, ihn anzuregen und bei der Stange zu halten. Wie Samuels Mutter.

Bei Samuel dagegen bewirkte der Wohnungskauf freudige und aufgekratzte Erleichterung und die Neigung, sich mit den allereinfachsten Lebenszielen zufriedenzugeben. Die großen Ambitionen von früher kamen ihm allmählich immer unsinniger vor – langsam, aber sicher begann er seine Versagensangst in eine Ideologie umzumünzen. Er brauche vielleicht gar nicht so viel mehr als mich, diese Wohnung, seinen Laden und was wir an Nachkommen zeugen würden, brachte er immer häufiger zum Ausdruck. Zwar tat er das auf ironische Art, die den Eindruck erwecken sollte, er halte das für eine witzige Lösung für seine ewigen Grübeleien, aber ich konnte mich oft des Gefühls nicht erwehren, daß diese Ironie gespielt war.

Ich tat, als ginge mir die Bürgerlichkeit des Ganzen gegen den Strich. Es müsse doch noch mehr geben in diesem Leben, mehr Feuer, mehr Pfeffer, größere Chancen auf Veränderungen, also auch viel größere Gefahren. Ich wußte übrigens selbst nicht so genau, ob dieses Aufbegehren authentisch war oder ob ich auf diese Weise vielleicht nur wie in einer Art Beschwörung mein Glück zu relativieren versuchte. Vielleicht hoffte ich, daß ich Samuel überlegen bleiben und ihn von seinen früheren, überzogenen Ambitionen erlösen könne, wenn ich sie soweit wie möglich auf meine Kappe nahm. Warum sonst hätte ich mich diesem Schritt in Richtung auf ein gefestigtes Leben mit ihm widersetzen sollen, der doch irgendwann einmal göttliche Utopie für mich gewesen war?

Also widersetzte ich mich sicherheitshalber lieber nicht.

68

Einige Monate vor unserem Umzug hatte ich, um Geld für den kleinen Umbau zu sparen, den wir geplant hatten, schon mal mein Zimmer aufgegeben.

Mein Hausrat wurde eingelagert, und ich zog bei Samuel ein. Da könnten wir schon mal üben, sagten wir immer, aber wir hatten beide eher das Gefühl, daß wir Angst vor einem Abschied hatten – zwar nur ein Abschied von einem bestimmten Lebensabschnitt, aber dennoch ein Abschied. Diese drei Monate hatten jedenfalls etwas ungeheuer Wehmütiges, und zum erstenmal seit vier Jahren wurden wir wirklich hemmungslos sentimental.

Samuels Reich im Jordaan-Viertel, bestehend aus Wohnzimmer, Küche und Schlafzimmer, war winzig. Es war zwar etwas geräumiger als das, wo ich ihn vor langer Zeit zum erstenmal besucht hatte, aber es herrschte die gleiche Atmosphäre. Samuels Atmosphäre.

Jetzt hockte ich also den ganzen Tag dort, während Samuel Bücher einkaufte und verkaufte, und kochte abends – wie gehabt und wie immer murrend. Es war ein schöner Sommer, und meistens machten wir nach dem Essen noch einen Spaziergang durchs Viertel, wobei ich mich unaufhörlich über die seltsamen Neigungen anderer erging und Samuel dem zustimmte oder auch nicht. Oft lachten wir uns über die größten Albernheiten schlapp. Zum Abschluß dieser Spaziergänge tranken wir in der Kneipe an der einen Straßenecke ein Glas Wein und holten dann im Restaurant an der anderen Ecke Schokoladenplätzchen, die wir zu Hause verspeisten.

»Ach, wie hatten sie es gemütlich in ihrem kleinen Häuschen«, kommentierte Samuel dann im Stil eines Märchenbuchs, und ich hatte die ganze Zeit das Gefühl, daß wir Vater und Mutter spielten.

Bald würden wir ganz groß wohnen, jeder mit seinem eigenen Zimmer, dazu einem Garten, einem großen Schlafzimmer und einem Wohnzimmer, in dem der Fernseher stehen würde. Wir würden einander in einer so großen Wohnung weniger sehen als früher, glaubten wir beide, und daher klammerten wir uns noch für ein Weilchen an unsere Miniwelt wie Kinder in einer selbstgebauten Hütte.

Wir fühlten uns verliebter denn je in diesen seltsamen, sonnigen Monaten, in dem vollen Bewußtsein der Vergänglichkeit, und wir umarmten uns so fest, daß es schon fast etwas Verzweifeltes hatte.

Wir hatten, denke ich, beide Angst davor, wie sich die Veränderungen auf uns auswirken würden.

Mit einem Mal war uns das alles, nicht nur die Gegend, sondern auch die Dinge in Samuels kleinem Reich, unerträglich lieb geworden und zu einem Teil von uns: alles bekam einen völlig idiotischen, nostalgischen Mehrwert. Der weiße Teekessel auf dem schwarzen Pelgrim-Ofen, die beiden grauen, höchst stilgerechten Interlübke-Sessel davor, die Bücherregale voller auserlesener Bücher – längst nicht alle gelesen, wußte ich inzwischen, aber wohl geliebt und mit Sorgfalt ausgewählt, voller Verheißungen für die Zukunft –, der kleine Schachtisch von Samuels Opa, die alten, angeschlagenen Schüsseln, die Samuel irgendwann einmal aus Dänemark mitgebracht hatte, die selbstverlegten Holzpaneele im Wohnzimmer, die sich so schrecklich verzogen hatten. Alles war anrührend in seiner Primitivität und Einfachheit, und bald würde das Leben kompliziert und groß werden, und es würde uns Mühe kosten, uns vor lauter Verlegenheit und Unbehagen nicht Tag für Tag verrücktzulachen.

69

Im selben Sommer brachte Samuel mir das Segeln bei.

Ich lernte es zu lieben, wirklich. Samuel machte es jung und stark, und die Überlegenheit, die er auf dem Boot ausstrahlte, beängstigte mich nicht mehr. Auch konnte ich nicht genug davon bekommen, meine gegenwärtige Rolle auf dem Boot mit der von damals zu vergleichen – allein das schon verlieh mir das nötige Selbstvertrauen für die erforderlichen Verrichtungen. Wir schlugen in diesem Sommer nicht ein einziges Mal um, und ich lernte, das große Segel genau so vor den Wind zu spannen, daß unser Boot in die richtige Richtung fuhr. Daß ich jetzt segeln konnte, hielt ich – abgesehen von Samuel – für meine größte Errungenschaft. Ich träumte sogar davon; immer Träume, die mit Samuel zu tun hatten.

Sehr oft machten wir am Ende des Tages am Anlegesteg des Wochenendhauses von Samuels Eltern fest. Dann wurde über offenem Feuer im Kamin oder draußen im Garten Fleisch oder Fisch gegrillt, und Samuels Vater entkorkte hingebungsvoll die besten Flaschen Wein. Es schien, als müsse er immer etwas feiern, wenn wir kamen. Als ob er, je eindeutiger Samuel und ich zusammengehörten, auf seine stille, freundliche Art auch immer hingerissener war, wenn wir sie besuchten. Er war groß und gutaussehend und besaß für mich viel Ähnlichkeit mit Samuel. Seine Schweigsamkeit und Verschlossenheit, die mein Vater für kurze Zeit (und hinter verschlossenen Türen) verändert hatte, waren allerdings anders als die Samuels. Samuels Vater relativierte nicht alles, wie sein Sohn das tat, und seine Unnahbarkeit war auch nicht mit Mutlosigkeit und Selbsthaß gepaart wie bei Samuel, jedenfalls nicht sichtbar. Er war ein Lebensgenießer aus Überzeugung, und er schwieg, weil ihm das einfach lieber war. Er hatte Stil, so unnahbar er auch sein mochte.

Erst im Laufe der Jahre war mir so richtig bewußt geworden, wie außergewöhnlich es war, daß er diesen Panzer aus beschwingtem, aber stummem Frohsinn seinerzeit kurz abgestreift hatte, als er die Schrecken seiner Kindheit noch einmal durchlebte. Er wurde nie ausfallend, er hatte nie einen deprimierten Ausdruck im Gesicht – er hatte etwas sehr Harmonisches, Zufriedenes und Glückliches, von dem man nicht ganz glauben konnte, daß es echt war.

Die Essen bei ihnen im Haus waren symptomatisch für diese Ausgeglichenheit. Es wurde nur über unverfängliche Belanglosigkeiten geredet, als müsse jedes Thema vermieden werden, das auch nur den geringsten Wellenschlag in irgend jemandes Gemüt aufrühren könnte. Trotzdem waren diese Essen gemütlich und angenehm, und ich hatte jedesmal, wenn ich dabei war, ein festliches Gefühl, von dem ich meiner Familie gerne etwas beigebracht hätte.

Ich war diese Form zweckmäßiger, *schonender* Oberflächlichkeit von Haus aus nicht gewöhnt. Ich kannte nur die eher extremen Situationen: angespanntes Schweigen, überschwengliche Sentimentalitätsäußerungen, boshaftes Getratsche und unbändiges, hämisches Lachen, brüske Beschimpfungen und das sich daran anschließende furchtbare Bedauern darüber. Auch kannte ich Sparsamkeit, um nicht zu sagen Geiz, wesentlich besser als diese festliche Freigebigkeit. Bei Samuels Eltern wurde immer großer Aufwand beim Tischdecken und der Auswahl des Weins betrieben, und meist gab es eine Überraschung, für die Samuels Vater gesorgt hatte: kleine Geschenke für diesen oder jenen, für jeden ein besonderes Häppchen, nette Vorhaben für die Wochenendgestaltung, so was in der Richtung. Auf seine stille Art genoß er unsere Dankbarkeit, und zugleich verstärkte er mit seinen guten Gaben noch seine Unnahbarkeit, weil er immer der Schenkende war und wir immer die Beschenkten.

Für mich schien er ebensoviel Sympathie zu empfinden wie ich für ihn, obwohl das unausgesprochen blieb. So umarmte er mich immer ganz entzückt, und sein »Ha, Ed!« klang immer aufrichtig. Mehr war da nicht, und es war doch viel. Außer den Gesprächen mit meinem Vater mußte es auch mein Einfluß auf Samuel sein, der ihn für mich einnahm. Er vergötterte Samuel und sagte mir mehr als nur einmal, daß er seinen Sohn mitunter kaum wiedererkenne, soviel sanfter und offener sei er für ihn im Vergleich zu früher geworden. Samuels Mutter sagte oft, daß Samuel jetzt wieder dem Kind gleiche, das er ganz früher einmal gewesen sei, daß sie glaube, er habe dank mir endlich seine späte, aber schlimme Pubertät überwinden können. Ich fühlte mich ziemlich geehrt.

Nun, da ich seine Familie kannte, war Samuels häusliche Ader für mich endlich besser zu verstehen: Im Innern wurde genauso gehätschelt wie nach außen hin gefürchtet und verspottet – so wie bei uns.

70

Als die letzten schönen Tage dieses Sommers gekommen zu sein schienen – der Wind frischte auf, und es wurde schon fast herbstlich kühl –, gingen Samuel und ich noch einmal zum Boot. Unsere Spielzeugphase ging ihrem Ende entgegen. Dementsprechend war die Wehmut jener Monate bei diesem Anlaß noch einmal besonders geballt. Es hatte etwas mit dem Licht zu tun, das gedämpfter und orangener war als zu Beginn dieser Jahreszeit, und mit dem Wind, der sich nach seinem Sommerschlaf plötzlich so ungestüm gebärdete, aber es hing zweifellos auch mit dem nahenden Abschied von unserer Kindheit zusammen.

Zugleich begann sich die Trägheit, die Wehmut oft mit sich bringt, bereits zu verziehen, und ich fühlte die Verpflichtungen und Schrecken der unmittelbaren Zukunft – der Umzug und der restliche Umbau – an mir zerren. Dabei war der Umzug geregelt, die Hypothek fein säuberlich beim Notar eingetragen, die Farbe für den Neuanstrich von Holz und Wänden besorgt. Viel gab es also nicht mehr, worüber wir uns Sorgen hätten machen brauchen.

»Ob wir dann wohl noch Lust zum Segeln haben?« sinnierte ich düster.

»Wieso?« fragte Samuel erstaunt. »Warum denn nicht?

Mach doch nicht so ein Drama draus! Warum sollte denn alles so anders werden? Die Erde hört doch nicht auf, sich zu drehen, wenn wir zusammenziehen, oder? *So* schwer kann das Zusammenleben doch nicht sein, denk ich mir.«

»Nein, aber irgendwie ist jetzt alles so sonderbar und wehmütig«, sagte ich.

»Ach, mein armes kleines Biest, immer grübeln und schwarzsehen«, sagte Samuel. Hört, hört!

»Das mußt ausgerechnet du sagen, König Brüterich«, antwortete ich.

Der Wind zerrte heftig und böse am Segel und an unseren Sommerkleidern, und wir wurden mit gehöriger Geschwindigkeit aufs IJsselmeer hinausgezogen. Das war es, was ich zu schätzen gelernt hatte: diesen kräftigen Wind im Gesicht, und das nur scheinbare Ausgeliefertsein an dessen Willkür. Ich wußte dieses feindselige Wehen gut zu handhaben. Nicht so gut wie Samuel natürlich, aber ganz passabel. Stolz saß ich mit einer Hand am Ruder und hielt mit der anderen das Großsegel in Schach, denn Samuel kochte gerade Kaffee. Beide machten wir mit großer Entschlossenheit genau die Dinge, in denen wir nicht besonders gut waren. Wie sehr ich ihn damals liebte. Er trug diesmal nicht sein makelloses Segel-Outfit, sondern eine alte Hose und ein verwaschenes rosa T-Shirt und sah mit diesem weichen Trikot um die Schultern ein wenig wie ein kleiner Junge aus, der im Pyjama noch kurz fernsehen darf. Als er mir, nachdem er eine Viertelstunde lang in der kleinen Vorpiek herumrumort hatte, einen Becher reichte, kleckerte er sich dabei auf Hose und T-Shirt.

»Volltreffer, mein kleiner Schussel!« rief ich.

Dabei mußte ich verdammt aufpassen, daß ich mir nicht in gleicher Weise die Hose bekleckerte.

»Schussel, ja, ja«, sagte Samuel. »Du kleckerst ja nie, das hätte ich fast vergessen!«

Ich grinste ihn an und achtete dadurch einen Moment nicht auf das Ruder.

»Paß auf!« schrie er plötzlich.

Ein enormer Windstoß riß das Boot hoch, und Samuel fiel kopfüber über meine Knie.

Danach schlug mir der Baum gegen den Kopf, und ich sah auf einmal den Mast auf mich zugeschossen kommen.

Wir schlugen um. Ich kreischte.

Samuel war blitzschnell.

»Hol die Schot dicht!« Keinerlei Panik in seiner Stimme.

Wir waren nicht *ganz* umgeschlagen, wie sich herausstellte, aber doch *beinahe,* und Samuel saß schon am Ruder. Klatschnaß war er, doch binnen weniger Minuten hatte er das verrücktgewordene Segel wieder im Griff.

»Bleib da sitzen«, sagte er. »Hast du dir weh getan? O Gott, du blutest! Herrjemine! Das war meine Schuld. Ich hätte mich nicht soviel bewegen dürfen bei dem Wind und dich nicht gleichzeitig Ruder und Segel übernehmen lassen. Eigentlich hätte ich dich überhaupt nichts machen lassen sollen!«

»Ich dachte, ich könnte es so gut!« sagte ich zähneklappernd und erschlagen. Alles war voll Kaffee.

Es tat weh, aber ich fühlte mich toll.

»Sam, wären wir jetzt beinahe gekentert? Und was hätten wir dann gemacht?«

Ich blutete und war triefnaß, genau wie er.

»Mit diesem Boot kann man praktisch nicht kentern«, sagte er. »Ein fabelhaftes Boot, ein Superboot. Aber man muß schon auch damit segeln können.«

Wir froren zu sehr, mein Kopf blutete etwas zu stark, und der Schreck war auch zu groß gewesen, als daß wir weitersegeln wollten. Daher beschlossen wir, jetzt schon mal zu seinen Eltern zu fahren. Ich drückte mir einen Lappen an den Kopf und freute mich darauf, unsere dramatische Geschichte erzählen zu können.

Gegen drei waren wir da, viel früher als sonst. Eilig vertäuten wir das Boot und stolperten so schnell wir konnten zum Haus. Meistens kamen Sams Eltern uns schon entgegen, aber diesmal waren sie nirgendwo zu sehen. Vielleicht waren sie kurz ins Dorf gefahren.

Samuel fand Jod und tupfte das, nachdem er mir das Blut aus den Haaren gespült hatte, mit großer Gewissenhaftigkeit auf meine Wunde. Es brannte ein bißchen, und auch das war toll. Danach legten wir uns für einen Moment ins Bett, bibbernd wie kleine Kinder.

»Wie lange seid ihr schon hier?« flüsterte Samuels Mutter. Sie streckte den Kopf durch den Türspalt. Es war zweieinhalb Stunden später.

Diese Begrüßung hatte nicht die entfernteste Ähnlichkeit mit dem, was wir sonst von ihr gewöhnt waren. Wir nickten ihr verstört zu.

»Gerade erst, oder nein, ein, zwei Stunden. Was ist denn, wo wart ihr?«

»Draußen vor der Tür, im Auto.«

Samuel setzte sich auf.

»Im Auto? Wieso um Himmels willen im Auto?«

Sie flüsterte immer noch: »Habt ihr denn nichts gehört?«

»Nein. Nichts. Warum flüsterst du so?« fragte Samuel. »Du brauchst unseretwegen nicht so leise zu sein.«

Ich wünschte, seine Mutter würde weggehen. Ich fühlte mich nackt unter der Bettdecke, meine Beine lagen ein bißchen über denen von Samuel. Ich löste mich von ihm.

»Mir ist die Stimme weggeblieben«, flüsterte sie. Wie eigenartig sie aussah.

»Ach. Wo ist Papa?«

»Was weiß ich. Weg. In die Stadt, denke ich.«

Streit also. Das hier mußte mit Streit zu tun haben.

Ich konnte mich nicht erinnern, daß Samuels Eltern je Streit gehabt hätten. Oder daß Samuel mir davon erzählt hätte. Meine Eltern schon, die hatten so oft Streit.

»Was ist denn?« fragte Samuel, plötzlich beunruhigt.

Seine Mutter tat schon wieder ein wenig munterer, als schwinge sie sich mit Gewalt zu ihrer ewig guten Laune auf. Sie erkundigte sich flüsternd, wie unser Segeltörn gewesen sei. Aber dann reagierte sie überhaupt nicht auf die Erzählung von unserem Abenteuer. Lächelnd nickte sie, als wir bei den Details mit dem beinahe gekenterten Boot und meinem heftig blutenden Kopf angelangt waren.

»Maham, du hörst ja gar nicht zu!« sagte Samuel verärgert.

Sie sah ihn erstaunt an, sagte »Entschuldigung« und ging nach unten.

Wir zogen uns schnell an, schweigend. Ich kam mir überflüssig vor. Das hier war ein Familiendrama.

»Ich fahr am besten nach Hause«, sagte ich. »Bleib du

ruhig hier, dann kannst du mit deiner Mutter reden und ihr fahrt zusammen zurück. Ich nehm den Bus.«

Ehe er etwas erwidern konnte, hatte ich schon die Tür hinter mir zugemacht.

Seine Mutter saß unten auf dem Sofa und starrte vor sich hin. Ich fragte, ob ich mir einen Regenmantel ausleihen könne. Sie schien mich zuerst gar nicht zu sehen. Unwillkürlich flüsternd, wiederholte ich meine Frage.

»Ja, natürlich«, flüsterte sie daraufhin zurück. »Nimm ruhig diesen, der gehört nicht hierher.«

Es war ein Mantel, der schon eine ganze Weile dort hing und niemandem zu gehören schien. Und dann fing sie an zu weinen, lautlos, aber unaufhaltsam. Ein wenig befangen nahm ich ihre Hand, um sie zu trösten. Als Samuel herunterkam, tauschten wir einen Blick aus. Ich hätte es nicht ertragen, wenn er mich jetzt nicht als Mitglied der Familie behandelt hätte. Er machte ein banges und beunruhigtes Gesicht.

71

Samuels Vater sei praktisch jeden Tag mehrmals nicht auffindbar gewesen. Wenn sie, Samuels Mutter, angerufen habe, habe die Sekretärin immer gesagt, er sei gerade weggegangen, um eine Besorgung zu machen. »Hatte im Lager zu tun«, habe er dann hinterher behauptet.

Dann habe sie diesen Regenmantel im Wochenendhaus gefunden. Einen unbekannten Frauenregenmantel. (Ja, ich konnte mich auch erinnern, daß sie jeden gefragt hatte, wem der gehöre.)

Eines Abends sei sie ihm gefolgt, als er nach dem Essen noch einmal zur Arbeit gefahren sei. Und natürlich sei er nicht ins Büro gefahren. In hohem Tempo sei er zu einer Adresse am Stadtrand gefahren. Er habe dort, in Buitenveldert, eine Tür aufgeschlossen. Eine Frau sei in der Türöffnung erschienen und habe ihn rasch und ganz selbstverständlich auf den Mund geküßt. Sie habe sie im Wohnzimmer zusammensitzen sehen. Er auf dem Sofa, mit einem Glas Wein in der Hand, sie in einem Sessel daneben. Gemütlich. Sie hätten sich unterhalten und gemeinsam in eine Richtung geschaut. Ab und zu hätten sie einander angelacht. Dann habe die Frau sich anders hingesetzt und ihre Beine über die seinen gelegt. Er habe diese fremden Beine festgehalten, sie gestreichelt, diese fremden Füße massiert.

»Wie lange geht das schon?« fragte ich.

»Halt dich fest. Schon fünf Jahre!«

Damit wurde Samuels Kindheit und seinem ohnehin schon geringen Vertrauen in die Menschheit wirklich ein brutales Ende gesetzt.

Im Grunde hatte sein Vater uns allesamt betrogen.

Dieser sympathische, festliche Lebensstil, so gesittet und anrührend, bekam auf einen Schlag etwas Falsches.

Wie zerrissen dieser arme Mann innerlich sein mußte, dachte ich noch und war selbst verblüfft über dieses solidarische Mitgefühl. Und Samuel hätte ich am liebsten getröstet, als ob er ein kleiner Junge wäre.

Wir umarmten einander und blieben ganz lange so sitzen. Wie furchtbar allein wir doch auf der Welt waren.

»Ich will ihn nie mehr wiedersehen«, sagte Samuel.

»Ach, natürlich«, sagte ich.

72

Im September zogen wir in unsere neue Wohnung. Befangen, verlegen fast schon, warfen wir unseren alten Plunder zusammen. Samuels Interlübke-Sessel wünschten sich unübersehbar Gesellschaft, die fundierteren ästhetischen Ansprüchen genügte als mein alter, in armen Zeiten selbstgestrichener roter Tisch, und genauso rümpften die prachtvollen handgearbeiteten Kommoden (Stil: De Stijl) von Samuels Großeltern stolz die Nase über das alte Schränkchen von Tante Sophie, das ich seit so vielen Jahren hegte und pflegte. Ich wußte, daß meine Besitztümer es mit denen von Samuel nicht aufnehmen konnten, doch gerade weil sie nicht so stilgerecht waren, mir in ihrer Schrägheit aber um so mehr am Herzen lagen, verteidigte ich sie mit Zähnen und Klauen, fast schon aggressiv.

Samuel zog mich damit auf. Wie immer ging es bei dem Ganzen wieder ziemlich symbolisch zu. Daß Samuel mit seinem stilvollen Beitrag automatisch im Recht war, alarmierte und ärgerte mich wie eh und je, aber zugleich schwelgte ich auch in diesem Vergrätztsein und genoß es, daß ich so wachsam war.

Mit Tünche und Lackfarbe ergriffen wir Besitz von der Wohnung. Die Wände mußten weißer werden, als sie es waren, und die Weichholzböden des Souterrains wurden mit Lackfarbe gestrichen, ehe wir dort unser Schlafzimmer und Samuels Arbeitszimmer einrichten konnten. Wir waren beide ungeduldig und fanden eigentlich, daß das viel zuviel Arbeit war – soviel Holz, soviel Wand –, aber wir waren zu sparsam, um jemand anders damit zu beauftragen.

Ich hatte irgendwie immer das Gefühl, daß ich mich nicht anzustrengen bräuchte, eine Trägheit, die ich nicht weiter erklären konnte. Ich tendierte dazu, alles Samuel zu überlassen, um mir keine Kritik an meiner lahmen und dementsprechend etwas nachlässigen Herangehensweise einzufangen. Samuel konnte das alles viel akkurater, keine Frage, vor allem was das ganze Drumherum wie das Säubern der Pinsel und das Reinhalten der Klamotten betraf. Nach zwei Wochen harter Arbeit warf er mir jedoch in einigermaßen scharfem Ton vor, daß ich nicht genügend Einsatz zeigte, und daraufhin lackierte ich den Fußboden in seinem Zimmer an einem einzigen wütenden und verbissenen Nachmittag, als er nicht zu Hause war. Er bedankte sich nicht bei mir. Schließlich hatte er den Schlafzimmerboden mittlerweile dreimal gestrichen und den vom riesigen Wohnzimmer oben auch, und alles inklusive Abschleifen natürlich. Ich lackierte sein Zimmer noch ein zweites Mal, und auch den Flur, und plötzlich waren wir wieder zufrieden miteinander.

Wir gingen in der Stadt essen und tranken eine ganze Menge Wein. Jetzt hatte es angefangen. Wir lebten zusammen.

Es war ein eigenartiges Gefühl. Beinahe einsam. Dieses Zusammenleben hing irgendwie so in der Luft. Es erforderte häusliche Organisation und ein Vielfaches der Alltäglichkeit und der Gleichgültigkeit, mit der wir unserer Verlegenheit gewöhnlich zu Leibe rückten. Zwei Kinder, von denen plötzlich erwartet wird, daß sie Erwachsene spielen – das Spielzeugleben erhielt einen Status, dem es eigentlich nicht gewachsen war, und obwohl es mich glücklich und vergnügt hätte machen können, weiß ich jetzt im nachhinein, daß es mich störte und bedrückte. Ich blieb in meinem Unglauben und meiner Entfremdung stecken, ich blieb Zuschauerin in der eigenen Wohnung, trotz eigener Farbe, eigenhändig aufgetragener Tünche.

Irgendwie war ich auch nicht dazu imstande, Begeisterung für die anderen Verbesserungen und neuen kleinen Ankäufe, die wir uns leisteten, aufzubringen: Sie machten alles noch wirklicher, was für mein Gefühl den Betrug paradoxerweise um so größer machte.

Samuel fügte sich viel selbstverständlicher in die neue Ordnung. Sein heimlicher Hang zur Häuslichkeit und der Wunsch nach einem größeren, echteren Leben, mit dem er sich schon so lange herumschlug, wurden durch den Status dieser neuen Wohnung, dieses erwachsenen Ambientes größtenteils erfüllt. Das mußte etwas sein, wonach er sich schon lange gesehnt hatte, wenn ich es auch nie so richtig bemerkt hatte. Es rührte mich ein bißchen, und es war beruhigend, aber es irritierte mich auch. Ich wünschte mir andere Wünsche für ihn.

Und gleichzeitig fragte ich mich, ob ich mein Unbehagen in bezug auf die neue Situation nicht übertrieb – ob ich mich nicht absichtlich von dem distanzierte, was in meinen Augen viel zu stimmig war. Samuel wurde für mich immer überschaubarer, und das fühlte sich herrlich, aber auch unbekannt und unheimlich an.

Es war, als sträubte ich mich bewußt gegen die Zufriedenheit. Samuels Zuwendung und eine eigene Wohnung in der Tasche – da zog ein beängstigend großes Glück herauf. Die Zukunft, eine Falle der Wohlgeratenheit. Nun, da alles so gut geregelt war, sah ich mit Furcht und Schrecken meine Kampflust schwinden. Und ohne Kampflust könne ich unmöglich mit Samuel leben, dachte ich. Oder hatte ich Angst, daß sich ein abgrundtiefes Nichts, Mangel, Leere offenbaren würden?

Es fiel mir im übrigen nicht schwer, hitzköpfig und überdreht zu sein. Ein Gegenleben zu führen, mit dem ich unser häusliches Leben in der Balance halten konnte. Ich hatte viel Arbeit und viel Streß. Man flirtete mit mir, und ich genoß das. Ich lief auf Hochtouren. Hin und wieder war ich in wohltuender Weise, aber nur vage in jemanden verknallt, während Samuel, der nie Angst vor der Gewalt von außen hatte, lächelnd und meinen Erfolg altruistisch genießend, am Spielfeldrand stand. Er testete meine Loyalität, konnte man fast meinen, arrogant, beinahe fatalistisch.

Eine derart große Toleranz hatte etwas Perverses, und zugleich bewunderte ich Samuel dafür. Ganz gelegentlich einmal bildete ich mir ein, ein bißchen beleidigt zu sein über seine Langmütigkeit, doch was überwog, war der Genuß meiner Freiheit, und gerne lieferte ich Samuel die geistreichen Details, mit denen ich ihn zu amüsieren wußte. Die kompromittierenderen kleinen Sachverhalte behielt ich für mich – ich blieb Samuel völlig treu, wußte ich, auch wenn ich Liebeserklärungen Fremder andächtig und bis zum Ende lauschte. Es war, als wollte ich Erfahrungen für ihn pflücken und ihm in einem Körbchen darreichen, damit wir gemeinsam nach Herzenslust darüber lachen konnten. Ich mußte doch schließlich Material sammeln, um ihn auch weiterhin amüsieren zu können, oder?

Kartons blieben unausgepackt, Schränke uneingeräumt,

Tüten mit Plunder und Kleidung unsortiert. Wir hatten aber auch beide so viel um die Ohren.

73

Nach einem Monat, in dem Samuel von seiner Mutter beinahe täglich über die Gespräche, die sie mit ihrem Ehemann führte, auf dem laufenden gehalten worden war, hatten Zandra und Samuel ihren Vater in unsere Wohnung zitiert, um ihn dort zur Rechenschaft zu ziehen. Er war um neun Uhr abends gekommen – ich war weg, zu Besuch bei Flippa –, mit einer Flasche Wein und zwei Tüten frisch gerösteter Erdnüsse.

»Diese Nüßchen standen so falsch, aber gleichzeitig auch so rührend armselig da, daß ich mich auf einmal in unserer eigenen Wohnung nicht mehr richtig zu Hause gefühlt hab«, erzählte Samuel unglücklich. Sein Vater hatte sich schlichtweg geweigert, auch nur ein Wort über sein Zweitleben zu sagen, weil es seine Kinder seiner Meinung nach nicht das geringste angehe. Schluß, aus. »Er hat alles verdorben, aber verrückterweise kann ich ihm einfach nicht ewig böse sein«, jammerte Samuel. »Irgendwie kann er einem leid tun! Und ich hab mich auch so geschämt – nicht nur, weil ich ihm Sachen an den Kopf geworfen hab, die mich gar nichts angehen, sondern auch, weil ich ihn eigentlich gar nicht kenne und mich, um ihm wenigstens einen Gefallen zu tun, immer wieder von ihm befeiern und einlullen lasse. Es war einfach alles so wie immer. Wir haben Wein getrunken und über sein neues Auto geredet! Ich weiß aber auch so wenig über ihn, so gut wie nichts eigentlich. Es ist jetzt fast fünf Jahre her, daß ich ihn eine Woche lang nur hab weinen hören, damals mit deinem Vater, aber danach ist er wieder ganz so geworden wie früher, oder? Eigentlich traue ich mich heute noch genausowenig, ihm etwas zu sagen oder ihn gar etwas zu fragen. Er redet ja doch nicht mehr. Das einzige, was ich bis heute weiß, ist, daß sie seinen kleinen Bruder vor seinen Augen umgebracht haben. Und das ist für mich Gott sei Dank unvorstellbar.«

»Aber trifft er sich denn noch mit dieser Frau?«

»Natürlich! Nur behauptet er, daß es nicht so ist. Meiner Mutter hat er gesagt, es sei definitiv vorbei. Vielleicht genügt ihr das, um den Kopf wieder für ein paar Jahre in den Sand zu stecken. So wie er jetzt ist, ist er schon fünf Jahre lang, und wer weiß, wie er ohne diese Frau gewesen wäre. Denn da ist noch etwas.«

Er hielt inne, zögerte.

»Was? Was denn?«

Diese blöde Scham immerzu.

»Es ist ein solches Klischee, daß einem richtig schlecht davon werden könnte. Diese Frau, also die ist seine Seelenklempnerin. Und er kennt sie, seit er angefangen hat, in seiner Vergangenheit herumzugraben.« Samuel verstummte.

»Dieses dämliche Herumgegrabe aber auch!« entfuhr es ihm dann, und er rannte aus dem Zimmer. Für einen kurzen Moment verfiel ich in eine uralte Panik.

Meinte er, daß es also im Grunde *unsere* Schuld war? *Die von meinem Vater und mir also?*

Jedenfalls durfte hiernach nicht mehr über dieses Thema gesprochen werden.

Und was das Merkwürdige war: Nach ein paar Monaten war es fast so, als hätte das ganze Drama niemals stattgefunden. Als wäre es nur ein böser Traum gewesen.

Ich dachte jeden Tag daran. Als wäre ich diejenige, die betrogen worden war.

74

Und dann kam die Feier des sechzigsten Geburtstags von Samuels Vater. An einem regnerischen Samstagabend im Februar. Im Anschluß an ein Essen in der Stadt würde die Familie Finkelstein (neuerdings nannte ich sie einfach so) die Vorstellung eines Improvisationskabarettisten besuchen.

Dieser Geburtstag würde auf Teufel komm raus gefeiert werden, denn einen sechzigsten Geburtstag feiert man nun mal. Lust hatten weder Samuel noch ich, aber seine Mutter hatte uns angefleht, doch bitte zu kommen. Als ob nichts gewesen wäre. Und wir gingen, wenn auch nur ihr zuliebe.

Samuels Vater hatte den jungen Kabarettisten einmal auf dem Abschiedsfest eines seiner Angestellten gesehen und sehr über ihn gelacht. Mittlerweile war der junge Mann in der Theaterwelt aufgestiegen, und Samuels Vater war gespannt, wie er sich gemacht hatte.

Samuel hatte laut gejammert, daß das doch nichts sei. Ich hatte dafür kein Verständnis. Wenn sein Vater es nun einmal wollte. Wir bekamen uns in letzter Minute auch noch deswegen in die Haare. Daß ich Partei für seinen Vater ergriff!

Im Restaurant sagte Samuel kein Wort und taute erst

während des Nachtischs ein wenig auf. Für mich war das typisch Samuel: Geht hin, obwohl er eigentlich sauer ist, und hockt dann da und schmollt über irgend etwas Unsinniges, Nichtiges, so daß er letztlich allen die Stimmung verdirbt. Unglaublich irritierend. Ich sah Zandras Blicke, aber dieses eine Mal verkniff sie sich einen Kommentar.

Zandra hatte ich als eine, soweit überhaupt möglich, noch schwierigere Persönlichkeit als Samuel kennengelernt. Die Gebrauchsanweisung für sie habe die Familie in einem frühen Stadium ihres Lebens verloren, sagte Samuel immer. Zandra verschanzte sich nie hinter dem bockigen Schweigen, das Samuel so gut draufhatte, sondern hinter quirligem, spritzigem Geplapper, von dem ich ja schon vor langer Zeit einmal einen Vorgeschmack bekommen hatte und mit dem sie jede Gesellschaft schrecklich nervös machte. Denn mitten in dieser so freundlich wirkenden Quirligkeit konnte sie jemanden urplötzlich so gemein anfahren und damit so abscheulich abkanzeln, daß derjenige schon ein ziemlich gefestigtes Selbstbewußtsein haben mußte, um da noch Haltung zu bewahren. Es kam aus heiterem Himmel – sie mache auf diese Weise einem vagen Mißfallen Luft, das häufig nicht einmal in direktem Zusammenhang mit dem Gesprächsthema stehe, hatte Samuel mir einmal erläutert. Er konnte als einer der wenigen relativ gut mit ihr umgehen, weil sie ihn auf fast schon pathetische Art verehrte. Ich versuchte es gar nicht erst, und das half auch.

Es war ein ziemlich großer Saal in einem der Theater im Stadtzentrum, und er war vollbesetzt. Wir saßen fast ganz vorn und am Mittelgang. Schon bald stellte sich heraus, daß Samuels Vater das Konzept des Abends ein wenig falsch verstanden hatte. Der junge Kabarettist würde zwar tatsächlich auftreten, jedoch nur im Vorprogramm von einer Art Zirkus – mit Clowns, Zauberern und Akrobatik.

Ich bin nicht gerade wild auf Zirkus, ich finde die Atmosphäre dort hysterisch und gruselig, ich halte nichts von dem ganzen Glitzerkram, dem augenfälligen Schmu, den unwürdigen Bewegungen, mit denen Akrobaten ihre Zuschauer in weit hergeholte Todesängste hineinziehen wollen.

Nach dem letzten Reinfall hatte ich aber keine Lust, mich mit Samuel hierüber auszutauschen, und beschloß daher, für diesen Abend alles, ohne zu murren und mich zu mokieren, über mich ergehen zu lassen. Samuel machte immer noch ein finsteres Gesicht, als wir uns setzten. Ich tat, als sähe ich es nicht.

75

Während der Conférence durchlitt ich einen peinlichen Moment, als es so aussah, als würde man mich auf die Bühne rufen, um irgendeinen intimen Tanz mit dem Kabarettisten aufzuführen. Zum Glück war aber das junge Mädchen vor mir die Dumme. Mir wurde plötzlich bewußt, auf was für einem unseligen Platz wir für eine Vorstellung wie diese saßen, so weit vorn und am Gang.

In der Pause hätten wir im Grunde gehen können, fand ich, denn wir waren ja nun weiß Gott nicht hergekommen, um uns eine Zirkusvorstellung anzusehen. Doch Samuels Vater sagte strahlend, daß er schon immer ein Faible für unverhoffte, absonderliche Dinge gehabt habe. Samuel schwieg.

Nach der Pause trat ein Zauberer auf, der mir sofort als Niete erschien. Seine Stimme hörte sich an, als hätte er irgendwann dank eines Übermaßes an Dummdreistigkeit das Lispeln überwunden, und seine überspannte Fröhlichkeit ging mir schon gleich auf den Nerv. Mit großem Brimborium machte er irgend etwas mit Münzen und Karten, die sich auflösten und an den merkwürdigsten Orten wieder zum Vorschein kamen. Dann verschwand er. Weil es vorbei wäre, dachte ich.

Doch unter Trompetengeschmetter kehrte er zurück, eine Art Guillotine hinter sich herziehend, mitsamt schmuckvollem Fallbeil und Aussparungen, in die unwillige Hände passen würden. Das Ding stellte er vorn auf die Bühne, so daß jeder es gut sehen konnte.

Ich suchte in meiner Tasche nach einem Bonbon und hatte meinen Kopf gerade wieder über die Stuhlreihen erhoben, als er händereibend rief: »Ich suche ein Opfer!«

Und ich wußte sofort, daß das ein abgekartetes Spiel war.

»Die schöne Dame dort wollen wir doch mal testen!«

Ich wurde galant, aber eisern am Arm gepackt und spürte förmlich, wie sich der ganze Saal schadenfroh ins Fäustchen lachte. Losreißen konnte ich mich nicht, dazu war sein Griff zu fest, und es wäre auch ein wenig zu peinlich gewesen. Samuel schaute mir amüsiert nach.

Ich muß zugeben: Für einen ganz kurzen Moment hatte ich damals, blitzartig, ein gewisses Gefühl von Auserwähltsein. Und ich versuchte, im Gleichschritt zu gehen, lächelnd wie ein Star, unverletzlich.

Zuerst stellte er mir Fragen.

»Und wie heißt die schöne Dame unseres heutigen Abends? Ich bitte jeden Abend eine schöne Dame zu mir auf die Bühne, meine Damen und Herren. Und immer haben sie so schöne Namen, als hätten ihre Eltern schon gewußt, daß schöne Damen aus ihnen werden! Wie heißen Sie, Teuerste?«

Es war schwer, jemandem, der sich derart stupide und exaltiert aufführte, auf annehmbare Weise zu antworten. Meine Stimme hörte sich in dem großen Saal flach und peinlich berührt an.

»Wie? Haben Sie das verstanden, meine Damen und Herren? Ich nicht! Wir werden um etwas mehr Lautstärke bitten müssen. *Wie* heißen Sie?«

Ich blaffte jetzt laut meinen Namen, die Hitze war mir in den Hals hinaufgekrochen, das Selbstvertrauen weggeschwitzt.

»Edna! Na bitte, wieder so ein schöner Name! Wie machen die das bloß? Meine Damen und Herren, wir werden jetzt ein kleines Spiel spielen! Unsere Edna hier wird zwei Karten ziehen und uns sagen, ob sie glaubt, daß ich weiß, was sie ziehen wird! Ich werde ihr sagen, was sie gezogen hat, aber es geht darum, ob sie mir vertraut! Vertrauen Sie mir, teure Edna?«

Ich fühlte mich inzwischen ein bißchen krank. Ich wollte mir ja alle Mühe geben, das hier zu ertragen, aber dann mußte es jetzt auch ganz schnell vorbei sein. Meine Mundwinkel waren schon total verkrampft. Ich wollte weg, aber das ging natürlich nicht. Hilfesuchend schaute ich zu Samuel und seiner Familie hinüber. Alle sahen mich lachend an und schienen gespannt zu sein, was ich machen würde. Nur Samuels Vater nickte mir zu, in seiner Miene sah ich kurz das Mitleid aufblitzen, das diesem Anlaß angemessen war, doch gleich darauf meinte ich, ihn genauso damlich lachen zu sehen wie die anderen.

Samuel lachte auch.

Der Zauberer sah den schmerzlichen Ausdruck in meinem Gesicht. Er nickte mir ebenfalls zu, und jetzt sah ich erst, daß ihm auch nicht ganz wohl in seiner Haut war. Ich begriff plötzlich, daß er selbst nicht an seine Vorführung glaubte. Er litt ebenso wie ich, ein Hanswurst für die Meute.

Anstatt daß mich das beruhigte, machte es mich noch banger. Denn es bedeutete, daß er das hier gegen jedes Gefühl durchziehen würde. Ich war nicht in guten Händen, ich war seiner Angst vor dem Publikum ausgeliefert. Und wer von Angst geleitet ist, entwickelt grausame Züge.

»Mit wem sind Sie hier, Frau Edna, sitzt dort Ihr Ehemann? Soll er Sie nicht vielleicht retten?«

Samuel schüttelte lachend den Kopf. *O nein!* winkte er ab. *Hahaha.*

Er kapierte offensichtlich gar nichts. Sein Vater stieß ihn an, sah ich, der begriff es also wohl. Aber Samuel starrte weiter lachend geradeaus. Merkte er nicht, daß ich dem nicht gewachsen war, wirklich nicht? Sah er den Ernst der Situation nicht? Ich wollte das hier nicht. Ich spürte, wie Panik in mir aufkam.

»Dann müssen Sie dran glauben, Frau Edna. Trauen Sie mir zu, daß ich Ihnen sagen kann, welche beiden Karten Sie ziehen werden?«

»Nein«, gab ich natürlich zu verstehen, wie von mir erwartet wurde, und ich sagte sogar laut und ein bißchen aufmüpfig, um die Härte des Typs zu brechen: »Ich glaube das, ehrlich gesagt, überhaupt nicht!«

»Wissen Sie, welche Repressalien diese *Vermessenheit* nach sich zieht?«

»Neeeiiin!« ließ ich mit gleicher Theatralik vernehmen, jetzt mußte ich auch noch witzig sein. Wie eine Wilde schauspielerte ich gegen meine Verzweiflung an.

»Sehen Sie diese Guillotine? Unter die werden Sie müssen, wenn Sie unrecht haben!«

Der Saal brach in Oooohs und Aaaahs aus.

Und das jagte mir nun wirklich Angst ein, wie kindisch es auch klingen mag. Einen Moment lang war mir so, als würde man mich vor den Augen all dieser Leute wirklich exekutieren. Und dann ging mir auf, wie kompliziert die Demütigungen sein würden, die jetzt noch anstanden, wieviel Kraft ich benötigen würde, um da noch mit Anmut hindurchzukommen, auch wenn das Ganze nicht wirklich lebensbedrohlich war. Ich befand mich in einem Alptraum, und ich konnte nicht weg. Panikschübe wechselten sich mit Anflügen bleierner Ermattung ab.

»Bleiben Sie bei Ihrem Standpunkt?«

»Nein«, sagte ich feige. »Sie wissen bestimmt, welche Karten ich ziehen werde.«

Doch die Musik hatte schon vor meiner Antwort laut zu schmettern begonnen, und der Zauberer verbeugte sich lachend vor dem Publikum. Er schien das als rhetorische Frage aufzufassen. Mein Urteil war längst besiegelt. Und dieser Idiot hatte natürlich irgendeinen Trick drauf, womit er die Karten, die man zog, immer richtig erriet.

Die Musik war jetzt nur noch ein Flüstern.

Er hielt mir die Karten hin, ließ mich zwei ziehen und machte eine dramatische Pause. Dann jubelte er geradezu, welche Karten es waren, in unerträglichem Triumph.

Sterben mußte ich, sterben.

Die Musik schwoll zu hysterischer Lautstärke an und wurde wieder leiser, um ihn zu Wort kommen zu lassen.

»Meine Damen und Herren, diese Dame muß bestraft werden! Sie hat meine Zauberkunst weit unterschätzt! Ich denke, Sie wissen, was jetzt zu geschehen hat. Wollen wir *Gnade* walten lassen?«

»Neeeiiin!« grölte der Saal.

Ich sah Samuels lachenden Mund in der Stellung desselben Neins. Sein Vater sagte jetzt etwas zu ihm, ohne zu lachen, sah ich. Aber Samuel wandte sich von ihm ab, mit einem wütenden Ruck, wie es schien. Ich schwitzte wie verrückt. Ich fühlte mich nackt und gedemütigt durch mein Verlangen, nicht dazusein. Ein Bett, ein Schlafanzug, ein Tuch zum Nuckeln, Mama. Als müßte ich mich gegen meinen Willen vor all diesen Leuten ausziehen. Ziehen Sie mal eben Ihr Höschen aus. Da stand ich in einem zu kurzen Hemdchen, der Ansatz der Pobacken sichtbar, die Schamhaare unbedeckt.

»Frau Edna, Sie müssen unter die Guillotine! Kommen Sie mal mit! Hier hinknien bitte!«

Ich bekam einen sanften Stoß in Rücken und Kniekehlen. Ich versuchte mich zu wehren, tat das aber nur halbherzig, vielleicht weil ich mir über das Ausmaß meiner Panik nicht ganz im klaren war.

Da kniete ich also, vor einem vollbesetzten Saal mit johlenden Zuschauern unter einer Guillotine! Meine Hände kamen in die Aussparungen, die dafür vorgesehen waren. Mein kurzer Rock war in dieser Haltung nicht zu kontrollieren, mein Hintern stak hervor, als solle auf ihn geschlagen werden. Oder Schlimmeres. Obszön war das. Und irgendwo zwischen diesen lachenden Menschen saß Samuel. Der nicht eingriff.

In dem Moment wurde mir klar, daß ich meine Einsamkeit nie überwunden hatte, nicht wirklich. Daß das Theater, mit dem ich mein Leben soviel angenehmer, soviel lebenswerter zu machen gelernt hatte, mir zwar viel geschenkt, mich aber nie wirklich sicher gemacht hatte. Eines jedoch hatte ich mir wenigstens antrainiert: Angst durch Wut zu ersetzen.

76

Nachdem ich wütenden Schritts auf einer Seite des Saals nach draußen gestiefelt war, hatte ich mich unter heftigem Schluchzen auf die Toilette gestürzt. Zandra hatte sich meiner angenommen. Sie hatte zu meinem Erstaunen offenbar jede einzelne Phase meiner Erniedrigung zutiefst nachempfunden.

»Samuel ist ein Rindvieh«, sagte sie, »daß er dich nicht von dieser Bühne heruntergeholt hat. Ich hab's ihm noch gesagt und mein Vater auch. Der fand das alles so schrecklich! Er wollte dich retten, aber Samuel hat ihn daran gehindert. Der sagte nur: ›Ach wo, das macht Ednalein doch Spaß!‹ Er ist manchmal so ein Idiot! Meiner Meinung nach hat er nur nichts unternommen, weil er meinem Vater eins auswischen wollte!«

Mein Herz blutete wegen seiner Dummheit, und zugleich hätte ich ihn wegen dieser Dummheit am liebsten noch getröstet! Ich schniefte, daß unsere Beziehung ja dann wohl nicht sonderlich glorreich sei, aber Zandra bestritt das heftig und mit aufrichtiger Besorgtheit. Sie sagte feierlich, daß sie mich nach all diesen Jahren als Familienmitglied betrachte und große Bewunderung für die Beharrlichkeit hege, mit der ich es verstanden hätte, Samuels Verschlossenheit zu knacken. So gründlich hätten sich nur wenige in ihren geliebten, aber schwierigen Bruder vertiefen können oder wollen, das habe sie schon vor langer Zeit erkannt, und Samuel sei dadurch ganz schön aufgeblüht. Sie wolle mich daher auch nicht verlieren, als Panzerknacker und Psychiater, nach all den Jahren ihrer mehr oder weniger angstvollen Verehrung als Schwester. Sie würde mir gern von ganzem Herzen Mut machen, damit ich gegen die Familie gewappnet sei. Das sagte sie.

Dann sah ich Samuel. Er stand im Türrahmen des Eingangs zu den Toiletten und schaute mit tieftraurigem Gesicht zu Boden. Er wich meinem Blick aus.

»Ich hab gehört, daß du es schrecklich fandest«, sagte er. »Was bin ich doch für ein Blödmann. Und ich dachte die ganze Zeit, es macht dir Spaß. Ich fand, du hast dich ganz toll geschlagen. Und daß du dich getraut hast, den Typ danach noch so runterzuputzen – man hatte das Gefühl, du ziehst den ganzen Saal in den Bann.«

Ich glaubte ihm nicht, aber trotzdem hätte ich ihn gern getröstet und vor meiner berechtigten Wut bewahrt.

»Du traust dich doch immer alles mögliche, was ich mich nicht traue, oder?« sagte er, als wäre mein Mut sein Triumph. Aber er log natürlich. Es ging ihm nicht um mich.

»Ja, aber nur und gerade, weil ich dir damit demonstrieren kann, daß manche Dinge weniger bedrohlich sind, als es zuerst aussieht«, antwortete ich ohne Überzeugung. »Und weil du hinter mir stehst, wenn ich sie tue, jedenfalls dachte ich das immer. Das ist alles, mein Gott! Ich bin genau wie du, kapier das doch endlich mal!«

»Ich bin ein Blödmann«, murmelte er wieder.

Er sah mich hilfesuchend an, aber ich konnte ihn doch nicht dafür trösten, daß er ein Blödmann war?

Ich wandte den Blick ab und war mir auf unangenehme Weise bewußt, wie sehr ich ihn damit strafte – und wie sehr ich damit im Recht war. Sein Gesicht verdunkelte sich, aber ich wußte, daß ihn düstere Zufriedenheit über den soundsovielten Beweis für seine Unvollkommenheit erfüllte. Und jetzt wandte er sich ab, um sich so richtig darin zu verlieren. Dafür haßte ich ihn, ich hätte ihn am liebsten durchgeschüttelt, damit er mich umarmte und beschützte.

Wie armselig das Ganze. Die wütende Energie und Kampfeslust, die mir seine Niedergeschlagenheit normalerweise verlieh, blieben diesmal aus, ich war nur noch abgeschlafft und müde. Ich hatte das Gefühl, verloren zu haben.

Samuels Familie war rührend um mich besorgt und beschloß, die Pause, die auf die Zauberernummer folgte, diesmal wohl zu nutzen, um vorzeitig zu gehen. Samuels Vater war bestrebt, mich ins Land der Überlebenden zurückzuholen, indem er den Zauberer einer faschistoiden Mentalität bezichtigte.

»Der Sadist«, murmelte er immer wieder, »so geht das eben, wenn man auffällt, weil man Kultiviertheit und Bildung ausstrahlt. Das wollen sie brechen, aufsprengen, vernichten. Oder glaubst du etwa, sie wurden das je mit einem mittelmäßigen oder ordinären Typ versuchen? O nein, gerade weil du hier aus der Masse herausragst: darum wollen sie dich kleinmachen!« Selten hatte er sich so deutlich und drastisch geäußert.

Das war sehr lieb von ihm. Außerdem schlug er vor, im Amstel Hotel einen Champagner zu trinken, damit das Ganze schnellstens vergessen wäre. Aber Samuel starrte nur vor sich hin, böse und unnahbar. Er wollte keinen Champagner. Er wollte nach Hause, und das sofort. Das machte mich noch wütender. Sein Vater tat mir leid.

Trotzdem ging schließlich jeder seiner Wege, und ich verabschiedete mich in einer warmen, von Entrüstung getragenen Zusammengehörigkeitsstimmung von Zandra und ihren Eltern, gegen die sich Samuels Schweigen kraß abhob.

Und das Schweigen hielt an, was mir auch in der Nacht noch kraß vorkam, obwohl wir da einfach schliefen. Beim Nachhausekommen waren wir schnurstracks ins Bett gegangen, nachdem ich, wie sich das für eine richtige Hausfrau gehört, noch schnell eben die Waschmaschine angestellt hatte.

Als Samuel sich am nächsten Morgen aufrichtete, vom ohrenbetäubenden Lärm des Radioweckers wachgemacht, und die Decke, die heruntergerutscht war, sanft (schuldbewußt?) wieder über mich breiten wollte, hörten wir beide ein merkwürdiges Geräusch. Gleichzeitig sagte Samuel: »Wieso ist die Decke denn so schwer?«

Ich ließ mich von dem Geräusch und von Samuels Verblüffung wecken. Ein sachtes Schwappen, als lägen wir an einem See, nichts Schlimmeres. Ich drehte mich auf die andere Seite, immer noch ganz erschlagen und böse. Im Halbschlaf klang alles friedlicher und stiller, als es je in unserem Zimmer gewesen war, das sachte Schwappen brachte eine große Ruhe.

Im selben Moment, als mir das Wort ins Bewußtsein drang: *Schwappen*, stieß Samuel einen Schrei aus, ein Kreischen eigentlich eher, und ich hörte einen Platsch – sein Fuß war in den See getaucht. Da kreischte ich, als sei über seinen Fuß mein Bewußtsein zum Leben erweckt worden.

Unser Schlafzimmer war überschwemmt, das Wasser stand fausthoch, und auch der Rest des Souterrains stand unter Wasser. Unser schönes Souterrain, die prachtvollen Holzfußböden – das Wasser hatte sie völlig durchtränkt. Unter dem Holz waren bis zum nackten Beton ungefähr fünf Zentimeter Hohlraum, so daß sich die Fluthöhe auf nicht weniger als zwanzig Zentimeter belaufen mußte. Unser Souterrain war schon immer groß und geräumig gewesen, aber als Schwimmbad wirkte es gigantisch. Die Tüten mit noch unausgepackter und unsortierter Kleidung trieben wie große runde Wasserleichen herum, die Kartons mit immer noch unausgepackten Büchern standen verloren in der Tiefe und warteten auf das rettende Eingreifen. Die Bücherregale, noch längst nicht ganz eingeräumt, standen vorwurfsvoll mit den Füßen im Wasser, und ansonsten dümpelten überall Gegenstände herum, Zahnbürsten, Lampenschirme, ein Holzstuhl, die Bretter des Schränkchens von Tante Sophie, das nun wirklich endgültig auseinandergefallen war.

Während wir durch die Räume wateten und bei jedem neuen Greuel, das wir entdeckten (mein Archiv, die ganzen Zeitungsausschnitte meiner Artikel, Fotos!), abwechselnd aufschrien oder nach Luft schnappten vor Entsetzen, wurde ich mir noch eines anderen Geräuschs als nur des ominösen Schwappens bewußt. Es führte uns zur Quelle des Übels: der Waschmaschine. Ein ganz leichtes Summen gab sie von sich, und als ich mich bückte, sah ich ihn liegen, den Schlauch, den ich am Abend zuvor, so bitter ich mich auch gefühlt hatte, dennoch sorgsam ins Waschbecken gehängt hatte, ja, dessen war ich mir sicher. Es strömte immer noch Wasser heraus. Ich mußte an Krankheit denken, als ob die Waschmaschine mit letzter Kraft Galle auskotzte.

Vergällen, was für ein zutreffendes Wort für das, was uns hier angetan wurde, dachte ich noch. Wie lange hatte sie wohl gepumpt? Die ganze Nacht? Die stille Nacht, die Nacht des krassen Schweigens. Es war Samuels Schuld, dachte ich kurz und ungerechterweise. Es tat weh, es brannte beinahe vor Schmerz und Mitleid, aber damals wußte ich mit einem Mal: Das ist nicht wiedergutzumachen.

Natürlich wurde die Wohnung in den Wochen danach allmählich wieder aufgemöbelt. Eine Pumpe, ein Wischlappen – Wasser konnte verschwinden. Der Geruch blieb länger. Schimmel, Feuchtigkeit, es verlieh dem Souterrain lange eine beunruhigende Atmosphäre – trotz neuer Fußböden, deren Anstrich wir diesmal hinausschoben. Die Wohnung hatte ihre Geborgenheit verloren, ehe sie die überhaupt so richtig erlangt hatte.

Die Kleider wurden gewaschen, die Bücher zum Trocknen ausgelegt, doch sie wurden nie wieder so, wie sie gewesen waren. Meine Zeitungsausschnitte, eine einzige nasse Pampe, legte ich ebenfalls geduldig aus, bis alles mehr oder weniger trocken war. Vieles, sehr vieles mußte ich wegwerfen.

Samuel, der zunächst so beherzt und energisch mit den Sanierungsarbeiten begonnen hatte, ließ mittendrin davon ab. Er nahm die Flutkatastrophe so sehr als Schicksalsschlag hin, daß er noch nicht einmal die Versicherung einschalten wollte, überzeugt, daß die irgendwo unser eigenes Verschulden entdecken würde: Welche Vermessenheit auch, zu denken, er könne ungestraft in einer schönen Wohnung wohnen.

Diese Passivität fachte meine beinahe erloschene Kampfeslust für kurze Zeit wieder an. Nach einem tragischen Bericht über unser Malheur kassierte ich ganze zehntausend Gulden. Mit diesem Geld sollten wir in den kommenden Monaten unsere Hypothek abbezahlen.

Als es aufgebraucht war, sollte ich weggehen.

78

Für Samuel war es die natürlichste Sache der Welt, sich mit der Frage zu befassen, was das Dasein zu einem gegebenen Zeitpunkt darstellte.

»Was hast du denn?« fragte ich dann.

Ich hatte das schon mindestens fünfmal gefragt und jedesmal ein wenig lauter, weil er schon seit Stunden grimmig auf ein und denselben Punkt starrte.

»Nichts! Ich finde mich selbst zum Heulen«, ging es dann jedesmal los, das blaffte, giftete er mir geradezu entgegen.

Weil er dann wenigstens antwortete, wußte ich, daß er sich wieder berappeln würde. Denn dafür sorgte ich dann. Diese Gifthalde mußte Stückchen für Stückchen abgetragen werden.

»Da hocke ich nun in diesem Buchladen«, stieß er hervor, »und versuche recht und schlecht Bücher an Leute zu verkaufen, die ohnehin Bücher kaufen würden. Es ist so sinnlos! Soll das das Leben sein?«

»Sinnlos?« posaunte ich dann, so laut und böse ich konnte. »Was soll denn daran sinnlos sein? Du liebst diese Bücher, das weiß ich doch, und das versuchst du diesen Leuten zu vermitteln. Warum fragst du dich nur ständig, ob das sinnvoll ist?«

»Hör doch auf. Ich kenne eine ganze Menge dieser Bücher nicht einmal. Ich lese kein Wort mehr, seit ich studiert habe. Und dabei tue ich gar nichts. Ich hock da nur so 'n bißchen rum wie irgendein Kleinkrämer. Und dafür hab ich nun acht Jahre auf dieser Scheißuniversität zugebracht! Du machst wenigstens noch was. Du *fabrizierst* was.«

Leidigerweise mußte ich nun auch meine eigenen Aktivitäten einer gründlichen, möglichst geringschätzigen Inspektion unterziehen, um ihn davon zu überzeugen, daß die genauso sinnlos waren.

»Und was *fabriziere* ich? Was *tue* ich denn schon groß?« sagte ich also, wobei ich aufpassen mußte, nicht langsam, aber sicher in eine widerliche alte Traurigkeit zu verfallen.

»Wieso können wir nicht etwas Sinnvolles tun? Etwas Wahres?«

Wir. Na bitte. Es hatte also auch mit mir zu tun. Etwas Sinnvolles. Etwas Wahres. O Gott.

»Himmel noch mal, Sam. Was denn?«

Reglos starrte er vor sich hin.

»Was weiß ich.«

»Wieso schreibst du nicht endlich das Buch, von dem du immer geredet hast? Du kannst ja erst mal kleinere Artikel schreiben!« rief ich.

»Hurnalismus womöglich! Artikel kotzen mich an. Und Laberatur genauso. Ich wüßte nicht, worüber ich schreiben sollte. Ich bin leer. Ich denke nichts, ich weiß nichts, ich kann nichts. Ich hasse diese ganzen artikelschreibenden Stümper, die Schreiberlinge mitsamt ihren Büchern. Ich kann das nicht mehr ertragen. Diese ganzen sogenannt interessanten Typen mit ihren gerade im Trend liegenden Sorgen. Es ist zum Kotzen. Hätte ich doch bloß Medizin studiert wie Jaap, dann könnte ich jetzt zumindest mit einer triftigen Ausrede in Bosnien sein, mit einem *Grund*!« Jaap war im Rahmen von »Ärzte ohne Grenzen« mittlerweile ständig in Bosnien stationiert.

Er schwieg wieder, mit finsterer Miene.

»Ich bin ein Versager. Ein Witz bin ich. Jetzt schon. Wie kannst du einen Versager lieben?«

»Ein Versager. Aber ja doch!« Mich packte bereits die Wut. »Kommen wir jetzt also wieder damit. Wieso, um Himmels willen? Alles kannst du, alles, was du willst. Dann fahr doch Hilfsgüter oder so was dorthin, mit deinem Lastwagen! Oder schreib etwas. Das kannst du doch! Du kannst denken, du kannst schreiben, du weißt sehr viel! Tu etwas, was du gern machst! Find heraus, was du gern tun würdest! Du hast einfach nur Angst vor *diesen sogenannt interessanten Typen,* du bist neidisch auf *diese ganzen Schreiberlinge.* Wen meinst du eigentlich damit?«

»Ich bin nicht neidisch. Ich hasse nur alle.«

Er verstummte und fuhr dann in anderem Ton fort.

»Andere haben jetzt schon ein normales Einkommen. Ich brauche immer noch meinen Vater für alles mögliche. Es ist zum Kotzen, zum *Kotzen!*«

Daß er dieses extreme Wort erneut gebrauchte, bedeutete, daß er sich schon ein bißchen aus seiner Abwehrhaltung löste. Ein gutes Zeichen. Jetzt konnte ich zuschlagen, Punkte landen, schmettern.

»Es ist zum Kotzen, wenn du andauernd feststellst, wie sehr du zum Kotzen bist, und nie etwas daran änderst!« schrie ich also. »Du denkst alles so fürchterlich kaputt, daß nichts mehr schön ist. Es scheint fast, als würdest du es genießen, dich in deinem Angekotztsein zu suhlen. Als würdest du denken, daß sich schon alles von allein einrenken wird, wenn du dich nur tüchtig angekotzt fühlst. Du bist ganz einfach gräßlich verwöhnt! Und im übrigen bist du ein biederer Spießer, der am liebsten eine schöne feste Anstellung und ein hohes geregeltes Einkommen hätte. Von wegen Ideale, von wegen *etwas fabrizieren wollen, tun wollen, darstellen wollen.* Du bist ganz einfach faul! Du machst dir selbst etwas vor! *Dann sorg doch dafür, daß du etwas darstellst, und jammer nicht!*«

Da berappelte er sich allmählich. Das sah ich an seinem verlegenen Lächeln.

»Vielleicht hast du ja recht.«

Er stöhnte übertrieben auf und lenkte aus echtem Schamgefühl noch kurz die Aufmerksamkeit von seiner Zwiespältigkeit ab, indem er wieder einmal über unsere vorzeitig abgebrochene Fernsehkarriere lamentierte. Und dann kam er auf mich zu sprechen, voll kindlicher Demut.

»Wie kommt es nur, daß du das alles immer so gut auf den Punkt bringen kannst? Wieso bist du eigentlich immer noch bei mir? Wie hältst du das aus?«

Er senkte den Kopf, versuchte ihn in meinen Schoß zu legen.

»Warum sollte ich auch eigentlich so viel müssen?« murmelte er. »Im Grunde möchte ich nur in aller Ruhe ein bißchen segeln. Ich hätte tatsächlich gern eine feste Anstellung, eine richtig gute. Und Kinder natürlich. Ed, wieso legen wir uns keine Kinder zu?«

»Oh. Ja, ja.«

Da wurde ich dann trübsinnig. Zulegen! Und böse. Kinder, das war wohl so ungefähr das letzte, was ich wollte, wenn es um Sinn ging. Und segeln! Sinnvoll war etwas anderes. Aber es war herrlich, daß er wieder ein wenig fröhlicher dreinblickte. Und daß er so dankbar war, daß ich ihm mit meinem Gewetter das Sodbrennen genommen hatte.

Es gehörte zu der Lebensphase, in der wir uns befanden, denke ich. Oder gehörte es zu Samuel und mir, daß wir bei jedem Schritt, den wir getan hatten, geneigt waren, erst einmal auf der Stelle zu treten und uns anzuschauen, wie es gegangen war? Es war ein krankhafter Hang zur Kontemplation und Sinniererei, der wunderschön unsere Überbewußtheit illustrierte. Trotzdem, weil *er* so ausdrücklich mit dem krampfhaften Bewußtsein kämpfte, daß die Zeit schlecht genutzt verstreiche, daß die Schritte, die wir unternahmen, nicht zu dem großartigen Leben führten, das wir unbewußt immer erwartet hatten, als wir noch studierten, konnte *ich* meine Zweifel ganz gut im Griff behalten.

Samuel war durch seinen Ehrgeiz und seinen Größenwahn viel zu sehr gelähmt, um überhaupt irgend etwas anzufangen, obwohl dieser Buchladen ja auch nicht ohne war.

Wollte er denn wirklich nichts Großes und Neues mehr für sich? Etwas, wofür er Mut haben, etwas wagen, springen, notfalls tanzen mußte: sich selbst für eine kleine Weile untreu sein, um sich letztlich treuer zu werden, als er es jetzt war? Ein Opfer bringen, konnte er das denn wirklich nicht? Ich konnte es nicht glauben.

Wie konnte ich auch wissen, daß seine Verzweiflung so sehr anwachsen würde, daß er weiter gehen würde, als er es je vorgehabt hatte? Als wir es beide je vorgehabt hatten? Kam das allein durch mich? Bin ich zu hart gewesen, zu streng in meinen Versuchen, seinen Trübsinn mit meiner so hervorragend wirksamen Wut zu bekämpfen, war ich denn nur mit mir selbst und seiner Achtung für mich beschäftigt, anstatt ihn einfach nur aufzuheitern? Wieso verlangte ich so viel für ihn?

In jener Zeit wurden wir immer sentimentaler zueinander. Das kleine Biest und das Äffchen stützten einander in einer Welt voll scheinheiliger Streberei.

»Du bist die einzige, die mich durch und durch kennt, mein kleines Biest. Wenn ich dich nicht hätte, würde ich, glaube ich, sterben. Wem sollte ich dann noch etwas vorjammern?«

»Oooooch, Äffchen, liebes, liebes Äffchen, was bist du doch für ein Jammeräffchen.«

Alles war Sprache geworden.

79

Im Mai flog ich zu einem Interview nach Frankreich, mit der *Air France* und in der Business Class. Als das Flugzeug abhob, spürte ich, ein Glas Sekt in der Linken, wie genau alles stimmte. Ich fühlte mich aufgeräumt und zu allem bereit. Ganz groß, das auch, und darum ein vertrautes bißchen schuldig. Aber ich war ja arbeitshalber unterwegs, und das war doch legitim. Das Wegfahren konnte man mir nicht zum Vorwurf machen, nein, das bedeutete doch nur, daß ich offen war für die Möglichkeiten einer neuen Welt, eines neuen Lebens voller Sekt und Flughäfen mit Luft und Licht.

Der Kontrast zu der Beklemmung der vergangenen Monate, ja Jahre, den ich dabei empfand – der war verwirrend, ja. Der vermittelte mir das bekannte Schuldgefühl. Doch das war eine Empfindung, bei der die Rebellion gewissermaßen schon eingebaut war. Die Rebellion, die ich mir so gekonnt und zielsicher antrainiert hatte.

Schon während ich in unserem Schlafzimmer Koffer gepackt hatte, war etwas Seltsames abgelaufen. Es war, als hätten meine Hände meinen Kopf nicht gebraucht, um zu wissen, was sie aus den Schränken holen sollten. Alles geschah in einer Art geistigem Ausnahmezustand, einer Superbewußtheit, die mein sonstiges Feld-Wald-und-Wiesen-Bewußtsein kaum tangierte.

An jenem Abend war die vage Trübseligkeit, die über allem hing, so etwas wie das selbstverständliche Gegenstück zu meiner Aufregung, zu dem eigenartigen Rausch, in dem ich mich befand.

Merkwürdigerweise drängten sich mir Worte für das auf, was ich da gerade tat, ohne daß ich sie bedachte – die handfeste, weil sichtbare Sprache eines geschriebenen Textes. Ich sah die Wörter vor mir, als richtete ich mich nach einem Lehrbuch, einer Gebrauchsanweisung oder gar einem Roman. Ich *las* jedenfalls, was ich tat, anders kann ich es nicht erklären. Ich las mir die Worte laut vor und war geschockt, aber nicht ängstlich und nur genau dieses kleine bißchen bekümmert; ansonsten befolgte ich die Worte einfach, als wären es Winke des Schicksals, Stimmen aus einem Märchen.

»Das ist das letzte Mal, daß du in diesem Zimmer bist«, las ich, »pack Kleider für alle Eventualitäten ein, vor allem aber viel für sommerliches Wetter und am besten hübsche Sachen, denn die wirst du in den nächsten Monaten brauchen. Vergiß auch deine Tagebücher nicht und die kleinen

Dinge, an denen du hängst, Fotos – du wirst etwas haben wollen, was dich an zu Hause erinnert.«

Ich las den Text, aber glauben tat ich ihn natürlich nicht. »Das letzte Mal?«

In jener Nacht klammerte Samuel sich an mich wie ein Kind, das sich fürchtet. Als hätte er den Text auch gesehen.

»Ich liebe dich so, mein kleines Biest, ganz furchtbar doll.«

Ich weiß noch, was für einen Kloß ich im Hals hatte und wie stocksteif mein Rücken war. Das mit dieser Liebe und so, das war mir klar. Ich liebte ihn auch, das war mir genauso klar. Doch darum ging es zu dem Zeitpunkt eben nicht.

Ich war müde, und als ich im Flugzeug saß, wurde mir erst so richtig bewußt, wie müde. Ich war es müde, ständig meine Stimmungen umkehren zu müssen, um die Stimmung zwischen Samuel und mir zu manipulieren. Ich war es müde, zwischen unserem Gut und unserem Böse trennen zu müssen, eine scharf gezogene Trennung, die dennoch für große Verunsicherung sorgte: Samuels Auffassung davon, was alles unter den Begriff »böse« fiel, war viel rigoroser als meine.

Außerdem war ich der strikten Trennung zwischen zu Hause und der Welt (eine Zweiteilung, die sich ein wenig mit der zwischen gut und böse zu decken schien) müde, gegen die ich ständig ankämpfen mußte – um nicht zu ersticken. Ich war erschöpft von dieser ganzen Last der Liebe und dem Übermaß an Sprache, denn unwillkürlich machte ich immer noch zu viele Worte um die Gefühle und Wahrnehmungen in meinem unbestimmten Ich. Für ihn, Samuel, damit er mich begriff, vor allem aber, damit er lernte, daß die Welt nicht die Hölle war, für die er sie hielt, lernte, daß Reden genauso schön sein konnte wie sein goldenes Schweigen.

Aber wirklich überblicken tat ich das alles damals noch nicht. Ich war, ich flog, ich ging weg. Nach Nizza.

Fliegen tat mir immer gut, als ließe ich mit dem Erdboden auch mich selbst hinter mir.

Und während ich an dem dünnen Sektkelch nippte, schrieb ich eine Frage nach der anderen auf. Für mein Interview. Es fiel mir nicht schwer, mir Fragen auszudenken.

Ich kannte Abe Beenhakker ja mittlerweile gut genug, um zu wissen, wo und wie seine interessantesten Geschichten zu finden waren. Ich würde ihn nicht schonen. Er hatte schließlich das eine und andere gutzumachen.

80

Es war warm, und die Sonne strahlte vom Himmel, als ich, als Prinzessin vermummt, in Nizza die Gangway hinabstieg. Ich trug eine schwarze Sonnenbrille und ein weißes, mit Schwarz abgesetztes Kleid. Ich fand, ich war eine Geschichte für sich.

Niemand würde mich abholen. Ich würde auf eigene Faust zu der Eröffnung in St. Paul fahren, im Taxi, auch wenn es teuer, weil ziemlich weit war. Ich muß zugeben, daß mein Herz bei der Suche nach dem richtigen Taxi angesichts dieses eigenartig vollständigen Gepäcks auf meinem Wagen schon ziemlich schwer und laut zu klopfen begann. Dadurch wurden sie so plastisch und wirklich, diese

Stimmen, diese geschriebenen Texte, die ich am Abend zuvor wie eine Schlafwandlerin gelesen hatte, als ich meine Koffer packte. Ja war ich denn verrückt geworden? Ich vermißte Samuel mit einem Mal ganz fürchterlich. Ich wollte ihm von der interessanten Verfremdung erzählen, die in meinem Hirn gewütet hatte, aber ich wußte, daß ich damit nun allein dastand.

Lieber, lieber Samuel, wo bin ich hier, was mache ich hier bloß?

Während ich mit einem Taxifahrer verhandelte, tippte mir jemand auf die Schulter. Es war ein unbekannter Mann in blauem Anzug, der mich mit meinem Namen ansprach.

»Herr Beenhakker schickt mich, Sie abzuholen. Entschuldigen Sie bitte die Verspätung. Da hätte ich Sie jetzt beinahe verpaßt! Ich bin heute mittag Ihr Chauffeur, normalerweise fahre ich Herrn Beenhakker selbst.«

Der Mann sah sehr förmlich aus in dem Anzug, wie ein richtiger Chauffeur. Er war Anfang Vierzig und hatte ein sympathisches Gesicht. Kein Gauner, dachte ich verwirrt.

Er geleitete mich zu seinem fürstlichen, zartgrünen Citroën DS mit offenem Verdeck. Ein Sammlerstück. Ohne sich über die Menge an Gepäck erstaunt zu zeigen, stellte er einen meiner drei schweren Koffer in den winzig kleinen Kofferraum und die beiden anderen auf den Beifahrersitz. Langsam hob sich das Hinterteil des Wagens, ehe wir uns in Bewegung setzten und völlig lautlos die Straße entlangglitten.

Ich kam mir, ehrlich gesagt, ganz schön idiotisch vor, als ich, in das weiche Lederpolster gedrückt, als säße ich im Wagen eines Kinderkarussells, den Flughafen allmählich hinter uns verschwinden sah. Die Gesichtsmuskeln im Zwiespalt zwischen Angst und Vergnügen nicht ganz in der Gewalt, verzweifelt bemüht, Würde zu bewahren, während ich hilflos und passiv in den Strudel der Geschichte hineingerissen wurde.

Übernachten würde ich neben dem berühmten ›Negresco‹ im Hotel du Londres, einem wahren Zuckerbäckermonstrum, das Beenhakker jetzt, da er eine internationale Innenarchitektur-Ausschreibung gewonnen hatte, neu ausstatten würde. Dabei war er noch nicht mal vom Fach. Die Ausstellung in St. Paul zeigte seine Entwürfe für das Interieur des Du Londres und war zugleich Übersichtsschau über sein gesamtes Œuvre – eine Hommage, wie sie in dieser Art für einen noch lebenden Künstler, noch dazu einen Ausländer, in diesem Museum sehr ungewöhnlich war. Ehre, Ehre, Ehre, wem Ehre gebührt.

Dieser Wagen mit Chauffeur vermittelte mir zum zweitenmal im Zusammenhang mit Beenhakker das unbehagliche Gefühl, eine bezahlte Begleitung zu sein, was leichten Widerwillen bei mir weckte, doch da der Mann am Lenkrad ein so rührender Zeitgenosse war, hatte ich das schon bald vergessen.

»Ich mag Herrn Beenhakker«, erklärte er unvermittelt und ungefragt, »vor allem aber seinen Wagen.«

Zufrieden umfaßten seine dick behandschuhten Hände das elegante Lenkrad. Er heiße Philippe. Ich döste genüßlich vor mich hin.

Beenhakker war schon immer ziemlich mit Lorbeeren bekränzt worden, doch das Interesse, das ihm jetzt entgegengebracht wurde, übertraf alles bisher Dagewesene.

Alle Zeitungen schrieben über sein Werk. Ein Gemälde, ein Entwurf oder eine Skulptur von ihm erzielte nie gekannte Verkaufserlöse, hatte man mir bei der Abendzeitung und der öffentlich-rechtlichen Fernsehanstalt NOS, für die ich hier war, nicht ohne Sensationsgier mehrmals eingeschärft. Ich solle unbedingt nähere Einzelheiten darüber in Erfahrung bringen, hatten sie mich gebeten, denn das seien die Nachrichten, die die Leute liebten, vor allem, wenn so etwas immer streng geheimgehalten wurde.

Wir fuhren jetzt am Meer entlang, und tief unter uns, am Fuße der Felsen, in die die Straße gehauen war, sah ich eine dunkelblaue Bucht liegen. Ich konnte das Wasser spüren, um mich herum war Frische und Weite, und ich roch die Bougainvilleen. Ich wollte – ich weiß nicht genau, was ich wollte – leise vor mich hin weinen, glaube ich, auch das durchaus keine unangenehme Regung.

Philippe nahm eine Kurve, den Wagen liebevoll und sicher in den zweiten Gang hinunterschaltend, und redete weiter.

»Wie finden Sie meinen Anzug? Er bestand darauf, daß ich ihn anziehe, wenn ich Sie abhole. Das macht bestimmt Eindruck, hat er gesagt. ›Denn sie will natürlich wieder nicht mit. Ich kenne sie. Stur wie ein Esel.‹ Das hat er gesagt. Sie sind Journalistin, soviel ich weiß, nicht? Komisch. Herr Beenhakker haßt Journalisten. Sie sind bestimmt eine Freundin oder so, nicht?«

Daß er aus altem Groll gegen die niederländische Presse von niemandem interviewt werden wollte außer von Edna Mauskopf, war schon eine Ehre. Ehre, für mich. Obwohl ich sehr wohl wußte, daß diese Ehre himmelweit von dem entfernt war, was man normalerweise unter diesem Begriff versteht. Für ihn war es eine Ehre, daß ich gekommen war. *Meine* Ehre stand da noch zur Diskussion.

»Ich bin hier, um ihn fürs Fernsehen zu interviewen, ehrlich gesagt«, erwiderte ich hastig. Bloß gleich was anderes obendrauf. »Aber Ihr Anzug, diese Messingknöpfe, ja, schön, sehr offiziell!«

Es klang ein wenig surreal, daß Beenhakker offenkundig mit meinem Kommen befaßt gewesen war. Das gestattete mir, mich mit noch größerem Komfort und Selbstverständnis in der Rolle der Begehrten zu sonnen. Selbstbewußt rekelte ich mich im Leder des Rücksitzes und wurde mir bewußt, wie wenig ich eigentlich von Beenhakker wußte. Ich sah ihn wieder an diesem Tisch mit diesem Wodka vor mir und freute mich darauf, sein Gesicht zu sehen – wenn er mich sah. Nach all diesen Jahren, nach all diesen Karten, die mich, ohne daß ich es wollte, mit ihm verbunden hatten. Ich freute mich auch seines Gesichtes wegen darauf, sein Gesicht zu sehen, nicht aus Gefühlsduselei, nein, das weiß Gott nicht, sondern aus Neugier, was es bei mir auslösen würde. Bei diesem Gedanken flackerte die Erregung über meine damalige Macht auf – mochte es sich auch um eine Mumie handeln, eine konservierte Erinnerung an ein Gefühl des Auserwähltseins, die irgendwie auch widerwärtig war.

Zum Beispiel hörte ich wieder seine eigenartig abstoßenden Liebeserklärungen, die er wohlgemerkt gerade zu dem Zeitpunkt äußerte, als ich kurz davor war, mich zu übergeben. Das Geräusch auf der Kassette, an das ich nicht denken konnte, ohne daß mir für einen Moment der Kopf schwindelte vor Scham.

Und dann sein nackter Körper beim gemeinsamen Aufstehen. Die vorgespiegelte Unschuld, wo er in Wahrheit doch so schamlos gewesen war und keinerlei Respekt gewahrt hatte. Mein Gefühl, beschmutzt worden zu sein, vergewaltigt. Und dann auch noch diese Lust, die ich dabei empfunden hatte.

Je länger wir so dahinfuhren, desto ärgerlicher wurde ich. Was machte ich hier eigentlich?

Der Chauffeur fuhr mich, wie vereinbart, schnurstracks zur Fondation Maeght. Dort war der Teufel los. Kreuz und quer waren Autos geparkt, nicht nur auf dem Parkplatz, sondern auch entlang der dicht begrünten Straße dorthin. Diese Straße füllte sich augenblicklich und unwillkürlich mit Erinnerungen. Blitzartig überkam mich Heimweh und etwas von dem damaligen Mitleid. Philippes Hinterkopf wurde zum feindlichen Objekt, weil es nicht der Hinterkopf von Papa war: Was machte ich hier, ich mußte zu Papa, ihn wegen dieses läppischen Unfalls trösten, wegen seiner damaligen Panik! Und Samuel, ihn mußte ich auch trösten, wegen seiner offenherzigen, trübsinnigen Zweifelei. Meine Väter, meine Kinder, mein Leben.

Hier wurde ich nun unaufhaltsam einem Mann zugefahren, der mein Vater sein konnte und der mich seit Jahren per Briefkarte zu verführen versuchte, ohne Hemmungen. Ein alles andere als düster gestimmter Mann, ein Mann, der gern spielte, ein *powerhouse* ohne die hypersensiblen Skrupel meiner Familie.

Meine Familie? War Samuel denn Familie?

81

Im nachhinein erscheint es merkwürdig, wie absolut sicher ich mir der mit meiner Reise verbundenen Konsequenzen war, ohne daß ich auch nur im entferntesten gewußt hätte, was ich tun würde. Und wie unbedenklich ich mich ins Tiefe wagte, geradezu mit Todesverachtung. Unbarmherzig gegenüber dem, was mir doch das Wichtigste im Leben war, beinahe so, als hätte ich mein Gewissen k.o. geschlagen.

Es war aber keine böswillige Unbarmherzigkeit, keine manifeste Gefühllosigkeit. Sobald ich an Samuel und unser gemeinsames Leben dachte, fühlte ich so etwas wie Energie in mir aufsteigen. Ich konnte mich nicht aufhalten lassen, spürte ich, das hatte etwas mit Leben, mit *Überleben,* zu tun. Mein Heimweh und die Reue über diese noch so abstrakte Flucht gingen wie so oft mit Ungeduld einher, mit Lust auf Tempo, auf Hoffnung. Das Leben hatte eine Vielzahl von Möglichkeiten zu bieten, vor denen ich mich nicht mehr verschließen würde, auch nicht, wenn sie meine derzeitige Existenz drastisch verändern würden. Ich konnte einfach nichts Schlechtes an dieser Lebensgier entdecken, wie es ja auch nichts Schlechtes ist, wenn man Bedarf an Seeluft hat, weil sie mehr Sauerstoff enthält als Stadtluft. Überleben.

Ich hatte auch wirklich nichts mit Felix Ganz im Sinn, wirklich nicht. Ich wußte nicht mal, daß er kommen würde, wenn es, im nachhinein betrachtet, auch auf der Hand lag, denn ich hatte sogar mal gehört, daß Beenhakker und Felix sich kannten. Und noch dazu wohnten sie beide in Südfrankreich.

Nicht drüber nachgedacht?

Ich fuhr doch Abes wegen dorthin, oder?

Nein, nicht nur. Ich fuhr der Spannung und allem anderen wegen, das anders war als zu Hause. Und der Arbeit wegen natürlich. Ich fuhr, um zu fahren. Es konnte sich sehen lassen, wie ich fuhr: Ich war begehrt! Ich fuhr einfach, meinen Gedanken voraus.

Ich sah ihn, und er sah mich, also Felix, meine ich. Und das praktisch gleich, nachdem ich den kleinen Museumssaal betreten hatte, in dem die Ausstellungseröffnung stattfand – gestopft voll war es. Meine Koffer standen derweil in ihrer ganzen lächerlichen Schwergewichtigkeit und Masse in der Garderobe, wohin Philippe sie mir Gott sei Dank getragen hatte, als ich ihn darum bat. Philippe war in eine Art Komplott verstrickt, denke ich. Er hatte vermutlich einen Auftrag. Aber darauf fiel ich nicht herein. Diese Koffer mußten aus Abes Wagen heraus, und wenn Philippe tausendmal sagte, daß es doch viel praktischer wäre, wenn er sie drin ließe – er bleibe doch da –, weil er mich nachher ins Du Londres bringen müsse. Denn das habe ihm sein Chef so aufgetragen. Aber ich wollte nicht ins Du Londres oder an Beenhakker gebunden sein. Das wußte ich da schon.

Felix kam zu mir herüber, mit aufreizendem Selbstbewußtsein und strahlendem, siegesgewissem Lachen, mal wieder. Später begriff ich, daß das seine Variante von Verlegenheit war. Er mimte den Mann von Welt zwar nur auf gut Glück, aber es sah verdammt echt aus.

Beenhakker sah ich erst nach Felix. Er stand ein paar Meter hinter ihm und unterhielt sich mit einem kleinen alten Mann mit Stock, der – wahrscheinlich aus Taubheit –

viel Aufmerksamkeit zu beanspruchen schien. Beenhakker stand leicht vornübergebeugt da und schrie hin und wieder etwas. Doch als ich Felix gesehen hatte, wußte ich plötzlich, daß ich nicht Beenhakkers wegen hier war. Für das Interview schon, aber nicht seinetwegen.

Beenhakker wußte das zu dem Zeitpunkt noch nicht. Auch er strahlte wie ein Sieger und blickte aufgekratzt und erwartungsvoll in meine Richtung, während er dem Männlein geduldig zunickte und -schrie. Alter Verführer. Es hätte ein triumphaler Augenblick für mich sein können, wenn es nicht so peinlich gewesen wäre. Diese beiden strahlenden Männer, die das gegenseitig im ersten Moment noch nicht registrierten.

Der Unterschied zwischen den beiden war nur, daß Felix blitzartig ungefähr dreißig Jahre jünger und sympathischer und bekannter wurde und Beenhakker vor meinen Augen zu schrumpfen, zu altern und zu Staub zu zerfallen schien wie in einem Gruselfilm. Die Traumerinnerung an seine Hände auf meinem Körper, die mich im Flugzeug noch vage interessiert hatte, wurde zu einer Anomalie, einem absurden Fleck in meinem Geist.

Felix lachte mich an, und ich war auf der Stelle wütend auf ihn. Ich haßte ihn für seinen Sieg. Von dem er nichts ahnte.

Seltsamerweise fühlte es sich toll an, so wütend sein zu können. Vielleicht weil ich wußte, nein, spürte, daß meine Wut exakt die richtige gemeine, himmlische Erhitztheit erzeugen würde, ohne daß dabei irgend etwas verbrannt oder verletzt würde. Dieser Felix war dem gewachsen und ich ihm und er mir auch, und alles, was Samuel und mich schreckte, schreckte bei ihm und mit ihm nicht, weil er anders war als wir.

Gewachsen sein. Daß ich in solchen Begriffen dachte, bedeutete einen Schritt in ein anderes Universum hinein, in eine Welt ohne Kinderängste. Dafür brauchte ich keine Rolle zu spielen, dafür brauchte ich aber auch nicht im Übermaß ich selbst zu sein, besser zu sein, als ich es eigentlich war.

»Na, so ein Zufall! Was machst du denn hier?« fragte ich ziemlich einfallslos.

»Nichts Besonderes. Ich bin Abe B. zuliebe hier. Lange nicht gesehen! Was hat dich denn hierher verschlagen?«

»Ich muß arbeiten.«

Ich wünschte, ich hätte Felix interviewen müssen, was sollte ich mit Beenhakker? Ich sah, daß sich das alte Männlein nun nickend und tatternd von ihm löste, und ich bekam Lampenfieber. Ich drehte mich zu Beenhakker um und hoffte, daß Felix warten würde.

»Hallooo, Herr Beenhakker!« trötete ich und leugnete mit diesem dick aufgetragenen Tonfall jegliche heimliche Verbindung zwischen uns.

Ich hörte selbst, wie falsch dieses langgezogene Hallooo klang, das ganz offenkundig zu spät kam, da wir einander mit den Augen längst wahrgenommen hatten. Aber Beenhakker gab vor, diese winzige Verspätung gar nicht bemerkt zu haben. Er sah mich kopfschüttelnd an, ganz Intensität und Macht, unerschütterlicher Mittelpunkt.

»Edna Mauskopf? Bist du es wirklich? Wundervoll! Und wie unheimlich schön du bist!«

Dieser verständnisinnige Blick und diese tyrannische Begierde darin. Sofort war ich wieder das kleine Prinzeßchen, das sich nicht zu helfen wußte. Das Füßchen mit der Schuhgröße siebenunddreißig hatte. Ich schaute weg, für einen Moment hilflos. Die Intensität und das Lechzende seines Blicks warfen mich deshalb so um, weil es Beenhakker war, der so blickte. So alt, so berühmt, so erfolgreich und dann so zu lechzen, das war in erster Linie *unangenehm*.

Für einen Moment kam so etwas wie Zweifel in mir auf, ein Anflug von Lust, ausgelöst durch das, was mein Anblick offenbar bei ihm auslöste. Aber das fiel auch gleich wieder von mir ab. Und da geriet ich ein wenig in Panik, weil ich seinen Blick nicht so verständnisinnig erwidern konnte und ihn nicht damit im Stich lassen wollte.

»Wie nett, daß Sie mich haben abholen lassen«, sagte ich mit angestrengtem Höflichkeitslachen.

Die Codesprache Verführer–Verführte mußte durchbrochen werden. Höfliche Reserviertheit würde mich retten. Und die Geschichte der letzten Jahre beenden, den angenehmen Traum vom Begehrtsein zerstören. Alles, was ich jetzt sagte, würde falsch, flach und belanglos sein, weil ich in dieser Geschichte nicht mehr mitspielen konnte beziehungsweise wollte.

»Was für ein rührender Mann, dieser Philippe«, hauchte ich also. Und: »Sie haben ja einen wunderschönen Wagen.«

Mein Blick unschuldig und neutral, ein nettes, höfliches Kind war ich. Das war ein Opfer, aber es mußte sein. Seine Augen waren jetzt schon etwas dumpfer als noch kurz zuvor. Ich war für ein Interview nicht käuflich. Was bildete er sich eigentlich ein!

82

Ich hatte Felix Ganz damals bei Samuels Fest wirklich einen Moment lang begehrt, ehe Samuel mich ihm so selbstbewußt wegschnappte. Er hatte mich auch fasziniert, ich hatte mich auf angenehme Weise über ihn geärgert, und sein Streicheln war mir nicht unlieb gewesen. Aber dennoch hatte ich ihm nie, nie, nie auch nur den kleinen Finger gereicht, wenn er mich anrief. Vielleicht, weil das zu Beginn der ersten Samuel-Phase gewesen war, als ich gegen den Rest der Welt immun war und sich alle Gedanken und Gefühle nur auf diese eine Person konzentrierten.

Ich konnte damals noch nicht von Samuel *abstrahieren*, der mehr ich war als ich selbst. Später konnte ich das besser. Da experimentierte ich manchmal sogar mit der Palette von Gefühlen, die ich außerhalb des *wahren* Lebens und außerhalb meines *wahren* Ichs – welche zu Samuel gehörten – offenbar haben konnte. Wenn ich mein Gewissen abstellte.

Da war Felix dann schon wieder verschwunden gewesen. Vage hatte ich mitbekommen, daß er ins Ausland gegangen war, diesmal nach Südfrankreich, und daß er nun dort seine Filme drehte.

Einmal hatte ich ihn sogar angerufen, als er vorübergehend in den Niederlanden war, um ihn zu einem Interview in unseren Salon einzuladen, da er ja einmal als Schriftsteller angefangen hatte. Er hatte zugesagt, sich später aber, noch am selben Tag, von einer Sekretärin telefonisch entschuldigen lassen. Ich hatte ihn meinen Kollegen gegenüber »arroganter Arsch« genannt.

Bei der Ausstellungseröffnung spürte ich fortwährend

Beenhakkers Blick. In unseren Umgang miteinander hatte sich sofort ein großer, stiller Vorwurf geschlichen. Er belauerte mich, als versuchte er, mich aus der Distanz an einem kleinen Angelhaken festzuhalten.

Es kam dann aber doch der Moment, da wir miteinander allein waren. Als ich von den Toiletten kam, stand Beenhakker an der Garderobe, schweigend, mit dem Rücken zu mir. Und erst als er, ohne sich umzudrehen und vermeintlich an niemanden adressiert, vom Abendessen zu reden begann, auf das er sich freue, begriff ich, daß er dort auf *mich* wartete. Das versetzte mir denn doch einen kleinen Schock. Als ginge mir da erst auf, daß Beenhakker spezielle Erwartungen mit mir verband. Das war spannend und interessant und auch lästig und peinlich, sehr peinlich. Neutralisieren. Ich ging zu ihm hin und baute mich vor ihm auf.

»Haben Sie hier auf mich gewartet?« fragte ich fröhlich, mir meiner Grausamkeit und relativen Jugend wirklich nur halbwegs bewußt.

Verletzt und wahrscheinlich verärgert über meine schlecht gespielte Ahnungslosigkeit, starrte er mich an, packte mich bei den Schultern und schüttelte mich kurz durch.

»Mein Gott, bist du weit weg. Himmelherrgott, Edna, ist denn für dein Empfinden gar nichts passiert, damals? Du bist ja der reinste Holzklotz. Hab ich mich denn so sehr geirrt? Wir sind mal zusammen aufgewacht, weißt du noch? Ich habe dich nackt gesehen. Ich habe dir so schrecklich viele Karten geschrieben. Ich habe dir ein Interview gegeben, mein erstes in den Niederlanden seit gut dreißig Jahren! Mußt du mich da derart auf Distanz halten?«

»Ja«, sagte ich, plötzlich grenzenlos schuldig, jetzt aber erst recht meilenweit von ihm entfernt. Wut regte sich. »Das mag ja alles sein. Aber...«

Ich wußte auch nicht mehr, was ich sagen sollte, ich war ein schlappes Prinzeßchen, im Innern böse und kratzbürstig. Und schuldig, natürlich war ich schuldig.

Antworten zu geben war mir plötzlich viel zu anstrengend. Ich hatte ihm doch nie zurückgeschrieben! Ich hatte ihn doch nie eingeladen, an meiner Seite aufzuwachen! Und daß er sich von mir interviewen lassen wollte, verpflichtete mich doch nicht zu irgendwelcher widerlichen Romantik! Vorsichtig versuchte ich, mich seinem Griff zu entwinden, indem ich mir das Haar aus dem Gesicht strich.

»Na schön, dann geh«, meinte er plötzlich, ärgerlich abwinkend, und stieß mich von sich. »Geh doch!«

Ich erschrak.

Wußte aber auch, daß es ein Erschrecken aus Eigennutz war. Am nächsten Vormittag würde das Aufnahmeteam vom Fernsehen kommen. Das Interview war seit Wochen vorbereitet.

»Bitte, Abe. Es bleibt doch bei morgen?«

Er antwortete nicht, sondern ließ mich einfach stehen, nachdem er mir noch einen Blick zugeworfen hatte, dem ich entnehmen konnte, daß es mit unserem Einvernehmen vorbei war. Als ich in den Ausstellungssaal zurückkam, stand er mit irgendeinem korpulenten älteren Mann mit karierter Mütze auf dem Kopf zusammen, der ihn wohl unheimlich zum Lachen brachte, und schien mich gar nicht mehr zu bemerken.

Urplötzlich war ich einsam. Ich suchte in der Menge

noch kurz nach etwas Vertrautem, aber ich konnte hier in Südfrankreich natürlich niemanden entdecken, der mir meine Verlorenheit hätte nehmen können. Auch Felix war nirgendwo auszumachen. Am besten also, ich fuhr in mein Hotel, allein, überlegte ich niedergeschlagen. Samuel, wo bist du? Wozu war ich auch wieder hier? Weswegen hatte ich mich hierauf gefreut?

Deprimiert trottete ich zu einem Telefon, um ein Taxi anzurufen. Mit einem Mal stand Felix hinter mir.

»Kommst du mit?« fragte er. »Hier ist nichts mehr los. Oder mußt du Abe noch sprechen?«

»Ja. Nein, vielleicht nicht. Wohin willst du denn?«

Alles war trübe und traurig, doch da zeigte sich plötzlich ein kleiner Lichtschein am anderen Ende des Tunnels. Das herrliche, glasklare Gefühl, das ich morgens noch gehabt hatte, war mir zwar gründlich abhanden gekommen, doch hier glimmte etwas anderes auf.

»Das hängt ganz von dir ab. Wie du weißt, kann man im Negresco hervorragend essen. Du brauchst es nur zu sagen. Wir können auch ins Colombe d'or hier im Ort gehen, ist auch ganz fabelhaft. Ich glaub, ich hab noch etwas gutzumachen.« Schon wieder!

Aber ich hatte keinerlei Befürchtungen, sondern war erleichtert. Meine Skrupel verschwanden beinahe genauso schnell, wie sie gekommen waren. Ich ging also mit Felix mit. Beenhakkers Blick heftete sich in meinen Nacken, doch ich schaute mich nicht um. Wir fuhren nach Nizza. Beenhakker würde bestimmt ins Colombe d'or gehen.

83

Das Design im Speisesaal des Negresco war geradezu absurd, ein einziges Zitat, ein Witz, ein Fluch: monströse, sich beißende Draperien in pseudoklassischem Stil, ebensolche, auf klassisch getrimmte Teppiche in grellen, künstlichen Farben, an den Wänden scheußliche Gemälde von Jagdpartien und in den Sitzecken elegante, aber mit abgrundhäßlichem Satin neubezogene Fauteuils. Damit wurde sogar der Zuckerbäckerstil, in dem das Hotel einst errichtet worden war, noch aufs abstruseste parodiert. Der passende Ort für ein unpassendes Rendezvous.

Felix hatte einen festen Wohnsitz in Menton, wie ich nun erfuhr, pendelte aber so ein bißchen zwischen den Niederlanden, Israel, den USA und seinem Haus hier an der Côte d'Azur hin und her.

Insgeheim war ich ganz schön verlegen, als wir einander da so gegenübersaßen, inmitten dieser trendgerecht ironischen Geschmacklosigkeiten, und uns beide munter eines überheblichen Tons bedienten, der uns eigentlich nicht so recht anstand. Doch dieser neckende, ausgelassene, relativ unsanfte Ton trug sehr wohl zum furiosen Auftakt unseres Zusammenseins bei.

Er sollte bloß nicht so angeben und sich aufspielen, das war bei mir der Ausgangspunkt für diesen Ton, wobei ich mir durchaus darüber im klaren war, daß ich ihn ja gar nicht kannte, also auch nicht sicher sein konnte, daß er sich tatsächlich aufspielte. Es hätte ja auch sein können, daß er wirklich so ein Großkotz war und ihn gar nicht spielte. Aber ich vertraute auf meine Intuition. Ich nahm mir die größten Frechheiten heraus. Weil ich ja absolut nichts von ihm wollte – dachte ich.

Es war nur die Lust an dieser angenehmen Gefall- und Necksucht. Alles, was er sagte, versuchte ich zu demontieren, ich zog ihn hemmungslos auf, und es war, als tanzte ich, mit Wonne wohlgemerkt. Keine Hintergedanken also, kein allzu angestrengtes Zartgefühl, keine Rührung, so gut wie kein beklommenes Wiedererkennen, keine Nachahmung. Ich war eine Edna, die ich mochte, ohne übertriebenes Mitgefühl und die dazugehörigen Ängste.

Und dennoch müssen damals auch schon leise, sanfte Töne mitgeschwungen haben. Vielleicht haben sie ja einfach irgendwo auf Halde gelegen, ruhig und ohne zu drücken, auf mildere Zeiten harrend.

Jetzt konnte ich ihn jedenfalls noch frech und ohne Skrupel alles über seine Eltern und seine Vergangenheit fragen. Keine Geheimnisse, keine Scheu. Solange ich fragte, hatte ich das Gespräch mühelos im Griff, führte keß und barsch das Kommando. Und er antwortete mit der Offenherzigkeit von jemandem, der sein Leben von sich losgelöst betrachten kann, ohne sich dabei zu schämen, ohne Schuldgefühle zu empfinden, jemandem also, der nicht bei allem, was er einem Fremden anvertraut, gleich denkt, daß er damit einen Verrat begeht und diesem Fremden eine viel zu große, gefährliche Gunst erweist. Logisch also, daß alles anders war als bei uns, bei Samuel und mir.

Und trotzdem, so fremd Felix mir auch war, kam es mir doch so vor, als würde ich ihn schon eine Ewigkeit kennen. Er gebrauchte die falschen Worte, redete zuviel über Geld und materielle Dinge und brüstete sich in geradezu bestürzender Weise mit allem, was er machte, gemacht hatte und noch machen würde. Doch das alles geschah mit einer so unglaublichen Unschuld, daß es erträglich und seltsamerweise sogar erregend und überraschend war. Er kam mir beinahe wie ein Kind vor, das ganz hungrig war auf die interessanten Dinge, die diese Welt zu bieten hat: aktuelle Neuigkeiten, spannende Geschichten, Erfahrungen, Erfolg und Luxus, vor allem viel Luxus. Über Luxus hatte ich noch nie nachgedacht. Er wolle alles feiern, sagte er.

Ich war noch nie jemandem begegnet, der mir so lebendig vorgekommen war, so vollkommen zielgerichtet und frei von allen Zweifeln. Vielleicht war er ja ganz einfach oberflächlich und gewissenlos und entbehrte eines gesunden Schamgefühls, doch er würde, machte ich mir blitzartig bewußt, niemals wie Samuel und ich vor lauter – als Perfektionismus getarnter – Versagensangst irgendwelche Dinge ungeschehen lassen. Diese Erkenntnis jagte mir eine Hitzewelle in den Kopf. In diesem Moment begann ich, glaube ich, das Meer von Möglichkeiten zu sehen, das sich da vor mir auftat. Und wie stand es mit dem Krieg?

84

Felix' Großeltern waren ihm zuvorgekommen, dem Krieg. Im Gegensatz zu den Familien von meinem und Samuels Vater hatten sie 1936 die Greuelgerüchte ernst genommen und waren nach Amerika gegangen. Eigentlich hatten sie nach Palästina gewollt, aber auch die Gerüchte über die in dieser Richtung abgefangenen Schiffe hatten sie schlicht geglaubt. Und ansonsten hatten sie großen Massel gehabt, daß sie in den USA entfernte, aber hilfsbereite Verwandte hatten.

Keiner Massel.

Erst Felix' Eltern waren dann später, Ende der fünfziger Jahre, doch noch für fast fünfzehn Jahre ganz nach Israel gegangen, lebten seit dem Jom-Kippur-Krieg 1973 aber wieder überwiegend in den USA, weil sie für Israel zwar sentimentale Gefühle hegten, es ihnen für ihren Geschmack aber zuwenig angenehme Seiten und Möglichkeiten bot und zuviel Angst und Unbehagen. Felix war damals schon neunzehn gewesen, war aber trotzdem mit in die Staaten gegangen, weil er dort studieren wollte. Pragmatisch, das waren sie gewesen, die Eltern von Felix, und außerdem hatten sie genügend Phantasie besessen, um sich die Alternativen lebhaft ausmalen zu können. Pragmatisch, das war auch Felix. Und die Phantasie hatte er zu seinem Beruf gemacht.

Und ich, die immer gemeint hatte, auf Pragmatismus herabsehen zu müssen, kam mir dumm und eines Besseren belehrt vor.

Dabei wußte ich, daß das so nicht ganz stimmte. Meine Großeltern hatten vielleicht zu sehr auf das Gute im Menschen vertraut beziehungsweise: nicht geglaubt, daß ihre Mitmenschen so ungeheuer schlecht sein könnten. Und vielleicht, ganz entfernt, hatte ihr Schicksal auch etwas mit mangelndem Vorstellungsvermögen und mangelndem Realitätssinn zu tun.

Vor allem aber wohl doch mit Pech.

Wo genau waren meine Ideale eigentlich angesiedelt? War diese ganze Brüterei und Leiderei denn wirklich schöner und sympathischer als Pragmatismus und Massel? Leiden, brüten und grübeln beschönigte man besser nicht. Damit schuf man sich zwar Verantwortung, doch im Grunde verschaffte man sich damit auch Erleichterung, bedachte ich, während ich Felix' Erzählungen lauschte. Denn letztlich blieb es bei ehrlosem Brüt-Leiden und Grübel-Leiden, trübsinnigem Auf-der-Stelle-Treten, Vorwänden, um nicht weiterzumüssen und Dinge wagen zu müssen, die man noch nie gemacht oder bedacht hatte.

Es war gar nicht unbedingt so, daß ich mich zu diesem neuen Mann hingezogen fühlte, sondern ich ließ mich auch oder vor allem für einen neuen Ansatz begeistern, den man leichtsinnig hätte nennen können, wenn er nicht auch so tauglich ausgesehen hätte, weil stark, fröhlich und zielbewußt. Die Denkweise – keine Prinzipien! –, nach der Felix sein Leben auszurichten schien, war so durchsichtig, daß man mir damit hätte gestohlen bleiben können, wenn sie mir irgendwer theoretisch nahezubringen versucht hätte. Aber Felix schmiedete Pläne und führte sie dann auch einfach aus – ohne unreflektiert zu sein. Er pendelte zwischen den Orten, die er liebte – ohne ruhelos zu sein. Er glaubte nicht an Zweifel, er haßte Zweifel, er tat, was er sich vorgenommen hatte, und damit basta.

Dabei war Felix alles andere als vollkommen. Er gab zum Beispiel ganz unbekümmert mit dem an, was er erreicht hatte, und tat mir viel zu selbstverständlich, ja geradezu gelangweilt und ein bißchen von oben herab, was die Privilegien betraf, die er sich erworben hatte, Reisen, Autos, Wohnungen, Geld, Ruhm. Machte ich ihn aber darauf aufmerksam und zog ihn damit auf, dann konnte er, ein wenig verdutzt zwar, genauso leicht auch darüber lachen. Im Grunde kratzte es ihn nicht so sehr, vielleicht weil er in so vielen Bereichen gleichzeitig engagiert war, daß, wenn man ihn in einem bestimmten Punkt traf, die vielen anderen Aspekte seiner Persönlichkeit davon unberührt blieben. Er war Geschäftsmann, Makler, Architekt, Regisseur, Schriftsteller, Reisender, Sohn und Liebhaber; und das alles gleichzeitig und in gleichem Maße und in dieser willkürlichen Reihenfolge.

Bei aller nervösen Energie, die er verbreitete, war er in sich die Ruhe selbst, wie der Kern eines Feuerballs. Vielleicht gerade weil er mit sich selbst völlig synchron lief und genau das tat, was er wollte. Er zweifelte nie auch nur eine Sekunde am Sinn dessen, was er gerade tat. Wenn er Zweifel gehabt hätte, hätte er etwas anderes angefangen. So einfach war das.

Das alles, diese Offenbarung, wurde mir schon an diesem ersten Abend im Negresco zuteil, während neun unglaublicher, von vielen Gläsern Wein und Wodka begleiteter Gänge. Es war eine Offenbarung der Kategorie »göttlich« und »unvorstellbar«. Doch trotz meiner Verwirrung konnte ich als fragende Partei und Krittlerin mit Leichtigkeit die Oberhand behalten. Ich wurde auch weder betrunken, noch wurde mir übel. Ich wußte, daß ich ihm gewachsen war – meine heimliche Bewunderung für seinen Elan wirkte nicht lähmend. Er war schlichtweg anders als ich, ganz anders, und von Rivalität zwischen uns würde nie die Rede sein – wir würden einander höchstens verwundert zuschreien, aus der angenehmen Distanz, die nun einmal zwischen uns als äußerst verschiedenen Persönlichkeiten bestand.

Nach dem Abendessen hatte Felix mich ins Du Londres gebracht. Auf dem Weg über den breiten Boulevard von Nizza kam es zu einem Kuß. Und dabei wurde plötzlich alles, was er an mir berührte, elektrisiert. Unerklärlich war das, es kam aus dem Nichts, meine Begierde hatte keinen Grund, keine Ursache, keine Rechtfertigung. Aber er hatte mich mit seiner kindlichen Begeisterungsfähigkeit vollkommen ruhig gemacht. Edna Mauskopf wurde in seiner Gegenwart deckungsgleich mit sich selbst, weil er, Felix, in gewissem Sinne mit sich zufrieden war. Oder jedenfalls nicht unglücklich war. Und ein anderer war als ich. Ich hatte das eigenartige, unberechtigte Gefühl, daß ich ein Recht auf ihn hatte. Daß das hier Trost war und daß, wenn ich getröstet wurde, auch die Einheit Samuel und ich getröstet würde. Ja, sogar in diesem Augenblick noch, daß Samuel dadurch nicht verraten wurde, sondern ebenfalls gestreichelt, weil ich ja auch Samuel war. Wir wurden gewissermaßen beide in einem getröstet.

Felix' Körper war weniger großspurig als sein Auftreten, wie sich herausstellen sollte. Mochte sein Selbstbewußtsein auch noch so groß und sein Lächeln noch so strahlend sein, im Bett zeigte er womöglich noch mehr Skrupel als ich.

Er mußte ein wenig lachen vor Verwunderung, aber peinlich war es ihm zum Glück nicht. Vielleicht weil er mir genauso vertraute wie ich ihm, was gleichermaßen unerklärlich war. Er versuchte sich also nicht irgendwie zu rechtfertigen, aber ich erkannte in dieser Nacht plötzlich – und er erkannte, daß ich es erkannt hatte –, daß er in Wahrheit genausowenig großspurig war wie sein Körper.

Und da erkannte ich auch, daß ich verliebt war, und eigentlich auch schon, wie sehr.

Es war die unbeschwerteste Liebe, die ich je empfunden hatte. Sie war so unbeschwert, daß mir kaum bewußt wurde, daß es Liebe war. Ich konnte lachen und entrüstet sein, ohne ihn oder mich zu verletzen. Ich war wie außer Betrieb. Das Edna-System, die Grübelmaschine, das Brütphantom. Außer Kraft gesetzt. Ich strömte wie ein Fluß mit langem Lauf auf ein Meer von Möglichkeiten zu. Diesen Möglichkeiten strebte ich plötzlich entgegen, als wäre ich eine andere.

85

Natürlich fand das Interview mit Beenhakker statt.

Er mied an diesem Vormittag jedoch meinen Blick, sogar als ich ihm kurz erklären wollte, worum sich unser Gespräch so in etwa drehen sollte. Er nickte nur und murmelte ziemlich schroff so was wie »in Ordnung« und setzte sich dann allein an einen Tisch, ein opulentes Frühstück und vier Zeitungen vor sich: *Herald, Le Monde, Telegraaf* und *Corriere della Serra* vom Vorabend.

Er sah verdammt kosmopolitisch, unnahbar, ja sogar anziehend aus, und mich durchzuckte ein Anflug von Bedauern, obwohl ich mich nach meiner erleuchteten Nacht ziemlich irre und euphorisch fühlte.

So fürstlich und wohlig Beenhakker auch dort saß, mit seinen Zeitungen, seinen Rühreiern mit Lachs, seinen knusprigen Pistolets und Croissants und dieser silbernen Kaffeekanne daneben, innerlich muß er gekocht haben, denn nach anderthalb Stunden Lesen und Essen erhob er sich plötzlich, stampfte mit dem Fuß auf, drehte eine Beilage aus einer seiner vier Zeitungen, die inzwischen, zu Altpapier zerknüllt, auf den Boden gesunken waren, zu einem Köcher und ließ diesen mit einem gigantischen Knall auf ein mit hellgelbem Satin gepolstertes Louis-seize-Stühlchen herniedersausen. Er habe keine Lust, noch länger auf diese »Beleuchtungsheinis« zu warten, fluchte er. Dann ließ er sich wieder auf seinen Stuhl fallen und fluchte und stampfte an die neben mir stehende Produzentin gewandt weiter. Er erinnerte mich an meinen Vater, als er zischte, daß er jetzt verdammt noch mal genug habe von diesem Mumpitz und keine Minute länger auf diese verflixte Bande warten werde. Ich war mir ganz sicher, daß dieser Ausbruch mir galt.

Eine weitere Viertelstunde später war dann endlich alles ausgeleuchtet, und da weigerte er sich auf einmal, wie geplant mit mir durch das Interieur des Speisesaals zu spazieren.

Und ich wußte mir nicht zu helfen, ich konnte schlichtweg den richtigen Ton nicht finden, um ihn umzustimmen, so daß auch wirklich nichts daraus wurde. Der Kameramann war ziemlich irritiert über meinen Mangel an Geschick und Überredungskunst. Die ganze Ausleuchterei war damit für die Katz.

Jetzt hieß es also: meine Wut gegen die von Beenhakker, und das war, wie ich aus jahrelanger Erfahrung mit launischen Männern wußte, die einzige Methode, um nicht in nervösem Gestammel unterzugehen. Es kam mich hart an, daß ich mich plötzlich nicht mehr auf den sonst zwischen uns gebräuchlichen Umgangston verlassen konnte, auf die Zutaten, die ihn früher zärtlich gestimmt hatten – wie übrigens die meisten alten Männer. Nun, da ich ihn »enttäuscht« hatte und er daher jegliches Interesse an mir zu leugnen wünschte, gab es nur noch wenige Anknüpfungspunkte. Außerdem merkte ich im Verlauf des Interviews, daß er eitel war und es ihm, ganz im Gegensatz zu dem Anschein, den er sich gab, keineswegs unwichtig war, wie er auf dem Fernsehschirm rüberkommen und sein Werk ins Bild gesetzt würde. Er erinnerte mich plötzlich an einen Pfau, so aufgeplustert und protzig fand ich ihn.

»Welche Preise erzielen Ihre Gemälde denn derzeit so in etwa?«

Ich fand, daß ich das ruhig fragen konnte. Ich hatte den Kameramann gebeten, einen langen Schwenk über den scheußlichen Speisesaal des Hotels zu machen und diesen bei der silbernen Kaffeekanne mit Beenhakkers zur Kröte deformiertem Spiegelbild darin enden zu lassen. Und es sollten jede Menge Aufnahmen von seinen Werken gemacht werden, zu denen ich dann diese Frage montieren konnte.

Ohne mit der Wimper zu zucken, nannte er einen Betrag, der in die Millionen ging.

»Das ist ja eine ganz hübsche Summe«, sagte ich höflich. Dieses Ekelpaket. »Sind Sie ein guter Geschäftsmann?«

»Ich glaube schon, ja, ist dagegen etwas einzuwenden?«

Und so hatte sich das Gespräch dahingeschleppt.

86

– *Und, wie war ich im Fernsehen? Fandest du mich nicht schwachsinnig?*
– *Auch nicht zu kurz, dieser Punkt?*
– *Wie war dieser Schwenk über den Speisesaal?*
– *Na, in diesem Hotel? Grauenhaft häßlich, was?*
– *Nein, ich finde Beenhakker nicht sonderlich attraktiv, nein. Du etwa?*
– *Pfui, schäm dich! Er war unheimlich nervig und arrogant, hat man das gemerkt? Ein unglaublicher Prahlhans, fandest du nicht? Schade, daß seine Arbeiten so gut sind.*
– *Anderthalb Millionen. Das war doch eine hübsch direkte Antwort, nicht?*
– *Ja, sehr förmlich, überrascht dich das denn? Ich hab dir doch schon tausendmal gesagt, daß in Antwerpen nicht das Alleräußerste passiert ist!* (Das war schon seit Jahren Samuels und meine Umschreibung für Sex.)
– *Was? Nein, das Alleräußerste ist jetzt auch nicht passiert, nein, Herrgott.*
– *Das Interview für die Zeitung? Nein, das ist erst in ein paar Tagen.*
– *Ja, tut mir leid, in ein paar Tagen erst. Er kann nicht früher.*
– *Nein, ich bin nicht mehr in Nizza, ich übernachte jetzt bei Bekannten von Beenhakker, in Menton. Nein, sie haben kein Telefon. Ich ruf dich wieder aus der Telefonzelle an.*
– *Nein, er hat nicht versucht, mich zu verführen.*

– *Ich schlafe nicht bei ühiiim!*
– *Wenn er das gemacht hätte, dann…*
– *Nein, natürlich nicht!* (Wir lachten.)
– *Vermisse dich auhauch, tschüüüs, Affchen.*

Ganz Unschuld, erstattete ich aus Südfrankreich Bericht, Felix existierte einfach nicht, wenn ich mit Samuel telefonierte. So fühlte es sich auch wirklich an. Und wenn ich doch etwas über ihn erzählt hätte, wäre das wahrscheinlich spöttisch und relativierend gewesen, denn Felix paßte so ganz und gar nicht in die Codes unserer Beziehung.

Ich konnte Samuel doch auch schwerlich sagen, daß ich bei Felix eingezogen war. Und daß ich nicht glaubte, daß dieses Interview mit Beenhakker für die Zeitung, immerhin die Hauptmission meiner Reise, unter den gegebenen Umständen noch drin war. Ich brannte vor Schuldgefühlen, weil ich eine solche Verräterin war.

Natürlich.

Eine Milliarde Male versuchte ich, mir das Undenkbare vorzustellen: wie das Leben ohne Samuel sein würde.

Undenkbar.

Absurd.

Aber mit der Begierde nach Felix in Körper und Kopf kam es mir wieder wie ein Kinderspiel vor. Wenn ich das Gedankenexperiment genau ausarbeitete, spürte, was das zu bedeuten hatte, trat mir eiskalter Schweiß aus allen Poren, und mir stockte das Herz. Es war absolut schrecklich und irrsinnig, ein Alptraum der schlimmsten Sorte, unmöglich, ein Schwertstreich mitten ins Herz. Eine so radikale Wende, daß ich sie beinahe nicht fassen konnte.

Und dann kam in der vom Schwert Getroffenen allmählich wieder Verlangen auf, erfüllte sie die Unbeschwertheit von Felix' Gegenwart, das Bild von Luft und Ferien von sich selbst – und dann vergaß ich das Ganze.

Um dann plötzlich doch wieder diesen Schwertstreich zu spüren, dieses Stocken meines Herzens, diesen eiskalten Schweiß, den Stacheldraht. Achtmal wurde ich nachts in Felix' Haus schreiend wach.

87

Meer und Zug paßten genau. Das Rattern des Bummelzugs zwischen Ventimiglia und Nizza bildete die richtige Dissonanz zu der mächtigen Ruhe des festlich glitzernden Mittelmeers. Sei es auch nur, weil dieses prachtvolle Meer mit seinen verschwiegenen Buchten, in denen hier und dort weiße Prachtbauten zwischen den Bougainvilleen standen, durch die Fenster des Bähnleins so gut zu sehen war. Man stelle sich vor, daß man Tag für Tag auf dem Weg zur Arbeit in Nizza an dieser Aussicht entlangführe.

Mittlerweile konnte ich mich auch schon fast eine Pendlerin nennen, dachte ich. Ich erschrak darüber. So oft war ich diese Strecke inzwischen schon gefahren, um etwas einzukaufen oder um Felix in der Stadtbücherei von Nizza abzuholen oder einfach um kurz mit dem Zug fahren zu können und Bewegung, Fortgang, Tempo! in meinem derzeit so trägen Dasein zu simulieren – ich gehörte schon beinahe hierher. Dieser Zug und dieses Meer gehörten nach vier Monaten auch allmählich zu mir, genauso wie die Harmonie zwischen diesem dahineilenden Zug und diesem ruhenden Meer schon fast selbstverständlich für mich geworden war.

Ich konnte mich nur allzugut daran erinnern, wie hibbelig ich früher immer im Zug gewesen war, wie sehr ich mich immer hatte zwingen müssen, mich dem Stillstand der Sitze in diesem sich bewegenden Gefährt zu überlassen. Wie überbewußt ich mir dessen gewesen war, daß ich reiste, wer ich war und wohin ich fuhr, wenn sich das im Laufe der Jahre auch ein bißchen gegeben hatte.

Jetzt hatte ich es völlig abgelegt. Es schien, als wäre ich in eine Daunenwelt geplumpst, in der die Zeit keine Rolle spielte und Bewegung mich also auch nicht mehr auf deren Verstreichen hinwies, eine Welt, in der ich nicht mehr die Edna war, mit der ich mich immer so herumgeplagt hatte.

An diesem Morgen war ich sechzig Bahnen in Felix' kleinem Swimmingpool geschwommen und hatte in dem schönen Garten, der sein Haus umgab, an dem alten, weißen, typisch französischen gußeisernen Tischchen Kaffee getrunken. Das war denn auch schon ungefähr alles.

Allerdings hatte ich, wie neuerdings jeden Morgen, allerlei gute Vorsätze auf ein vornehm weißes Blatt Papier geschrieben, wie etwa, daß ich meine Artikel über südfranzösische Maler und vergessene Erdbeben in Europa fertigstellen wollte. Zu letzteren gehörte zum Beispiel das Erdbeben in Menton Ende des vergangenen Jahrhunderts, das für die Risse in Felix' Haus verantwortlich war. Höchst interessant das Ganze, aber eigentlich doch auch wieder nicht so richtig. Trotzdem litt ich – vermutlich zum erstenmal in meinem Leben ganz ohne Reue und völlig erwachsen –

nicht unter diesem Mangel an Nutzen und Notwendigkeit. Ich ließ mich treiben, dümpelte vor mich hin.

Um Viertel vor zwölf hatte Felix mich angerufen, und ich war in den nächsten Zug nach Nizza gestiegen. Wir hatten verabredet, in Nizza gemeinsam zu Mittag zu essen, »um zu feiern, daß es uns gibt«, wie Felix sagte, wenn er ganz besonders gute Laune hatte oder ihm irgend etwas Gutes widerfahren war.

Diesmal gab es keinen speziellen Anlaß. Außer, daß Felix gut geschlafen hatte – zumindest hatte er das gesagt. Es konnte allerdings sein, daß ihm dadurch ein Plan für einen Film, eine ganz neue, ganz raffinierte Art, Geld zu verdienen, eine Geschichte, eine Idee für ein Theaterstück oder irgend etwas anderes Schönes eingefallen war. Überdies war es himmlisch und unverantwortlich und idiotisch, einfach zu feiern, daß es einen gab; es verstieß gegen alles, was mir von kleinauf beigebracht worden war: Sparsamkeit, Vorsicht, Vernunft. Felix kannte diese Tugenden zwar, aber er verwarf sie, und ich tat das inzwischen, vor Angst und Genüßlichkeit schaudernd, auch hin und wieder. Daher war ich nur andeutungsweise schuldbewußt – denn was hatte ich an diesem Morgen schon getan, um mir ein schickes Mittagessen zu verdienen? –, als ich zum Bahnhof von Menton eilte, eine Fahrkarte löste und inmitten eines kleinen Häufleins von Touristen auf den Zug nach Nizza wartete.

Ich hatte ein neues Kleid an, ein weites, schwarzes. Es hatte in letzter Zeit den Anschein, als ob mir nichts mehr paßte.

Bei Cap-Martin fühlte ich ein Rumoren im Bauch. Hunger konnte es nicht sein, ich hatte gerade einen ungeheuer großen *chausson au pomme* verdrückt. Vielleicht war es etwas anderes. Mir fiel ein, daß ich seit Ewigkeiten keinen Test mehr gemacht hatte. Das war ein teures Hobby, aber meistens funktionierte es. Mein Körper mußte irgendwie ausgetrickst, abgelenkt, zerstreut werden, ehe er sich gehenlassen konnte. Er neigt, wie es scheint, dazu, sich gelegentlich ein wenig zu verweigern, wie ein provozierender Heranwachsender, der sich noch nicht darüber im klaren ist, was zählt und was nicht. Er will mich nicht wissen lassen, ob das monatliche Großreinemachen stattfinden kann, was mich häufig beunruhigt und daran zweifeln läßt, daß alles so funktioniert, wie es sich gehört. Das Verrückte ist, daß mein Körper, sobald ich den negativen Befund von außen (durch chemische Stäbchen mit so luftigen Namen wie *Clear Blue* oder *Predictor*) erhalten habe, vom einen auf den anderen Moment sein kindisches Trotzgehabe aufgibt und plötzlich loslegt. Offenbar machen ihm seine Schikanen keinen Spaß mehr, wenn ich sie nicht ernst nehme. Magisch. Als existierte ich zwar, aber ohne mich, als führte mein Körper ein Eigenleben, auf das ich keinen Einfluß habe.

Ich habe immer ein paar von diesen Tests bei mir, und ich hatte ja ohnehin nichts zu tun.

Auf der Höhe von Monaco pinkelte ich also möglichst säuberlich auf so ein weißes Stäbchen. Es war zwar keine große Kunst, erforderte aber doch eine gewisse Treffsicherheit, nicht auch das Kontrollfenster naß zu machen, was das Ergebnis verfälscht hätte. Ich gelobte mir, mit dem Nachschauen zu warten, bis ich in Nizza war.

Danach kam mir die Winzlingsstrecke von Monaco nach Nizza plötzlich sehr lang vor. Ich las die Zeitung, die ersten

Seiten eines Buches und danach die letzten (nein, doch lieber nicht) und schaute aus dem Fenster.

Mir gegenüber saß ein pickliger Junge mit schmuddligem Rucksack. Er las in einer Computerzeitschrift und roch nach Blähungen. Neben ihm eine sehr französische junge Frau mit so einem langen, langweiligen Blazer, bravem engem Rock über den makellos gebräunten, glatten Knien und flachen Pumps. Dickes, dunkles Damenhaar und ein paar goldene Ringlein an den manikürten Fingern. Für wen trugen Leute bloß derart einfaltsloses Zeug? Warum?

Sie starrte gelangweilt aufs Meer hinaus, brachte wahrscheinlich träumend irgendwelche Angelegenheiten in Ordnung. Wovon sollte so jemand sonst träumen? Ich dachte nicht an das Stäbchen. Ich war einfach da, ich fuhr, ich war unterwegs.

Beaulieu-sur-Mer, Villefranche-sur-Mer. Das Meer war unterdessen nicht mehr zu sehen, die Landschaft, durch die der Zug fuhr, war hier etwas alltäglicher und vor allem sehr trocken.

Ich schielte jetzt schon ein bißchen in meine Tasche, obwohl das noch nicht erlaubt war. *What the hell.*

Zuerst konnte ich es nicht richtig erkennen. Das Stäbchen mußte ins Licht gehalten werden, damit man das Kontrollfenster sah. Nach einigem Zögern tat ich das. Einer oder zwei Striche?

Mein Blick kreuzte den der ordentlichen jungen Frau. Hatte sie das Stäbchen identifiziert? Ein Funken Neugier ließ ihren ansonsten neutralen Blick aufleuchten. Ich merkte erst nach einer Minute, daß ich sie verzweifelt anstarrte. Es fiel kein Wort. In meiner Speiseröhre schien sich ein qua-

dratischer Kloß zu bilden, der nicht vor und nicht zurück wollte, ein überdimensionaler, quadratischer Adamsapfel.
Striche.
Ich sah Striche. Mehr als nur einen. Ein Test aus der Apotheke. Chemikalien auf einem Papier, die sich verfärbten, wenn ein bestimmtes Hormon vorhanden war. Zwei Striche. Ja, das war nun eben da, das Hormon. Vielleicht ging es gleich wieder weg, hatte es sich geirrt.
Komisches Hormon.

88

Kurz vor Nizza hatte ich Gewißheit. Daß es von Dauer war. Zwei Striche. Die gingen nicht so einfach wieder weg. Vorläufig jedenfalls nicht. In den nächsten Monaten nicht.
Ich war schwanger.
Ich war schwanger. Ich war schwanger, ich war schwanger.
Ich war schwanger.
Mein Gott, was hatte ich getan? Wo war ich? Wohin wollte ich?
Ich war schwanger, und das nicht von Samuel.
Wie betäubt torkelte ich aus dem Zug. Das grelle Licht der Côte d'Azur traf mich wie ein Fluch, wie ein gehöriger Schlag ins Gesicht. Es paßte mir nicht mehr, dieses Licht. Ich gehörte nicht hierher.
Ich war schwanger vom falschen, nicht dem wahren Mann. Ich war beim falschen, nicht dem wahren Mann. Ich mußte nach Hause. Sofort.

Zurück. Was mir zunächst nur in meinen Alpträumen erzählt worden war, wurde mir nun höchst unsanft im wachen Zustand klargemacht. Als stießen mich bewaffnete Banditen aus dem Schlaf. Ich sah plötzlich alles so, wie es war. Das hier war ich überhaupt nicht. Ich war fort von zu Hause, verirrt, am falschen Ort. Ich mußte zurück.

Ein schrilles Pfeifen ertönte. Einige nervöse Rucksacktouristen rannten auf der Suche nach ihrem Wagen am Zug entlang und erklommen dann mit ihren derben braunen Wandererbeinen in zwei Schritten das Zugtreppchen. Ihre Eile machte mir bewußt, daß dieser Zug jeden Augenblick abfahren würde. Der Zug nach Paris! Ich merkte, daß ich weinte, und noch ehe ich irgendeinen klaren Beschluß gefaßt hatte, sprang ich hinein. Ein gefährlicher Sprung, bei dem ich die Tür aufhalten mußte. Sie schloß sich mit einem bösartigen und vielsagenden Zischen hinter mir.

Als sich der Zug praktisch im selben Augenblick rasch, mächtig und autoritär in Bewegung setzte, wußte ich, daß ich wieder einmal einen Schritt getan hatte, mit dem ich mir selbst zuvorgekommen war.

Schwer ließ ich mich auf eine Sitzbank sinken – und da erst fiel mir ein, daß ich keine Fahrkarte hatte.

Ein Glück, daß ich die Kreditkarte dabeihatte, die Felix mir eine Woche zuvor »für Notfälle« gegeben hatte. Felix war schließlich ein solider Abenteurer, und er vertraute mir. Und ich hatte diese Karte zuerst gar nicht annehmen wollen! Mein Gott!

Eine wahnsinnige Ungeduld befiel mich – ich wünschte, ich wäre auf der Stelle zu Hause gewesen, sofort, bei Samuel. Hätte ihm endlich von meinen Abenteuern erzählen können. Alles würde gut, wenn ich es Samuel erzählte. Ein herrlicher Zuhausewettstreit, eine himmlische, sanfte, süße Umarmung. Ich konnte es nicht mehr erwarten. Unerträglich, daß ich sitzen mußte, warten mußte, stillhalten mußte. Der Zug fuhr mir viel zu langsam, und dabei war er gerade erst abgefahren.

Ich kehrte zurück. Ich würde alles wiedergutmachen, denn ich würde wieder zu der, die ich war.

Ich versuchte, nicht an Felix und seine fröhliche Stimme zu denken, als er mir das Mittagessen vorgeschlagen hatte. Ich liebte ihn nicht, ich liebte Samuel, mein Haus, mein Gewissen, meine große Liebe. Und bei Liebe war alles erlaubt.

89

Vier Monate lang hatte ich es Tag um Tag hinausgeschoben. Ich hatte zwar immer gewußt, daß ich zurückmußte, aber ich fuhr einfach nicht. Es gelang mir nicht. An jedem Tag gab es irgend etwas, was ich noch tun mußte, und an jedem Tag erschien es mir undenkbar, es zu sagen: Jetzt muß ich wohl mal wieder fahren.

Dabei war ich ständig böse auf Felix, weil er mich hier so erbarmungslos festhielt, von Samuel fernhielt; böse auf seine Stärke, seine gute Laune und seinen faulen Sieg. Jeden Tag machte ich ihm eine üble Szene, aber nie schaffte ich es, wirklich den Zug zu nehmen und mir selbst etwas zuzuschreiben. Wenn mir irgendein quälender, schuldbewußter Gedanke kam, wenn ich nachts schreiend aus dem Schlaf schreckte, dachte ich immer gleich: Ich bin so müde. So müde. Noch ein Weilchen ausruhen, bevor ich zurückgehe.

Und ich war auch ein bißchen süchtig geworden nach dem Pläneschmieden mit Felix. Aufgrund dieser Pläne konnte ich nicht weg, denn die mußten erst noch in die Tat umgesetzt werden, ehe ich ging. Ich konnte weder Felix noch seinen Plänen widerstehen. Aber weil ich fand, daß ich gegen alles, was er sagte und tat, rebellieren müsse, bekämpfte ich ihn, Tag für Tag. Was keine große Herausforderung war, denn meine Wut schien ihm überhaupt nichts auszumachen. Er wußte besser, nein, er spürte besser als ich selbst, woher diese Wut rührte, und daher blieb er dabei ganz gelassen. Er lachte nicht darüber, er fluchte nicht darüber, es machte ihn nicht unsicher, und er schlug auch nicht zurück. Er blieb einfach der, der er war, als würde ich ihn nicht anpflaumen und ihm nur allzu deutlich zu verstehen geben, wie verachtenswert ich es fand, daß er mich von meiner großen Liebe fernzuhalten versuchte.

Aber nachts schliefen wir Hand in Hand – wenn wir schliefen. Mochten Schmerz, Kummer, Schuldgefühl und das Empfinden, daß ich hier im Grunde nicht wirklich ich war, auch noch so stark sein, wenn er mich berührte, war ich sofort verloren. Alles war sowohl neu als auch vertraut in der Sonne von Menton, und mein Leben in Amsterdam erschien nach vier Monaten als genauso abstrakt wie mein Leben hier.

Und dann war da natürlich noch etwas anderes, was mich davon abhielt, tatsächlich in Zug oder Flugzeug zu steigen.

In den ersten Wochen hatte ich Samuel ein paarmal angerufen, ohne ihm von Felix zu erzählen. Er wußte einfach nicht, wo ich war. Ich sagte immer, daß ich bei Freunden von Beenhakker übernachtete. Als nach drei Wochen das Zeitungsinterview mit Beenhakker doch noch geglückt war und veröffentlicht wurde und ich keinerlei Grund mehr hatte, noch länger wegzubleiben, hatte er schließlich herausgefunden, wo ich war. Nicht über Flippa, sagte er mit tiefem Vorwurf in der Stimme (obwohl ich sie sehr wohl eingeweiht hatte), sondern weil er nachgedacht habe, logisch nachgedacht.

Ich hätte beinahe geheult vor Bewunderung, denn das war echt Samuel. Eine Art Detektiv, ein Wunder an Kombinationsvermögen und weiblicher Intuition. Zu klug und sensibel, um wahr zu sein. Nun wußte er also, wo ich war, bei Felix – den er ja auch kannte. Er weinte. Ich weinte. Er weinte wohlgemerkt, weil er solches Mitleid mit mir hatte, weil es ihm so leid tat, daß ich derart verwirrt war. Ich weinte, weil ich so müde war und weil ich nicht zurückging.

»Armes kleines Biest«, schniefte er.

Warum machte er das? Gut, ich *war* verwirrt. Ich *fühlte* mich bemitleidenswert, ich litt tierisch, und alles tat mir weh. Aber wirklich bemitleidenswert war ich nicht. Ich war weg. Ich konnte nicht zurück, ich wollte nicht zurück, ich war *auch* unbeschwert und glücklich.

»Ich komme sobald wie möglich zurück«, sagte ich.

Er wartete. Und ich wartete. Und er wartete.

Er kam nicht, um mich zu holen. Er war stolz. Er wartete, wie er immer und ewig nur wartete und wartete. Aber wenn er gekommen wäre, wäre ich natürlich mit ihm gegangen.

Jetzt war ich schwanger, und ich kehrte zurück.

90

Als ich meine Umgebung wieder so einigermaßen in mich aufnehmen konnte, sah ich diese junge Frau wieder. Sie saß mir gegenüber und schaute mich an.

»Hey«, sagte sie freundlich. »Fährst du auch heimwärts?«

Sie war Niederländerin!

»Ja«, sagte ich. »Nach Amsterdam. Woher, zum Teufel, wußtest du, daß ich Niederländerin bin?«

»Ich hab dich mal im Fernsehen gesehen. Du machst doch Interviews, oder? Ich merke mir alle Gesichter. Ich muß auch nach Amsterdam«, sagte sie.

Ihre Stimme war um einiges sympathischer als ihre Klamotten und ihre Ringlein. Intelligent. Fest. Mütterlich.

»Also ich heiße Anna.«

Sie streckte mir die Hand hin. Eine verwirrte, schuldige Sekunde lang dachte ich, sie wollte das Stäbchen haben – dann wurde mir bewußt, daß sie mir die Hand schütteln wollte. Ich war ein chaotisches, schuldiges Wesen – nichts an mir war dieser Welt angepaßt, aber jetzt war Anna da.

Sie saß mir gegenüber, und ich fühlte mich geborgen.

»Edna. Edna Mauskopf.«

»Wieso hast du mich vorhin so angestarrt?« fragte sie.

»Angestarrt?«

»Ja, du hast vorhin irgend etwas aus deiner Tasche genommen und mich angestarrt. Deshalb bin ich auf dich aufmerksam geworden.«

»Ich bin schwanger. Ich hatte gerade einen Test gemacht.«

Nun, da ich es ausgesprochen hatte, war es wahr, und ich bekam erneut einen fürchterlichen Schrecken.

»Aber vielleicht nicht von Samuel.«
Oder doch?
»Wer ist Samuel?«
»Ich muß zu ihm zuruck. Jetzt.«
Ich fing an zu weinen. Und erzählte ihr natürlich alles.
Das hätte Samuel niemals gutgeheißen, dachte ich noch.

91

Solche Gespräche führt man nicht oft in seinem Leben. Oder vielleicht könnte ich besser sagen: Solche Geschichten erzählt man nicht oft einem Fremden. Anna stellte aber auch genau die richtigen Fragen. Jedesmal wenn ich kurz nachdenken mußte, was noch über mein Verhältnis zu Samuel zu sagen war und warum ich zu ihm zurückmußte, holte sie ruhig Luft und fragte so etwas wie: Aber warum warst du denn immer so hitzköpfig und überdreht?

Eigenartigerweise war sie es auch, die mich darauf aufmerksam machte, daß ich für irgend etwas Argumente zu sammeln schien. Für einen Prozeß, in dem ich wegen Sorglosigkeit angeklagt war, für ein Tribunal, vor dem ich mich zu verteidigen hatte.

Sie fragte auch: »Woher weißt du eigentlich so genau, daß du ihn so sehr liebst?« Und: »Wenn ich das alles höre, kommt ihr mir eher wie Bruder und Schwester vor.«

»Wie kommst du denn darauf?« schrie ich dann (die armen Mitreisenden). »Zwischen uns stimmte einfach alles!«

»Aber wieso bist du denn dann so lange weggeblieben? Wie konntest du dich ohne ihn so wohl fühlen?«

Und dann verstummte ich wieder. Mein Verstand, dieser höllische, ständig ackernde Gehirnmuskel, streikte, wenn ich mir selbst diese Frage auch stellte. Meine Vorstellungskraft setzte aus, alle Erklärungsfunktionen versagten den Dienst. Warum war ich so lange weggewesen? Warum waren mir Ferien von ihm so notwendig erschienen? So notwendig und herrlich? Wie kam es, daß ich mich so lange hatte vergessen können? Was hatte mich so lahmgelegt, daß ich meine Rückkehr immer wieder hinausgeschoben hatte?

Ich wußte es nicht.

Es gab keine Rechtfertigung für das, was ich tat, dafür, daß ich hier war. Felix und ich hatten zum Beispiel nur ein kleines bißchen von dem gemeinsam, was man gemeinsam haben kann. Felix war gewiß nicht mein Ebenbild, so wie Samuel. Mit Samuel hatte ich alles gemeinsam. Samuel und ich waren gleich, vollkommen parallel. Wir erzogen uns gegenseitig. (Und bremsten einander dadurch auch ebensosehr. Anstatt einander in die Arme zu fallen, waren wir letztlich gegen eine Spiegelwand geprallt.)

Anna fragte auch noch: »Warum fährst du denn jetzt auf einmal doch zurück?«

Ich ließ sie den Brief lesen, den ich Samuel geschrieben hatte, als ich zwei Monate weg war, glaube ich, er trug nicht einmal ein Datum. Als müßte ich ihr etwas beweisen, oder auch mir selbst?

Lieber S.

Zerreiß diesen Brief bitte nicht gleich. Lies ihn erst, danach kannst Du es ja dann immer noch tun. Du bist ja sowieso viel zu neugierig, obwohl Du beim letzten-

mal, als wir miteinander telefoniert haben, gesagt hast, ich hätte Dich noch nie so kaltgelassen.

Du sagtest auch, daß ich Dir nun wirklich so fremd geworden sei, daß Du gar nicht mehr so recht verstehen könntest, wie wir überhaupt je zusammenleben konnten. Du hast gelogen, wie Du auch so oft im Hinblick auf Deine sogenannte Unzugänglichkeit und Kälte gelogen hast, denn ich kenne niemanden, der so kindlich-naiv und von ganzem Herzen sentimental sein kann wie Du, wenn Du Dich sicher fühlst und Rückendeckung zu haben glaubst. So wie Du Dich immer bei mir gefühlt hast, in der luxuriösen Geborgenheit meiner Liebe und meiner daraus resultierenden Abhängigkeit von Deinen Zicken und Launen. Du hast immer ganz genau gewußt, wie total und unerschütterlich meine Bewunderung für Dich war, und Du hast dich darin so frei gefühlt wie ein Kind, das noch keine Verantwortung kennt. Das haben Deine hemmungslosen Ausbrüche von primitivstem Selbsthaß und Angekotztsein mehr als nur einmal bewiesen, und gerade dieses unverhohlene, giftige Geschimpfe auf Dich selbst, mich und die Welt verstärkte noch mein Mitempfinden und meine Überzeugung, daß ich lebte, um Dir zu zeigen, wozu Du lebst. Du warst die Personifizierung meiner tiefsten und wahrsten Lebenslust, und das bist Du eigentlich noch immer – obwohl ich in Deinen Augen alles getan habe, um Dir zu beweisen, daß das nicht mehr gilt. Aber ich begreife immer noch nicht, warum wir nicht mehr zusammen sind. Nachts spüre ich Deine Arme um mich, und ich werde mit einem Erstickungsgefühl wach, wenn mir bewußt wird, daß ich nicht Deine Arme, Deinen sich an mich schmiegenden Körper spüre, sondern den eines anderen. So kann ich nicht leben. Ich leide an etwas, das Phantomschmerzen ähnelt, denke aber nicht, daß es sich nur um irgendeine Wahrnehmungstäuschung handelt. Ich habe Heimweh nach Deinem Schweigen, nach Deinem bockigen, bösen Verstummen, dessentwegen ich mich so zusammenreißen, so genau aufpassen mußte. Nur ja keinen Fehler machen, gnadenlos waren Dein Sarkasmus, Deine Verachtung für meine Dummheit, meine Schlampigkeit, meine konfuse Ethik, meine Geschwätzigkeit.

Ich liebte Deinen Haß auf alles, was nicht gut an mir war. Er machte mir angst, aber er war reinigend und gab mir Geborgenheit.

Ich war das Leck in unserem Haus: Durch mein Zutun gelangten Dinge über Dich und Deine Familie nach draußen, die ein ganzes Leben lang unter Verschluß gehalten worden waren, aus sogenannten strategischen Erwägungen. Ich liebte diese Strategie genausosehr, wie ich sie verachtete. Du hast geglaubt, bei mir wärst Du sicher, aber ich habe Dich in Deinem Beisein verraten, und insgeheim hast Du das auch noch genossen. Gib es ruhig zu. Ich habe Dich mit offenem Visier verraten, ich habe meinen Verrat nicht vertuscht. Bis ich diesen ultimativen Schritt tat, und das konntest Du mir natürlich nicht vergeben. Ich gebe zu: Ich bin schuldig. Aber trotzdem bin ich Dir treu geblieben. Das verstehst Du, glaube ich, nicht. Aber es ist so, und es ging nicht anders, denke ich, denn es ist alles nur für Dich. Ich habe diese Erfahrung für Dich gemacht, so wie eine Katze eine Maus für ihr Herrchen fängt. Du könntest doch wenigstens die Geste würdigen.

Nichts ist mehr in Ordnung, wenn wir nicht zusammen sind, es fühlt sich an, als sei mein Haus durch eine Bombe zerstört worden, ohne Dich ist mein Leben Krieg. Es macht mir nichts aus, wenn Du vielleicht eine andere hast, und auch meinen anderen will ich Deinetwegen vergessen, wenn Du mich wieder willst.

Schreib mir, bitte, Deine E.

Aber ich hatte ihn nicht abgeschickt.
»Ja, ja«, sagte Anna.

92

Wir näherten uns Paris. Vor meinem Zugfenster entstand allmählich eine Stadt: Über Industrie- und Stadtrandgebiete arbeiteten wir uns zum Herzen vor, immer aufregender wurde das Chaos der grün angelaufenen Dächer echt Pariser Häuser.

Ich war verstummt. Anna schlief. Ich wurde wehmütig und träumerisch. Konnte ich nicht hierbleiben? Für einen Moment kam das Gefühl zurück, daß noch unzählige andere Leben möglich wären. Doch es war zu spät: zwei, höchstens drei Optionen hatte ich noch. Samuel, Felix oder mit dem Baby alleinbleiben. Die vierte Option war keine Option.

Wo war ich nur, was machte ich denn bloß?

Die Räder knirschten ohrenbetäubend, sie schrien beinahe.

Paris. Wir waren endlich in Paris.

Anna und ich stiegen gemeinsam aus, das verstand sich von selbst.

Der Bahnhof von Paris war ein einziges großes Tollhaus, obwohl es draußen inzwischen schon nicht mehr Tag war. Wir rannten durch die Gänge, wir hatten es eilig, ich hatte es eilig, suchten nach Hinweistafeln, Fahrplanauskünften (Amsterdam, wo stand denn bloß Amsterdam? Womöglich verpaßten wir sonst noch den Anschlußzug), und da fiel mir plötzlich Felix ein, und mir wurde bewußt, daß ich ihn nicht mehr wiedersehen würde.

Es war wie ein eiskalter Windstoß. Ein Notfall, akut und entsetzlich – welche Langeweile, wie tot alles ohne Felix! Es kam mir mit einem Mal unerträglich vor, daß ich Felix nie mehr auf mich zukommen sehen würde, strahlend über irgendeinen kleinen Plan, den er ausgeheckt hatte, der immer rege Mann von Welt. Nie mehr zusammen im Auto, seine komische Kreischmusik voll aufgedreht. Ich konnte doch nicht in ein Leben ohne Felix zurück!

»Anna«, keuchte ich, »hör zu. Ich glaub, ich kann nicht ohne Felix leben.«

(Und Samuel? Aber sosehr ich mich auch anstrengte, ich konnte ihn in meinem Kopf nicht zum Lachen bringen.)

Anna sah mich nicht mal an, sie grinste nur den Gang entlang.

»Okay«, sagte sie, »und was jetzt? Jetzt willst du sicher wieder nach Nizza zurück. Kommt nicht in Frage. Du hörst mir jetzt mal ganz genau zu, Mrs. Edna M.«

Unsere Rennerei kam mir plötzlich völlig idiotisch vor. Auch Anna verlangsamte ihre Schritte. Wir blieben stehen.

»Okay«, sagte sie. »Wir lassen uns Zeit.«

Ich sah gerade noch, daß mir etwa drei Stunden blieben, bis ein Zug nach Nizza zurückfuhr.

In einem Restaurant gegenüber vom Bahnhof bestellte ich mir einen Teller gesunder *crudités,* nach genauerer Überlegung auch noch ein knuspriges Baguette-Sandwich mit Camembert und ein Glas Rotwein. Anna wollte Hühnchen.

Anna fand, daß ich auch nach Amsterdam müsse, wenn ich nicht zurückwolle. Ich müsse mit Samuel reden. Felix real machen. Erzählen, daß ich weggehen und wegbleiben würde. Sie hielt es für ein gutes Zeichen, daß ich eingesehen hatte, wie sehr ich an Felix hing. Der Meinung sei sie auch.

Ich hatte Angst. Und Samuel? Jetzt mußte ich plötzlich wieder gegen einen Plan rebellieren, eine Entscheidung, die Anna für mich gefällt zu haben schien. Ich mußte doch zu Samuel zurück!

»Das kann ich nicht«, sagte ich. »Ich liebe nur Samuel, weißt du, ich werde ihn niemals *nicht* lieben. Wie kann ich da sagen, daß ich von ihm weggehe?«

»Edna, ich kenne dich noch nicht so sehr lange, aber glaubst du denn wirklich, daß du vier Monate unbemerkt von jemandem wegbleiben kannst, von dem du behauptest, daß du ihn liebst? Er hat doch längst *gemerkt,* daß du weg bist, oder? Lieber Himmel. Vielleicht hat er schon eine andere, mit der er viel lieber zusammen ist.«

»Was? Woher willst du das wissen? Das kann nicht sein!« brüllte ich.

»Ich weiß gar nichts«, sagte Anna. »Aber wenn ein Mensch existiert, Edna, dann fällt es auf, daß er nicht da ist, wenn er nicht da ist.«

»Großer Gott, wie bist du so geworden?« fragte ich, und da überkam uns beide ein fürchterlicher Lachkrampf.

Ich dachte an Felix, ich mußte Felix anrufen! Der wußte ja gar nicht, wo ich war! Aber ich war schon auf dem Weg zu ihm! Ich kam! Mit einem Mal war ich fast aufgeregt über die Wende, die ich meinem Leben zu geben drohte, weg von mir selbst, hin zu einem Leben mit Felix! Aufgeregt über allen Schmerz, über alles Heimweh hinweg.

»Irrwisch«, sagte Anna kopfschüttelnd.

93

Eigentlich wäre ich am liebsten geflogen – nun, da ich einen Entschluß gefaßt hatte, war plötzlich keine Zeit mehr zu verlieren, denn ich fürchtete, vor dem Ende meiner Reise womöglich wieder in eine andere Stimmung zu verfallen –, aber es war mir zu umständlich, ganz nach Charles de Gaulle hinaus zu müssen, wo doch von dem Bahnhof, auf dem ich jetzt stand, ein Zug nach Amsterdam fuhr. Außerdem wollte ich mich nicht von Anna trennen. Mit Anna an meiner Seite würde ich vielleicht so stark bleiben, wie ich es jetzt war.

Die Fahrt nach Amsterdam dauerte ewig, erinnere ich mich noch. O Gott, die Erinnerung an diese Fahrt! Anna und ich redeten nur noch wenig – wir waren erschöpft und hatten ausgeredet, schien es. Angst schnürte mir jetzt die Kehle zu, und die Furcht, meine Konzentration zu verlieren, wurde im Verlauf der Reise allmählich immer größer

Felix hatte ich inzwischen angerufen. Ich hatte erzählt, daß ich zu Samuel führe, um ihm von uns zu erzählen. Kein Wort über das Baby. Er hatte zuerst sehr böse geklungen, doch dann hatte seine Stimme einen beruhigenden Ton angenommen. Er verstand offenbar, daß dies ein unvermeidbares Risiko war und er mir jetzt eben vertrauen mußte. Anhand seiner Reaktion wurde mir zum erstenmal klar, wie undenkbar andere Männer für Felix waren. Bei Felix konnte ich mir keine Nebenleben erlauben.

Während der Zug dahinkroch, versuchte ich mir vorzustellen, wie Samuel jetzt in unserer Wohnung saß und fernsah. Komischerweise war mir von allen Selbstverständlichkeiten des Lebens gerade dieses stinknormale Bild vollkommen unvorstellbar. Aber was würde er *dann* tun, was würde er beschlossen haben, *würde* er etwas beschlossen haben? Würde er mit einer Fremden im Bett liegen, wenn ich die Tür öffnete? Würde er mich nicht mehr sehen wollen und mich vor die Tür setzen? Oder würden wir einander weinend in die Arme fallen, so daß ich auf einen Schlag alles vergessen hätte, was ich mir zurechtgelegt hatte? Ich konnte mir nichts ausmalen, kein Bild entstand vor meinen Augen – auch nicht von dem, was ich selbst machen würde.

Ich hatte es eilig. Ich würde ihm dieses ganz Schlimme sagen und dann so schnell wie möglich weggehen.

Parallel dazu hatte ich aber auch einen irrational schmerzlichen Hunger danach, ihn auf der Stelle zu sehen, zu beschwichtigen, zu umarmen, zu beruhigen. Daß ich noch immer nur ihn liebte, das sollte er wissen, jetzt. Ich liebte nur ihn.

Beruhigt werden. Das wollte ich auch. Daß er mich immer noch so sehr liebte. Dann erst würde ich weggehen können.

Allein schon ihn zu *sehen,* würde mir diesen Schmerz nehmen – dieses furchtbare Heimweh. Ich hatte ja auch schon mehr als vier Wochen nichts von ihm gehört.

Als Amsterdam endlich allzu vertraut in Sicht kam, dreckig, gewöhnlich und klein – es regnete! –, war ich bis zu den Zähnen gewappnet. Vor lauter Angespanntheit bekam ich die Kiefer kaum noch auseinander. Ich durfte nur eines nicht vergessen: Das Vergessen, das ich mir mit Felix erlauben konnte, war Gold wert.

Ich ging natürlich nicht weg, weil ich Felix so sehr liebte – o nein, ich liebte nur Samuel, für immer und ewig –, sondern weil ich bei Felix so glücklich war. Und ich hatte ja jetzt auch für ein Kind zu sorgen. Mein Kind, das nicht von Samuel sein konnte.

94

Anna sagte: »Jetzt tu das, was am besten ist, Edna M. Du existierst, und es wäre eine Sünde, nicht glücklich zu sein, wenn du es sein kannst.«

Mein Gott, Anna. Und ich wußte so gut wie nichts von *ihr.* Wir tauschten unsere Telefonnummern aus. Ich gab ihr zwei: eine in Amsterdam und eine in Menton. Sie lachte. Wir umarmten uns.

Da standen wir noch auf dem Amsterdamer Hauptbahnhof, und ich kann mich nicht mehr erinnern, wie sie weg ging oder wie ich zu unserer Wohnung gekommen bin. Von dem Moment an, da ich mich von Anna verabschiedete, trat eine Art Flaute in der Zeit ein. Alles hielt den Atem an, so scheint es im nachhinein.

Daher ist in meinem Kopf eine ganze Weile nichts zu sehen – und dann bin ich plötzlich bei uns in der Spinozastraat im Flur.

Ich laufe in unser Wohnzimmer und lande vor dem großen Schrank von Sams Großeltern – wo Flippa und Zandra reglos nebeneinanderstehen, versteinert, scheint es.

Mit Flippa hatte ich schon seit anderthalb Monaten nicht mehr gesprochen, die wollte für drei Monate nach Amerika gehen oder so, das hatte sie mir bei unserem letzten Telefongespräch zumindest noch gesagt. Was macht sie hier?

Zandra sagt nichts, die rennt gleich aus dem Zimmer. Sieht schlampig und irgendwie seltsam aus.

»Oh, Ed«, sagt Flippa mit merkwürdig belegter Stimme. »Gott sei Dank, daß du da bist. Wo hast du denn nur gesteckt? Ich hab x-mal versucht, dich zu erreichen.«

»Erreichen? Wieso?«

»Weil du Samuel umgebracht hast, du blöde Kuh!« schreit Zandra vom Flur her.

Dann bricht sie in wildes Schluchzen aus, hämmert gegen die Wand, schlägt irgend etwas entzwei. Ich bin zu Tode erschrocken.

Ein kaltes, scharfes Messer wird über meinen Rücken gezogen – Selbstmord, ob Samuel Selbstmord begangen hat? Nein. Idiotisch. Hör auf damit!

Ich sehe Flippa fragend an.

Ich kann ja gut verstehen, daß Zandra böse auf mich ist, nach allem, was geschehen ist, nach meiner Desertion. Aber wo ist er, und was tun sie hier?

»Er ist tot, Ed«, sagt Flippa.

Dieses verzerrte Gesicht – dieses nervöse Schaugesicht von Flippa, das niemals *nicht* Theater spielt. Ich glaube kein Wort von dem, was diese Frau sagt! Niemals!

Ich werde fuchsteufelswild.

Zandra kommt wieder ins Zimmer zurückgerannt, das Gesicht hinter ihren schwarzen Haaren versteckt, kommt auf mich zugestürmt und schlägt mir mit voller Wucht ins Gesicht. Alles dreht sich.

Und Flippa steht bloß da, schaut stumm zu, macht eine ohnmächtige, tragische Handbewegung und sonst nichts.

»Und es ist deine Schuld, Edna Maus! Ganz und gar deine Schuld!« kreischt Zandra. »Deinetwegen mußte er ja unbedingt den Helden spielen! Du hast ihn verrückt gemacht! Du hast ihn aufgehetzt! Und dann bist du auch noch *weggegangen*!«

»Na ja, Sam und ich haben das aber schon ausführlich miteinander besprochen«, wirft Flippa leicht pikiert ein. »Es ist nicht *Ednas* Schuld, Zan, das kannst du nun wirklich nicht behaupten. Es war ein dummer Zufall...«

»Was denn? Wo denn, wie?« schreie ich jetzt. »*Was* ist denn *los*?! Jetzt sag doch verdammt noch mal was!«

»Er ist ermordet worden, Ed«, heult Flippa, »ermordet – keiner weiß was Genaues, keiner kann es glauben, aber wir

haben gestern einen Anruf bekommen. Daß man ihn gefunden hat. Daß er tot ist. Es ist wahr, Ed. Sam ist tot.«
Sie schluchzt jetzt lauthals.
Ich starre sie kühl an, in meinem Kopf hämmert es immer noch, ich sehe Sterne: »Und was machst *du* hier?«
»Darf ich? Das spielt doch jetzt keine Rolle mehr, Ed... Sam und ich, äh... Sam ist zu mir gekommen, als du weg warst. Wir waren schon monatelang zusammen.«
Ich verpasse Flippa eine solche Ohrfeige, daß sie zu Boden geht, ihr Kopf schlägt gegen einen unserer grauen Interlübke-Sessel.
Noch ehe ich ihr aufgeholfen habe, hasse ich sie schon wieder.

95

Hanna weint nie. Acht Monate ist sie jetzt alt, und sie lacht immerzu. Seit einem Tag krabbelt sie nun auch. Anfangs juckelte sie nur immer rückwärts durchs Zimmer, aber gestern versuchte sie etwas Begehrenswertes zu greifen, das zu weit weg lag, und da robbte sie plötzlich vorwärts drauflos. Schnaufend und mit riesigem Triumph im Blick stürzt sie sich jetzt mit dem Kopf voran ins Abenteuer.
Sie ist die autonomste und zugleich liebevollste Person, die ich kenne, und sie verlangt meine vollkommene Loyalität und Aufmerksamkeit. Sie spürt es sofort, wenn ich mit meinen Gedanken mal einen Augenblick woanders bin. Dann ruft sie mich laut und fordernd. So erinnert sie mich daran, was jetzt zählt. Wenn ich zuviel an früher denke, mit

anderen Worten, vernachlässige ich sie, nein, verrate ich sie, so fühlt es sich an.

Felix gegenüber habe ich das nicht so. Zumindest nicht dem Felix gegenüber, der mein Mann ist, wohl aber dem Felix gegenüber, der der Vater von Hanna ist.

Wir wohnen immer noch am selben Ort, in Menton, aber in ein paar Monaten gehen wir in die Staaten. Vielleicht bleiben wir dort. Ich habe mich immer dagegen gesträubt, aber seit gestern stelle ich es mir schön vor, weit weg zu sein. Vor allem nun, da mein Buch so gut wie fertig, meine Geschichte erzählt ist. Samuels Geschichte, Samuels Buch.

Europa erinnert mich zu sehr an ihn.

96

Ich glaube nicht, daß es je vorübergehen wird.

Natürlich hatten sie mir alles erzählt. Aber geglaubt hatte ich es nie ganz – als wenn sich Samuel mit seinem Tod wieder so unnahbar gemacht hätte wie früher.

Gestern abend machte ich den Fernseher an, um die Nachrichten zu sehen, gewohnheitsmäßig, auf dem Weg in die Küche, wo ich das Geschirr abstellen wollte, und da geriet ich mitten hinein. Eine Dokumentation über Fahrer, die Hilfsgüter nach Tschetschenien transportierten. Das mußte ich einfach sehen. Seit Samuel habe ich ein beinahe krankhaftes Interesse an Lastwagen und ihren Fahrern.

Es war irgendeine Dokumentation von *La Sept*. Eine erschütternde Geschichte über Männer, die in Kolonne über unbefestigte Straßen mußten, quer durch die Berge, durch

Schnee, an schaurigen Abgründen entlang. Und vorbei an Zöllnern, die sie um ihre Fracht bringen wollten: Medikamente und Lebensmittel, Kleider, Decken, bestimmt für Flüchtlinge. Belauert von Banditen wie im barbarischen Mittelalter.

Einer der LKW-Fahrer, der Fahrer des größten Trucks, ein Franzose, erzählte, daß er früher an der Nadel gehangen und davor auch gelegentlich mal einen Bruch gemacht habe – der Kick, er brauche Kicks. Aber seit er über diese lebensgefährlichen Straßen fahre, mit dem Risiko, jeden Augenblick von russischen oder tschetschenischen Banditen überfallen zu werden, brauche er keine anderen Kicks mehr, sagte er. Ein Abenteurer war er, der am Kopf der Kolonne fuhr und die Entscheidungen traf. Ein gefährlicher Mann, schien mir. Was für ein Leben!

Etwas später kamen auch die beiden anderen LKW-Fahrer ins Bild. Dann der Rest der Kolonne. Der aus etwas kleineren Wagen bestand. Und einen dieser Wagen kannte ich.

Und ich wußte es sofort.

Auch als er noch nicht ganz im Bild war – daß es Samuel war. Ich sah ihn in einer Ecke des Bildschirms die Tür seines LKW öffnen.

Ich ließ die Teller fallen, die ich in der Hand hatte.

»Felix!« kreischte ich. »Komm mal schnell!«

Nicht wiederzuerkennen. Nahezu jedenfalls. Mager, mit tiefliegenden, starren Augen und einem Wochen alten Bart.

Samuel.

Zwanglos erzählte er, was er hier mache, wie es sei, durch dieses Gebiet zu fahren. Er zupfte an seinem Kragen, während er redete, genau wie früher, in dieser männlichen Vermummung, mit diesem Bart, dieser Magerkeit. Er hatte etwas Ekstatisches, das mir unheimlich war. Felix stand neben mir und schaute mit offenem Mund zu, genau wie ich.

Mit jedem Wort wurde er in all seiner Bekanntheit, seiner eindrucksvollen, unnachahmlichen Samuelheit unbekannter und unwirklicher. Er habe nun mal einen Lastwagen, und ein Freund von ihm arbeite bei »Ärzte ohne Grenzen«. (Ja, ja, das wußte ich ja alles. Du Irrer! Idiot! Wahnsinniger! Aber *warum* bist du gegangen? Was *dachtest* du, als du gegangen bist? Warum hast du mir nichts erzählt, mich nichts *gefragt*?)

Ich sah ihn mit einem Mal wieder meine Umzugskartons tragen und in seinen Wagen stellen. Die Erinnerung war so nah, daß ich für einen Moment die Empfindung hatte, ich könnte ihn anfassen. Wie er sein Haar zurückgestrichen hatte. Warum hatte ich ihm nichts zu trinken gegeben? Warum hatte ich nicht erkannt, wie unschuldig und ängstlich er war? Warum war ich immer so mit mir selbst beschäftigt gewesen? Mit *uns*?

Wortkarg wie immer, monoton, aber emotionsgeladen.

»Das Gefühl, daß ich endlich etwas tun müsse – liebe das Reisen – nein, keine Angst vor Einsamkeit – die Leute haben Hunger – die meisten krank...«

Was *wußte* er denn schon, was suchte er dort, was dachte er denn bloß, um Himmels willen, dieser hirnverbrannte *Irre*? Ich kannte ihn nicht, noch immer nicht.

Und trotzdem hatte er recht, wie immer.

Sein schönes, liebes Gesicht, seine kleine Brille, diese schwarzen Augen, der rührend kleine Abstand zwischen

Nase und Oberlippe, alles noch genau dasselbe. Dieser Babygeruch, Äffchen, komisches Äffchen... Meine Familie.

»Eine Frage des Überlebens«, sagte er. *Und er startete den Motor, seine sonst so kindlichen Hände locker und stark um das große Lenkrad, die Beine lässige Hebel für das mächtige Gaspedal, die schwere Kupplung. Daß jemand, den ich kannte, etwas so Großes lenken konnte!*

Überleben. Aber das hier war die Wirklichkeit.

Warum *suchte* man so etwas, um Himmels willen? Dann *zählte* es doch nicht?

Das war nicht das, was ich mir für ihn gewünscht hatte. Das nicht.

Ich las im Abspann, was ich schon wußte. Daß die drei LKWs noch immer vermißt würden.

Daß die Fahrer alle drei gefunden worden seien, mit Kugeln im Körper. Der Franzose schwer verwundet, die beiden Niederländer tot.

Und zum erstenmal in dem Jahr glaubte ich es. Urplötzlich. Daß es stimmte, daß es *wahrhaftig passiert* war.

Und es mag vielleicht verrückt und kitschig und dumm klingen, aber bevor ich wieder böse wurde – böse, traurig, wehmütig –, war ich stolz auf ihn.

Auch zum erstenmal.

Des héros. Das stand plötzlich einfach so auf dem Bildschirm.

Ich wußte es. Endlich! Ein Held, ja, das war er.

*Leon de Winter
im Diogenes Verlag*

Hoffmans Hunger
Roman. Aus dem Niederländischen von
Sibylle Mulot

In der Nacht vom 21. Juni 1989 liegt Freddy Mancini, ein unmäßig fetter amerikanischer Waschsalon-Besitzer, neben seiner Frau im Bett eines Prager Hotels. Ihn quält der Hunger, und er schleicht sich aus dem Hotel. Dabei wird er Zeuge einer Entführung.
Zur selben Zeit sitzt der niederländische Botschafter in Prag, Felix Hoffman, in seiner Botschaft und schlingt die Reste eines Empfangs in sich hinein. Er liest dabei Spinoza. Auch Hoffman hat Hunger, metaphysischen Hunger, vor allem seit seine beiden Töchter auf tragische Weise starben. Seither ist er schlaflos. Sein einziger Trost – essen.
Ein dritter unglücklicher Mann: John Marks, Amerikaner und Ostblockspezialist.
Die Schicksale der drei Männer werden durch eine spannende Liebes- und Spionagegeschichte miteinander verwoben. Zugleich ist *Hoffmans Hunger* die Geschichte von Europa 1989, das sich eint und berauscht im Konsum. Ein Rausch, der nur in einem Kater enden kann.

»Ein Buch, das unter der Tarnkappe einer Spionage-Geschichte das Kunststück zuwege bringt, über das Verhängnis der Liebe und die Tragik des Todes, über die Ohnmacht der Philosophie und die Illusionen der Politik so ergreifend zu erzählen, wie man es lange nicht mehr gelesen hat.«
Peter Praschl/stern, Hamburg

»Leon de Winter erzählt Hoffmans Geschichte meisterlich schlicht in der dritten Person, dialogreich,

eben noch geruhsam, dann mit schnellen Schritten und Schnitten. Er erzählt diskret und intim zugleich. Und auch ungeheuer komisch.«
Volker Hage/Der Spiegel, Hamburg

SuperTex
Roman. Deutsch von Sibylle Mulot

»Was macht ein Jude am Schabbesmorgen in einem Porsche!« – bekommt Max Breslauer zu hören, als er mit knapp hundert Sachen durch die Amsterdamer Innenstadt gerast ist und einen chassidischen Jungen auf dem Weg zur Synagoge angefahren hat. Eine Frage, die andere Fragen auslöst: »Was bin ich eigentlich? Ein Jude? Ein Goi? Worum dreht sich mein Leben?« Max, 36 Jahre alt und 90 Kilo schwer, Erbe eines Textilimperiums namens SuperTex, landet auf der Couch einer Analytikerin, der er sein Leben erzählt. Da ist vor allem seine Auseinandersetzung mit dem Vater, der das KZ überlebte, aber in seinem Mercedes ertrank. Ein weiteres Trauma des assimilierten Juden aus dem Yuppie-Milieu: Fassungslos mußte Max mitansehen, wie er seine große Liebe Esther plötzlich an den orthodoxen Glauben verlor. Und sein Bruder Boy verliebt sich nun in eine marokkanische Jüdin, deren Familie arm und gläubig ist. So scheint Max der einzige, der nicht in den Schoß der Tradition zurückfindet. *SuperTex* ist die farbige Geschichte eines Generationenkonflikts, ein Feuerwerk des Humors.

»Leon de Winter erzählt die Geschichte des jüdischen SuperTex-Managers Max Breslauer mit amerikanischer Rotzigkeit, europäischer Nachdenklichkeit und mit einem vielleicht holländisch-jüdischen sechsten Sinn für Dramaturgie. Ein spannendes Buch, das man nicht mehr aus der Hand legen mag.«
Barbara Sichtermann/Zitty, Berlin

Serenade
Roman. Deutsch von Hanni Ehlers

Anneke Weiss, Mitte siebzig, seit langem Witwe, hat ihre Lebenslust und ihren Elan, sich munter in das Leben ihres Sohnes Bennie, eines verhinderten Komponisten, einzumischen, gerade erst richtig wiederentdeckt. Da diagnostizieren die Ärzte bei ihr ein Karzinom. Bennie drängt darauf, daß man seiner Mutter ihre tödliche Krankheit verschweigt. Das Leben scheint ganz normal weiterzugehen – Anneke verliebt sich sogar in den 77jährigen Fred Bachmann –, doch dann, wie aus heiterem Himmel, gerät alles aus den Fugen: Die alte Dame ist spurlos verschwunden. Bleibt die Hoffnung, daß sie zu einer ihrer Vergnügungsreisen aufgebrochen ist, mit der sie ihren Sohn immer stolz überrascht. Warum gibt sie nur kein Lebenszeichen von sich? Bennie und Fred machen sich auf die Suche. Sie finden Anneke – aber nicht etwa auf den Champs-Elysées, sondern auf dem Güterbahnhof von Split. Was hat Anneke zu dieser »Reise« bewogen?
Nur vordergründig witzig und leichtfüßig erzählt dieser Roman von einem Trauma, das jeden Tag neu aufzubrechen vermag.

»Ein neuer europäischer Romancier von Rang: Leon de Winter beweist, wie man E und U spielerisch verbindet.« *Abendzeitung, München*

»Unmöglich, *Serenade* nicht zu lieben, eine Geschichte, die sich als funkelndes Leichtgewicht tarnt, um von der dunklen Last des Lebens zu erzählen, den Wunden der Vergangenheit, die keine Zeit heilt. Es ist ein versöhnliches Buch, ergreifend und von optimistischer Menschlichkeit. Leon de Winter verzichtet auf Pathos und erzählt mit zärtlicher Ironie und spannender Einfachheit.«
Mario Wirz/Der Tagesspiegel, Berlin

Zionoco
Roman. Deutsch von Hanni Ehlers

Als Sol Mayer in Boston in der Boeing 737 auf die Starterlaubnis nach New York wartet, weiß er noch nicht, daß dieser Flug sein Leben verändern wird: Der attraktive Rabbiner, Starprediger von Temple Yaakov, der großen Synagoge an der Fifth Avenue, verliebt sich verzweifelt in seine Sitznachbarin, Sängerin einer kleinen Band.

Damit bekommt seine ohnehin nicht ganz intakte Gegenwart noch mehr Risse. Die Ehekrise mit Naomi, Erbin eines Millionenvermögens, der er sein soziales und materielles Prestige zu verdanken hat, läßt sich nicht länger verdrängen. Und beruflich hat sich der liberale Rabbiner mit öffentlichen Angriffen gegen orthodoxe Chassiden gerade mächtige Feinde geschaffen.

Vor allem aber wird seine dunkle Vergangenheit wieder virulent, die Zeit, in der Sol als Lebemann und Taugenichts gegen den übermächtigen Vater rebellierte. Nur ein Wunder hatte den jungen Mann, der damals nichts vom Glauben wissen wollte, nach dem Tod des Vaters bewogen, in dessen Fußstapfen zu treten und ebenfalls Rabbiner zu werden. Wunder – oder Delirium seines alkoholumnebelten Hirns? Eine Frage, die Sol seither metaphysische Qualen bereitet.

Eine Reihe stürmischer und aufwühlender Ereignisse zwingen ihn zu einer halluzinatorischen Reise, die ihn noch einmal in die Fußstapfen des Vaters treten läßt, wunderlicher, als er sich je hätte träumen lassen.

»Seine tragischen Geschichten sind mit einem subtilen Witz aufgeladen, wie ihn nur große jüdische Autoren beherrschen: Isaac Bashevis Singer zum Beispiel, Woody Allen oder Saul Bellow.«
Christian Seiler/profil, Wien

Der Himmel von Hollywood
Roman. Deutsch von Hanni Ehlers

Als der einst vielversprechende Schauspieler Tom Green nach Verbüßen einer Haftstrafe nach Hollywood zurückkehrt, hat er noch knapp zweihundert Dollar in der Tasche und kaum eine Perspektive. Zufällig trifft er auf zwei Schauspielerkollegen, die wie er schon bessere Tage gesehen haben: den sechzigjährigen Jimmy Kage und den siebzigjährigen Oscar-Preisträger Floyd Benson, der sein Brot jetzt als Installateur von Alarmanlagen verdient. Bei einer nächtlichen Sauftour stoßen die drei am Hollywood Sign auf einen übel zugerichteten Toten, der einem von ihnen kein Unbekannter ist: Floyd Benson vermutet, daß der Tod des kleinen Gangsters Tino mit einer Riesensumme Geld und mafiosen Machenschaften in Zusammenhang steht. Die drei sympathischen Loser planen den Coup ihres Lebens, bei dem sie diesmal um ihr Leben schauspielern müssen – ohne Textbuch und ohne Kamera.

»*Der Himmel von Hollywood* ist ein vorläufiger Höhepunkt in de Winters Werk. Ein ingeniöser Plot, erstklassig komponiert und getimt, voller Spannung, stilistisch vom Feinsten und mit einem perfekten Zusammenspiel von Inhalt, Form und Raum. Ein Buch, in dem die Wirklichkeit definitiv von der Phantasie überholt wird.« *Wim Vogel/Haarlems Dagblad*

Connie Palmen
im Diogenes Verlag

Die Gesetze
Roman. Aus dem Niederländischen von
Barbara Heller

In sieben Jahren begegnet die Ich-Erzählerin, eine junge Studentin, sieben Männern: dem Astrologen, dem Epileptiker, dem Philosophen, dem Priester, dem Physiker, dem Künstler und dem Psychiater. Sie begehrt an diesen Männern vor allem das Wissen, das sie befähigt, die Welt zu verstehen und zu beurteilen. Sie versucht die Gesetze, die sie sich für ihr Leben gewählt haben, zu ergründen, sucht nach dem, was Halt in einer unsicheren Welt geben kann.

»Sehr lebendig und ebenso philosophisch erzählt. Ein Bestseller der Extraklasse.«
Rolf Grimminger/Süddeutsche Zeitung, München

Die Freundschaft
Roman. Deutsch von Hanni Ehlers

Die Freundschaft ist ein Roman über Gegensätze und deren Anziehungskraft: Über die uralte und rätselhafte Verbindung von Körper und Geist; über die Angst vor Bindungen und die Sehnsucht nach Zugehörigkeit; über Süchte und Obsessionen und die freie Verfügung über sich selbst.
Ein aufregend wildes und zugleich zartes Buch voller Selbstironie, das Erkenntnis schenkt und einfach jeden angeht.

»Connie Palmen ist nicht nur eine gebildete, sondern auch eine höchst witzige Erzählerin.«
Hajo Steinert/Tempo, Hamburg

Der Roman wurde mit dem renommierten niederländischen AKO-Literaturpreis 1995 ausgezeichnet